DEN DRACHEN VERFÜHREN

Die Stonefire-Drachen
Buch 2

JESSIE DONOVAN

Mythical Lake Press, LLC

Impressum

Den Drachen verführen

Englisches Copyright 2015 Laura Hoak-Kagey

Deutsches Copyright 2022 Laura Hoak-Kagey

Deutsche Übersetzung von Anna Drago und Katrin Dolle

Mythical Lake Press, LLC

www.JessieDonovan.com

Cover-Art von Laura Hoak-Kagey von Mythical Lake Design

ISBN: 9781944776541

Die Stonefire Drachen und Lochguard Highland Drachen Serien sind miteinander verflochten. Da so viele Leser nach der Lesereihenfolge fragen, habe ich sie in dieses Buch aufgenommen. (Diese Liste gilt ab April 2026.)

Dem Drachen geopfert (Stonefire Drachen #1)

Den Drachen verführen (Stonefire Drachen #2)

Die Drachen offenbaren (Stonefire Drachen #3)

Den Drachen heilen (Stonefire Drachen #4)

Den Drachen wiedererwecken (Stonefire Drachen #5)

Das Dilemma des Drachen (Lochguard Highland Drachen #1)

Vom Drachen geliebt (Stonefire Drachen #6)

Der Drachenwächter (Lochguard Highland Drachen #2)

Dem Drachen ergeben (Stonefire Drachen #7)

Das Drachenherz (Lochguard Highland Drachen #3)

Vom Drachen geheilt (Stonefire Drachen #8)

Der Drachenkrieger (Lochguard Highland Drachen #4)

Dem Drachen helfen (Stonefire Drachen #9)

Den Drachen finden (Stonefire Drachen #10)

Vom Drachen ersehnt (Stonefire Drachen #11)

Die Drachenfamilie (Lochguard Highland Drachen #5)

Skyhunter gewinnen (Stonefire Drachen Universum #1)

Die Entdeckung des Drachen (Lochguard Highland Drachen #6)

Snowridge Verwandeln (Stonefire Drachen Universum #2)

Kapitel Eins

Evie Marshall bog mit ihrem Auto auf den Parkplatz neben dem Haupttor des Stonefire-Clans und versuchte, ihren Magen dazu zu bringen, sich zu beruhigen. Sicher, sie war nervös, aber das lag nicht an den Drachenwandlern, die über ihr flogen, oder an den finsteren Blicken, von denen sie wusste, dass sie sich ihnen stellen müsste, sobald sie auf ihr Land trat. Sie hatte in den letzten sieben Jahren für das Ministerium für Drachenangelegenheiten in London gearbeitet, und der Besuch eines Drachenclan- Landes war nichts Neues.

Ja, richtig. Wem machte sie eigentlich etwas vor? Heute war anders als ihre anderen Besuche. Sie war hier, um einen Drachenwandler zu verführen, und nicht nur irgendeinen Drachenwandler, sondern ausgerechnet den Anführer des Stonefire-Clans Bram Moore-Llewellyn.

Das war jedenfalls ihr Ziel. Ob sie Erfolg haben würde oder nicht, war noch nicht abzusehen.

Bei dem Gedanken an ein Versagen setzte ihr Herz einen Schlag aus. Wenn sie Bram nicht davon überzeugen konnte, sie bei den Drachenwandlern bleiben zu lassen, würden die Drachenjäger sie entführen und vielleicht sogar töten. Ihre Warnung in der vergangenen Woche war klar gewesen: Aufhören, für das Ministerium für Drachenangelegenheiten zu arbeiten, und sich ihnen anschließen oder gejagt werden, als wäre sie selbst ein Drache.

Sie atmete mehrmals bewusst ein und aus und versuchte, sich zusammenzureißen und ihre Angst beiseitezuschieben. Die britische Regierung hatte die Drohung abgetan und wollte ihr nicht helfen, also würde sie alles tun, um Bram zu verführen und sich einen Platz in seinem Clan zu verdienen. Gerüchten zufolge ging er zivilisiert mit Menschen um, und wenn sie ihn dazu bringen könnte, für sie etwas zu empfinden, würde der Alpha-Drachenmann sie beschützen.

Fokus, Evie. Richtig. Ein Blick auf die Uhr im Armaturenbrett sagte ihr, dass sie losmusste. Aus ihren früheren Erfahrungen mit dem Skyhunter-Clan im Süden wusste sie, dass Drachenwandler-Clanführer sie zwar gerne warten ließen, sie selbst aber verdammt nochmal besser pünktlich sein oder sich auf eine Schimpftirade gefasst machen musste.

Nachdem Evie ihr Haar ein letztes Mal geglättet und ihre etwas zu kleinen Brüste hochgeschoben hatte, nahm sie ihre Reisetasche und stieg aus dem Auto aus. Während sie den Abstand zwischen ihrem Wagen und dem Vordereingang überwand, verlangte es alles von ihr ab, auf dem unebenen Kies nicht zu stolpern oder sich den Knöchel zu verrenken. Sie hatte vielleicht zehnmal in ihrem Leben hohe Absätze getragen und trotz des stundenlangen Übens in der letzten Woche, wackelte sie mit jedem Schritt mehr, als dass sie stolzierte.

Mist. Das fing nicht gerade großartig an.

Vorsichtig darauf bedacht, langsam zu gehen und nicht auf ihren Po zu fallen, steuerte sie auf die etwa zwanzig Meter entfernte Steinstruktur zu, die als Sicherheitskontrollpunkt des Clans diente. Da es Mitarbeitern des Ministeriums für Drachenangelegenheiten, des MDA, nicht erlaubt war, auf das Stonefire-Land zu fahren, ging Evie zum kleineren Eingang und rief: „Hallo?"

Bald näherte sich ein großer Mann mit hellblondem Haar und der immer beeindruckenden dicken, verschlungenen Drachenwandler-Tätowierung auf seinem muskulösen Arm. Sie mochte schon seit Jahren mit den Drachenwandlern gearbeitet haben, aber ihre Herzfrequenz erhöhte sich immer, wenn sie einen sah. Sie mussten eine Art besonderes Gen haben, das sie alle wunderschön machte. Dieser Mann war nicht anders. Wie seine tiefsitzende Jeans seinen fitten Körper umschmiegte, machte sie ein wenig feucht.

Wenn sie Glück hätte, wäre Bram etwas weniger

attraktiv. Das Letzte, was sie brauchte, war, sofort in seiner Gegenwart feucht zu werden und mit ihrer Libido anstatt mit ihrem Gehirn zu denken.

Die Stimme des blonden Drachenmanns unterbrach ihre Gedanken. „Ms. Evie Marshall vom Ministerium für Drachenangelegenheiten?"

Darauf bedacht, ihr Gesicht ruhig und gefasst zu halten, nickte sie trotz der Schmetterlinge, die in ihrem Magen herumflatterten, und reichte ihm ihre Ausweispapiere. „Ja. Ich bin hier, um meine postnatale Befragung von Melanie Hall durchzuführen und den Tod von Caitriona Belmont weiter zu untersuchen. Mein Büro sollte alle Vorkehrungen für meinen dreitägigen Besuch getroffen haben."

Der Drachenwandler warf ihr einen unlesbaren Blick zu, bevor er ihre Dokumente durchblätterte. Ohne Zweifel konnte er das Herz in ihrer Brust schlagen hören, oder noch schlimmer, er roch die Tatsache, dass sie ihn attraktiv fand. Obwohl er wahrscheinlich an Letzteres gewöhnt war, hoffte sie, dass Ersteres keinen Verdacht über die Gründe für ihr Hiersein aufkommen lassen würde.

Erst als er nickte und ihr die Papiere zurückreichte, stieß sie mental einen erleichterten Seufzer aus. Er musste annehmen, dass sie nur zur Inspektion hier war.

Sie nahm ihre Papiere entgegen, und dann drehte er sich um und winkte einem anderen Wärter ein paar Meter entfernt zu. „Dacian da drüben ist Ihr zugewiesener Wächter für die Dauer Ihres Besuchs. Er wird Sie zu Bram bringen."

Bei Bram, dem Namen des Clanführers, gab ihr Herz ein paar extra kräftige Schläge in ihrer Brust von sich. In weniger als einer halben Stunde sollte sie schließlich den Mann treffen, der ihre Zukunft bestimmen würde.

„Danke", sagte sie und lächelte zu dem dunkelhäutigen Mann namens Dacian hinüber.

Und verdammt, die definierten Muskeln, die aus seinem Hemd heraussahen, kombiniert mit den markanten Ebenen seines Gesichts, bestätigten nur ihre Theorie eines geheimen Gens, das Drachenwandler einfach heiß machte. Ihre Chancen, dass Bram weniger attraktiv war, damit sie sich konzentrieren konnte, wurden von Minute zu Minute geringer.

Trotz ihres besten Lächelns war sein Gesicht kontrolliert, als er ihr mit dem Kopf bedeutete, ihm zu folgen. Ohne ein Wort drehte er sich um und ging den ausgetretenen, nicht gepflasterten Weg hinunter.

Hmph. Der Ruf des Stonefire-Clans, freundlicher zu Menschen zu sein als Skyhunter, zeigte sich bisher nicht wirklich. Sie hoffte verdammt, dass Bram netter war als Marcus, der Anführer des Skyhunter-Clans, oder auf sie käme definitiv eine Menge Arbeit zu.

Da Dacian ihr bereits einige Meter voraus war, versuchte Evie ihr Bestes, sowohl schnell zu gehen, als auch ihre Hüften in verführerischer Weise zu schwingen, wie sie hoffte. Ihre sieben Zentimeter hohen Absätze waren nicht gerade ideal für einen langen Spaziergang zum Hauptwohnbereich, aber der erste Eindruck war wichtig. Sie würde gerne schmerzende Füße riskieren, wenn das bedeutete, dass der Anführer von Stonefire sie zur Kenntnis nehmen würde.

Natürlich waren ihre Füße das geringste ihrer Probleme. Evie hatte ihr soziales Leben, Hobbys und sogar Liebe geopfert, um sich einen Platz im MDA zu verdienen, aber diese Opfer verblassten jetzt im Vergleich zu der Aufgabe, die vor ihr lag. Um am Leben zu bleiben, musste sie nicht nur ihren Körper, sondern auch ihre Freiheit und ihre Zukunft aufgeben.

BRAM MOORE-LLEWELLYN VERSUCHTE, den letzten Papierkram für die MDA-Inspektion zu unterschreiben, als er ein „Whoosh" hörte, gefolgt von einer kleinen Babyhand, die auf seinen Schreibtisch klatschte. Mit einem Seufzer warf er seinen Stift zur Seite und drehte das kleine Baby Murray in seinem Schoß herum, bevor er ihn auf Augenhöhe hob. „Was haben wir darüber gesagt, Papiere von meinem Schreibtisch zu fegen?"

Murray sah ihn mit großen Augen an und sabberte.

Bram schmunzelte. „Richtig, ich weiß, dass dir langweilig ist, aber die Inspektorin sollte jetzt jeden

Moment hier sein, und sie muss sehen, dass es dir gut geht."

Das Baby wedelte mit den Händen herum und begann, sich zu winden, ohne sich um irgendwelche MDA-Inspektionen zu scheren. Bram hob den Jungen über seinen Kopf und sagte: „Nur noch eine halbe Stunde oder so, Kumpel, dann bringe ich dich zum Haus meines Bruders und du kannst mit meiner Nichte spielen. Du magst Ava, weißt du noch?"

Murray machte einige unverständliche Babygeräusche, und Bram nahm das als Ja. Er nahm Murray herunter und drückte ihn an seine Brust. Sein innerer Drache schob sich nach vorn und sagte: *Wir sollten den Jungen behalten. Er gehört uns.*

Er wollte seinem Drachen zustimmen, zumal Brams Chancen, Kinder zu bekommen, aufgrund seiner Unfruchtbarkeit bei weniger als einem Prozent lagen. Aber es war nicht das Beste für den Jungen. *Er verdient jemanden, der Zeit hat, sich um ihn zu kümmern. Wir sind zu beschäftigt.*

Sein Drache schnaubte, und Bram widersetzte sich einem Seufzer. Seit Monaten führte er schon diese innere Debatte. Die Betreuung eines Clans mit fast dreihundert Drachenwandlern war Herausforderung genug, aber es wurde unendlich schwieriger, sein Volk zu verwalten, wenn sein Drache mürrisch und unkooperativ war.

So viel zu Bram, der sein Tier so verdammt gut im Griff hatte.

Es klopfte an der Tür, und Bram sah hinunter

auf Murray. „Gut, Junge, ich wette, das ist die Inspektorin. Zeig dich von deiner besten Seite, okay?"

Während der Junge nur blinzelte und an seiner Faust nagte, hoffte Bram, dass der dominante Unterton in seiner Stimme bei dem Baby etwas bewirken würde. Wie die meisten Babys hatte Murray gute und schlechte Tage.

Bram hoffte, heute wäre einer der guten, oder die Inspektorin würde ihm zweifellos das Leben zur Hölle machen. Hass war ein zu harmloses Wort für das, was Bram dabei empfand, dass er für das Überleben seines Clans der britischen Regierung verpflichtet war.

Er erreichte die Tür, öffnete sie und sah einen seiner Wächter, Dacian, dort stehen, der die Türöffnung fast ganz ausfüllte. Bram nickte, um zu signalisieren, dass alles in Ordnung war, und Dacian trat zur Seite. Dabei gab er den Blick auf eine rothaarige Frau frei, die eine hellblaue Bluse trug, die ihre kleinen Brüste umschmiegte, und deren ausladende Hüften in einem schwarzen, eng anliegenden Rock steckten. Ihre dunkelblauen Augen erinnerten ihn an die Irische See.

Als sie zwischen ihm und dem Baby hin- und herblickte, flackerte Überraschung auf, und Bram kämpfte gegen ein Lächeln. Seinen Kontakten zufolge hatte diese Frau seit Jahren mit Marcus, dem Bastard-Anführer von Skyhunter, zu tun und hätte nie erwartet, dass ein Clanführer mit einem Baby in den Armen an eine Tür kommen würde.

Die Überraschung in ihren Augen war jedoch im gleichen Moment verschwunden, ersetzt durch ein Lächeln und einen erhitzten Blick, der sowohl den Mann als auch den Drachen überraschte. Sogar sein Schwanz zuckte bei dem feurigen Blick.

Die rothaarige Frau betrachtete ihn langsam von oben bis unten, und er kam wieder zur Besinnung. Klar, sie war hübsch und prall, mit markanten dunkelblauen Augen, aber das brauchte er jetzt nicht. Mit dem Auswählen von Männern aus seinem Clan, die sich mit dem nächsten menschlichen weiblichen Opfer fortpflanzen sollten, und den doppelten Anstrengungen seines Clans gegen die jüngsten Angriffe von Drachenjägern hatte er keine Zeit, die Aufmerksamkeit einer Frau abzuwehren. Wenn Bram Sex wollte, bekam er ihn. Er brauchte keine Gefährtin.

Sein inneres Tier knurrte. *Lügner.*

Bram ignorierte seinen Drachen und verschloss sein Gesicht, drückte Murray näher an seine Brust und deutete mit dem Kopf. Seine Stimme war voller Dominanz, als er sagte: „Ich habe die notwendigen Unterlagen hier. Kommen Sie mit."

Er wandte sich ohne ein weiteres Wort um. Je früher er dieses Interview beendet hatte, desto eher konnte die MDA-Inspektorin gehen und zu dem Problem eines anderen Mannes werden.

ALS DER ANFÜHRER des Stonefire-Clans ihr seinen köstlichen Rücken zuwandte und ging, fühlte Evie, wie Wut in ihr hochkroch. Dieser Mann hatte nicht einmal Hallo gesagt, geschweige denn nach ihrem Namen gefragt.

Und wenn das nicht schlimm genug war, zog er bei ihr auch noch seine Drachenwandler-Dominanz-Scheiße ab.

Sie ballte eine Faust an der Seite und versuchte, rückwärts von zehn zu zählen. Wenn sie sich nicht verdammt nochmal beruhigen könnte, hätte sie keine Chance, in das Bett dieses Drachenwandlers zu kommen, geschweige denn ihn davon zu überzeugen, sie beim Stonefire-Clan leben zu lassen.

Sie atmete einmal tief ein und folgte Bram in sein Cottage und zu dem Schreibtisch auf der anderen Seite des Raums. Er nahm einen Ordner und hielt ihn ihr hin, als das Baby in seinem anderen Arm anfing, dem Drachenmann an die Brust zu patschen. Er schob den Jungen zur Seite und sagte: „Sie werden feststellen, dass alles in Ordnung ist."

Selbst mit einem Baby in den Armen war der Mann vollkommen sachlich. Sie fragte sich, ob ihn ihr Blick vorhin auch nur irgendwie berührt hatte.

Bram würde ein schwer zu knackender harter Bastard sein.

Evie zwang sich zu lächeln und achtete darauf, ihre Hüften zu wiegen, als sie die paar Schritte zwischen ihnen ging. Sie kam sich ein wenig dumm vor, da sie so normalerweise nie lief, aber als die Augen des Drachenmanns zu ihren Hüften und zurück zu ihrem Gesicht flackerten, widersetzte sie sich einem triumphalen Lächeln. Vielleicht war er nicht so gleichgültig, wie er vorgegeben hatte.

Der kleine Sieg kühlte ihren Zorn. Als sie die Hand ausstreckte, um den Ordner zu nehmen, bemühte sie sich, ihre Hand gegen Brams zu streifen. Sie wusste genau, dass dies alles nichts bedeutete, aber seine Hand war rau und warm, und sie fragte sich, was seine starken Hände mit einer Frau tun könnten, wenn sie nackt und unter ihm war.

Moment mal, woher um alles in der Welt war das denn gekommen? Solche Gedanken hatte sie bei dem Anführer des Skyhunter-Clans nie gehabt, und sie hatten sogar ein paar Mal die Hände geschüttelt. Evie musste vorsichtig sein. Sie war nicht hier, um den Mann zu mögen. Sie war hier, um ihre Zukunft und ihre Sicherheit zu gewährleisten.

Darauf bedacht, die Maske der Verführerin an Ort und Stelle zu halten, schnurrte sie: „Danke."

Der Kiefer des Drachenmannes verkrampfte sich, und er ging von ihr weg, um sich hinter seinen Schreibtisch zu setzen.

Okay, trotz all der Online-Artikel, die behaupteten, dass Männer diese Art von rauer, leiser Stimme liebten, Bram eindeutig nicht. *Ich werde es einfach von meiner Liste der Dinge, die ich ausprobieren kann, streichen, kein Problem. Ich habe viele andere Tipps.*

Er drehte das Baby in seinem Schoß und bedeutete ihr, sich zu setzen. Als sie saß, öffnete sie den Ordner und blätterte ihn schnell durch, aber alles sah richtig ausgefüllt aus. Beim Schließen der Mappe sah sie eine Sekunde auf das Baby, das auf Brams Bein hüpfte, bevor sie mit einer normaleren Stimme fragte: „Ist das der Sohn von Caitriona Belmont?"

„Ja, das ist der kleine Murray."

Die Art, wie der Drachenwandler auf den kleinen Jungen hinabblickte, voller Liebe und sogar Hoffnung, wärmte ihr Herz. Irgendwie musste sie einen Weg finden, um ihn dazu zu bringen, sich so bei ihr zu entspannen. Nur dann hätte sie eine Chance, ihn zu verführen.

Als sie erkannte, dass sie ihn einige Sekunden lang angestarrt hatte, schlug Evie ihre Beine übereinander und lehnte sich vor. Auch wenn ihre Kleidung nicht gerade nuttig war, hatte sie ein paar Knöpfe ihrer Bluse aufgeknöpft, um einen kleinen Blick auf ihre Haut und das bisschen Dekolleté zu gewähren, das sie hatte. Brams Augen wanderten für eine Sekunde nach unten, aber dann verwandelte sich sein Blick wieder in den harten, den er bei der Begrüßung an der Tür bereits an den Tag gelegt hatte.

Der Drachenmann vor ihr war widerstandsfähiger, als ihr gefiel. Von seinen Blicken auf verschiedene Teile ihres Körpers hatte sie das Gefühl, dass er sich zu ihr hingezogen fühlte, aber ihre aktuellen Techniken funktionierten nicht.

Da Bram besser auf ihren sachlichen Ton reagierte, setzte sie den fort. „Ihr letzter Bericht an das MDA besagt, dass der Junge immer noch zwischen mehreren Clanmitgliedern hin- und hergereicht wird. Wann werden Sie ein festes Zuhause für ihn haben?"

Die Augen des Drachenmannes wurden hart. „Wie Sie sehen, ist der Junge glücklich. Wenn ich die richtige Familie für ihn finde, wird er ein dauerhaftes Zuhause haben, nicht vorher."

Sie mochte seinen dominanten Ton nicht, aber sie war erfahren genug, um ihre Stimme ruhig zu halten. „Die zwischen Ihnen und der verstorbenen Caitriona Belmont unterzeichneten Verträge sehen klar vor, dass Sie im Falle ihres Todes sechs Monate Zeit haben, um ein festes Zuhause für das Baby zu finden, oder wir werden ihm eines zuweisen. Es ist schon fünf Monate her, also läuft Ihnen die Zeit davon."

Bram drückte das Baby an sich, und Murray hörte auf, sich zu bewegen, um den Anführer des Stonefire-Clans anzustarren. Brams Stimme war so dominant wie eh und je, als er antwortete: „Vielleicht sollten Sie daran danken, dass auch wir Lebewesen mit Gefühlen sind. Würden Sie wollen, dass Ihr Kind von einer zufälligen Person versorgt oder zu jemandem gebracht wird, der es liebt?"

Evie widerstand einem Stirnrunzeln. „Natürlich haben Sie Gefühle. Ich habe nie etwas anderes behauptet. Wer hat jetzt hier Vorurteile?"

Sobald die Worte aus ihrem Mund waren, bereute Evie sie. Irgendwo zwischen der Tür und diesem Moment hatte sie auf ihre MDA-Ausbildung zurückgegriffen, anstatt in die Rolle der Verführerin.

Mist. Sie könnte das gerade vermasselt haben.

Bram starrte sie still an, bis der kleine Murray zu weinen begann. Er unterbrach den Blick, um den Jungen anzusehen, während er in einem sanften Ton sagte: „Schhh, Kumpel. Alles ist gut." Das Schreien des Jungen wurde lauter, und Bram blickte auf sie zurück, sein Ausdruck war wieder neutral. „Ich muss mich um Murray kümmern. Wir werden diese Diskussion heute Abend beim Essen fortsetzen. Dacian wird Sie gegen 19 Uhr hierher zurückbringen, und Sie können mir berichten, was Sie gefunden haben."

Eine schnippische Antwort lag ihr auf der Zungenspitze, aber sie schaffte es, sich zurückzuhalten. Die Dinge hatten sich schnell entwickelt, und wenn sie einige Zeit ohne ihn war, konnte sie sich nicht nur abkühlen und sich neu sammeln, sondern auch von dem Menschenopfer, das sie hier besuchen wollte, Melanie Hall, ein wenig mehr über den Anführer des Stonefire-Clans erfahren.

„Gut, ich komme um etwa sieben Uhr." Sie stand auf und hielt den Ordner gegen ihre Brust.

Sie wollte ohne ein Wort gehen, aber nachdem sie mit Marcus, dem Anführer der Skyhunter, gearbeitet hatte, beschloss sie, auf das Protokoll des anderen Clans zurückzugreifen, um Bram nicht weiter zu verärgern. „Darf ich gehen?"

Etwas, das sie vielleicht als Belustigung bezeichnen würde, blitzte in seinen Augen auf. Sie verkrampfte den Kiefer und fragte sich, warum es lustig war, dem Protokoll zu folgen.

Dann vergaß sie trotz ihres langsam kochenden Zorns alles andere, als Bram aufstand und ihr Sichtfeld mit einer breiten Brust und starken, muskulösen Armen erfüllte, die ein weinendes Baby hielten.

Schließlich zwang sie ihren Blick auf die hellblauen Augen des großen Drachenwandlers, aber sein Ausdruck war wieder jener verdammt unlesbare. Er nickte. „Sie dürfen gehen, Evie Marshall."

Sie blinzelte. Er kannte ihren Namen also doch, und sie mochte irgendwie, wie er sich in seinem schottischen Akzent mit einem Hauch Nordenglisch anhörte. Vielleicht war einer seiner Eltern Schotte und der andere Engländer. Das würde es erklären.

Reiß dich zusammen, Evie. Sie war nicht hier, um den Mann kennenzulernen; zumindest nicht, bis sie ihre Sicherheit gewährleistet hatte.

Evie nickte. „Gut, dann bis heute Abend."

Sie drehte sich um, bevor Bram etwas anderes sagen konnte, und entschied, was zum Teufel; sie sollte einen guten Eindruck machen. Sie wiegte

vorsichtig ihre Hüften auf dem Weg zur Tür. Es war
lächerlich, aber sie schwor, dass sie seinen Blick auf
ihrem ziemlich großen Po fühlen konnte.

Vielleicht hatte sie trotz des schwierigen Starts
doch eine Chance.

Kapitel Zwei

Nicht nur hegte Evie neue Hoffnung, bei Bram vielleicht doch erfolgreich sein zu können, sondern den ganzen Weg zum Haus von Melanie Hall kam sie nicht einmal ins Straucheln und stolperte auch nicht über ihre Absätze.

Selbst wenn, hätte der ihr zugeordnete Wächter es nicht einmal bemerkt. Nachdem sie gebeten hatte, Melanie sehen zu dürfen, war der Drachenmann einfach weitergegangen und erwartete, dass sie ihm folgen würde. Aber er sah jung aus, vielleicht zwanzig, und alle Drachenwandler-Männer waren in diesem Alter grüblerisch und reizbar. Schließlich begannen ihre inneren Drachen laut ihren Lehrbüchern in dem Alter, regelmäßigeren Sex zu fordern.

Dacian hielt vor einem zweistöckigen Cottage mit etwas davor, von dem sie vermutete, dass es Büsche waren. Da Evie einen Großteil ihres Lebens in London verbracht hatte, war sie keine Gärtnerin, aber die Vegetation war definitiv wild.

Ihr Gehirn tat das immer, flatterte von einem Thema zum nächsten, also wischte sie es einfach beiseite und klopfte an die Tür. Ein paar Sekunden später öffnete sie sich, und ein weiterer großer, muskulöser Drachenmann zeigte sich, der ein Baby hielt.

Wirklich, liefen alle Drachenwandlermänner auf Stonefireland mit Babys im Arm herum?

Während er sie finster anstarrte, klopfte der Mann dem kleinen Baby auf den Rücken, als sollte das Kleine sein Bäuerchen machen, und knurrte, bevor er sagte: „Ich weiß nicht, wer Sie sind, und das gefällt mir nicht."

Der Akzent des Drachenmannes war rein aus dem Norden, im Gegensatz zu Brams. „Ich bin Evie Marshall vom Ministerium für Drachenangelegenheiten. Ihr Clanführer sollte Sie über meinen bevorstehenden Besuch informiert haben. Ist Melanie da?"

„Melanie ist beschäftigt. Sie können hier draußen warten, bis sie fertig ist."

Wenn sie dachte, Bram hätte ihren Zorn geschürt, dann hatte dieser Mann das bereits mit einer Handvoll von Sätzen getan. Zum Glück musste sie nicht versuchen, ihn zu verführen, also nahm sie ihre Mit-mir-nicht-Haltung ein und sagte: „Hören Sie, ich verstehe, dass Sie mich vielleicht nicht mögen. Die meisten Drachenwandler mögen das MDA nicht, aber es ist meine Aufgabe, dafür zu sorgen, dass es Melanie Hall gut geht, und ich gehe nicht, bis ich sie sehe. Also, wo ist sie?"

Bevor der Drachenmann antworten konnte, kam eine weibliche Stimme die Treppe hinter ihm herunter. „Tristan, wer ist da? Ist es das MDA?"

Also hatte er genau gewusst, wer sie war. Nun, wenn er Spiele spielen wollte, konnte sie das auch. Sie rief laut genug, dass die Frau sie hören konnte. „Ja, ich bin Evie Marshall. Können Sie Ihrem Drachenmann bitte sagen, dass er mich reinlassen soll?"

Aus Dacians grober Richtung kam ein Schnauben, aber als sie hinübersah, hatte er das gleiche ausdruckslose Gesicht wie zuvor.

Tristan sagte: „Halt die Klapp, Dacian, oder ich sage allen jungen Frauen, dass du Herpes hast. Dann hättest du nur noch deine Hand zur Erleichterung, und das würde schon bald langweilig werden."

Evie blinzelte und blickte zurück zu dem Drachenmann mit dem Baby, aber er klopfte immer noch mit seinem harten Ausdruck, der unverändert blieb, dem Kleinen auf den Rücken.

Bevor Dacian antworten konnte, waren Schritte auf der Treppe zu hören, während die amerikanische Frauenstimme sagte: „Tristan, geh und lass sie rein."

Nach einem weiteren finsteren Blick trat Tristan zur Seite, und eine lächelnde, kleine Frau in weiter Kleidung, mit einem anderen Baby in ihren Armen war zu sehen.

Melanie streckte eine Hand aus, und sie nahm sie, um sie zu schütteln. Als Melanie ihre Hand fallen ließ, sagte sie: „Tut mir leid, das mit Tristan. Die Babys sind kaum einen Monat alt, und zu sagen, er beschütze sie, wäre eine Untertreibung."

Tristan trat näher an Melanie heran. Als sich die andere Frau an ihren Drachenwandler lehnte, schoss eine Welle von Eifersucht durch Evie; aufgrund der Todesdrohungen und der Drachenjäger hatte sie akzeptiert, dass sie nie eine solche Nähe haben würde. Aber manchmal wünschte sie sich, es könnte anders sein.

Anstatt darüber nachzudenken, was sie nicht ändern konnte, konzentrierte sich Evie wieder auf die Gegenwart. „Obwohl nie ein menschliches Opfer nach einer Geburt bei den Skyhunters geblieben ist, waren die männlichen Drachenwandler dort auch immer sehr beschützend ihre Jungen gegenüber." Sie neigte den Kopf. „Darf ich reinkommen?"

Eine Sekunde lang starrte Melanie sie an und musterte sie, bevor sie nickte. „Klar, folgen Sie mir." Melanie sah zu Tristan. „Könntest du uns Tee machen, Schatz?"

Er grunzte und nickte. Mit einem letzten Blick in Evies Richtung verschwand er im Haus.

Als Evie Melanie den Flur entlang folgte, hörte sie hinter sich die Haustür zufallen. Ein kurzer Blick sagte ihr, dass Dacian draußen warten musste.

Evie stolperte und drehte ihren Kopf zurück. Sie musste auf jeden Fall sehen, wohin sie ging. Ihre armen Füße brauchten heute keine zusätzliche Pein.

Als sie das Wohnzimmer betraten, ließ Melanie sich in einen gepolsterten Sessel fallen, und Evie nahm die Couch ihr gegenüber. Bevor sie eine Frage stellen konnte, sagte Melanie: „Ich habe noch nie gesehen, dass eine MDA-Inspektorin einen so engen Rock getragen hat, geschweige denn die Bluse bis zum Dekolleté aufgeknöpft."

Evie blinzelte. „Pardon?"

Melanie legte ein Kissen unter den Arm, in dem sie den schlafenden Säugling hielt. „Die meisten Inspektoren kleiden sich übermäßig konservativ, um jede zusätzliche Ablenkung zu vermeiden. Wenn Sie solche Sachen tragen, werden die Männer sabbern, und soweit ich weiß, werden Sie entlassen, sobald Sie Sex mit einem Drachenwandler haben. Also vermute ich, es gibt einen Grund dafür, dass Sie sich so kleiden, habe ich recht?"

Evie hatte Gerüchte darüber gehört, dass Melanie Hall aufmerksam und geradeheraus war, aber die Genauigkeit der Frau machte sie unruhig. Wenn sie mit nur einem Blick vermuten konnte, dass Evie einen Hintergedanken hatte, was konnte die Frau dann nach einem ganzen Gespräch erraten?

Evie musste vorsichtig sein. „Ich bin nicht hier, um meine Garderobe oder die Regeln des MDA zu besprechen. Ich bin hier, um zu sehen, wie es Ihnen geht, und um den Tod von Caitriona Belmont zu untersuchen."

Bei der Erwähnung der verstorbenen Frau erfüllte Traurigkeit Melanies Augen. „Cait ist bei der Geburt gestorben. Ich bin mir nicht sicher, was es da zu untersuchen gibt."

Der echte Schmerz in Melanies Stimme milderte etwas von ihrem Zorn über die vorigen Worte der Frau. „Bei der Autopsie gab es einige Bedenken. Ich muss nur sicherstellen, dass wir alle Fakten haben, bevor wir den Fall abschließen. Auch wenn keiner ihrer Verwandten nach ihr gefragt hat, möchte das MDA bereit sein, falls jemals eine Anfrage kommt."

Melanie sah aus, als wollte sie etwas sagen, aber sie sah stattdessen zu ihrem Baby. Als sie dem Kleinen die Wange streichelte, sagte sie schließlich: „Cait war unglücklich. Ich werde es nicht leugnen, aber ich glaube wirklich, wenn sie gelebt hätte, um ihren Sohn zu sehen, hätte sie sich letztlich davon erholt."

„Ich denke, darüber sind wir uns einig. Ich komme gerade aus Brams Büro, und Murray Belmont war dort." Melanie nickte nur, also drängte Evie weiter. „Das Baby wirkt brav und freundlich. Ich kann nicht verstehen, warum er noch nicht in einer permanenten Familie untergebracht wurde."

Melanie blickte auf und sah Evie noch einmal an, bevor sie sagte: „Bram ist derjenige, der diese Frage beantworten muss. Wenn er es nicht tut, dann tut es mir leid, aber niemand sonst hier wird es tun."

„Dann stimmt es also, dass Sie Stonefire gegenüber loyal sind."

Melanie runzelte die Stirn und sagte: „Natürlich. Sie sind Tristans Clan, was sie zu meinem Clan macht."

Die Art und Weise, wie Melanie das sagte, als ob es eine simple Wahrheit wäre, erstaunte sie. In all den Jahren, in denen Evie für das MDA gearbeitet hatte, war sie nie einem Menschen begegnet, der sich aus Liebe dazu entschieden hatte, bei einem Drachenwandler zu bleiben. Und wenn das nicht faszinierend genug war, hatte Stonefire gleich zwei Menschen, die das getan hatten; die andere war eine Frau namens Samira.

Da all ihre Verführungsforschung nichts bedeuten würde, wenn sie die Drachenwandlermänner nicht besser verstehen könnte, musste sie das Gespräch in diese Richtung lenken. Es mochte Melanie misstrauisch machen, aber Evie musste es versuchen; es waren nur ein paar Stunden bis zum Abendessen mit Bram. „Wie haben Sie das geschafft? Einen Drachenwandler davon zu überzeugen, sie zu begehren?"

Melanie blinzelte. „Nur Frauen, die keine Drachenwandler-Kinder empfangen können, werden zur MDA-Inspektorin befördert, was bedeutet, dass Sie sich selbst nicht als Opfer darbringen könnten, selbst wenn Sie es wollten. Warum also stellen Sie mir diese Frage?"

Ihre Einschätzung von Melanie Halls Wissen über das MDA war gerade um ein paar Kerben höher gegangen. Nur wenige Menschen wussten von dieser kleinen Bedingung.

Ohne zu zögern, sagte Evie: „Als ich mit dem Skyhunter-Clan gearbeitet habe, haben mich die Frauen immer gefragt, was sie noch tun können, als sich nur mit den Drachenmännern fortzupflanzen. Ich hätte gerne beim nächsten Mal eine echte Antwort für sie, denn es hat mir immer das Herz gebrochen, ihnen zu sagen ‚Ich weiß es nicht'."

Das stimmte. In der Regel boten sich verzweifelte Frauen den Drachenwandler-Clans als Menschenopfer an, um entweder etwas Geld zu verdienen oder um eine Fiale Drachenblut zu erhalten und damit die Krankheit eines geliebten Menschen zu heilen.

Obwohl nur wenige aufgrund des Vertrags körperlich geschädigt wurden, den sowohl die Drachenwandler als auch die Menschenfrauen unterschrieben, wurden zu viele gemieden oder verbal misshandelt. Vielleicht waren die Dinge bei Stonefire anders, aber Skyhunter war verdammt unfreundlich zu seinen Opfern. Sie hoffte, dass sie nie wieder mit ihnen zusammenarbeiten musste.

Die andere Frau zog die Decke um ihr Baby zurecht, während sie murmelte: „Seid stark, seid ehrlich und seid aufgeschlossen. Das ist es, was man braucht, um das Herz eines Drachenmanns zu erweichen."

Sobald Bram den kleinen Murray im Haus seines Bruders abgegeben hatte, wollte er nichts mehr als sich wandeln und einen kurzen Flug machen, um sich von Evie Marshalls verlockendem Po zu befreien. Bevor er jedoch die Chance hatte, hatte ihn Melanie mit ihren Bedenken wegen der MDA-Inspektorin angerufen, und er musste seine geringe Freizeit nutzen, um sich eine Strategie für diesen Abend auszudenken.

Die Menschenfrau könnte eine Bedrohung für seinen Clan sein. Er musste die Wahrheit herausfinden.

Sein innerer Drache knurrte. *Wir werden die Wahrheit finden. Wenn sie in Schwierigkeiten ist, könnten wir ihr vielleicht helfen.*

Richtig. Wieder typisch für einen Drachen, anzunehmen, dass die Frau in Schwierigkeiten war, anstatt Gedanken an einen Verrat zu haben. *Hör auf, mit deinem Schwanz zu denken, du rohes Ungeheuer. Was, wenn sie mit den Drachenjägern arbeitet? Schließlich werden sie von Tag zu Tag dreister.*

Bevor sein Drache antworten konnte, klopfte es an seiner Haustür. Wie er es immer bei Fremden tat, setzte er seinen strengen, wie gemauerten Ausdruck auf, bevor er die Tür öffnete.

Er hatte Dacian erwartet, aber stattdessen wurde er mit dem Anblick von Evie in einem engen gelben Kleid begrüßt, ihre glatten roten Haare ergossen sich über ihre Schultern. Sein innerer Drache knurrte in Anerkennung der Art, wie das Stretch-Kleid den Körper der Frau umschmiegte.

Von ihrer kleinen Brust über ihren runden Bauch bis zu ihren breiten Hüften ließ das Kleid der Fantasie wenig übrig. Dann fiel sein Blick auf ihren kurzen Saum, der die glatte, cremige Haut ihrer Beine hervorhob.

Finde die Wahrheit heraus. Hilf ihr. Vielleicht belohnt sie uns, und wir dürfen sie ficken.

Nur aufgrund jahrelanger Erfahrung hielt Bram seinen Ausdruck neutral gegenüber den Worten seines Drachen. *Halt die Klappe.*

Das Tier verstummte und zog sich in seinen Hinterkopf zurück. Nicht einmal sein Drache wollte seine Dominanz jetzt herausfordern.

Bram fand seine Stimme und sagte: „Ms. Marshall." Dann sah er zu Dacian hinter ihr. „Dacian, du kannst gehen. Ich werde den Rest des Abends die Wachdienstleistung von Ms. Marshall übernehmen."

Sein junger Wächter nickte, ging und ließ ihn allein mit der Inspektorin. Er trat zur Seite und bedeutete ihr, einzutreten. Im Gegenzug schenkte sie ihm ein sexy Lächeln, das direkt auf seinen Schwanz schoss.

Sein Drache schwebte am Rande seines Geistes, aber Bram entschied, dass er Evie zum Sprechen bringen musste, bevor das Tier mit seinen Sex-Fantasien loslegte. Sobald Bram sich mit Evie befasst hatte, würde er sich eine Frau suchen, um die Lust seines Drachen vor ihrem nächsten Treffen zu lindern. „Kommen Sie herein. Ich weiß nicht, was Sie bei Skyhunter jemals tun mussten, aber wir sind hier nicht so förmlich. Ich esse normalerweise in Jeans und T-Shirt."

Ihre Augen wanderten über seine Brust, bevor sie sich auf seinem Schritt niederließen. Es brauchte jede Menge Zurückhaltung, um seinen Schwanz davon abzuhalten, steinhart zu werden.

Evie sah wieder auf und zuckte mit den Schultern. „Ich habe mich nie so für Marcus angezogen, nur für Sie."

Sein Drache war erfreut darüber, dass sie es so sachlich sagte, aber seine menschliche Hälfte wurde misstrauisch.

Er beschloss, den dummen Mätzchen der Frau ein Ende zu setzen. Er wollte die Inspektion bestehen, Ende der Geschichte. „Sie sind MDA-Inspektorin. Hören Sie auf zu flirten, und machen Sie Ihre Arbeit."

Feuer blitzte in ihren Augen auf, aber es war weg, bevor er blinzeln konnte. Ähnlich wie zuvor vermutete er, dass sie versuchte, ihren Zorn zu bändigen.

Ihr Ton war überraschend ausgeglichen, als sie antwortete: „Ich mache meine Arbeit, vielen Dank. Haben Sie jemals überlegt, dass ich vielleicht nur versuche, Sie zu testen? Die anderen Inspektoren haben über Sie gesprochen, und ich versuche, die Wahrheit herauszufinden."

Er verschränkte die Arme vor der Brust. „Gut, dann weiter. Erzählen Sie mir, was sie über mich gesagt haben, damit ich es Blödsinn nennen kann."

Aus dem Augenwinkel sah er, wie sie ihre Hand

ballte, und spürte einen kleinen Ansturm der Befriedigung. Einen Gegner wütend zu machen, führte in der Regel dazu, dass der mehr sagte, als er es normalerweise tun würde.

Evie musterte ihn eine Sekunde, bevor sie an ihm vorbei zur Couch auf der anderen Seite des Raumes ging. Sobald sie saß, schlug sie ein Bein über ihr Knie und sagte: „Nein."

Sein Ausdruck schwankte. „Was?"

Sie legte die Hände auf ihr Knie und straffte die Schultern. „Nein. Sie haben mir befohlen, zum Abendessen hierherzukommen, um mich zu fragen, was ich heute herausgefunden habe, also werde ich das tun. Es gibt absolut keinen Grund, warum ich Ihnen etwas anderes sagen muss."

Er schloss die Eingangstür und ging durch den Raum, um einen Meter vor ihr stehenzubleiben. Er warf ihr seinen besten stechenden Blick zu und sagte: „Sie sind auf Stonefire-Land, Mädel, und ich bin das Gesetz hier. Das sollten Sie sich am besten merken."

Sie hob ungerührt eine Braue. „Leere Drohung, und das wissen Sie auch. Mein Bericht bestimmt die Zukunft Ihres Clans, daher sollten Sie anfangen, nett zu mir zu sein."

„Wollen Sie wirklich einen Clanführer herausfordern? Ein Wort davon, dass Sie in das Bett eines Drachenwandlers gehüpft sind, und Sie sind entlassen."

„Ist es das also, was Sie tun? Sie werfen die Menschenfrauen den Bestien zum Fraß vor?"

Bram wusste, dass ihre Worte provozieren sollten, aber sie hatte seine Ehre angegriffen, und er ließ das nicht mit sich machen. Er spuckte aus: „Wenn es das ist, was Sie denken, dann sollten Sie am besten sofort gehen und einen anderen Inspektor schicken. Ich will eine faire Chance, und ich werde mich nicht mit Ihren Vorurteilen abgeben."

„Meine Vorurteile? Sie sind derjenige, der angedeutet hat, er würde behaupten, habe Sex mit einem Drachenwandler gehabt, damit ich entlassen werde. Vielleicht sollte ich Sie daran erinnern, dass eine Erwähnung von Ihrer Drohung gegen mich reicht, und es gibt keine Opfer mehr."

„Aber Sie dürfen mir unterstellen, dass ich meinen Drachenmännern erlaube, sich den Menschenfrauen aufzuzwingen, und denken, das ist okay? Ich weiß nicht, was Marcus unten im Süden tut, aber hier oben im Norden haben wir Stolz und Respekt für diejenigen, die unserem Clan helfen, sich neu zu bevölkern."

Sie öffnete ihren Mund, als sein Mobiltelefon klingelte. *Gott sei Dank!* Er brauchte Zeit, um seinen Kopf zu kühlen, oder er könnte etwas sagen, das seinem Clan wirklich schaden konnte.

Ohne ein Wort drehte er der ärgerlichen Frau den Rücken zu und nahm das Handy aus der Tasche. Er sah auf den Bildschirm und drückte auf Annehmen. „Was ist, Kai?"

Kai, einer der Beschützer des Clans, antwortete: „Es gab einen weiteren Übergriff an unserer

Grenze. Die Drachenjäger haben einen Hinterhalt auf der Ostseite versucht."

Während er auf die andere Seite des Raumes ging, wechselte er zu Mersae, der Drachenwandlersprache, und sagte: „Wurde jemand verletzt?"

Kai antwortete in derselben Sprache. „Eine der neueren Beschützerinnen in Ausbildung hat eine böse Platzwunde, aber sie wird überleben."

Zufrieden, dass seine Clanmitglieder am Leben waren, bellte er: „Dann erzähl mir den Rest."

„Wir haben nur einen, einen Drachenjäger mittleren Rangs mit einer Carlisle-Tätowierung, gefangen. Er sagt nicht viel, aber was er bisher gesagt hat, beunruhigt mich."

Ihm gefiel nicht, wie sich das anhörte. „Spuck's schon aus, Kai."

„Nun, er sagt, er kenne Evie Marshall."

Kapitel Drei

Als der Anführer des Stonefire-Clans begann, auf seinem Handy in der Sprache der Drachen zu sprechen, nutzte Evie die Gelegenheit, um bis zwanzig zu zählen und wieder runterzukommen. Der Versuch, Melanies Rat zu folgen, stark zu sein, ohne die Kontrolle zu verlieren, war schwieriger, als sie sich vorgestellt hatte. Daran müsste sie arbeiten, zumal Evie nicht ganz ehrlich zu dem Drachenmann sein konnte. Zumindest noch nicht.

Sein Blick auf ihren Körper an der Tür hatte ihr Selbstvertrauen gestärkt. Trotz ihres Streits und ihres Temperaments, das bald mit ihr durchging, konnte es immer noch eine Chance geben.

Oder dachte sie zumindest, bis sich der Drachenmann mit einem Grimm in den Augen zu ihr umdrehte, der ihr Herz einen Schlag aussetzen ließ.

Die Drachen hatten den Menschen ihre Sprache

nicht beigebracht, sodass sie keine Ahnung hatte, was er in das Telefon bellte. Aber sein angespannter Körper und der Ton seiner Stimme sagten ihr, dass es nicht gut war.

Als Bram sein Handy ausschaltete, wappnete sie sich für das, was kommen sollte. Die meisten Menschen würden sich unter dem aktuellen wütenden Blick des Drachenmanns zusammenkauern, aber sie hatte jetzt sieben Jahre lang mit Drachenwandlern gearbeitet. Sie konnte jeden Dominanzscheiß auf sich nehmen, den sie ihr in den Weg warfen.

Dennoch, als die Sekunden wortlos verstrichen, bekam sie allmählich ein ungutes Gefühl in der Magengegend. Anstatt zu warten, bis Bram sprach, platzte sie heraus: „Warum starren Sie mich so an? Wenn es um meine sogenannten Vorurteile geht, haben Sie mir keine Chance gegeben, darauf zu reagieren. Wenn Sie nur zuhören würden –"

„Es reicht."

Trotz ihrer Entschlossenheit verstummte Evie bei seinem Tonfall.

Er bedeutete ihr aufzustehen und verschränkte dann die Arme vor der Brust. Zuerst hob sie nur trotzig das Kinn. Aber als eine Minute verging und dann eine weitere, gab sie schließlich nach und stand auf.

Bram kam näher, bis er keinen halben Meter mehr von ihr entfernt war. Sie ignorierte die Hitze, die von seinem Körper ausstrahlte, blickte in seine Augen und hob eine Augenbraue. „Und? Wie lange werden wir hier stehen und schweigen? Ich habe Hunger."

Während er noch in ihre Augen sah, bewegte er eine Hand, um ihr Kinn zu nehmen. Das Gefühl seiner rauen, warmen Haut an ihrer sandte einen Hitzestrom durch ihren Körper, und es brauchte jede Unze Entschlossenheit, die sie hatte, nicht zu keuchen. Ja, sie musste ihn nackt und über sich bringen, aber nicht, bis sie wusste, warum er sie mit solcher Verachtung anstarrte.

Sie versuchte, sich von seinem Griff zu befreien, aber seine Finger wurden fester, als er sagte: „Sagen Sie mir jetzt, Evie Marshall, warum sind Sie hier?"

Mist. Jetzt musste sie vorsichtig sein. „Das habe ich Ihnen doch schon gesagt. Ich bin hier, um nach Melanie zu sehen und Caitrionas Tod zu untersuchen."

„Und was sonst?"

„Warum glauben Sie, dass es noch einen anderen Grund gibt?"

Er beugte sich vor, bis sie seinen heißen Atem an ihrer Wange spüren konnte. „Wir wissen beide, dass da noch etwas anderes ist. Wenn Sie kooperieren, wird es die Sache für Sie viel leichter machen."

Evies Herz trommelte in ihrer Brust. Kannte Bram wirklich ihr anderes Motiv, hier zu sein, oder bluffte er bloß?

Sie dachte allmählich, dass ihr Plan, Bram Moore-Llewellyn zu verführen, eine schlechte Idee gewesen war.

Dank   ihrer   jahrelangen   schulischen

Theaterausbildung war sie in der Lage, sich äußerlich ihre Zweifel nicht anmerken zu lassen, als sie sagte: „Unschuldig, bis zum Beweis der Schuld, Mr. Moore-Llewellyn. Sagen Sie mir, warum Sie denken, dass ich Hintergedanken habe."

„Drei Worte: Die Carlisle-Drachenjäger."

Evies Magen zog sich zusammen. Wie zum Teufel wusste er von ihnen?

Bram hob eine Augenbraue an und sagte: „Das dachte ich mir. Sie sind ziemlich gut darin, Ihre wahren Gedanken zu verbergen, aber im Moment kann ich die Angst in Ihren Augen sehen. Sagen Sie mir warum."

Aus dem Nichts sprangen ihr Melanies Worte von vorhin in den Sinn: *„Seid stark, seid ehrlich und seid aufgeschlossen. Das ist es, was man braucht, um das Herz eines Drachenmanns zu erweichen."*

Würde die Wahrheit wirklich funktionieren, selbst wenn der grimmige Mann sie derzeit wütend anstarrte? Oder würde es ihn wegstoßen und er ihr Problem als nichts Besorgniserregendes abtun?

Wenn man bedachte, dass sie auf dem Land des Drachenwandlers ohne Verbündete gefangen war, war es nicht so, als hätte sie eine Wahl. Wenn sie es ihm nicht sagte, würde er sie wahrscheinlich vom Stonefire-Land in die Hände der Drachenjäger treten. Die britische Regierung hatte sie zuvor wegen der Morddrohungen nicht ernst genommen und jetzt mit Sicherheit auch nicht. Sie hätte niemanden, der sie beschützen könnte.

Doch wenn sie es Bram sagte, dann würde er ihr

vielleicht, nur vielleicht, helfen; zumindest, wenn sie ehrlich wäre.

Sie hatte wirklich nur eine Möglichkeit, und mit einem tiefen Atemzug versuchte sie herauszufinden, was sie sagen sollte, das den Drachenmann davon überzeugen würde, sie nicht sofort den Drachenjägern zu übergeben.

BRAM KONNTE EVIES ANGST RIECHEN, aber er war sich nicht sicher, ob es seinetwegen oder wegen der Drachenjäger war. Von dem, was er bisher von der Menschenfrau gesehen hatte, würde er Letzteres vermuten. Doch sie hatte ihn belogen, seit sie ihren Fuß auf sein Land gesetzt hatte, also konnte sie auch mehr Angst vor ihm haben.

Sein Drache schob sich in seine Gedanken. *Sie hat Angst. Nicht vor uns. Hilf ihr.*

Er wollte fragen, wie zum Teufel sein Drache wusste, dass sie in Schwierigkeiten war, aber während er seinem Drachen mit seinem Leben vertraute, mochte sein Tier es nicht, ins Detail zu gehen.

Doch selbst wenn sie Angst vor den Drachenjägern hatte, musste sie ihm die Wahrheit sagen, sonst würde er sie von seinem Land jagen und um einen anderen Inspektor bitten.

Sein Drache knurrte. *Mach das nicht.*

Bevor er seiner anderen Hälfte noch einmal sagen konnte, dass sie die Klappe halten sollte, atmete Evie tief durch und konzentrierte sich auf ihre Worte, als sie sagte: „Ich habe darum gebeten, von London hierhergebracht zu werden, damit ich Sie um Ihre Hilfe bitten kann."

Er hob eine Braue. „Warum würden Sie das tun, anstatt Ihre menschliche Regierung um Hilfe zu bitten?"

„Das habe ich bereits versucht, aber sie werden mir ohne weitere Beweise nicht helfen. Anstatt zu riskieren, dabei getötet zu werden, schien mir die bessere Option zu sein, Sie zu verführen."

Bram runzelte die Stirn. „Mich verführen? Mädel, Sie sollten besser am Anfang anfangen und auf den Punkt kommen. Ich habe einen Drachenjäger zu befragen."

Ihre Augen wurden größer. „Einer von ihnen ist hier?"

Er packte ihre Arme und bereute es augenblicklich, als ihre weiche, glatte Haut einen Schauer durch seinen Körper sandte. So nah war Evies Duft eine Mischung aus Frau und etwas Wildem, und er hatte versucht, es in den letzten fünf Minuten zu ignorieren. Aber mit der Kombination ihrer Haut unter seinen Händen stand sein Schwanz sehr aufmerksam aufrecht.

Wenn das nicht schon schlimm genug war, starrte Evie weiter in seine Augen, als der Duft ihrer Erregung seine Nase erreichte.

Sein inneres Tier wurde verrückt und sagte: *Siehst du! Sie hat keine Angst vor uns. Sie will uns. Hilf ihr, und dann fick sie.*

Verdammt nochmal, was stimmte nicht mit ihm? Er war nicht so geil gewesen, seit er ein junger Kerl von zwanzig Jahren gewesen war. Sie war nur eine Frau, um Himmels willen, und er konnte jede haben.

Wieder knurrend zischte sein inneres Tier: *Schieb sie nicht weg. Sie ist anders.*

Okay, er hatte keine Scheißahnung, was das bedeuten sollte.

Er schob sowohl seinen Drachen als auch seine Lust beiseite, um sich wieder auf den Schutz seines Clans zu konzentrieren. „Fangen Sie an zu reden, Evie. Jetzt."

„Lassen Sie mich zuerst los."

Anstatt sich zu streiten und noch mehr Zeit zu verschwenden, ließ er sie frei und verschränkte die Arme wieder vor der Brust. „Jetzt reden Sie."

Ein trotziges Glühen blitzte in ihren Augen auf, aber zum Glück hatte die Frau Verstand und begann zu reden. „In den letzten Monaten haben die Drachenjäger MDA-Mitarbeiter ins Visier genommen. Und wer nicht auf ihre ,Warnung' hört, die eher eine Todesdrohung ist, ist am Ende tot."

Das hörte er zum ersten Mal. Von jetzt an würde er seine Leute die menschlichen Nachrichtenkanäle genauer überwachen lassen. „Moment mal, warum? Die Drachenjäger wollen uns und unser Blut; die Menschen haben ihnen nichts zu bieten." Sie hob eine Augenbraue, als wollte sie ihn wegen seiner Behauptung herausfordern, aber er wich nicht zurück. „Ihr Blut kann keine Krankheiten heilen und kann nicht auf dem Schwarzmarkt verkauft werden."

„Es hieß eigentlich, dass Sie clever sind, Bram. Wir haben mehr Wert, als Sie denken. Was würde Ihrer Meinung nach passieren, wenn mehr MDA-Inspektoren getötet und die Menschen aufhören würden, sich freiwillig für den Job zu melden?"

Es war das erste Mal, dass sie seinen Namen genannt hatte, und die Art, wie ihr Londoner Akzent ihn rollte, gefiel ihm.

Fokus, oh großer Anführer, Fokus. Er konnte einfach eine Antwort von ihr verlangen, aber aus irgendeinem seltsamen Grund wollte er, dass sie sah, dass er Verstand besaß.

Dann traf es ihn, warum die Inspektoren Ziele sein konnten. „Ohne Sie und Ihre Mitarbeiter würde das menschliche Opfersystem aufhören zu existieren. Ohne menschliche Frauen würden unsere Zahlen wieder schrumpfen."

Sie nickte zustimmend. „Richtig, was bedeutet, dass die Jäger bei weniger Drachen höhere Preise auf dem Schwarzmarkt verlangen können, wenn sie einen gefangenen Drachen ernten."

„Sie sagen ‚Ernte', ich sage ‚Folter'."

Sie schüttelte den Kopf und sagte: „Drehen Sie das nicht so, als wäre mir Ihre Art egal. Ich habe so ziemlich mein Leben aufgegeben, um den Drachenwandlern zu helfen, und was habe ich dafür bekommen? Eine endlose Parade an Demütigungen und Irritation. Manchmal frage ich mich, warum überhaupt einer von uns beim MDA bleibt."

Sein inneres Tier knurrte bei dem Gedanken, dass jemand diese starke Frau demütigte. Bram stimmte seinem Drachen zu.

Seine Neugier war geweckt, und er sagte: „Ich bin nicht Marcus. Sie werden hier keine Demütigung erfahren, solange Sie mir die Wahrheit sagen." Sie sah nicht überzeugt aus, also fuhr er fort: „Sie haben heute mit Melanie gesprochen. Hatte sie Angst vor mir? Hatte sie eine endlose Reihe von Beschwerden über mich? Oder etwas anderes, das meiner Behauptung widerspricht?"

Sie hielt eine Sekunde inne, bevor sie antwortete: „Nein. Sie ist Ihnen gegenüber äußerst loyal."

„Ganz genau. Ich habe sie von dem Moment an, als sie einen Fuß auf dieses Land gesetzt hat, genauso behandelt wie alle anderen Opfer. Verdammt, ich habe sogar Cait geholfen mit ihrer Angst vor Drachenwandlern, bis sie gestorben ist."

Mann und Drache schwiegen eine Sekunde, um sich an die Frau zu erinnern, die so viel gelitten und versucht hatte, zu sich zu kommen, nur, um bei der Geburt zu sterben. Bis heute machte er sich Vorwürfe, ihr Neil als Drachenwandler zugewiesen zu haben. Dem Bastard hätte nie eine Menschenfrau zugebilligt werden dürfen. Bram war der Meinung, dass die Verbannung des Arschlochs eine zu harmlose Strafe war, aber die Einzige, die ihm rechtlich offenstand.

Evie berührte seinen Arm, und er sah in ihre Augen, als sie sagte: „Ihnen tut Caitrionas Tod wirklich leid, nicht wahr?"

„Ja."

Ihre Augen blickten noch einige Sekunden in seine, bevor sie nickte. „Ich glaube Ihnen. Ich werde Ihnen die Wahrheit sagen."

Ihre Akzeptanz ließ seinen Drachen summen.

Eine Sekunde lang starrte er auf die schöne Rothaarige hinab, die vor ihm stand, und genoss das Gefühl ihrer Hand auf seinem Arm. Der Drang, sie an sich zu ziehen und sie zu küssen, war überwältigend, aber es gab eine Million Gründe, warum er es nicht durfte.

Dennoch war seine Stimme unruhig, als er sagte: „Sagen Sie mir also, wie es Ihnen helfen sollte, wenn Sie mich verführen."

Sie befeuchtete ihre Lippen, und ihr Griff festigte sich an seinem Arm, bevor sie sagte: „Ich hatte gehofft, dass ich Sie überzeugen könnte, mich hier bleiben zu lassen, wenn ich mit Ihnen geschlafen habe. Sex war nur ein Teil meines Plans; ich hatte gehofft, dass Sie sich auch um mich kümmern würden, zumal einem der ehemaligen MDA-Inspektoren herausgerutscht ist, dass Sie keine Kinder zeugen und somit kein Opfer haben können."

∽

ALS DIE WORTE Evies Mund verließen, fühlte sie sich sofort zu gleichen Teilen dumm und gefühllos. Sie hatte gerade zugegeben, etwas extrem Persönliches gegen Bram zu verwenden. Warum, oh warum nur, hatte sie ihm diesen Teil erzählt? Seine Unfruchtbarkeit auszunutzen, würde mit Sicherheit sein Drachenwandlerego verletzen.

Doch anstatt zu brüllen oder durchzudrehen, wie es der Anführer des Skyhunter-Clans sicherlich getan hätte, starrte Bram sie nur schweigend an.

Okay, sie konnte zugeben, dass sein kühler, blauäugiger Blick sie zum Zappeln brachte, aber sie würde es nicht tun. Sie musste stark sein und für sich eintreten. Evie weigerte sich, darüber nachzudenken, was passieren würde, wenn sie scheiterte.

Bram trat einen Schritt zurück und zwang sie, ihren Griff an seinem Arm zu lösen. Ihr drehte sich der Magen um, als ihre Herzfrequenz in die Höhe schnellte. War die Entfernung ein Zeichen dafür, dass er sie jetzt gehen lassen würde?

Als Bram schließlich sprach, war seine Stimme leise. „Ich weiß nicht, wie irgendwer von Ihnen davon erfahren haben kann, aber es ist eindeutig meine Angelegenheit und meine allein. Mich dazu zu verführen, Ihnen zu helfen, ist auch kein Weg, an meine Hilfe zu kommen."

Da er sie noch nicht vollständig entlassen hatte, riskierte sie eine Frage. „Also, heißt das, dass Sie mir helfen werden?"

„Um ehrlich zu sein, ich weiß es nicht. Aber um

es auch nur in Betracht zu ziehen, werden Sie etwas für mich tun, ohne sich irgendwie dagegen zu wehren."

Oh-oh. Ihr gefiel nicht, wie sich das anhörte. „Was genau soll ich tun?"

Er zeigte auf die Couch und sagte: „Setzen Sie sich und warten Sie dort."

In normalen Situationen hätte sie es abgelehnt, einer solchen Anweisung zu folgen, aber das hier war nicht irgendeine Situation. Diese nächsten Minuten würden über ihre Zukunft entscheiden, also setzte sie sich.

Nickend ging Bram auf seinen Schreibtisch zu und fischte etwas aus einer der Schubladen. Als er aufstand, hatte er einen Laptop in der Hand. Er winkte damit und sagte: „Während ich den Drachenjäger befrage, werden Sie alles aufschreiben, was Ihnen in Bezug auf die Carlisle-Jäger einfällt, die Tötung von MDA-Inspektoren und was Sie sonst noch über meinen Clan und mich wissen."

So weit, so gut. „Okay, wenn ich das alles mache, werden Sie mich bleiben lassen?"

„Das habe ich nicht gesagt. Zuerst werden Sie daran arbeiten, mir einen Grund zu geben, Sie zu brauchen. Schließlich, wenn Sie auf meinem Land bleiben und kein MDA-Mitarbeiter oder ein Opfer sind, breche ich nach britischem Recht Ihre Menschenrechte. Sie sollten besser einige verdammt gute Informationen für mich haben, um dagegen etwas zu tun."

Bevor sie sich zurückhalten konnte, platzte Evie heraus, „aber ich habe dafür ein Schlupfloch entdeckt."

Er hob eine Braue. „So? Und was wäre das?"

„Es wird Ihnen nicht gefallen."

„Mädchen, das hier gefällt mir so schon nicht. Sagen Sie mir einfach, was Sie gefunden haben, sonst verlieren Sie jede Chance auf Hilfe von mir."

Sie hasste es absolut, dass Bram alle Karten in der Hand hielt. Dennoch war es besser, jemandem nachzugeben, als tot zu enden.

Sie atmete kräftig durch und sagte: „Tief in einer der Statuten vergraben gibt es eine Klausel, die es einem Menschen legal erlaubt, sich mit einem Drachenwandler zu paaren, ohne zuerst ein Opfer zu sein, vorausgesetzt, der betreffende Drachenwandler ist ein Clanführer."

„Seit wann? Ihre Regierung tut alles, um Menschen-Drachenwandler-Interaktionen außerhalb des Opfersystems zu verhindern."

„Ja, aber in all ihren Anzeigen und Vorträgen achten sie sehr genau darauf, nicht zu erwähnen, dass es für alle Drachenwandler illegal ist. Sie benutzen einschüchternde Sprache und Propaganda, und natürlich gehen die Leute aufgrund dieser Botschaften davon aus, dass es illegal ist. Aber als das Opfersystem Ende der Achtziger eingerichtet wurde, war die britische Regierung darauf bedacht, das alte Gesetz über Ehen zwischen Clanführern und Menschen intakt zu halten, nur für den Fall, dass sich die Dinge verändern. Schließlich wurde das alte Gesetz in der fernen Vergangenheit verwendet, um den Frieden zwischen menschlichen Lords und Drachenwandler-Führern zu wahren."

Wenn sie Bram mit ihren Worten überrascht hatte, ließ er es sich nicht anmerken.

„Und woher genau wissen Sie das?"

Sie zuckte die Schultern. „Ich habe eine Freundin, die von allem besessen ist, was mit Drachenwandlern zu tun hat. Ich denke, sie weiß mehr als jeder andere Mensch auf der Welt. Nun, zumindest diejenigen, die nicht bei den Drachenwandlern leben."

Evie ließ den Teil aus, dass sie genauso besessen gewesen war wie ihre Freundin, bis sie angefangen hatte, für das MDA beigetreten war. Die Arbeit für das Ministerium hatte all ihre romantischen Vorstellungen, die sie von einem Drachenmann, der sie umhaute, gehabt hatte, zunichtegemacht.

Bram runzelte die Stirn. „Richtig, und ich soll mich mit Ihnen paaren und mich dankbar fühlen, da ich selbst kein Opfer haben kann? Oder weil ich keine Drachenwandlergefährtin nehmen kann, ohne die Zukunft der Unabhängigkeit meines Clans zu ruinieren?" Er schüttelte den Kopf. „Ich weiß nicht, wie ihr Menschen die Ehe betrachtet, aber wir Drachenwandler nehmen die Paarung ernst."

Evie spürte, wie ihr die Zukunft aus den Fingern glitt. Wenn sie nichts sagte oder tat, würde sie ihre Chance verlieren. Bram war mit Abstand der verständnisvollste Drachenwandler-Clanführer in Großbritannien.

Sie stand auf und machte ein paar Schritte in Brams Richtung, um das Terrain zu sondieren, und er zog sich nicht zurück. Nachdem sie noch ein paar weitere gegangen war, sah sie in seine Augen und sagte: „Ich gebe zu, dass ich, als mir mein Plan einfiel, Ihre Bedürfnisse oder Wünsche nicht berücksichtigt habe. Ich habe recherchiert, wie man einen Mann am besten verführen kann, und wollte alles auf dieser Liste versuchen, um Sie rumzukriegen, aber ich habe nie erwartet, dass es diese überwältigende Anziehungskraft zwischen uns geben würde."

Nur für eine Sekunde verrutschte seine ernste Fassade, und Evie stürzte sich darauf. „Bevor du versuchst, es zu leugnen, küss mich. Nur einmal. Wenn du dich zurückziehen und behaupten kannst, dass da nichts ist, werde ich gehen und sehen, ob ich es nach Amerika schaffen kann, um den nächstwahrscheinlichen Kandidaten auf meiner Liste zu suchen. Sicher, die Drachenjäger werden mich wahrscheinlich vorher finden, aber ich werde alles versuchen, um zu leben. Ich habe nicht vor, mich kampflos von den Bastarden töten zu lassen."

Als Bram schwieg, begannen ihre Handflächen zu schwitzen. Sie hatte gerade all ihre Karten auf den Tisch gelegt. Wenn das hier nicht funktionierte, müsste sie versuchen, nicht nur den Drachenjägern auszuweichen, die wahrscheinlich vor den Toren von Stonefire auf sie warteten, sondern sie müsste auch einen Weg nach Amerika finden, um einen anderen Clanführer zu verführen.

Natürlich war dieser Plan abstrakt betrachtet einfacher zu akzeptieren gewesen. Jetzt, wo sie Bram getroffen hatte, dachte sie nicht, dass sie ihn jemals vergessen würde. Die Berührung keines Mannes hatte ihren Körper je zuvor so in Brand gesetzt, und sie war nicht dumm genug, um zu glauben, dass die Berührung des nächsten Drachenwandler-Anführers auf ihrer Liste es auch schaffen würde.

Bram war ihre beste Chance auf Sicherheit, ja, aber sie wollte auch wissen, wie es sich anfühlte, von dem Drachenmann, der vor ihr stand, geküsst zu werden.

Kapitel Vier

Nachdem Evie ihm ihren Vorschlag entgegengeworfen hatte, sagte Brams Drache sofort: *Ja. Küss sie. Wir brauchen sie. Sie braucht uns. Wir passen gut zusammen.*

Hör auf, so verdammt undurchsichtig zu sein. Sag mir warum.

Sein inneres Tier knurrte. *Nein. Küss sie und denk später nach.*

Wenn die Menschenfrau nicht im Raum gewesen wäre, hätte er eine Reihe von Flüchen losgelassen. Da er wusste, dass sein Drache zu verdammt stur war, um jemals wieder davon abzulassen, konnte er entweder auf das Tier hören und die Frau küssen, oder er konnte Tage oder Wochen damit verbringen, dass der Drache mit ihm stritt.

Als er den rothaarigen Menschen ansah, musste er zugeben, dass er es mochte, wie sich ihre Haut an seiner anfühlte. Nicht nur das, obwohl sie schon sieben Jahre lang für das MDA arbeitete, hatte sie ihren Esprit und ihr Rückgrat bewahrt. Wenn nicht die Drachenjäger gerade versuchten, sein Land anzugreifen, hätte diese Kombination es möglicherweise geschafft, ihn zu verführen.

Jetzt musste er jedoch eine rationale Wahl treffen, ohne dass sein Schwanz ihm im Weg stand.

Wenn der Mensch seine Gefährtin wurde, konnte sie alle möglichen Informationen über die Funktionsweise des MDA preisgeben. Da Melanie Hall-MacLeod ein Buch über seinen Clan schrieb, um menschliches Verständnis zu fördern, konnte Evies detailliertes Wissen über Menschen- und Drachenwandlerrecht Stonefire helfen, jede Art von Klage oder mögliche Gegenreaktion zu vermeiden.

Außerdem, wenn sie eine Möglichkeit hätte, mit dieser drachenwandlerbesessenen Freundin in Kontakt zu treten, könnte Bram mehr über die alten Gesetze erfahren und was er heute tun durfte oder nicht.

Doch wenn er sie als seine Gefährtin nehmen würde, würde nicht nur seine Chance, Kinder zu bekommen, von einem Prozent auf null sinken, da alle MDA-Inspektoren inkompatibel waren, er würde nie den Partner finden, den er sich so verzweifelt wünschte, damit er ihm bei Clanangelegenheiten half. Als er ihren Körper in diesem engen gelben Kleid sah, wusste er, dass er sie gerne ficken würde, aber er wollte mehr als nur Sex.

Er wollte, was Tristan MacLeod mit Melanie gefunden hatte.

Sein Drache drückte sich in den Vordergrund seiner Gedanken. *Hör auf zu denken und küss sie. Es wird gut sein.*

Die Worte des Tieres drängten ihn, eine Entscheidung zu treffen. Was sein Herz wollte, war egal. Er war Clanführer, und sofern die Menschenfrau ihm Informationen gab, konnte sie helfen, seinem Clan einen Vorteil gegenüber dem Opfersystem und den britischen Politikern im Allgemeinen zu verschaffen. Das war wichtiger, als dass er Liebe fand.

Es war an der Zeit, sie um den Verstand zu küssen und zu sehen, ob sie mit einem Drachenwandler umgehen könnte. So sehr sie seinem Clan helfen konnte, würde er niemals ein Leben tolerieren können, in dem sie Angst vor ihm hatte. Er würde alles geben und sehen, wie sie reagierte.

Er legte den Laptop weg und befahl: „Komm her."

Ohne ein Wort stellte sie sich vor ihn. Evies süchtig machender Duft wehte bis zu seiner Nase und ließ seinen Drachen summen. *Küss sie.*

Er streckte die Hand aus und zog ihren weichen Körper an seinen, ihre Hitze ließ seinen Schwanz pulsieren. Sie stieß ein kleines überraschtes Geräusch aus, aber sie erholte sich schnell und legte ihre Hände an seine Brust. Schade, dass er ein T-

Shirt trug, so konnte er ihre weiche Haut nicht spüren.

Er drückte ihren weichen Körper fester und murmelte: „Mach dich bereit, Mensch, denn dein Leben wird nie mehr dasselbe sein, nachdem du einen Drachenmann geküsst hast."

Ihre Lippen trennten sich, um etwas zu sagen, aber er senkte seinen Kopf, bevor sie sprechen konnte. In dem Moment, als er ihre weichen, warmen Lippen mit seinen eigenen berührte, blitzte Hitze durch seinen Körper. Ihre weiche Haut und ihr süßer Duft waren nicht genug; er wollte, nein, musste sie kosten.

Nachdem sie ihre Lippen zunächst geschlossen hatte, öffnete sie sie schließlich, und er knurrte, als er ihren Mund erkundete. Sie schmeckte genauso süß, wie er es sich vorgestellt hatte, aber er brauchte mehr, viel mehr.

Als er seine Zunge gegen ihre streichelte, bewegte Bram seine Hand auf ihren Po und drückte ihn, und es gefiel ihm, wie sie sich noch näher an ihn presste. Dann bewegte die Frau ihre Hüften, und es war an Bram, über die Reibung an seinem Schwanz zu stöhnen. Die verdammte Verführerin wusste, was sie tat; das musste er ihr lassen.

Als er die Macht reduzieren wollte, gab er ihr einen Klaps auf den Po, und Evie drückte ihre Brust gegen seine. Sein Drache summte. *Mehr, mehr.*

Er legte eine Hand an ihren Hinterkopf und neigte sie für einen besseren Zugang, entschlossen, ihren süßen, heißen Mund zu verschlingen. Einen

Mund, den er gerne um seinen Schwanz herum spüren würde.

ALS BRAMS LIPPEN IHRE BERÜHRTEN, verwandelten sich Evies Ärger und Nervosität in etwas viel Heißeres. Die schlichte Berührung seiner starken, warmen Lippen ließ Nässe zwischen ihre Beine rauschen. Dann trennte er ihre Lippen mit seiner Zunge, bevor er in ihren Mund eindrang, und sie schrie fast, als er sie kostete.

Bram streichelte und erforschte sie und machte deutlich, wer wen dominierte. In den meisten Fällen hätte Evie sich mit dieser Scheiße nicht abgefunden. Aber als seine Zähne gegen ihre schlugen, kurz bevor er ihren Po so besitzergreifend packte, entschied sie, dass sie, wenn es um Knutschen und Sex ging, wie ein Mann sein konnte, der die Kontrolle übernahm.

Unfähig zu widerstehen, bewegte sie ihre Hüften gegen die harte Beule an ihrem Bauch, und dieses Mal stieß Bram ein lustvolles Geräusch aus.

Obwohl sie gegen seine Brust gedrückt war, war es kein Kontakt Haut an Haut, und sie musste die Wärme seiner Haut spüren. Bevor sie sich jedoch bewegen konnte, gab Bram ihr einen Klaps auf den Po, und die Mischung aus Stechen und Hitze ließ ihre Pussy pochen.

Dieser Drachenmann schien zu wissen, wie er sie antörnen konnte.

Verzweifelt nach seiner Haut bewegte sie ihre Hände von seiner Brust bis zu seinem Hals. Dann drückte sie ihre harten Brustwarzen gegen seine Brust und wurde mit einem Stöhnen belohnt. Auch wenn dieser Drachenmann gerne die Kontrolle übernehmen würde, hatte sie ihre eigene Macht über ihn und wollte die Chance, sie wieder zu nutzen.

Denk nicht an die Zukunft. Konzentriere dich darauf, den Mann in der Gegenwart in den Wahnsinn zu treiben.

Dann drückte Bram seinen Schwanz härter gegen ihren Bauch. Wenn sie von dem, was sie durch seine Jeans fühlte, ausgehen konnte, dann waren die Gerüchte über die Drachenwandler und ihre langen, dicken Schwänze wahr.

Bevor sie ihre Hüften wieder gegen diese köstlich große Wölbung bewegen konnte, schlug er ihr erneut auf den Po, drehte sie beide um und hob sie an, um sie auf seinen Schreibtisch zu setzen. Als er näherkam, öffneten sich ihre Beine, um seine Hüfte aufzunehmen, und ihr Rock rutschte dabei an ihren Oberschenkeln hoch.

Doch der Mann bewegte sich nicht zwischen ihren Beinen, nicht einmal mit seinem kaum zurückgehaltenen Schwanz, der nicht mehr als ein paar Zentimeter von ihrem Kern entfernt war. Als sie beschloss, die Dinge selbst in die Hand zu nehmen, rutschte sie bis an den Rand des Schreibtisches, aber kurz bevor ihre Klitoris Kontakt aufnehmen konnte, unterbrach Bram den Kuss, um ihr in die Augen zu starren.

Seine Augen waren geweitet und mit einer Gier gefüllt, die direkt auf ihre Pussy schoss. Der Drachenmann wollte sie.

Als er seine rauen Hände auf ihre Oberschenkel legte, pulsierte ihr Kern bei dem Kontakt. Wenn er seine Hände nur ein wenig weiter bewegen würde ...

Er verschloss seinen Ausdruck, trennte den Kontakt und trat zurück, bevor er sagte: „Du wärst ein guter Fick. Das muss ich dir lassen."

Plötzlich fühlte sich Evie entblößt, schloss ihre Beine und zog ihren Rock herunter. Sie wusste, dass sie kein Recht hatte, etwas zu verlangen, aber seine Worte schmerzten ein wenig. Es gab so viel mehr an ihr als eine Pussy, die für den Schwanz eines Mannes gebraucht werden konnte.

Zumindest konnte man auch etwas Positives aus seinen Worten entnehmen; Bram könnte sie noch als seine Gefährtin nehmen und sie vor den Drachenjägern schützen.

Entschlossen, den Drachenmann nicht wissen zu lassen, wie seine Worte sie beeinflussten, straffte sie ihre Schultern und sagte: „Nun?"

„Du hast dir das Recht verdient, mir zu zeigen, dass du Stonefire in Form von Informationen etwas zu bieten hast." Er zeigte hinter sie und fuhr fort: „Reich mir mal diesen Laptop."

Obwohl er nicht direkt gesagt hatte, dass er sich von ihr angezogen fühlte, hatte sein Schwanz diese kleine Tatsache vorhin verraten, und sie konzentrierte sich auf das Bestehen des nächsten Tests. Sie nahm den Laptop und reichte ihn ihm.

„Was möchtest du wissen? Und wie lange habe ich?"

Er ging zu dem Tisch auf der anderen Seite des Raumes und öffnete den Laptop. „Fang mit den Carlisle-Drachenjägern an. Dann mach mit den Todesfällen der MDA-Inspektoren weiter, und ende mit dem wenig bekannten Wissen über Drachenwandler, das du von deiner Freundin hast."

Sie runzelte die Stirn, sprang vom Schreibtisch und schaffte es kaum, nicht über ihre hohen Absätze zu stolpern. „All das könnte ein Buch füllen. Sag mir, wie lange habe ich?"

Nachdem er, wie sie annahm, ein Passwort eingegeben hatte, sah er sie mit ausdruckslosen Augen an. „Bis ich von der Befragung des Drachenjägers zurückkomme."

„Moment mal, das ist nicht annähernd genug Zeit für mich, um die Sache richtig zu machen. Außerdem habe ich meine Brille nicht mitgebracht, und der Bildschirm wird nach wenigen Minuten verschwimmen."

Bram stand auf. „Angesichts dessen, dass deine Zukunft und dein Leben auf dem Spiel stehen, schlage ich vor, dass du einen Weg findest, damit es funktioniert."

Sie öffnete den Mund, aber Bram kam ihr zuvor. „Deine Ausreden sind mir egal. Tippe drauf los, als hinge dein Leben davon ab, denn schließlich tut es das."

Sie ging einen Schritt auf ihn zu und konnte ihren Zorn nicht zurückhalten. „So wird es also zwischen uns sein, wenn ich deine mysteriösen Tests bestehe? Denn ich versichere dir, dass ich Arschlöcher nicht mag und dass es nicht mein Stil ist, mich jeder deiner Anweisungen unterwerfen zu müssen."

Mist. Sobald die Worte aus ihrem Mund waren, bereute Evie sie. *Du wolltest ihm eigentlich den Hof machen, weißt du noch?*

Doch Bram sah unbeeindruckt aus. Er ging zur Tür und deutete zum Laptop. „Stell mir erst einige Informationen bereit, dann werden wir uns Sorgen darüber machen, was in der Zukunft passieren könnte."

Der Drachenmann ging zur Tür hinaus, und sie hörte das Schloss klicken.

Bastard.

Als Bram weg war, traf sie sofort eine Flut von Emotionen. Hoffnung, dass sie vielleicht die Woche überleben könnte; Verwirrung darüber, wie der Drachenmann von Gier in seinen Augen dazu übergegangen war, sie wie einen Soldaten herumzukommandieren; und Wut, weil sie nicht genug Zeit hatte, um angemessene Arbeit zu leisten.

Oh, und ganz zu schweigen davon, dass ihr nasses Höschen eine physische Erinnerung an alles war, wie sie sonst über den Drachenmann dachte, ein Kuss war alles gewesen, was es brauchte, um sie anzutörnen, wie es noch kein Mann getan hatte.

Seine Worte von vorhin hallten in ihrem Kopf wider: „*Mach dich bereit, Mensch, denn dein Leben wird nie mehr dasselbe sein, nachdem du einen Drachenmann geküsst hast."*

Verdammt sei der Mann. Auf keinen Fall konnte sie zugeben, dass er Recht hatte. Sie bezweifelte, dass irgendein Mann, Drache oder Mensch, jemals ihren Mund auf dieselbe sexy Weise besitzen könnte.

Vergiss den Kuss und konzentriere dich auf deine Aufgabe. Eines war sicher, sie würde nie wieder einen Kuss mit Bram erleben, wenn sie nicht beweisen könnte, dass sie Informationen hatte, die er nutzen könnte. Und sie wollte sich nicht selbst belügen; sie wollte sehr, dass der Drachenmann sie wieder küsste. Nur an all die rohe, sexuelle Hitze und Macht zu denken, die sich ganz auf sie konzentrierte, ließ Evie erschauern.

Sie atmete einige Male ein und aus, streckte die Arme über ihren Kopf und bewegte sich auf den Laptop zu. An Bram und seine heißen Küsse zu denken würde warten müssen.

Scheiß auf Tippfehler, Evie öffnete ein Textverarbeitungsdokument und machte sich an die Arbeit, um so schnell wie möglich zu tippen, ohne wirklich sehen zu können, was sie tat.

EINMAL AUS SEINEM Cottage nahm Bram einen tiefen Atemzug der kühlen Abendluft, um seinen Kopf von Evies Duft nach Frau und Sex zu befreien.

Von ihren gespreizten Beinen zurückzutreten

und wieder in den ‚Clanführer-Modus' zu wechseln, war eines der schwierigsten Dinge, die er seit einer Weile getan hatte. Sie war feucht und bereit für ihn gewesen, und mit ein paar weiteren Küssen und Liebkosungen hätte sie sich wahrscheinlich von ihm ficken lassen.

Sein innerer Drache knurrte. *Warum hast du aufgehört? Du hast Schmerzen. Sie hat Schmerzen. Ihr wollt es beide.*

So einfach ist das nicht.

Warum nicht? Bei Sex fühlt sich jeder gut. Das ist ganz einfach.

Zumindest waren die Worte seines Drachen nicht verzweifelt und mit einem intensiven Bedürfnis erfüllt, was bedeutete, dass Evie Marshall nicht den Paarungsrausch ausgelöst hatte.

Er hätte sich erleichtert fühlen sollen, aber ein kleiner Teil von ihm war traurig bei diesem Gedanken. Wenn sie seine wahre Gefährtin gewesen wäre, hätte das die Zukunft so viel einfacher und sicherer gemacht.

Sein inneres Tier meldete sich zu Wort. *Sie kann sicher sein. Wähle sie. Sie ist weich und hat Feuer. Sie passt gut.*

Der Drache war zu verdammt aufmerksam. Nur Wenige stellten sich ihm, und schon gar nicht bloße Menschen, und wenn Evie einmal wirklich ihren Zorn erstrahlen ließ, würde es Spaß machen, sie zu provozieren.

Da er fast ins Straucheln geraten war, wischte Bram diesen Gedanken beiseite. Es war vielleicht ein fünfminütiger Spaziergang zwischen seinem Cottage und dort, wo die Beschützer seines Clans die Gefangenen hielten, und Bram musste sich überlegen, was er während seines Verhörs fragen würde. Die Drachenjäger gingen ihm mehr und mehr auf den Sack, bis zu dem Punkt, dass Bram sich mehr mit den Gefangenen beschäftigte, anstatt Kai und sein Team sich darum kümmern zu lassen.

Gleich nachdem Tristan fast acht Monate zuvor von den Carlisle-Jägern abgeschossen worden war, waren die Drachenjäger bei jedem Versuch, einen seiner Leute zu fangen oder sich an sein Land zu schleichen, dreister geworden. Hätte er sein Volk nicht so gut gekannt, hätte man meinen können, dass er einen Spion in seiner Mitte hatte. Es musste einen anderen Weg geben, wie sie an ihre Informationen kamen.

Als er sich an Evies Worte darüber erinnerte, dass Jäger MDA-Inspektoren töteten, fragte er sich, ob die beiden Dinge miteinander zusammenhingen. Er würde sich das ansehen und mehr herausfinden müssen.

Als Bram das zweistöckige Backsteingebäude mit Wänden aus Stahlblech erreichte, setzte er seinen „Leg-dich-nicht-mit-mir-an"-Ausdruck auf und ging durch die Tür.

Die junge verletzte Auszubildende, Nikola, saß auf einem Stuhl direkt drinnen. Bram sah zu ihrem verbundenen Arm und ihrer Schulter und dann zurück zu ihren dunkelbraunen Augen. „Versuchst du immer noch, dich deines Ruhmes für würdig zu erweisen?"

Die junge Drachenfrau zuckte mit den Schultern und zischte dann über die Schmerzen, während sie ihren Arm umklammerte. Sie schaffte schließlich herauszubringen: „Die Leute werden mich immer besonders behandeln, also muss ich etwas tun, um diese Wertschätzung zu verdienen."

Nikola – oder besser gesagt, Nikki für den Großteil des Clans – war das Kind des ersten Menschenopfers, das vor 25 Jahren nach Stonefire geschickt wurde. Trotz ihrer Bemühungen, sie davon abzubringen, überschütteten viele der älteren Drachenwandler sie mit Zuneigung und besonderer Aufmerksamkeit; für sie war sie ihre erste Hoffnung, eines Tages ihre Zahlen wieder so zu vermehren, wie sie es einmal gewesen waren.

Frustriert über das unerwünschte Lob hatte sich Nikki entschieden, Beschützerin zu werden. Bisher hatte das nichts daran geändert, wie die älteren Drachenwandler sie behandelten.

Bram hingegen behandelte sie wie jeden anderen jungen Drachenwandler. „Nun, du kannst nichts verdienen, wenn du tot bist. Sei nächstes Mal nicht so dumm."

„Woher weißt du, dass ich dumm war?"

Er hob eine Augenbraue und die Drachenwandlerin seufzte. „Richtig. Du bist ein verdammter Gedankenleser, deshalb."

„Das ist meine geheime Macht. Nun, da das

geklärt ist, gib mir das Update. Hat Kai etwas herausgefunden?"

Sie winkte zur verschlossenen Tür den Flur hinunter und sagte: „Er ist mit dem Jäger dort, seitdem er dich angerufen hat. Kai hat gesagt, dass er es vorziehen würde, wenn du deine Anwesenheit mit einem besonderen Klopfen ankündigen würdest, anstatt einfach reinzuplatzen."

Die Bitte war vernünftig. „Aber bevor ich gehe, wirst du mir sagen, wie du verletzt wurdest."

Obwohl niemand gerne über seine Misserfolge spricht, vor allem nicht jemand, der eine Beschützerausbildung macht, wusste Nikki, dass sie ihm keine Informationen vorenthalten sollte. Nachdem sie aufgestanden war, sah sie ihm in die Augen und sagte: „Während sie unseren derzeitigen Gefangenen zu Boden gedrückt haben, hat mich einer der anderen Jäger angeschossen."

„Mit einer normalen Waffe?"

Sie nickte. „Ja. Niemand hat die Laserpistole, die die Jäger vor Monaten gegen Tristan verwendet haben, je gesehen."

Zweifellos sparten die Jäger sich das für einen besonderen Anlass auf. „Da du wegen deiner Verletzung eine Weile außer Gefecht sein wirst, könnte ich einen Job für dich haben."

Normalerweise war Bram nicht derjenige, der ihr Aufträge gab, aber wenn Nikki verwirrt war, zeigte sie es nicht. „Solange du es zuerst mit Kai absprichst, sicher, ich werde tun, was du brauchst."

„Gut." Er sah zur Tür. „Halte dich an dieselben Regeln, während ich dort drin bei dem Jäger bin. Nur diejenigen mit hoher Sicherheitsfreigabe dürfen mich stören. Außerdem", sagte er und wandte sich zurück zu Nikki: „Ich möchte, dass du Arabella MacLeod anrufst und ihr den Befehl gibst, in mein Cottage zu gehen und meinen Gast zu beobachten."

Die Drachenfrau runzelte die Stirn. „Was für ein Gast?"

„Evie Marshall, die MDA-Inspektorin."

Nikki sah verwirrt aus, aber sie nickte kaum merklich.

Damit ging Bram zur Tür ganz am Ende des Flurs. Arabella würde für die meisten seines Clans nach einer seltsamen Wahl aussehen, da die Drachenfrau bis auf ihre Schwägerin Melanie immer noch alle Menschen hasste, aber Bram vertraute keinem anderen Mann, im selben Raum mit Evie zu sein. Wenn sie ihre verführerischen Reize einsetzte, konnte sie wahrscheinlich alle möglichen Informationen bekommen, die er nicht öffentlich machen wollte.

Nein, Arabella bevorzugte nicht nur Männer und wäre gegen diese Reize resistent, sie wäre skeptisch, und er brauchte das, um Ruhe zu haben und sich zu konzentrieren.

Natürlich versuchte er, nicht darüber nachzudenken, wie schnell es ihm missfiel, wenn andere Männer im selben Raum mit der MDA-Inspektorin waren. Die Menschenfrau würde nichts als Ärger bedeuten, wenn er sie wirklich als seine Gefährtin annehmen würde.

Aber von der guten Sorte Ärger. Das wird lustig werden.

Bram ignorierte seinen Drachen und steigerte sein Tempo. Je früher er den Drachenjäger-Bastard befragte, desto eher würde er sehen, ob er eine eigene Frau zum Ficken haben würde. Ja, zum Ficken. Er wollte nicht auf mehr hoffen, vor allem, weil er keine verdammte Ahnung hatte, ob er dem Mädel vertrauen konnte oder nicht.

Kapitel Fünf

Evie schielte auf die Worte auf dem Computerbildschirm, aber es half nicht, die Buchstaben klarer zu machen. Und wenn es nicht schon schlimm genug war, nicht richtig sehen zu können, bereitete ihr die verschwommene Sicht auch noch wahnsinnige Kopfschmerzen. Astigmatismus, kombiniert mit leichter Weitsichtigkeit, war heute Abend definitiv nicht ihr Freund.

Sie hatte fast dreitausend Worte an Informationen eingegeben, aber das war nur die Spitze des Eisbergs. Verdammt, sie hatte die Einführung über die Carlisle-Drachenjäger kaum abgeschlossen. Dennoch wollte sie lieber gründlich sein, als die Informationen zu beschönigen. Je konkretere Details sie zur Verfügung stellte, desto höher die Chance, dass Bram sie als seine Gefährtin nehmen würde.

Seine Gefährtin. Dieser ganze wohlgeformte,

finster dreinblickende, sture Drachenmann könnte bald ihr gehören. Nicht, dass sie irgendeinen Anspruch auf sein Herz hätte. Evie war klug genug zu wissen, dass die Paarung eine Art Transaktion sein würde: Ihre Sicherheit im Austausch für Informationen. Dennoch konnte sie nicht umhin, sich zu fragen, wie es wäre, Bram Moore-Llewellyn nackt und hemmungslos über sich zu haben.

Hör auf damit, Evie Marie Marshall. Sie rutschte auf ihrem Stuhl hin und her. Sexfantasien führten zu feuchten Höschen, und sie wollte nicht, dass Bram das roch, wenn er zurückkam. Das Letzte, was sie brauchte, war das aufgeblasene Ego des Drachenmanns, weil eine einfache Berührung oder ein Gedanke an ihn ihren Körper in Brand setzte.

Sie lehnte sich zurück in ihren Stuhl und schloss die Augen, um Bram aus ihrem Kopf zu bekommen, als jemand an die Tür klopfte. Evie öffnete die Augen und überlegte, ob sie darauf antworten sollte oder nicht, als eine gedämpfte weibliche Stimme von der anderen Seite der Tür erklang: „Mach auf, Mensch. Bram hat mich geschickt, um dich zu babysitten."

Großartig! Bram traute ihr nicht einmal zu, in einem Cottage zu bleiben und zu tippen, ohne Probleme zu verursachen. Sie hoffte, dass der Rest ihres Lebens nicht so sein würde, mit einer Wache, die fast jede Sekunde jeden Tages über sie wachte.

Mit einem Seufzer stand Evie auf und ging zur Tür. Sie war kein vollkommener Idiot, öffnete die Tür einen Spalt weit, falls sie sie schnell schließen musste, und wurde vom Anblick einer Frauenbrust begrüßt, die in ein T-Shirt gehüllt war. Als sie aufsah, musste sie sich zusammenreißen, um nicht nach Luft zu schnappen, als sie das entstellte Gesicht der Frau sah.

Die Narbe, die von der rechten Schläfe der Frau über die Nasenwurzel zum linken Ohr hinunterlief, sowie die verheilten Verbrennungen an ihrem Hals, verrieten Evie die Identität der Frau, oder besser gesagt, die Identität der Drachenfrau. Sie sagte: „Sie sind Arabella MacLeod."

Die Drachenfrau hob eine Augenbraue. „Großartig zu sehen, dass ich bekannt bin. Jetzt öffne die verdammte Tür, bevor ich sie eintrete."

Evie musste sich mit Brams Bullshit abfinden, um in Sicherheit zu sein, aber sie musste sich nicht mit Arabella MacLeods Verhalten abfinden. „Wenn du versuchst, mich einzuschüchtern, hast du noch einen langen Weg vor dir, bevor du auch nur ansatzweise auf Marcus Kings Niveau kommst. Wie wäre es, wenn wir die harte Tour lassen und uns auf Augenhöhe unterhalten?"

Arabella verschränkte die Arme vor der Brust. „Die MDA-Inspektorin hat also ein Rückgrat." Während sie wartete, um zu sehen, was die Drachenfrau tun würde, trat Arabella hart genug gegen die Tür, um Evie rückwärts auf ihren Po fliegen zu lassen.

Doch nicht einmal ihr dortiges Polster konnte ihr Steißbein vor einem Aufprall auf dem Boden bewahren. Sie sah finster zu der Frau auf. Es lag

Evie auf der Zunge, die MDA-Vorschriften über Angriffe auf Inspektoren zu zitieren, aber sie schwieg, da diese Gesetze sie nicht vor den Drachenjägern schützen würden, wenn Bram sie rauswarf.

Evie stand langsam auf und ignorierte die Schmerzen in ihrem Rücken, als sie sagte: „Fühlst du dich jetzt besser?"

Die Drachenfrau blinzelte. „Was?"

„Deine Gefangennahme und die daraus resultierende Folter vor etwas mehr als zehn Jahren ist innerhalb des MDA bekannt. Es ist auch bekannt, dass du Menschen hasst, also wenn es dir hilft, dich zu beruhigen, wenn du mir in den Arsch trittst, dann nur zu. Aber wenn du mich nur als Boxsack für deinen Hass verwenden willst, dann kannst du mich von der anderen Seite des Raumes aus finster ansehen. Ich hab' zu tun."

Arabella musterte sie eine Sekunde lang und sagte dann: „Du bist nicht wie die anderen MDA-Inspektoren."

„Ist das ein Kompliment?"

„Nein."

Evie verdrehte die Augen. „Schön zu sehen, dass die Drachenfrauen so einsilbig sein können wie die Drachenmänner. Und jetzt entschuldige mich bitte, ich werde an den bereits erwähnten Dingen arbeiten, die ich erledigen muss."

Gerade als sie losgehen wollte, packte Arabella ihren Arm und fragte: „Warum bist du hier?"

Hatte Bram ihre Geschichte bereits an alle

Drachenwandler weitergegeben? Sie hatte mehr von ihm erwartet.

Sie sah über ihre Schulter und antwortete: „Hör zu, ich weiß nicht, was Bram dir gesagt hat, aber wenn ich nicht so viel wie möglich tippe, bevor er zurückkehrt, könnte ich in die Hände der Drachenjäger geraten. Du weißt, wie das ist, und egal, wie sehr du mein Menschsein hasst, ich vermute, dass du die Drachenjäger mehr hasst und nicht willst, dass sie bekommen, was sie wollen."

„Und sie wollen dich."

Okay, vielleicht hatte Bram ihr nichts erzählt. Es war jedoch zu spät, um es zurückzunehmen, also nickte Evie. „Ja. Ich versuche, einige Informationen für Bram, Informationen über die Carlisle-Jäger, zusammenzustellen. Dass du mich aufhältst und meine Zeit verschwendest, schadet deinem Clan, also lass mich gehen, damit ich meine Aufgabe erledigen kann."

Evie wandte ihren Blick nicht ab, und nach gefühlten Minuten überraschte Arabella sie verdammt nochmal, indem sie ihren Arm losließ und nickte. Es schien, als hätte die Zeit, in der sie mit den Skyhunters zusammengearbeitet hatte, sie gut auf den Umgang mit der Überfülle an Alpha-Persönlichkeiten innerhalb des Stonefire-Clans vorbereitet.

Bevor die Drachenfrau ihre Meinung ändern konnte, eilte Evie zum Laptop, setzte sich und begann erneut zu tippen. Sie war so sehr in ihre Arbeit vertieft, dass sie eine Sekunde brauchte, um zu merken, dass Arabella MacLeod direkt hinter ihr stand. Sie wollte keine Zeit mehr verschwenden und ignorierte sie.

Da Evie nur erahnen konnte, wie sehr Arabella die Drachenjäger für das hasste, was sie ihr vor all den Jahren angetan hatten, hoffte sie, dass die Drachenfrau die Informationen, die Evie über die Carlisle-Jäger tippte, nicht für eine Art halbherzige Rache nutzen würde. Zumal, wenn Evies Erinnerung stimmte, es die Carlisle-Jäger waren, die Arabellas Mutter getötet hatten.

BRAMS ZORN ÜBER DEN DRACHENJÄGER, der während des gesamten Verhörs schwieg, verschwand, sobald er sich seinem Cottage näherte. Trotz der Dunkelheit der Nacht war seine Vision scharf, und er konnte sehen, dass eines der Scharniere seiner Tür nur noch mit einer Schraube am Türpfosten hing. Jemand war eingebrochen.

Verdammt. War der gefangene Drachenjäger ein Köder gewesen?

Sein Drache knurrte. *Sieh nach der Menschenfrau. Die Jäger wollen sie jagen. Wir müssen sie schützen.*

Bram war derselben Meinung, aber anstatt Zeit mit seinem Drachen zu verschwenden, schickte er eine kurze Textnachricht an Kai, bevor er sich zu seinem Cottage schlich und es sich genauer ansah.

Das Licht leuchtete immer noch von den beiden Frontscheiben, von denen keine kaputt war. Er atmete tief ein und konnte kein Blut in der Luft riechen, was auch gut war. Da sein Cottage schallisoliert war, um sensible Clanangelegenheiten von hochsensiblen Drachenwandlerohren fernzuhalten, konnte er nichts hören. Er musste drinnen nachsehen.

Drachenwandler verwendeten selten Waffen, und Bram war keine Ausnahme. Die Reflexe seines Drachen hatten ihn nie zuvor im Stich gelassen, und er würde ihnen auch jetzt vertrauen.

Er packte den Türknauf und drehte ihn Stück für Stück, bis der Riegel leise klickte. Er zählte bis drei, dann öffnete Bram die Tür und wurde von Evies Stimme begrüßt. „Die Rivalität zwischen den Carlisle- und Edinburgh-Jägern ist etwas, das man im Auge behalten sollte. Sie gegeneinander aufzubringen könnte dazu beitragen, ihre Abwehr genug zu lockern, um anzugreifen.”

Etwas von Brams Spannung löste sich durch die Stimme der Frau, und er schob die Tür weit auf. Evie stand hinter Arabella, die vor ihr saß und auf dem Laptop tippte. Ohne nachzudenken, fragte er: „Was ist denn hier los?”

Beide Frauen drehten sich um, um ihn anzusehen. Keine sah überrascht aus, ihn zu sehen. Wenn überhaupt, sahen sie wütend aus.

Evie war die Erste, die sich äußerte. „Das, was du von mir verlangt hast – ich gebe Informationen für dich ein.”

Bram entschied sich, den einfachen Weg zu nehmen, und sah Arabella an. „Erklär mir das.”

Die Drachenfrau zuckte eine Schulter. „Ich war es leid, ihre Tippfehler zu entziffern, also hab' ich ihr angeboten, für sie zu tippen."

„Ja, aber warum genau, solltest du das tun, Arabella? Menschen und Freundlichkeit passen normalerweise nicht für dich zusammen."

Evie sagte: „Lass sie doch in Ruhe. Du hast sie hierher geschickt, also glaube ich, dass du ihr vertraust. Ich sehe keinen Grund für dich, sich über ihr Tippen für mich zu ärgern. Wenn du mir Zeit gelassen hättest, meine Brille zu holen, würden wir dieses Gespräch jetzt nicht führen."

Vor Arabella seine Beherrschung zu verlieren, stand nicht auf seiner Liste der Dinge, die er zu tun hatte, also konzentrierte er sich auf sein Clanmitglied und sagte: „Arabella, du kannst jetzt gehen."

„Aber wir sind nicht fertig. All diese Informationen über die Carlisle-Drachenjäger sind faszinierend."

Ach, verdammt. Arabella brauchte keine Insider-Informationen über die Carlisle-Jäger. Sie hatte in den letzten acht Monaten große Fortschritte bei ihrer PTBS-Genesung gemacht, und er würde ihr zutrauen, die Jäger allein anzugreifen. Schließlich waren sie diejenigen, die sowohl für den Tod ihrer Mutter als auch für ihre Narben verantwortlich waren.

Bram drängte jede erdenkliche Dominanz in seine Stimme und sagte: „Geh nach Hause, Arabella. Wir werden morgen darüber reden."

Ara sah bereit aus, sich zu streiten, aber dann verkrampfte sich ihr Kiefer, und sie nickte. Sie war noch nie versucht gewesen, ihm gegenüber ungehorsam zu sein. Er schob es auf den Einfluss des Menschen.

Er wartete, bis Arabella aufstand und aus der Tür ging, bevor er Evie Marshall seinen besten Blick zuwarf. „Wie um alles in der Welt hast du Arabella MacLeod dazu gebracht, nicht nur mit dir zu arbeiten, sondern scheinbar auf deiner Seite zu sein? Und das in weniger als zwei Stunden?"

Die Menschenfrau straffte ihre Schultern. „Ich kenne einen oder zwei Tricks, wenn es um die Arbeit mit Drachenwandlern geht. So ziemlich alle im Skyhunter-Clan verabscheuen Menschen. Mein erstes Jahr war die Hölle, bis ich lernte, ihren Hass zu meinem Vorteil zu nutzen. Das Gleiche habe ich mit Arabella gemacht. Sie hasst die Drachenjäger und ich auch. Dieser Hass war stärker als ihre Abneigung mir gegenüber."

Bram schüttelte den Kopf, stellte sich neben Evie und bereute es sofort, als ihr weiblicher Duft seine Nase füllte. Nur ein Hauch ließ seinen Drachen knurren. *Küss sie noch einmal. Sie hat kooperiert. Arabella hasst sie nicht. Sie ist gut.*

Er warf seinem Drachen einen mentalen bösen Blick zu. *Du bist zu vertrauensvoll.*

Sein inneres Tier zischte, aber Bram ignorierte es und sprach zu dem Menschen: „Deine Klugheit wird nervtötend sein."

Hoffnung erhellte ihre Augen. „Du lässt mich also bleiben?"

Wie Evie ihn ansah, als wäre er der Einzige, der ihr Leben retten könnte, ging ihm direkt ans Herz. Er konnte immer noch nicht ergründen, warum irgendjemand die Frau töten wollte.

Es war an der Zeit, es herauszufinden. „Noch nicht." Ihre Hoffnung starb, und er widerstand, ihr eine Hand auf die Schulter zu legen, um sie zu trösten, als er weitersprach: „Zuerst muss ich einen Blick auf deine Informationen werfen und sehen, ob es sich für die Jäger wirklich lohnen würde, dich umzubringen."

Ihr Ausdruck zeigte zum Teil wieder Wut und zum Teil Ungeduld, als sie auf den Laptop deutete. „Bitte sehr."

Gerade als er sich vor den Laptop stellte, hörte er den Magen des Menschen knurren, und sein Drache sprang in den Vordergrund seines Geistes. *Füttere sie.*

Sogar Bram fühlte sich ein wenig schuldig an ihrem Hunger. „Während ich das tue, gibt es einige Reste im Kühlschrank, die du essen kannst. Ich hoffe, du magst Curry."

Sie hob eine Augenbraue und sagte: „Bist du sicher, dass das nicht vergiftet ist?"

Widerwillig zuckte ein Winkel von Brams Lippen. „Aye, da bin ich mir sicher. Jetzt iss, bevor ich dich an einen Stuhl binden und dich zwangsernähren muss."

Der Mensch sah aus, als wollte sie schon nein

sagen, schloss dann aber ihren Mund und nickte. Er deutete auf die Tür an der Seite. „Die Küche ist da drin. Komm zurück, sobald du dein Essen aufgewärmt hast.”

Sie salutierte zum Spaß und ging Richtung Tür. Zum ersten Mal bemerkte er, dass sie keine Schuhe trug. Nicht nur das, ihr übertriebener Hüftschwung war durch einen effizienten Gang ersetzt worden.

Die falsche Verführerin war fast verschwunden.

Nicht, dass er darüber traurig war. Aber anstatt sich zu sehr darüber Gedanken zu machen, warum ihm die Änderungen gefielen, setzte er sich vor den Computerbildschirm und las den ersten Satz:

Zahlvon Carlide-Jägern verzig Individun.

Bram rieb sich die späten Stoppeln in seinem Gesicht und verstand jetzt, was Arabella über die Tippfehler gemeint hatte. Evies Notizen zu lesen würde dreimal so lange dauern wie normal.

Mit einem Seufzer machte sich Bram an die Arbeit.

ALS DER DUFT nach Curry die Küche füllte, knurrte Evies Magen, und sie schlug ungeduldig mit ihrem Löffel gegen die Theke. Inzwischen musste Bram die Fülle von Tippfehlern in ihrem Dokument bemerkt haben. Würde er sie wirklich warten lassen, bis er alles gelesen hatte, bevor er ihr sagte, ob er sie als seine Gefährtin annehmen würde oder nicht?

Unsicherheit war nicht ihre Stärke. Seit Evie ein

kleines Mädchen gewesen war, hatte sie immer ihr Leben geplant: Gute Noten, zur Universität gehen und sich im Department of Dragon Affairs bis zur Direktorin hocharbeiten.

Nun jedoch war all diese Planung irrelevant. Alles, was zählte, war, am Leben zu bleiben, und alles andere musste warten.

In einer solchen Unsicherheit zu leben, erschreckte und verängstigte sie zugleich.

Komm darüber hinweg, Evie. Sie hatte sich in ihrem Job als MDA-Inspektorin mit einiger Unsicherheit auseinandergesetzt; sie würde diese Erfahrungen nur einfach auch für ihr Privatleben nutzen müssen.

Die Mikrowelle piepte. Der Ton war eine willkommene Unterbrechung ihrer Gedanken.

Im Moment würde sie sich auf das Essen konzentrieren. Wer wusste es schon, vielleicht hatte Bram, wenn sie fertig war, schon Antworten für sie. Dann konnte sie sich überlegen, was sie als Nächstes tun sollte.

Sie nahm das übriggebliebene Korma-Curry und trug es zur Küchentür. Einen Moment hielt sie inne, nutzte die Situation und betrachtete einfach nur Bram am Computer.

Ohne seinen finsteren Blick oder den Dominanz-Mist sah er einfach nur aus wie ein Mann. Sicher, ein attraktiver Mann mit breiten Schultern, definierten muskulösen Armen und einer sehr köstlich aussehenden Tätowierung auf einem Bizeps. Doch als er sich über den Laptop-Bildschirm lehnte, wollte sie, als sein etwas zu langes Haar gegen seine Ohren fiel, nur noch hinübergehen und ihm die Haare hinter die Ohren streichen. Sie hatte das Gefühl, dass sich niemand jemals um ihn kümmerte; Clanführer zu sein war eine anspruchsvolle und einsame Aufgabe.

Laut MDA-Aufzeichnungen arbeitete Bram von den fünf Drachenwandler-Clanführerin Großbritannien am härtesten, um all ihre Inspektionen zu bestehen. Stonefire hatte mit Abstand die geringste Anzahl an Beschwerden im Zusammenhang mit Opfern. Doch trotz all seiner harten Arbeit bedeutete Brams Unfruchtbarkeit, dass er nie ein eigenes weibliches Opfer haben würde. Verdammt, er würde vielleicht nie eine Gefährtin haben. Alles, was er tat, schrie geradezu danach, dass er die Zahlen seines Clans wiederaufbauen wollte, und seine Unfruchtbarkeit behinderte dieses Ziel.

Natürlich könnte Evie ihm sowieso nie ein Kind schenken, da ihre DNA nicht mit dem Drachenwandler-Sperma kompatibel war. Als sie neunzehn Jahre alt und von allem, was mit Drachenwandlern zu tun hatte, besessen gewesen war, hatte sie sich testen lassen.

Sie hoffte, dass dies zu ihrem Vorteil funktionieren würde, da Bram sich nicht schuldig fühlen müsste, wenn er nicht eine potentielle zukünftige Mutter aus seinem Clan genommen hatte.

Irgendwann hatte sie einmal eigene Kinder

gewollt, aber sie war viel mehr um ihr Leben als um ihre Fortpflanzung besorgt.

Sie hätte Bram wahrscheinlich weiter angestarrt, wenn seine Stimme ihre Gedanken nicht unterbrochen hätte. „Du isst ja gar nicht."

Sie richtete sich auf und machte Anstalten, sich neben ihn zu stellen. Sobald seine Augen in ihre sahen, hob sie den Löffel an ihre Lippen und nahm etwas.

Brams Blick zuckte zu ihren Lippen, und diese seltsame Hitze und das Gewahrsein schossen durch ihren Körper.

Verdammt! Seit wann war Curry ein Antörner?

Nachdem sie den Löffel in den Mund genommen hatte, fragte sie: „Und? Weißt du dein Urteil schon?"

Die Hitze wich aus seinen Augen und wurde durch einen ironischen Blick ersetzt. „Wo hast du bloß Tippen gelernt, Mädel? Selbst wenn ich in diesem Augenblick mein Augenlicht verlieren würde, könnte ich es besser machen."

Sie verengte die Augen. „Ich tippe schnell und mache Fehler. Das passiert. Hör auf, das Thema ändern zu wollen, und sag mir einfach, was du vorhast."

Er blickte pointiert auf ihr Curry, und sie seufzte, bevor sie einen weiteren Bissen nahm. Erst als sie schluckte, stand er auf und sah auf sie hinab. Wenn sie keine Absätze trug, ragte er noch höher über sie. Der Mann war riesig.

Bram verschränkte die Arme vor der Brust und

sagte: „Obwohl ich nur über ein Drittel dessen gelesen habe, was du geschrieben hast, reicht es für eine Entscheidung."

Der Drachenmann verstummte, und sie wollte ihn treten und ihn anbrüllen, er solle es ihr endlich sagen. Als er nichts sagte, fragte sie: „Und?"

„Ich möchte, dass du deine Sachen packst."

Evie hätte fast ihre Schüssel mit dem Curry fallen gelassen. Er schickte sie fort.

Ihr Herz drückte, und es verlangte ihr alles ab, nicht zu weinen. *Reiß dich zusammen, Evie. Kämpf darum.*

Sie war so weit gekommen. Sie wollte nicht so leicht nachgeben. Sie straffte ihre Schultern und sagte: „Wenn du mir etwas mehr Zeit gibst, werde ich dir weitere Informationen geben. Sieben Jahre haben mir Zugang zu ziemlich vielem über das MDA, die Drachenjäger und die anderen Drachenwandler-Clans ermöglicht. Mit meiner Brille und einer weiteren Chance kann ich dir beweisen, dass es sich lohnt, mich hierzubehalten."

Bram runzelte die Stirn. „Wovon sprichst du? Natürlich wirst du mir helfen. Ich habe nicht vor, mich einfach nur mit dir zu paaren, nur damit ich dich ficken kann, obwohl ich mich darauf freue."

Sie blinzelte. „Mich ficken? Was? Du hast mir doch gerade gesagt, ich soll meine Sachen packen."

„Aye, du ziehst zu mir heute Abend."

Kapitel Sechs

Evie blinzelte und versuchte, Brams Worte zu verstehen. Anstatt etwas Intelligentes zu sagen, konnte sie nur hören, wie sie wiederholte: „Heute Abend zu dir?"

Der Drachenmann ging zwei Schritte auf sie zu, bevor er sagte: „Aye. Es sei denn, du hast es dir anders überlegt?" Er betrachtete sie langsam von Kopf bis Fuß, bevor er ihr wieder in die Augen sah. „Ich hatte mich ziemlich darauf gefreut, dich zu ficken."

Die Unverblümtheit seiner Worte durchdrang ihren Schock und entfachte ihren Zorn. „Ich werde nicht einfach mit dir ins Bett springen, ohne die Dinge zwischen uns klarzustellen. Wenn du es ernst meinst, mich als deine Gefährtin nehmen zu wollen, dann möchte ich wissen, wie es funktionieren wird, was meine Rolle hier sein wird und wie du die Drachenjäger vertreiben willst. Ganz zu schweigen davon, wie genau du planst, dich mit der britischen

Regierung wegen meines Aufenthalts hier auseinanderzusetzen."

„Nein."

Sie verengte die Augen. „Was meinst du mit ‚nein'?"

Er verschränkte die Arme vor der Brust. „Was war es doch gleich, das mir ein Rotschopf heute sagte? Ach ja, dass sie nur das teilen wollte, was geteilt werden musste. Im Moment bist du in der ‚Vielleicht-werde-ich-mich-mit-dir-paaren'-Phase. Wir haben drei Tage, bevor du hier abreisen solltest. In dieser Zeit musst du mich überzeugen, dir zu vertrauen. Bis dahin werde ich teilen, was du wissen musst, aber nicht ein Wort darüber hinaus."

Es schien, dass ihre Machtdemonstration von vorhin ihr jetzt in den Hintern biss. „Falls du versuchst, mich einzuschüchtern, damit ich tue, was auch immer du sagst, wird das nicht funktionieren. Ja, ich brauche deinen Schutz, aber ich würde lieber mein Glück bei den Drachenjägern versuchen, als mich in eine willfährige ‚Ja-mein-Schatz'-Idiotin zu verwandeln."

Bram verschränkte die Arme und ging die verbleibenden Schritte zwischen ihnen. „Starke Worte einer Frau, die mich doch eigentlich um Hilfe anbettelt."

Als sie in seine hellblauen Augen starrte, konnte sie die Atmung des Drachenmannes hören und merkte, wie nahe er bei ihr stand. Er war ein Arschloch, aber seine Hitze und sein Duft umgaben sie, und sie erinnerte sich, wie es war, von diesem

Mann geküsst zu werden. Bevor sie sich zurückhalten konnte, huschten ihre Augen zu seinen festen Lippen.

Dann zuckte Brams Mundwinkel, und sie wusste, dass sie erwischt worden war. Sie konzentrierte sich auf ihren Zorn und sah ihm wieder in die Augen. „Lach mich ruhig aus, das ist mir egal. Wir wissen bereits, wie ein Kuss von mir dich beeinflusst."

Er hob eine Braue. „Ich dachte eher, es ist umgekehrt."

Sie starrten einander an, keiner von ihnen sprach. Sein Kopf bewegte sich zentimeterweise auf sie zu, und für eine Sekunde dachte sie, er würde sie noch einmal küssen, aber stattdessen legte er einen Finger unter ihr Kinn. Sie musste sich zusammenreißen, nicht zu zittern, als sein hauptsächlich nördlicher Tonfall über sie rollte. „Wenn alles gut geht und du nichts zu verbergen hast, wirst du bald genug in meinem Bett sein. Bis dahin, lüg mich nicht an, Evie Marshall, sonst wirst du aus mir einen Feind machen."

BRAM WIDERSETZTE SICH DEM DRANG, die weiche Haut unter Evies Kinn zu streicheln. Zum Teufel, er war nur wenige Zentimeter von ihren Lippen entfernt, und sein innerer Drache drängte ihn, sie zu küssen. Sogar jetzt meldete sich sein Drache zu

Wort. *Sie schmeckt gut. Ihr Duft sagt uns, dass sie es auch will. Küss sie.*

Wieder denkst du nur mit deinem Schwanz.

Sie wird uns nicht verraten.

Er versuchte, sein Tier zu fragen, wie sie so sicher sein konnte, aber wie es sein Drache den ganzen Tag getan hatte, schwieg er immer, wenn Bram versuchte, Einzelheiten darüber zu erfahren, warum er Evie vertraute.

Anstatt darüber nachzudenken, musterte Bram die Augen der Menschenfrau. Sie waren unbewegt, wie ein ruhiges Meer. Obwohl sie sich in einer stressigen Situation befand und ihr Leben auf dem Spiel stand, blieb die Frau kühl.

Sicher, sie war aufbrausend, aber das schien nur ihren Mund und nicht ihr Gehirn zu beeinflussen. Das gefiel ihm sogar an ihr. Als er auf ihre vollen Lippen hinabsah, flüsterte sein Drache *Küss sie.*

Nein. Stattdessen sah Bram in diese kühlen Augen mit einem Hauch Feuer und zwang sich, sich zu konzentrieren. „Und, planst du gerade meinen Untergang oder sollen wir deine Sachen holen und hierher bringen? Ich glaube, ich habe genug geknurrt und dich finster angestarrt als Warnung, dass du mich nicht verarschen sollst. Ich habe ein frühes Meeting, und was auch immer du denken magst, du wirst unter meinem Dach sicherer sein."

Ihre Augen wurden größer. „Warum? Hat der Drachenjäger während des Verhörs etwas gesagt?"

Okay, dass sie sich an das erinnerte, was er gemacht

hatte, beeindruckte ihn ein wenig. „Nichts, was er gesagt hat, war wichtig. Solange du nicht versuchst, mir ein Messer in den Rücken zu rammen, und du dich aus Ärger raushältst, werde ich dich wissen lassen, ob es eine erhöhte Bedrohung für dein Leben gibt."

Sie starrte ihn an, und Bram verkniff sich einen Seufzer. Über das frühe Meeting hatte er nicht gelogen. Er wollte gerade schon sagen, dass er ihre Sachen selbst holen und sie im Schlafzimmer einsperren würde, als Evie sagte: „Versprich mir, dass du mir morgen für ein paar Stunden dein Land zeigen wirst, und ich werde für den Rest der Nacht aufhören, mit dir zu kämpfen."

Aus dem Nichts konnte er nicht widerstehen zu sagen: „Selbst, wenn ich dich in mein Bett werfen würde?"

Ihre Wangen röteten sich, und er gab sich Mühe, nicht zu lachen, aber er scheiterte. In dem Augenblick, als er es tat, straffte Evie ihre Schultern und neigte den Kopf. „Irgendwie denke ich, dass du gegen ein wenig Kämpfen in deinem Bett nichts hättest. Nachgiebigkeit ist langweilig."

Sie drehte sich um, und ihre Worte beschworen ein Bild herauf von ihm und Evie nackt, wie sie sich auf einer Wiese herumrollten, und jeder kämpfte darum, oben zu sein. Er würde gewinnen, natürlich, und sie wäre atemlos, errötet und schön, wenn er seinen Schwanz in ihre enge, nasse Hitze stieß.

Sein Drache summte. *Das würde lustig werden. Vielleicht morgen.*

Darauf bedacht, nicht nach unten zu greifen,

um seinen jetzt halbharten Schwanz zurechtzurücken, blickte Bram auf und sah Evie in der Tür stehen und ihn anstarren. Sie hob eine Braue. „Und? Sag es und versprich mir diese Tour, und ich werde kampflos gehen, um meine Sachen zu holen. Ich könnte mich sogar bereiterklären, nur eine Handvoll Fragen zu stellen und nicht alles, was mir während unseres Spaziergangs in den Sinn kommt."

Plötzlich fragte er sich, was genau in diesem Geist vor sich ging. Die Frechheit dieser Menschenfrau war anders als bei allen anderen Frauen, die er bislang kennengelernt hatte.

Wenn er ehrlich wäre, könnte er sich jetzt sogar amüsieren. „Ich könnte dich einfach in ein Zimmer sperren und selbst gehen. Dann müsste ich heute Abend keine deiner Fragen beantworten."

„Ah, ja, aber woher weißt du, dass ich das Schloss nicht knacken kann?"

„Es ist ein Riegel."

Sie schenkte ihm ein verschlagenes Lächeln, das direkt das Blut in seinen Schwanz sandte. „Ich könnte einen Weg finden. Ich bin ziemlich einfallsreich."

Das Bild von Evie, wie sie neben der Tür stand, mit geneigtem Kopf, sodass ihr rotes Haar sich über ihre Schultern ergoss, während sie selbstbewusst lächelte, ließ seinen Drachen summen. *Du magst sie auch. Spiel noch etwas, und schlaf später.*

Er wusste genau, welche Art von „Spiel" sich sein Tier erhoffte.

Genug. Er hatte keine Zeit, mit seinem Drachen zu streiten. Um seines Clans willen war sein morgiges Treffen mit dem schottischen Drachenwandler-Anführer Finlay Stewart zu wichtig, um ohne Schlaf dabei zu sein. Er hatte Monate gebraucht, um Finn zu überzeugen, ihn persönlich zu treffen und Allianzgespräche gegen die Drachenjäger zu führen. Er wollte das nicht wegen einer Frau vermasseln, egal wie verlockend sie sein mochte.

Er ging zur Tür, bemerkte aber, dass Evie nur einen leichten Mantel trug. Er zog einen zusätzlichen vom Kleiderhaken bei der Tür, warf ihn ihr zu und sagte: „Komm oder bleib, ist mir egal. Ich hole jetzt deine Sachen. Wenn du versuchst davonzulaufen, dann solltest du wissen, dass meine Leute dich beobachten und du nicht weit kommen wirst."

Ohne einen weiteren Blick ging er zur Tür hinaus.

EINEN MOMENT lang hatte Evie sich amüsiert. Den Drachenmann zu necken, hatte viel mehr Spaß gemacht, als sie sich je vorgestellt hatte.

Dann hatte Bram seinen Ausdruck verschlossen und die Belustigung in seinen Augen beiseitegeschoben. Als sie weg war, erkannte sie, wie viel attraktiver er wurde, wenn er nicht sein hartes Drachenanführer-Gesicht trug.

Nun, dann müsste sie eben daran arbeiten, die neckende Version von Bram Moore-Llewellyn wieder zurückzubekommen. Es würde ihr nichts ausmachen, neben jener Version für den Rest ihres Lebens aufzuwachen. Oder zumindest hoffte sie, dass es für den Rest ihres Lebens sein würde. Brams halbherziger „Vielleicht-meine-Gefährtin"-Bullshit war vage. Wie sie ihn in drei Tagen überzeugen sollte, ihr zu vertrauen, war ihr ein Rätsel. Vielleicht fiel ihr etwas ein, wenn sie sich erst einmal eine Nacht ausgeruht hatte.

Sie zog den Mantel an, den Bram ihr gegeben hatte, und folgte ihm in die Dunkelheit.

Und mit Dunkelheit meinte sie pechschwarz. Die Drachenwandler hatten ein außergewöhnliches Sehvermögen. Ihren Lehrbüchern zufolge war ihre Nachtsicht zwar nicht so scharf wie das Sehen bei Tag, aber sie konnten im Dunkeln noch Formen erkennen. Evie hingegen ging fast blind, weil es keine Straßenlaternen gab. Dann geschah das Unvermeidliche, und sie stolperte.

Bevor sie „Mist" murmeln konnte, hinderten sie starke Arme daran zu fallen. Als die großen, rauen Hände sie wieder zum Stehen brachten, wusste sie, dass es Bram war. Es pisste sie an, dass sie Schwäche gezeigt hatte. Es war so gut bei ihm gelaufen.

Sie konnte sein Gesicht kaum erkennen, aber seine raue Stimme erfüllte ihre Ohren. „Um Zeit zu sparen, werde ich dich tragen."

Er legte einen Arm unter ihre Knie und hob sie hoch, als ob sie nichts wöge. Sie quietschte, als ihr

Körper mit seiner Brust in Kontakt kam. „Ich bin vollkommen in der Lage, allein zu gehen. Lass mich sofort runter, Bram."

Der Drachenwandler festigte nur seinen Griff an ihren Beinen und ihrer Taille und hielt sie enger an seiner harten, muskulösen Brust. Trotz der Schichten von Kleidung zwischen ihnen, sandte der Kontakt ein Zischen durch ihren Körper, das zwischen ihren Beinen endete.

Brams Stimme erfüllte ihre Ohren. „Warum Menschenfrauen das Bedürfnis verspüren, unbequeme, lächerliche Schuhe zu tragen, werde ich nie verstehen. Unser Land hier ist nicht für solche Dinge gemacht. Sobald du deine Schuhe wechselst, kannst du allein gehen, aber nicht vorher. Du hast andere Schuhe mitgebracht, richtig?"

Bevor sie es sich verkneifen konnte, murmelte sie: „Aber du solltest Frauen in hohen Schuhen mögen."

Bram drückte sie. „Warum? Sie verbergen deinen wahren Gang. In deinem Fall ist er voller Vertrauen und Effizienz. Das solltest du nutzen, wenn du einen Drachenwandler verführen willst."

„Jetzt gibst du mir Ratschläge, wie ich dich verführen kann?"

Sie spürte, wie er halb die Schulter zuckte. „Als Clanführer habe ich nicht viel Zeit. Trag keine hohen Absätze und benutze keine falsche Stimme. Das verbirgt, wer du bist, was mich nicht überzeugt, dich als meine Gefährtin zu nehmen."

„Also nein zu den sexy Highheels, und nein zu

der rauen Stimme. Sollte ich dann auch einen Müllsack tragen, anstatt meiner figurbetonten Kleidung?"

Selbst in der Dunkelheit konnte sie das Lächeln in seiner Stimme hören. „Ein Müllsack wäre leichter wegzureißen, wenn ich dich in meinem Bett haben will."

Sie verdrehte die Augen. „Typisch Mann, selbst einen Müllsack sexy zu finden."

Eine Sekunde lang schwieg Bram, und sie fragte sich, ob sie zu weit gegangen war. Im Dunkeln fühlte sie sich wohl und hatte fast vergessen, dass sie in den Armen eines Drachenwandlers getragen wurde, mitten im Land des Drachenwandlers. Wenn sie ihre Augen bei Marcus im Süden verdreht hätte, hätte sie das bereut.

Doch dann lehnte sich Bram an ihr Ohr, und die Hitze seines Atems streichelte ihre Haut. „Ich bin sicher, dass selbst, wenn ich von dir verlangen würde, jede Nacht einen als Teil unserer Paarung zu tragen, du wahrscheinlich einen Weg finden würdest, um dagegen zu rebellieren und diese verdammten schrecklichen Dinge zu tragen, die deinen Körper in eine unnatürliche Form quetschen."

Sie lachte. „Korsetts sind sehr 19. Jahrhundert. Wie alt genau bist du?"

Sein Ton klang distanzierter. „Alt genug."

Hmph. Drachenwandler hatten eine ähnliche Lebenserwartung wie Menschen, also war es nicht so, als ob sie ihn wirklich beleidigte. Er konnte nicht mehr als fünfunddreißig oder so sein. Sie musste einen wunden Punkt berührt haben, ohne es überhaupt zu versuchen. Sie sollte es gut sein lassen, aber sie fügte es zu ihren Listen von Dingen hinzu, die sie über Bram in Erfahrung bringen wollte.

Sie runzelte die Stirn. Moment mal, seit wann hatte sie eine Liste begonnen? Es war nicht so, als ob sie ihren Job als MDA-Inspektorin noch wirklich machte. Alle Informationen, die sie jetzt zurückschickte, würden sofort als unbrauchbar abgetan, sobald es zur Paarung mit Bram kam. Nun, sie hoffte, dass die Paarung stattfinden würde. Denn der Drachenwandler hatte noch nicht einmal zugestimmt, sich mit ihr zu paaren. Es wäre gefährlich, wenn sie sich zu früh für ihn interessierte. Sie musste einfach vorsichtig sein.

Bram verlagerte seinen Griff an ihr, und bald waren ihre Füße auf dem Boden. Der Drachenmann öffnete die Tür, griff um sie und schaltete ein Licht ein. Sie waren an ihrem provisorischen Cottage angekommen.

Obwohl sie vorhin vielleicht protestiert hatte, vermisste sie jetzt bereits die Hitze und Sicherheit, die sie in Brams Armen gefühlt hatte. Sie bemühte sich um eine tapferes und selbstbewusstes Gesicht, wollte diesen kleinen Leckerbissen nicht erwähnen, sonst konnte der Drachenmann ihn gegen sie einsetzen. Sie sah auf. „Ich werde meine Schuhe wechseln und meine Sachen holen. Dann kannst du sie tragen, nicht mich."

Nach Brams ausdruckslosem Gesicht zu

urteilen, hatte sich die Kameradschaft, die sie eventuell auf dem Weg hierher geteilt hatten, abgekühlt. Das störte sie mehr, als ihr gefiel.

Anstatt sich zu lange auf diese Tatsache zu konzentrieren, ging sie zur Tür hinein, schob die Schuhe von ihren Füßen und betrat das Cottage. Sie hatte das Gefühl, dass ihr Rückweg hauptsächlich still sein würde.

Kapitel Sieben

Bram goss seine zweite Tasse schwarzen Kaffee ein und nahm einen Schluck. Er zog Tee dem fiesen schwarzen Gebräu vor, aber er brauchte etwas, das ihn wachhielt und ihn in dreißig Minuten bei seinem Treffen mit Finn Stewart konzentriert sein ließ.

Das war allein Evie Marshalls Schuld. Er hätte fünf Stunden Schlaf haben sollen, aber die ersten beiden hatte er sich ihren weichen, warmen Körper neben seinem vorgestellt. Oder besser gesagt, unter seinem.

Und selbst als er endlich die sexuellen Fantasien, die er und sein Drache erschaffen hatten, vertrieben hatte, hatte er drei Stunden unruhig geschlafen. Evies Kommentar über das Alter hatte Erinnerungen zurückgebracht, die er am besten vergessen hätte. Er wollte mit der Menschenfrau sehr gern den Missmut aus seinem System verbannen, aber sie schlief wie eine Tote, und sie schlief immer noch. Nicht einmal das Klopfen an der Tür hatte sie geweckt.

So viel zum Thema, die Frau war außer sich, weil ihr Leben in Gefahr war.

Sein Drache meldete sich zu Wort. *Sie fühlt sich bei uns sicher. Das ist ein gutes Zeichen.*

Nicht in der Stimmung, mit seinem hartnäckigen Tier zu streiten, schob Bram den Drachen in den Hinterkopf und ging aus der Küche zu seinem Schreibtisch. Kai hatte ihm grünes Licht gegeben, Nikki auszuleihen, also rief er die junge Drachenfrau an. Als sie sich meldete, sagte er ohne Umschweife: „Nikki, deine neue Aufgabe beginnt heute Morgen. Du wirst Evie Marshalls Vollzeitwache sein. Ich brauche dich hier in fünf Minuten, um die Frau zu wecken und aus meiner Hütte zu bringen, bevor Finn Stewart kommt."

Er konnte die Verwirrung in ihrer Stimme hören. „Kannst du sie nicht aufwecken, während ich mich auf den Weg zu dir mache? Das würde die Dinge beschleunigen.

„Ich hab's versucht. Jetzt beeil dich."

Er beendete das Gespräch und nahm einen weiteren Schluck Kaffee. Da Nikkis Auftrag nicht mehr im Weg war, hatte er in den nächsten achtundzwanzig Minuten nur noch etwa fünfundzwanzig Dinge zu erledigen. Melanie redete immer auf ihn ein, er solle einen Assistenten einstellen, aber Bram mochte die Arbeit. Allerdings würde der Umgang mit Evies Situation mehr Zeit in

Anspruch nehmen, als er wollte, und er müsste vielleicht doch Hilfe finden.

Sein Drache beschloss, seinen Kopf wieder zu heben. *Zeig es ihr. Verbinde dich mit ihr. Sie ist tapfer, aber immer noch ängstlich.*

Tief im Inneren wusste Bram das auch. Wenn er sie als seine Gefährtin nahm, würde sich ihr ganzes Leben auf den Kopf stellen. Er wusste nichts von ihrer Familie oder ihren Freunden, und sie auf sein Land zu bringen, war ein Problem. Er hatte monatelang versucht, das Okay für Melanies Eltern und ihren Bruder zu bekommen, aber die britische Regierung war in Bezug auf das Gesetz verschroben und bürokratisch. Menschen sollten nicht zu Besuch kommen, Ende der Geschichte.

Vielleicht könnte Evie uns helfen, einen Weg zu finden.

Sein Drache hatte da einen Punkt. Um das Tier zu beschwichtigen, sagte er: *Okay, ich werde sie später fragen. Jetzt muss ich erst einmal an die Arbeit. Schlaf weiter. Du musst wachsam sein, wenn Finlay Stewart hier ist. Ich brauche deine Intuition.*

Als Reaktion darauf summte sein Drache und verblasste in seinen Hinterkopf.

Gut. Jetzt konnte er die Dinge ohne Unterbrechungen ans Laufen bringen. Wenn das Treffen mit Finn gut lief, sollte er innerhalb der nächsten ein oder zwei Monate mit dem anderen Anführer regelmäßige Telefonkonferenzen abhalten, um gegen die Drachenjäger vorzugehen. Und wenn ja, brauchte er Arabella, um mit dem anderen Clanführer über sichere

Kommunikationskanäle zu sprechen, bevor Finn nach Schottland zurückkehrte.

Er hatte gerade eine Mail an Arabella geschickt, als ein Klopfen an der Tür zu hören war, das Nikki sein musste. Ohne Zeit zu verschwenden, marschierte er zur Tür und öffnete sie. „Sie ist oben. In der Küche steht ein Krug, den du mit Wasser füllen und auf sie schütten kannst, um sie aufzuwecken. Mach dich dran."

Ausgebildete Soldatin, die sie nun einmal war, nickte Nikki und machte sich an ihre Aufgabe. Erst als er ein paar Minuten später ein Schreien hörte, wusste er, dass es ihr gelungen war.

Und er musste unwillkürlich lachen. Wie würde Evie am Morgen ganz nass und wütend aussehen?

Fokus, Bram, Fokus. Richtig. Bram schob seine ablenkenden Gedanken über eine nasse, wütende Evie beiseite und arbeitete an seiner Liste von Dingen, die er erledigen musste. Sein Clan kam an erster Stelle, egal wie sehr er sehen wollte, wie Evie in dieser Sekunde aussah.

Evie war warm gewesen, und sie hatte einen Traum davon gehabt, wie sie auf dem Rücken eines Drachen flog, als ein eisiger Windstoß ihr Gesicht traf. Sie kreischte und sprang im Bett hoch. Als sie sich umsah, sah sie eine Frau mit einer Drachenwandler-Tätowierung, die unter dem Ärmel ihrer Bluse hervorlugte. Sie war klein für eine

Drachenwandlerin und hatte schwarzes Haar, dunkle Mandelaugen und eine Haut mit gelbem Unterton. Ihr Arm lag in einer Schlinge.

Sie hatte keine Ahnung, wer diese Person war.

Evie knurrte. „Wer zum Teufel bist du und warum hast du das Bedürfnis verspürt, Eiswasser auf eine schlafende Frau zu schütten?"

Die Drachenfrau hob eine Augenbraue. „Meine Befehle lauten, dich in den nächsten zwanzig Minuten aus dem Bett und aus dem Haus zu schaffen. Es ist deine eigene Schuld, dass du zu fest schläfst."

Sie runzelte die Stirn. „Befehle? Wer ..." Und dann traf es sie. „Oh nein, das hat er verdammt nochmal nicht getan."

Sie wollte an der Drachenfrau vorbeistürmen, aber Nikki stellte sich Evie in den Weg. „Bram anzubrüllen wird nichts bewirken. Der Clanführer des Lochguard-Clans ist auf dem Weg hierher, und er hat viel zu tun. Belästige ihn nicht."

„Lochguard?   Vom   schottischen Drachenwandler-Clan?"

Eine Sekunde lang zogen sich die Augenbrauen der Drachenfrau zusammen, und in diesem Augenblick sah sie blass aus. „Er hat es dir nicht erzählt?"

Irgendwie hatte sie das Gefühl, dass Geheimnisse ihres Clans auszuplaudern ein großes No-Go war. Evie würde das später zu ihrem Vorteil nutzen. „Nein. Wie heißt du?"

„Nikola. Ich bin deine neue Wache."

Also hatte sie immer noch einen Wächter. Sie verkniff sich einen Seufzer, während sie mit dem Ärmel das Wasser von ihrem Gesicht wischte. „Gut, Nikola, wir werden Folgendes tun. Ich muss das Land kennenlernen. Hat Bram dir Beschränkungen auferlegt, wohin ich gehen darf?" Die Drachenfrau schüttelte den Kopf und öffnete den Mund, aber Evie unterbrach sie. „Du bringst mich dorthin, wohin ich will, und ich werde deinen Ausrutscher nicht erwähnen. Klingt das nach einem guten Deal?"

Nikolas' Gesicht wurde finster. „Meine Befehle kommen von Bram, nicht von dir. Ich sage ihm immer die Wahrheit. Mich zu erpressen wird nicht funktionieren."

Natürlich hatte sie eine loyale Wache bekommen. Dennoch konnte sie etwas nützen. „Ich bewundere deinen Esprit, also lass uns einen anderen Ansatz ausprobieren. Wie wäre es, wenn du Bram fragen würdest, ob ich heute ausgehen darf, um die Gegend zu erkunden, da er sich geweigert hat, mir die Gegend zu zeigen? Versprich mir, dass du das fragen wirst und wirklich nach einer Entscheidung drängst, und ich werde ohne weiteres Getue unter die Dusche springen."

Die Drachenfrau zögerte, nickte aber schließlich. „Na schön. Du hast zehn Minuten zum Duschen, also beeil dich."

Nikola ging, und Evie lächelte. Ihre Bitte

mochte einfach sein, aber sie hatte einen Hintergedanken. Als sie zum Badezimmer ging, nahm sie ihre Kleidung und begann zu summen. Was als eine verdammt schreckliche Art geweckt zu werden begonnen hatte, hatte sich für sie zu einer Möglichkeit entwickelt, nicht nur den Drachenwandlerarzt aufzusuchen, der ihr die Antworten geben konnte, die sie brauchte, um Brams Vertrauen zu gewinnen, sondern sie konnte dem verdammten Drachenmann auch unter die Haut gehen.

Ja, dem Drachenmann stand eine Überraschung bevor.

BRAM SAH AUF DIE UHR. Wenn der Anführer von Clan Lochguard pünktlich war, hatte Evie fünf Minuten Zeit, bevor der Drachenmann eintreffen würde.

Es war schlimm genug, dass er Nikkis Bitte nachgekommen war und ihr erlaubt hatte, an seiner Stelle der verdammten Frau alles zu zeigen. Nun lief er Gefahr, dass Evies und Finns Wege einander kreuzten, und Bram wollte das nicht.

Evie wusste wahrscheinlich nicht viel über Lochguards neuen Anführer. Finlay Stewart hatte vor sechs Monaten den schottischen Drachenwandler-Clan übernommen. Nur wenige innerhalb des MDA wussten viel über ihn, da

Lochguard während des gesamten Übergangs isoliert geblieben war und alle Inspektionen oder Opferanträge von Frauen verschoben hatte. Wenn Evie die gleichen Gerüchte gehört hatte wie Bram vor Kurzem, nämlich, dass die neue Führungspersönlichkeit aufgeschlossenere Ansichten über Menschen und Interaktionen zwischen Drachen und Menschen hatte, hätte sie sich vielleicht statt an Bram an Finn um Hilfe gewandt.

Gestern Morgen hätte er die Frau noch mit den besten Wünschen weggeschickt. Doch nachdem er sie geküsst und ihren weichen, warmen Körper gestern Abend gegen seinen gehalten hatte, wollten sowohl Mann als auch Drache Finn nicht in ihrer Nähe haben. Er kannte die ganze Wahrheit des Mädels noch nicht, aber vorausgesetzt, sie hatte ihn nicht verraten, plante er, sie zu behalten.

Sein Drache tauchte aus seinem Hinterkopf auf. *Gut. Akzeptiere die Wahrheit. Sie ist Feuer, und du magst sie.*

Bram grunzte, aber bevor er sich mit seinem inneren Tier noch einmal unterhalten konnte, hallten Schritte auf den Stufen herunter, und er stand hinter seinem Schreibtisch auf, um sich unten an den Fuß der Treppe zu stellen. Er spürte, wie sein Herz stolperte, als er aufsah.

Evie trug einen kurzen Jeansrock, braune flache Stiefel, die knapp unter ihren Knien endeten, und einen blauen Pullover, der in demselben tiefen Blau ihrer Augen war. Das Oberteil umschmiegte ihre Figur und fiel tief genug, um ihr kleines Dekolleté zu zeigen. Selbst von hier aus konnte er die Spitzenformen ihres BHs durch den Stoff sehen. Bei der zusätzlichen Kälte konnte jeder Mann in seinem Clan ihre Brustwarzen sehen.

Sein Drache knurrte. Ihre Brustwarzen waren für niemanden zu sehen.

Er knurrte. „Du gehst nicht so ohne mich nach draußen."

Der Mensch hob eine dunkelrote Augenbraue. „Da ich als deine Gefährtin vorspreche und keine MDA-Inspektorin mehr bin, kann ich tragen, was ich will. Und ich trage das hier."

Er ignorierte den Blick, den Nikki ihm bei Evies Nachricht zuwarf, sie spreche als seine Gefährtin vor, und ging die Stufen hinauf, bis er eine unter ihr war. Selbst mit der einen Stufe war er immer noch größer als sie. „Als *ehemalige* MDA-Inspektorin weißt du sehr gut, dass Drachenwandler-Populationen stark männlich sind. Im Fall von Stonefire sind nur etwa 35 Prozent unseres Clans weiblich. Wenn du dich so kleidest, wird das fast jeden unvermählten Drachenmann in Stonefire anlocken."

„Die Konkurrenz könnte gut für dich sein."

Er widersetzte sich einem Knurren. Unter normalen Umständen hätte er gewusst, dass es viele gute, alleinstehende Drachenmänner in seinem Clan gab, die gute Gefährten werden würden. Im Moment waren sie jedoch alle Feinde.

Hinter sich gestikulierend sagte er: „Du trägst einen meiner großen Mäntel und nicht dieses kleine

Ding auf deinem Arm. Meine Jacke wird auch deine verlockenden Kurven verhüllen."

Evie schüttelte den Kopf. „Es ist Anfang April, nicht Dezember. Ich habe einen Schal und eine Jacke. Mir wird warm genug sein, da meine Beine nie richtig kalt werden."

Bei der Erwähnung ihrer Beine sah Bram hinunter auf die pralle, cremige Haut, die dort zu sehen war. Er erinnerte sich daran, dass er gestern, nachdem er den Menschen geküsst hatte, diese weiche Haut berührt hatte, und es juckte ihm in den Fingern, es erneut zu tun.

Mit dem Anblick ihrer Haut, kombiniert mit ihrem süßen, weiblichen Duft, erwachte sein Schwanz zum Leben. Er wollte gerade schon ihren Oberschenkel berühren, als Evie den Zauber brach, indem sie sich räusperte und sagte: „Augen hier oben, Drachenmann."

Darauf bedacht, seinen Ausdruck unter Kontrolle zu halten, sah Bram auf und sagte: „Deine Haut und Dein Duft sind zu verlockend. Du trägst die große, schwere Jacke, oder ich lasse dich für den Tag eingesperrt."

Evie verengte die Augen. „Nein. Solange du mich nicht als deine Gefährtin akzeptierst, hast du bei dem, was ich tue, nichts zu sagen. Und selbst dann ist das nicht garantiert."

Er lehnte sich vor, bis er einen Zentimeter vom Gesicht des Menschen entfernt war. „Wenn du meine Hilfe willst, solltest du wenigstens versuchen, auf mich zu hören. Mir bei jedem Schritt des Weges

Widerworte entgegenzubringen, hilft deinem Fall nicht."

„Weißt du was? Fick dich, Bram. Du tust so, als hättest du einen Anspruch auf mich, und doch schiebst du mich bei der ersten Gelegenheit an einen Aufpasser ab, anstatt mit mir zu sprechen. Ich verstehe ja, dass du beschäftigt bist, aber niemand möchte sich mit einem Fremden paaren. Ich werde nie versuchen, mich in deine Arbeit einzumischen, wenn es wichtig ist, aber wenn du mich fickst, dann solltest du besser anfangen, mir etwas Aufmerksamkeit zu schenken. Verdammt, jenseits deines MDA-Rufs und deiner sexy Küsse weiß ich nichts. Hast du Familie? Eine ehemalige Gefährtin? Ganz zu schweigen von den Plänen, die du für den Clan hast. Versuch, dich mir zu öffnen, Bram Moore-Llewellyn, oder ich werde das Risiko mit den Drachenjägern eingehen und einen anderen Clanführer finden, der mir hilft."

Feuer tanzte in ihren Augen. Bastard, der er war, hatte der Streit seinen Schwanz hart wie Stein gemacht.

Bram ergriff ihren Oberarm, aber bevor er diesen Streit fortsetzen konnte, unterbrach sie eine Stimme mit schottischem Akzent: „Wenn du einen anderen Clanführer suchst, Mädchen, hast du einen genau hier, und für einen Kuss werde ich dir alles erzählen, was du wissen willst."

Bram drehte sich um und bemühte sich, Evie vor Finlay Stewarts Blick zu verbergen. Er bellte: „Du bist zu früh."

Der Anführer hob eine blonde Augenbraue. „Ich weiß, dass ich gesagt habe, wir müssten nicht so förmlich sein, da ich Protokolle nicht ausstehen kann, aber du bist nahe daran, eine Grenze zu überschreiten, Mr. Doppelname."

Sein innerer Drache knurrte. *Schaff Evie weg. Sie gehört uns.*

Seine menschliche Hälfte erkannte jedoch das Ausmaß dieser Situation. Er war sehr nahe daran, alles wegen einer Frau zu versauen.

Während er noch daran arbeitete, seine Besitzgier zu kontrollieren, erklang Evies Stimme von hinten. „Hallo, schottischer Drachenmann. Ich würde mich ja vorstellen, aber wie Sie sehen können, habe ich mehr als zweihundert Pfund Drachenwandler-Muskel im Weg."

Finn schmunzelte, und Brams Drache knurrte lauter. Er sandte beruhigende Gedanken zu seinem Tier und sagte: *Benimm dich. Ich werde sie in Sicherheit schicken.*

Nach Jahrzehnten verdienten Vertrauens hörte sein Drache zu. Bram sagte zu Finn: „Gib uns eine Minute, und wir können von vorn anfangen."

Der schottische Anführer antwortete: „Ist sie deine neue Gefährtin?"

Was der andere Anführer nicht sagte, war, dass es nicht dem guten Ton entsprach, mit der Frau eines frisch gepaarten Drachenmannes zu flirten; mehr als ein Kampf bis zum Tode war in der nicht so fernen Vergangenheit wegen eines solchen Fehltritts ausgebrochen. Ihre inneren Drachen waren heikle Bestien, wenn es um ihre Gefährten ging.

Bram wollte lügen, wusste aber, dass seine Verbindungen zu Clan Lochguard bestenfalls zögerlich waren, und so sagte er die Wahrheit. „Noch nicht, aber bald." Er drehte sich zu Evie und Nikki um. Seine Kommentare richteten sich an sein junges Clanmitglied. „Nikki, nimm sie mit, wohin sie will, aber bringe sie zum Mittagessen zurück. Evie und ich brauchen etwas Zeit, um zu reden." Er richtete seinen Blick auf Evie. „Du wirst etwas Zeit bekommen, Mädchen. Ich bitte dich nur, den anderen Mantel zu nehmen."

Eine Sekunde lang musterte sie seine Augen, bevor sie nickte. „Ich will ja nur, dass du mich bittest." Sie hielt inne, ihre Stimme war leise, als sie hinzufügte: „Kommandier mich nicht herum, Bram. Das gefällt mir nicht."

Außer, wenn sie nackt ist. Dann wird sie es mögen.

Da Finn im selben Raum war, verschwendete Bram keine Zeit mit seinem Drachen. Stattdessen sagte er zu Evie: „Wir werden es beim Mittagessen privat besprechen."

Der Mensch stellte sich auf Zehenspitzen, um über seine Schulter zu sehen und ihr Publikum eines Blickes zu würdigen, dann wandte sie sich wieder ihm zu, bevor sie nickte. „Ich hoffe, es wird ein langes Mittagessen."

Anstatt das zu kommentieren, ging Bram die Treppe hinunter und blieb vor Finn stehen. Er bedeutete Evie, herunterzukommen. Bram ignorierte das Knurren seines Drachen und sagte: „Evie Marshall, das ist Finlay Stewart, der Anführer von Clan Lochguard."

Der andere Drachenmann streckte eine Hand aus. Als Evie dem Mann die Hand schüttelte, legte Bram eine Hand an ihre Taille und drückte. Sie schoss ihm einen fragenden Blick zu, bevor sie ihre Aufmerksamkeit zurück auf Finn lenkte. „Obwohl es schön ist, Sie kennenzulernen, hatte ich Dougal Munro erwartet."

Finn zwinkerte. „Sie stehen mehr auf ältere Männer, oder?"

Bevor der schottische Wandler noch weiter mit seiner Frau flirten konnte, führte Bram Evie weg und erklärte: „Dougal hat sich vor sechs Monaten zurückgezogen. Ich kann dir später alles darüber erzählen. Er zog einen Mantel von der Stange an der Wand. „Versuch, nicht in zu viele Schwierigkeiten zu geraten, Mädchen."

Evie lächelte verschlagen, und sein Herz setzte einen Schlag aus. „Das ist ja gerade das, was Spaß macht."

Er hätte fast gestöhnt, aber Nikki kam zu seiner Rettung und führte den Menschen aus der Tür, bevor sie ihn mit weiteren Blicken oder einem Lächeln verhöhnen konnte.

Er drehte sich zu Finn um. Der schottische Anführer grinste. „Wir können später über die Allianz reden. Zuerst musst du mir sagen, wo ihr eine so feurige Frau gefunden habt. Ich könnte auch eine gebrauchen."

„Leg eine Hand an sie, und es ist mir egal, ob du ein Clanführer bist, ich werde dich selbst zu einem Drachenkampf herausfordern."

Alles, was Finn tat, war breiter zu grinsen, und Bram wusste, dass dies ein langes Treffen werden würde.

Kapitel Acht

Evie lächelte, als sie Brams Cottage verließ. Sie hatte seine Eifersucht geschürt, so wie sie es beabsichtigt hatte. Der neue, junge und attraktive schottische Clanführer hatte es noch einfacher gemacht, aber es kam nur darauf an, dass sie ein Mittagessen mit Bram hatte.

Natürlich war das Mittagessen noch Stunden entfernt, und obwohl das MDA jeden von ihr eingereichten Bericht verwerfen würde, verspürte Evie die Notwendigkeit, den Tod von Caitriona Belmont zu untersuchen. Wenn sie diese Fakten hätte, könnte sie hoffentlich den neuen MDA-Inspektor, der als ihr Ersatz käme, zur Wahrheit lenken. Wenn Stonefire ihr neues Zuhause sein würde, müsste sie sie vor den bürokratischen Schlupflöchern schützen, die den Clan schwächen könnten.

Die Wahrheit herauszufinden könnte ihr auch

helfen, Brams Vertrauen so weit zu verdienen, dass er sie als seine Gefährtin akzeptieren konnte.

Nikola, oder wie Bram sie nannte, Nikki, hielt an und drehte sich um, was Evies Aufmerksamkeit erregte. Nikki verengte die Augen, als sie sagte: „Ich werde dich dorthin bringen, wo du hinwillst, aber nicht, ehe ich gesagt habe, dass, wenn du Bram verletzt, ich dein Leben hier elend machen werde."

Die Tatsache, dass so viele in seinem Clan ihn zu lieben schienen, milderte nach und nach ihre Befürchtungen. „Ich habe keine Absicht, ihn zu verletzen, solange er mich nicht verletzt." Nikki nickte, und Evie beschloss, der Drachenfrau eine Erklärung zu geben. „Er schützt mich vor den Drachenjägern."

Nikki wedelte mit dem Arm, der nicht in einer Schlinge war. „Der Grund ist mir egal. Bram ist mein Anführer, und ich respektiere seine Entscheidungen. Verletzte ihn nur nicht, und wir kommen gut miteinander aus."

Da Evie die nächsten Stunden mit Nikki verbringen würde, beschloss sie, nur zu nicken und weiterzugehen. „Klingt gut. Da das aus dem Weg ist, muss ich Dr. Cassidy Jacksons Praxis besuchen und ihr ein paar Fragen stellen."

„Wozu?"

Sie konnte der Drachenfrau einfach sagen, dass sie sich um ihre eigenen Angelegenheiten kümmern sollte, aber sie war keine MDA-Inspektorin mehr. Sie musste versuchen, mit den Clanmitgliedern auszukommen, sonst konnte ihre Zukunft hier extrem einsam sein. „Es gibt einige Fragen über den Tod von Caitriona Belmont. Ursprünglich wurde ich hierher geschickt, um die Wahrheit herauszufinden. Auch wenn das MDA mir bald nicht mehr vertrauen wird, wenn ich Brams Gefährtin bin, möchte ich die Wahrheit herausfinden, bevor der Ersatzinspektor eintrifft. Ich möchte sicherstellen, dass sie nichts übersehen."

„Das MDA denkt, dass wir sie getötet haben?"

Evie sah die Frau eine Sekunde lang an, bevor sie antwortete. „Du verhältst dich wie eine Soldatin, also beantworte mir Folgendes, und ich werde dir mehr Informationen geben. Bist du eine der Stonefire-Beschützer?"

Die andere Frau hob ihr Kinn. „In Ausbildung, aber ich bin fast fertig."

Jeder Drachen-Clan im Vereinigten Königreich hatte eine Gruppe von Special Ops-ähnlichen Soldaten, die Beschützer genannt wurden. Sie dienten jeweils zwei Jahre lang bei den britischen Streitkräften, bevor sie von ihren eigenen Clans ausgebildet wurden. Die Tatsache, dass diese Drachenfrau fast fertig war, sprach Bände über ihre Fähigkeiten und ihre Loyalität. „Richtig, dann sage ich dir das vertraulich: Die hohen Konzentrationen von Drachenwandler-Hormonen in ihrem Blut könnten für ihren Tod bei der Geburt verantwortlich sein."

Nikki runzelte die Stirn. „Ich bin keine Ärztin, aber ich denke, es ist normal, dass ein Mensch, der ein Kind von einem Drachenwandler austrägt, diese Hormone hat."

„Du hast recht, aber die Levels waren außerordentlich hoch, als ob jemand ihr noch zusätzliche einverleibt hat."

„Das ist nicht gut."

„Nein. Je früher du mich also zu Dr. Jackson bringst, desto besser."

„Der Clan nennt sie Dr. Sid, aber nie in einer Million Jahren würde sie versuchen, jemanden zu töten." Nikki drehte sich um und deutete mit dem Kopf. „Sie könnte jedoch eine Ahnung davon haben, wer sowas kann. Komm mit."

Als sie einen Pfad links abbogen, entfernten sie sich von der Hauptwohngemeinschaft mit den dicht beieinanderstehenden Cottages und steuerten auf den weiten, offenen Raum zu, der von schroffen Hügeln umringt war und als Start- und Landebereich diente. Oder zumindest war das ihre Vermutung, da ein großer, dunkelvioletter Drache aufsprang und seine Flügel schlug, bevor er in die Ferne flog.

Die meisten Drachenwandler-Ärzte legten ihre Praxen in der Nähe des Landeplatzes an, um den Zugang zu ihren kritischsten Patienten zu erleichtern. Während es jeden Tag zu Unfällen und Verletzungen kam, wurden die schlimmsten von den Drachenjägern verursacht, besonders wenn die Gerüchte über ihre jüngsten Waffenverbesserungen stimmten.

Innerhalb von zehn Minuten hielt Nikki vor

einem dreistöckigen Haus mit einem großen überdachten, aber offenen Raum an der Seite an, in dem Drachenwandler behandelt wurden, die zu schwach waren, um wieder ihre menschlichen Formen anzunehmen. Die Drachenfrau sagte: „Dr. Sid könnte bei einem Patienten sein, aber sie sollte hier sein. Sie kann hoffentlich deine Fragen beantworten. Obwohl ich hoffe, du irrst dich, dass jemand an Caits Hormonspiegel herumgepfuscht hat."

Evie nickte. „Glaub mir, ich hoffe das auch."

Sie betraten das Cottage mit integrierter Praxis. Im Inneren befand sich ein Wartebereich mit einigen Stühlen und einem Schreibtisch, der von einem jungen Drachenwandlermann besetzt war, der nicht mehr als 20 Jahre alt sein konnte. Er lächelte Nikki an, aber sein Lächeln verblasste, als er Evie sah. „Warum hast du einen Menschen hierhergebracht, Nikki? Wir sind für ein paar Monate nicht für ein weiteres weibliches Opfer bereit."

Anstatt Nikki für sich antworten zu lassen, warf Evie ein: „Ich bin Evie Marshall, und ich untersuche etwas für Bram. Ich bin hier, um mit Dr. Cassidy Jackson zu sprechen."

Der männliche Drachenwandler hatte sie mit Argwohn betrachtet. „Wenn Bram einen Menschen hätte, der etwas für ihn untersuchen sollte, hätte er den Clan alarmiert, und er hat es nicht getan. Wer sind Sie?"

Nikki trat vor sie. „Leo, sie ist mit mir hier, und

ich bürge dafür, dass sie hier ist, um zu tun, was sie sagt."

Obwohl es nur eine kleine Geste war, bedeutete Nikkis Verteidigung ihr die Welt.

Leo starrte Nikki an und seufzte schließlich. „Das letzte Mal, dass ich mich dir widersetzt hab', hatte ich hinterher ein blaues Auge und eine gebrochene Nase. Setzen Sie sich, und ich werde die Ärztin wissen lassen, dass Sie hier sind."

Nikki nickte, und Evie musste unwillkürlich lächeln. Die Drachenfrau war ein bisschen wie sie, weil sie sich von niemandem etwas gefallen ließ.

Beide gingen zu den nächsten Stühlen und setzten sich, um zu warten.

NACH FAST ZWEI Stunden hin und her wartete Bram auf Finns Antwort.

Und nicht nur irgendeine Antwort, sondern die Antwort, die die Zukunft seines Clans bestimmen würde.

Der große, blonde Schotte musterte ihn mit seinen bernsteinfarbenen Augen. Das Necken und Flirten von vorhin war weg, ersetzt durch einen Drachenmann mit einem unlesbaren Gesichtsausdruck. Die Version von Finlay Stewart, die ihm gerade gegenübersaß, war die Version, die sich das Recht, Clanführer zu sein, erkämpft hatte.

Finns Stimme erfüllte schließlich den Raum. „Ich habe eine letzte Bedingung."

Er widersetzte sich einem Knurren. „Ich habe meine Bedingungen genannt und das, worin ich bereit bin, Kompromisse einzugehen. Es gibt nicht viel Raum für Verhandlungen."

„Das entspricht deinen Parametern."

Bram wedelte mit einer Hand. „Dann hör auf, so melodramatisch zu sein, und spuck es schon aus."

„Damit meine Leute wirklich glauben, dass ihr mit uns zusammenarbeiten möchtet, sollten wir einen Austausch machen wie in den alten Zeiten."

Er runzelte die Stirn. „Das ist seit Jahrhunderten nicht mehr geschehen."

Finn zuckte die Schultern. „Ich denke, wenn jeder von uns ein Clanmitglied oder drei aus dem anderen Clan beherbergt, wird das A) helfen zu zeigen, dass wir uns mehr ähneln, als wir denken, und B) uns erlauben, jeweils einen Spion vor Ort zu haben." Bram öffnete den Mund, doch Finn kam ihm zuvor. „Du scheinst die Wahrheit zu mögen, und Spion kommt der Wahrheit näher als Dauergast."

„So viel zum Thema Vertrauen."

„Hey, Vertrauen wird mit der Zeit kommen. Nichts passiert über Nacht."

Trotz seiner Verärgerung bei all den Verhandlungen mochte Bram den schottischen Clanführer im Laufe der Zeit immer mehr. Finn war viel aufgeschlossener und zukunftsorientierter als der sechzigjährige Dougal Munro. „Mal angenommen, ich stimme dem Austausch zu, was ist dann mit den Details? Wie lange? Wie viele?

Welche Rolle sollten sie im Clan spielen? Ich werde nicht eines meiner Clanmitglieder schicken, um monatelang Däumchen zu drehen, noch werde ich zulassen, dass sie gemieden und misshandelt werden."

„Ich kann das respektieren, da ich genauso empfinde. Du musst niemanden heute schicken. Sagen wir in ein oder zwei Monaten? Das gibt uns beiden Zeit, um unsere Clans vorzubereiten und die Feinheiten auszuarbeiten." Finn beugte sich vor. „Ich kann dir versprechen, dass deinen Clan-Mitgliedern kein Schaden zugefügt wird, solange ich nicht zu Schaden komme."

Bram nickte. „Ich kann das auch versprechen, aber mit einem Vorbehalt: Wenn eines deiner Clanmitglieder hier versucht, das Wohlergehen von Stonefire zu untergraben, wird derjenige entsprechend behandelt."

Trent lehnte sich in seinem Stuhl zurück. „Ich könnte dasselbe drohen, aber ich denke, du bist klug genug, dasselbe von mir zu erwarten."

„Richtig, dann war's das für heute mit den Verhandlungen." Bram stand auf. „Ich seh' dich dann zum Abendessen in der großen Halle."

Der schottische Anführer stand auf, und Vergnügen leuchtete in seinen Augen. „Werden wir heute Abend auch deine temperamentvolle, köstliche Frau sehen?"

„Sie wird so weit wie möglich von dir entfernt sitzen."

Finn lachte. „Keine Sorge, Bram, ich habe nicht

vor, dich zu bekämpfen und diese langweiligen, langwierigen Verhandlungen der letzten Stunden einfach so hinfällig zu machen. Das Leben ist zu kurz, um das zweimal zu durchleben."

Bram fragte sich, ob Finn zwei Persönlichkeiten hatte. In einer Minute war er streng und berechnend, in der nächsten fröhlich und neckend. Bram wollte ihn definitiv weit von Evie fernhalten. Er konnte sehen, wie die beiden hin und her flirteten, was seinen inneren Drachen knurren ließ.

Er brachte sein Tier zur Ruhe und drängte weiter. „Du kannst heute beim Abendessen meinen Experten für Technologiesicherheit kennenlernen und dann deine Anforderungen besprechen."

„Warum treffe ich mich nicht jetzt mit dieser Person?"

Er hatte nicht vor, Finn die Einzelheiten zu Arabellas Vergangenheit auszuführen und ihm zu erzählen, dass sie immer noch Probleme mit Einzelgesprächen mit Fremden hatte, besonders mit einem Fremden, der sie überwältigen konnte. Der Drachenmann war kaum ein Verbündeter. „Die Drachenfrau ist bis heute Abend beschäftigt."

„Eine Frau, wie? Nun, das macht alles besser."

Bram wollte den anderen Anführer warnen, er solle Arabella in Ruhe zu lassen, als es an der Tür klopfte. Da das Cottage schallisoliert war, ging er zur Tür und öffnete sie. Nikki und Evie standen vor ihm.

Bevor er etwas sagen konnte, platzte Evie heraus: „Bram, ich muss wirklich mit dir reden."

„Es ist noch nicht Mittagszeit, Mädchen."

Die Frau sah zu Nikki und dann zurück zu Bram. „Es ist wichtig."

Angesichts ihres Tonfalls und Ausdrucks glaubte er ihr.

Bram sah über seine Schulter. „Finn, gibt es noch etwas, das unbedingt vor dem Abendessen besprochen werden muss?"

„Nein, kümmere dich um deinen Clan." Finn stellte sich neben ihn und streckte eine Hand aus. Sobald Bram sie schüttelte und dann fallen ließ, blickte der schottische Anführer zu Evie und Nikki. „Und ich freue mich darauf, heute Abend mit deinen hübschen Mädels zu sprechen."

Beide Frauen lächelten den anderen Clanführer an, und Bram knurrte. Finn lachte über den Ton, bevor er sagte: „Richtig, ich gehe jetzt." Er lächelte jede der Frauen an und war weg.

Da Bram verschiedene Clanmitglieder hatte, die ein Auge auf Finn hielten − wie Finn bereits sagte, Vertrauen musste erst noch verdient werden − trat er beiseite, um Evie und Nikki in sein Cottage zu lassen. Als er die Tür zumachte und abschloss, sagte er: „Was für ein Notfall, Evie?"

Die Menschenfrau öffnete seinen riesigen Mantel, der sie umhüllte, und biss sich in die Unterlippe. Es verlangte ihm alles ab, um sich auf ihre Worte und nicht auf ihren Mund zu konzentrieren, als sie ihre Lippe losließ und sagte: „Ich glaube, Caitriona Belmont wurde ermordet."

Er sah wieder in ihre Augen auf. „Sag das nochmal. Caitriona starb bei der Geburt."

Nikki machte einen Schritt nach vorn. „Hör ihr zu, Bram. Ich glaube, sie hat da etwas entdeckt."

Er sah zu Evie zurück und sagte: „Okay, dann erkläre, wie du zu dieser Schlussfolgerung gekommen bist."

Da er so nahe an dem Mädel stand, konnte er den Herzschlag kräftig in ihrer Brust klopfen hören. Doch sie war ein besonnener Mensch, atmete tief ein und fuhr fort. „Nun, ein Teil des Grundes, warum ich vom MDA hierher geschickt wurde, war, Caitrionas Tod zu untersuchen, da ihre Autopsie auffällig war."

Er nickte. „Melanie hat das mir gegenüber erwähnt. Sprich weiter."

„Heute Morgen habe ich beschlossen, Dr. Sid einen Besuch abzustatten." Bram öffnete den Mund, doch sie kam ihm zuvor. „Ich weiß, das MDA wird keinen Bericht akzeptieren, den ich über Stonefire schreibe, aber ich wollte die Wahrheit herausfinden. Nicht nur für mich, sondern auch für dich."

Sein Drache beschloss, sich zu äußern. *Sie sorgt sich um den Clan.*

Anstatt darüber nachzudenken, fragte er: „Und was hast du herausgefunden?"

„Ich habe eine Kopie von Caitrionas Autopsiebericht mitgebracht und ihn Dr. Sid gezeigt. Ich wusste, dass die hohen Konzentrationen von Drachenwandler-Hormonen im Blut eines

Menschen schlecht waren, aber ich bin keine Ärztin."

„Komm auf den Punkt, Mädchen."

„Dr. Sid hat mir erklärt, dass die Zahlen viel zu hoch sind. Um eine solche Konzentration von Drachenwandler-Hormon im Körper zu haben, muss ein Mensch Spritzen bekommen oder Medikamente einnehmen. Ich denke, ähnlich wie Menschen Medikamente für so etwas wie Schilddrüsenhormonersatz haben, haben die Drachenwandler etwas Ähnliches für das Hormon, das ihre Fähigkeit steuert, sich in einen Drachen zu verwandeln."

Sie sah Nikki an. „Du erzählst ihm den Rest."

Die junge Drachenfrau zögerte nicht. „Nachdem Sid die Listen der Drachenwandler durchgesehen hatte, die das Hormon benötigen, stach ein Name heraus – Neil Westhaven."

Neil war der Drachenwandler, der dem Opfer, Caitriona, zugewiesen worden war. Er hatte das Leben der Armen zur Hölle gemacht, vor allem durch verbale Beschimpfungen, bis Cait sich in eine niedergeschlagene Einsiedlerin verwandelt hatte. Nur weil Neil die Frau so gut vor anderen versteckt hatte, hatte Bram das Leiden des Menschen übersehen.

Bram ballte eine Faust. „Aber dieser Bastard wurde lange vor Caits Niederkunft verbannt."

Evie meldete sich zu Wort. „Das stimmt, aber Nikki und ich haben darüber geredet, und wir denken, wir haben eine Erklärung dafür."

Verdammt fantastisch. Die Zusammenarbeit der beiden würde ihm in Zukunft sicherlich Probleme bereiten. „Und das wäre was?"

„Er muss hier jemanden haben, der noch auf dem Land des Clans ist und mit ihm arbeitet. Nikki glaubt, dass dies auch die Zunahme der Angriffe von Drachenjägern erklären könnte."

Kapitel Neun

E vie hielt den Atem an, während sie auf Brams Antwort wartete. Er hatte keinen Grund, ihr zu vertrauen, aber sie hoffte, dass Nikkis Unterstützung ihn überzeugen würde, die Möglichkeit ernst zu nehmen.

Der große, muskulöse Drachenmann sah von ihr zu Nikki und wieder zurück, bevor er sagte: „Hast du irgendwelche Beweise, um diese Behauptungen zu untermauern?"

Nikki wollte etwas sagen, aber Evie streckte eine Hand aus, um die Drachenfrau aufzuhalten. „Nein, aber mein Bauchgefühl sagt, dass es das Richtige ist. Denk einfach darüber nach. Wie sonst würden die Drachenjäger jeden einzelnen Schwachpunkt in deinem Umkreis kennen?"

Bram sah zu Nikki, und die Drachenfrau straffte ihre Schultern. „Ich habe ihr nichts gesagt, was nicht im ganzen Clan bekannt ist. Da sie deine Partnerin sein wird, habe ich gedacht, dass es in

Ordnung wäre, ihr diese Art von Informationen zukommen zu lassen."

„Gut, okay. Abgesehen davon, ist Cait so ziemlich immer in ihrem Cottage geblieben, und als sie nicht dort eingesperrt war, kam sie zu mir, ging zu Melanie oder zu Sid. Keiner von uns hätte jemals dem Mädchen geschadet."

Nikki meldete sich zu Wort. „Aber was ist mit ihrem Essen? Cait hat nicht gekocht, und die meisten ihrer Mahlzeiten wurden ihr gebracht."

Bram schüttelte den Kopf. „Die alte Mrs. Duncan ist 75 Jahre alt und hat keinen verräterischen Knochen in ihrem Leib. Sie war loyal zu meiner Mutter, und sie ist auch loyal zu mir."

Sie zermarterte sich das Gehirn und versuchte, etwas anderes zu finden, als Nikki hinzufügte: „Lass mich mit Kai darüber sprechen und sehen, was wir finden können. Er ist dir gegenüber auch loyal und würde dich nie verraten."

Evie konnte sich kaum zurückhalten, ihre neue Freundin zu umarmen. Nikki mochte zwar ein bisschen jünger sein als sie, aber die Drachenfrau war ihres Beschützerin-in-Ausbildung-Status würdig. Sie hätte eine gute MDA-Inspektorin abgegeben.

„Richtig", sagte Bram, „sprecht mit Kai und niemand anderem. Wir werden auch ein Auge auf Caits Sohn, Murray, halten. Obwohl es unwahrscheinlich ist, da der Junge bereits fünf Monate alt ist und Neil nie versucht hat, an ihn ranzukommen, könnte der Bastard noch kommen, um seinen Sohn zu holen. Da der Mann des derzeitigen Paares, das auf ihn aufpasst, ein Beschützer ist, sollte Murray für den Moment sicher sein. Was den Rest angeht, wenn Kai einen Plan hat, sag ihm, er solle hierherkommen und es mit mir besprechen."

„Ja, Sir." Nikki sah zu Evie. „Ich seh' dich dann in der großen Halle heute Abend."

Evie hatte keine Ahnung, was heute Abend in der großen Halle geschah, aber sie nickte. „Danke für deine Hilfe, Nikki."

Die Frau grinste und war weg und ließ Evie allein mit Bram.

Sie dachte nicht, dass sie ihre Grenzen überschritten hatte, aber angesichts des abschätzenden Blicks des Drachenmanns fragte sie sich, ob ihr jetzt etwas bevorstand.

Er machte einen Schritt auf sie zu, und Evie bemerkte plötzlich den großen, unförmigen Mantel, den sie trug. In Vorbereitung auf ihre mögliche hitzige Auseinandersetzung, schüttelte sie die Jacke herunter. Jetzt war sie bereit, es mit dem Drachenmann aufzunehmen.

Bram nickte ihr zu. „Du hast es heute gut gemacht, Evie."

Sie blinzelte. „Ähm, danke?"

Ein Lächeln zupfte an Brams Lippen, und sie schmolz ein wenig. „Du kannst mit dem Bastard-Anführer der Skyhunters im Süden umgehen, du kannst Arabella MacLeod auf deine Seite bringen und dich sogar mir gegenüber behaupten, aber du weißt nicht, wie du mit einem Kompliment umgehen sollst. Das finde ich faszinierend."

Sie runzelte die Stirn. „Versuch mal jahrelang mit temperamentvollen Drachenwandlern zu arbeiten und sieh zu, wie oft du ein Kompliment bekommst. Die Hälfte der Zeit hatte ich das Glück, mich um meinen Kram kümmern zu können, ohne dass jemand schrie, die Menschen seien schwach, ekelhaft oder der Feind. Dazu noch die Menschen, die meinen Job als eine Verschwendung von Regierungsgeldern betrachten, und ja, ich bin nicht sehr beliebt."

In Brams Augen entbrannte Wut, und sie wurden zu Schlitzen, bevor sie sich wieder zurückverwandelten. Das war das Signal dafür, dass sein Drache kurz davor stand, sich loszureißen.

In der Hoffnung, das zu verhindern, legte Evie eine Hand an seinen Arm. In dem Augenblick, als ihre Finger seine warme Haut berührten und die Haare seines Armes ihre Handfläche kitzelten, schoss ein Hitzeblitz durch ihren Körper. Sie hatte recht damit gehabt, die Jacke fallenzulassen.

Sie streichelte mit dem Daumen über seine Haut, und seine Augen waren wieder menschlich, als sie sagte: „Aber du bist beschäftigt, und ich möchte keine Zeit damit verschwenden, über den Skyhunter-Clan oder andere unhöfliche Menschen zu sprechen, mit denen ich im Laufe der Jahre zu tun hatte. Was muss getan werden, um das Drachenjäger-Problem zu lösen? Kann ich irgendwie helfen?"

Bram schob ihr eine Strähne hinters Ohr. Seine Finger verharrten auf ihrem Ohrläppchen, und sie war sich der Rauheit seiner Finger an ihrer Haut sehr bewusst. Es erforderte alles, was sie hatte, um sich auf seine Worte zu konzentrieren, vor allem, weil seine Stimme leise und besonders sexy war, als er sagte: „Kai und Nikki werden nachforschen und mir berichten, sobald sie etwas finden. Kai ist das beste Clanmitglied, das ich habe, wenn es darum geht, Geheimnisse aufzudecken. Ich würde ihm mit meinem Leben vertrauen, also vertraue ich ihm auch darin."

Evie war froh, dass Bram jemanden hatte, der ihm helfen konnte. Natürlich wollte ein kleiner Teil von ihr auch auf seiner Liste von Vertrauenspersonen stehen. Vielleicht würde sie sich mit der Zeit einen Platz verdienen. Dass sie ihm von Caits möglicher Tötung erzählt hatte, war hoffentlich ein Schritt in die richtige Richtung.

Bram streichelte ihr Ohrläppchen wieder, und Gedanken an ihre Zukunft und ihren Platz in Stonefire verschwanden aus ihrem Kopf. Ein großer, muskulöser Drachenmann sah sie an, als wolle er sie auffressen. Oder, wenn sie Glück hatte, sie lecken.

Sie erbebte. Der Gedanke an Brams Zunge, die zwischen ihren Beinen leckte, ließ ihre Klitoris pulsieren und ihre Herzfrequenz in Schwung kommen. Sie sah auf Brams feste Lippen und wollte, dass er sie küsste.

Hör auf, Evie. Sein Clan steht kurz vor einem Angriff

mit einem möglichen Verräter. Gerade jetzt ist nicht die Zeit,
an die bösen Schläge seiner Zunge gegen deine zu denken.

Mit unglaublicher Anstrengung entfernte sie
ihre Hand von Brams Arm, aber der Drachenmann
packte sie und drückte sie zurück an seine Haut. Sie
sah auf und bemerkte, dass die Schlitze des
Drachen wieder in seinen Augen blitzten.

Der Drachenmann streichelte mit dem Daumen
die Haut an ihrem Handgelenk und sagte: „Es ist
Mittag, Mädchen. Vertrau darauf, dass Kai und
Nikki ihre Arbeit machen; es gibt nichts anderes,
was getan werden kann, bis sie ihre Ermittlungen
beendet haben, besonders wenn wir nicht den
ganzen Clan vor einem möglichen Verräter warnen
wollen. Nach dem, was du gerade aufgedeckt hast,
hast du dir eine Stunde meiner Zeit verdient. Also,
was würdest du denn gerne tun?"

Als Bram Evie das Handgelenk streichelte, wurde
ihre Herzfrequenz mit jedem Durchgang höher. Er
konnte ihre Erregung riechen, und er wollte sie um
den Verstand küssen.

Bevor er diesen Menschen getroffen hatte, wäre
Bram direkt in seine Arbeit eingetaucht, um zu
überprüfen, ob er etwas übersehen hatte, als Neil
noch Teil des Clans war. Er hatte Evie nicht
belogen; er würde Kai mit seinem Leben vertrauen.
Aber ohne eine eigene Gefährtin oder eine eigene

Familie war die Arbeit das, was ihn glücklich gemacht hatte.

Jetzt konnte er jedoch nur noch an Evies Berührung und das Knurren und Schreien seines Drachen in seinem Kopf denken. *Lass die anderen es untersuchen. Fordere sie noch vor heute Abend. Lass sie nicht von dem schottischen Anführer gestohlen werden. Sorge dafür, dass sie nur uns will.*

Er stimmte mit seinem Tier überein, und ohne zu denken, zog Bram den Menschen an seinen Körper. Sie stieß ein überraschtes Geräusch aus. „Bram?"

Er war Clanführer. Er sollte die Frau wegstoßen und den Clan an die erste Stelle setzen, wie er es in den letzten acht Jahren getan hatte.

Aber die Kombination aus dem Bedürfnis seines Drachen und ihrem weichen Bauch an seinem Schwanz war zu viel. Zum ersten Mal seit fast einem Jahrzehnt wollte er etwas für sich nehmen.

Er senkte den Kopf und küsste sie.

Ihre Lippen waren weich und warm, aber nicht annähernd genug, um entweder den Menschen oder das Tier zu besänftigen. Als er seine Zunge gegen ihre Lippen schob, öffnete sie sich, und er stöhnte, als ihr Geschmack seine Zunge umgab.

Sein innerer Drache summte. *Mehr, nimm mehr. Spüre ihre Haut. Jetzt.*

Als Evie seinem Zungenschlag entgegenkam, legte er eine Hand auf ihren Oberschenkel. Die Hitze ihrer weichen, prallen Haut sickerte durch seine Handfläche und sandte frisches Blut in seinen

Schwanz. Anders als am Abend zuvor hörte er nicht auf. Stattdessen bewegte er sich, bis er zwischen ihre Beine griff.

Kaum registrierte er die schlichte Baumwollunterwäsche. Nein, alles, was er bemerkte, war, wie feucht und geschwollen sie für ihn war.

Um ihre Stimmung zu testen, rieb er ihre Klitoris durch den Stoff, und Evie stöhnte in seinen Mund. Da er das Verlangen in ihren Augen sehen wollte, unterbrach er den Kuss, und ja, die Hitze in ihren tiefblauen Augen ließ sowohl den Menschen als auch den Drachen summen.

Er rieb ihre Klitoris wieder und murmelte: „Ich weiß, du wolltest reden, aber es kostet mich all meine Kraft, dir nicht die Wäsche vom Leib zu reißen und in dich einzutauchen. Sag mir, dass du das nicht willst, dann werde ich sofort aufhören."

Still bat er sie, ihm bitte zu erlauben, weiterzumachen.

Evie legte eine Hand an seine Brust und blickte ihm in die Augen. Eine Sekunde verging, und dann eine weitere, bevor sie mit heiserer Stimme antwortete: „Versprich mir, du wirst danach reden, und ich werde dich mich ficken lassen. Nur einmal."

Sein Drache knurrte. „Nur einmal? Weshalb? Willst du dem schottischen Anführer hinterhergehen?"

Sie verengte die Augen. „Zähme deine Eifersucht, Drachenmann. Es gibt zu viel für deinen Clan zu tun, und dann ist da noch die Tatsache, dass ich mich weigere, mich mit einem Fremden zu paaren. Ich möchte etwas über dich wissen, Bram Moore-Llewellyn, weil ich dich allmählich mag."

Ihre Worte besänftigten seinen Drachen. *Guter Mensch. Sie mag uns. Der Sex wird gut sein. Beeil dich. Fick sie. Fordere sie.*

Bram war eine Haaresbreite davon entfernt, die Kontrolle über seinen Drachen zu verlieren. Es war fast so, als wäre Evie seine wahre Gefährtin. *Unmöglich.* Der Paarungsrausch passierte beim ersten Kuss und endete erst mit einer Schwangerschaft. Da er Evie nicht schwängern konnte, mussten die pulsierenden Wünsche, die durch seinen Körper liefen, etwas anderes sein.

Bram schob all seine Verwirrung beiseite und wirbelte mit seinem Finger ein weiteres Mal um Evies Klitoris und flüsterte: „Ich verspreche, später zu reden. Wirst du mich dich jetzt ficken lassen?"

Er drückte gegen ihren harten kleinen Knoten, und Evie lehnte sich gegen seine Brust. Sie flüsterte: „Ja, bitte. Meine Beine sind im Begriff, nachzugeben."

Bram zerriss ihre Unterwäsche und tauchte zwei Finger in ihre heiße, nasse Pussy. Evie packte seinen Arm, und er flüsterte: „So nass und heiß". Er zog sich zurück und stieß wieder mit den Fingern zu. „Da ich nur das eine Mal habe, werde ich dich hart kommen lassen."

Evie öffnete den Mund, aber er suchte gerade nicht nach ihrem Witz oder Charme. Mit dem Daumen drückte er härter gegen ihre Klitoris, und sie schloss die Augen.

Weder Mensch noch Tier mochten ihre Augen geschlossen. „Evie, wenn du kommen willst, dann öffne deine Augen und spreize deine Beine für mich."

Sein Drache knurrte, ungeduldig, den Menschen zu ficken, aber sobald ihre schönen, dunkelblauen Augen seine trafen, ließ die Ungeduld des Tieres einen Bruchteil nach. Als sie ihre Beine weiter spreizte, entfernte Bram seine Finger und gab einen letzten Befehl. „Entferne dein Oberteil für mich, Mädchen. Ich muss mehr von deiner schönen Haut sehen."

Wie Evie noch aufrecht stehen konnte, wusste sie nicht. Brams dicke, raue Finger in ihrer Pussy waren wunderbar gewesen, seine Aufmerksamkeit auf ihre Klitoris war sogar noch besser. Ihre früheren menschlichen Liebhaber schienen sich alle der Existenz der kleinen Knospe nicht bewusst gewesen zu sein.

Aber jetzt waren seine Finger weg, was sie leer zurückließ und mit Schmerzen. Ein Teil von ihr wollte gegen seinen Befehl rebellieren, aber sie sagte, scheiß drauf. Je früher sie den Puls zwischen ihren Beinen lockern konnte, desto mehr Zeit hätte sie, mit Bram zu sprechen.

Und sie hatte einiges, was sie mit ihm besprechen musste.

Sie griff nach dem Saum ihres Pullovers und

zog ihn langsam über ihren Körper nach oben. Sie beobachtete Brams Augen die ganze Zeit, und es gefiel ihr, wie seine Augen zwischen Schlitzen und runden Pupillen blitzten. Der Anblick erinnerte sie nur daran, wie sie schließlich von einem Drachenmann genommen werden würde.

Aber anders als ihre Teenagerfantasien mit einem namenlosen Drachenwandler, der sie um den Verstand fickte, wusste sie dieses Mal bereits, wie Bram schmeckte und wie sein wilder Drachenduft sie in die Irre trieb.

Sobald sie ihren Pullover über den Kopf zog und ihn beiseite warf, waren Brams Hände an ihrem Brustkorb. Die langsame, bewusste Auf- und Abbewegung seiner Hände ließ sie nur noch feuchter werden.

Sie war nah daran zu betteln, aber sie widersetzte sich. Nachgeben würde Bram ein wenig zu übermütig werden lassen.

Dann bedeckten seine Hände ihre kleinen Brüste und drückten sie, und ihr Gehirn vergaß alles außer seiner starken, besitzergreifenden Berührung.

Viel zu früh griffen Brams Hände um sie herum und öffneten ihren BH. Als er die letzten Fetzen Stoff zwischen ihren Brüsten und seinen Augen entfernte, war seine Stimme wie ein Flüstern gegen ihre Haut. „So hübsch."

Sie wollte ihm sagen, er könne sich den Mist schenken, als er sich hinunterbeugte und ihren Nippel in seinen Mund nahm. Er wirbelte, knabberte und saugte tief an ihr. Sie schob ihre

Finger durch seine Haare und zog ihn näher. „Fester", flüsterte sie.

Er knurrte, und die Vibrationen gegen ihre empfindliche Haut schossen direkt in ihre Pussy. In diesem Tempo würde es bald ihre Beine heruntertropfen.

Als hätte Bram ihre Gedanken spüren können, griff er zwischen ihre Beine und rieb sie zwischen den Falten. Dann ließ er ihren Nippel mit einem poppenden Geräusch frei, und sie stieß einen Protest aus. „Was? Weshalb? Wenn du das tust, um mich betteln zu lassen, wird es nicht funktionieren."

Bram schmunzelte. „Oh, du wirst irgendwann schon betteln. Aber ich glaube, das wird dir gefallen."

Er nahm seine Finger aus ihren Falten und rieb ihre Nässe an ihren anderen Nippel. Der Anblick davon auf ihrer Brust war seltsam erregend.

Dann lehnte sich Bram hinunter und labte sich an ihren Säften auf ihrer Haut. *Verdammt!* Der Mann labte sich an ihr, als würde er sterben, wenn er nicht jeden letzten Tropfen erwischen würde.

Heiliger Mist, sie war kurz davor zu kommen von seiner Zunge ... an ihrer Brust.

Nach einem letzten Knabbern stand Bram auf und sagte: „Mein Drache ist dabei, sich zu befreien, Mädel, und ich muss die Kontrolle für das heutige Abendessen in der großen Halle bewahren. Ich muss dich ficken. Jetzt."

So sehr sie wollte, dass sich sein Drache befreite, so sehr hatte sie auch gemeint, was sie zuvor gesagt hatte, dass sie nie versuchen würde, ihm Zeit für etwas Wichtiges zu nehmen. Sie legte eine Hand an seine Brust. „Nun, in diesem Fall" – sie nahm seine Hand und zog – „folge mir."

Sie erwartete halb, dass er knurren und nein sagen würde. Aber überraschenderweise ließ Bram sich zu seinem Schreibtisch führen. Sie hüpfte hinauf und spreizte die Beine. „Da wir uns hier zum ersten Mal geküsst haben, sollten wir es auch zum Ort unseres ersten Ficks machen." Während sie ihre Beine spreizte, massierte sie ihre Brüste und sagte: „Was sagst du?"

BRAMS DRACHE WÜTETE in seinem Kopf. *Markiere sie hart. Sie muss bei uns bleiben. Überzeuge sie. Beeil dich.*

Mit einem Knurren wehrte er sich nicht gegen die Triebe seines Drachen. Stattdessen knöpfte er seine Jeans auf und zog den Reißverschluss herunter, während er sich auf den Weg zu Evie machte, die auf seinem Schreibtisch lag.

Verdammt, ihre Erregung war stark. Er hatte schon vorhin den besten Geschmack ihres süßen Honigs bekommen. Aber so sehr er sie zwischen ihren Beinen lecken wollte, sein Schwanz war hart und pulsierte. Dazu noch das stampfende Bedürfnis seines Drachen, und er hatte nicht die Kraft, Geduld zu zeigen. Er würde seine Frau kommen lassen, aber mit seinem Schwanz und nicht mit seiner Zunge.

Er schüttelte schnell seine Jeans herunter und stand nackt von der Taille abwärts da. Als Evies Augen sich zu seinem Schwanz bewegten, der sich gegen seinen Bauch drückte, spürte er, wie ein Tropfen Vorsamen heraussickerte.

„Augen hier oben, Menschenfrau."

Evie lächelte, als sie wieder in seine Augen sah. „Vielleicht lasse ich dich das nächste Mal auf meine Brüste starren, wenn das bedeutet, dass ich auf deinen Schwanz starren darf."

Sein inneres Tier brüllte. *Fick sie jetzt, rede später.*

Wenn er noch länger Widerstand leistete, würde er zum ersten Mal seit fast fünfzehn Jahren die Kontrolle über sein Tier verlieren. Dennoch konnte er nicht anders, als zu sagen: „Wir können später damit experimentieren." Er bewegte sich zwischen ihre Beine und rieb ihre prallen Oberschenkel auf und ab. „Jetzt ist es erst einmal meine Aufgabe, dich vergessen zu lassen, wie man spricht."

Als sie ihren Mund öffnete, positionierte er seinen Schwanz und stieß in ihre Pussy. Sein Drache summte bei der kombinierten Hitze und Enge. Er spreizte die Beine seiner Frau weiter, zog sich langsam heraus und stieß zurück in sie. „Ich glaube, ich bin erfolgreich."

Am Ende eines Stöhnens flüsterte Evie: „Halt einfach die Klappe, und fick mich, Bram. Wir können später darüber debattieren, wer wen kontrollieren kann."

Er lächelte. „Ich werde gewinnen."

Evie öffnete den Mund, aber er begann, sich

langsam und tief zu bewegen. Als Reaktion packte sie seinen Bizeps. Als sie sprach, war es: „Ist das alles, was du hast?"

Sein Drache summte. *Ich stimme ihr zu. Gib nach.*

Er bewegte seine Hände von ihren Oberschenkeln bis zu ihren Hüften und pumpte kräftiger. Von der Art, wie Evies Nägel sich in seine Arme gruben, bis hin zu der Enge ihrer Pussy um seinen Schwanz, er liebte jedes bisschen davon. Noch nie hatte sich eine Frau so perfekt angefühlt.

Sie gehört uns.

Als Evies Stöhnen lauter wurde, bildete sich Schweiß auf seinem Rücken. Sein eigener Orgasmus war nahe, aber seine Frau musste zuerst kommen. Er justierte seinen Griff, berührte ihre Klitoris und drückte hart. Evies Nägel gruben sich tiefer in seine Haut, kurz bevor sie schrie. Als sich ihre Pussy zusammenzog und seinen Schwanz losließ, lockerte Bram seine Zurückhaltung und steigerte das Tempo.

Markiere sie. Jetzt.

Nicht sicher, ob es er oder sein Drachen gewesen war, der diese Worte in seinem Kopf gesagt hatte, gab Bram ein paar weitere Stöße und hielt inne, während er Evie mit seinem Samen füllte.

Als der letzte Krampf ihn verließ, lehnte Bram seine Stirn gegen Evies. Seine Stimme klang selbst in seinen eigenen Ohren belegt. „Hat dich das befriedigt, Mensch?"

Sie machte ein Geräusch in ihrer Kehle. „Das war nett."

Er löste sich von ihr. „Nett?"

Evies Augen tanzten amüsiert. „Ist nett denn so schlimm? Soll ich spektakulär sagen? Oder, wie wäre es mit erderschütternd? Wird das dein Ego besänftigen?"

Er zog sie zu sich, bis ihre harten Brustwarzen seine Brust berührten, und murmelte: „Eines Tages wirst du denken, dass ‚erderschütternd' ein zu zahmes Wort für das ist, was ich dir mit meinem Schwanz antun werde."

Evie lächelte. „Ich freue mich auf den Tag."

Obwohl sein Drache nach ihrem Orgasmus halb eingeschlafen war, meldete er sich jetzt zu Wort. *Sie denkt an uns in der Zukunft. Sie will nur uns. Sie wird bleiben.*

Bram war nicht so optimistisch wie sein Drache. Schließlich konnte Finlay Stewart ein charmanter Bastard sein, wenn er es versuchte. Trotzdem hatte er einen guten Start hingelegt. Es war an der Zeit, noch mehr Fortschritte zu machen, weil er diese Frau behalten wollte. Sie war die seine.

Er drückte ihre Taille. „So sehr ich hier mit deiner engen, nassen Pussy um meinen Schwanz bleiben will, dir wird kalt werden, sobald du von deinem Post-Orgasmus-High herunterkommst. Wir säubern uns jetzt, und dann kannst du mich fragen, was dir gefällt."

Verschlagenheit kehrte in ihre Augen zurück. „Alles?"

„Das wäre ein gefährliches Versprechen, angesichts deiner Vorliebe dafür, mich zu überraschen, Mädchen. Wie wäre es, wenn wir die meisten Dinge sagen?"

„Ich nehme an, das wird vorerst reichen. Gib mir jedoch ein wenig Zeit, und ich finde vielleicht einen Weg, dein Veto zu widerrufen."

Er schüttelte den Kopf. „Ich bezweifele das nicht, Evie Marshall." Mit großer Anstrengung zog er sich aus ihr heraus und zog sie vom Schreibtisch. Sie stolperte gegen seine Brust, und instinktiv umarmte er sie fest. Die Art, wie ihr weicher Körper an seinen Körper passte, schickte wieder Blut in seinen Schwanz.

Bram hatte das Gefühl, dass er, wenn er nicht aufpasste, süchtig nach dem Körper dieser Frau werden könnte. Er war jetzt schon süchtig nach ihrer Frechheit. Er hoffte bloß, dass er sich nicht verbrannte. Sein Drache war zuversichtlich, dass sie ehrlich bleiben würde, aber der Bastard weigerte sich immer noch zu sagen, warum, und das machte ihn unruhig.

Kapitel Zehn

Als Evie sich gereinigt hatte, versuchte sie, sich zu konzentrieren, aber die wunderbaren Schmerzen zwischen ihren Beinen machten es ihr schwer, über irgendetwas nachzudenken, außer über die Art, wie Bram sie unten auf dem Schreibtisch gefickt hatte. Sie hatte reichlich sexuelle Fantasien gehabt, einige mit einem oder zwei Drachenmännern, aber keine war vergleichbar mit der Realität.

Nicht, dass sie Bram das für eine Weile wissen lassen würde. Es machte Spaß, ihn zu necken und sein Ego zu sticheln.

Dennoch wusste sie immer noch so wenig über ihn. Während ihr Bauch sagte, sie solle dem Drachenmann vertrauen, wollte ihr Kopf mehr Informationen.

Sie öffnete die Tür und hielt inne, als sie einen sehr nackten und erregten Bram auf seinem Bett liegen sah. Er hatte vorgeschlagen, dass sie sein

Zimmer und sein Badezimmer zum Waschen benutzen sollten. Allmählich dachte sie, dass er Hintergedanken gehabt hatte.

Entschlossen, sich nicht von seinem langen, harten Schwanz ablenken zu lassen, lehnte Evie sich gegen den Türpfosten und konzentrierte sich auf Brams Gesicht. „Erwartest du etwas, Drachenmann?"

Er sah zu ihr und lächelte. Der Anblick ließ ihr Herz besonders hart pochen.

Bram sagte: „Es wäre nett, wenn du dich rittlings auf mich setzen würdest, aber du bist ja diejenige, die reden will."

Bilder von ihr auf dem Drachenmann kamen ihr in den Kopf, und es verlangte alles von ihr ab, sie wegzudrängen. *Fokus, Evie. Sex kann verblassen. Erfahre mehr über den Mann und was er so tut.*

Sie hob eine Augenbraue. „Nun, du könntest damit anfangen, mir von diesem Neil Westhaven zu erzählen. Du schienst wütend zu sein, und da er dem menschlichen Opfer zugewiesen wurde, vermute ich, dass du sowohl auf Neil als auch auf dich selbst wütend bist."

Sein Gesichtsausdruck wurde unlesbar. „Verdammte ehemalige Inspektorin. Deine Auffassungsgabe wird es mir nicht leicht machen."

„Natürlich nicht. Genau wie ich dir sagen kann, dass du versuchst, das Thema zu wechseln. Komm auf den Punkt, Drachenmann."

Ein Lächeln zupfte an seinen Lippen, und Evie stieß fast einen Seufzer der Erleichterung aus. Eine

Sekunde lang hatte sie gedacht, Bram würde sich vor ihr verschließen. Versprechen oder nicht, er war Clanführer und war es gewohnt, Dinge auf seine Art zu tun.

Bram sagte: „Du wirst mich auf jeden Fall auf Trab halten, Mädel." Evie öffnete den Mund, um ihn wieder auf Kurs zu bringen, aber er kam ihr zuvor. „Was Neil angeht, hast du recht. Mit dem habe ich Mist gebaut. Auf dem Papier sah alles gut aus, und obwohl ich alle meine Clanmitglieder kenne, kenne ich einige besser als andere. Neil war so entschlossen, ein Menschenopfer zu bekommen, vor allem, weil er es so interpretierte, dass er damit eine Sklavin bekäme, er hat sogar seine Referenzen und Kollegen für sich lügen lassen."

„Warum sollten sie das tun? Sicherlich wussten sie, dass du die Wahrheit irgendwann herausfinden würdest."

„Ja, aber soweit ich weiß dachte Neil, dass ich ihn nie aus dem Clan werfen würde. Da hat er sich geirrt. Was er mit dieser armen Menschenfrau gemacht hat … du hättest sie sehen sollen, Evie. Cait konnte kaum ein Gespräch mit jemandem führen, bis Melanie Hall kam."

Obwohl sie wusste, dass Melanie sich glücklich gepaart hatte, blitzte ein leichtes Aufflammen von Eifersucht durch ihren Körper bei dem Namen des anderen Menschen.

Evie sah zu Brams Schwanz und erinnerte sich, dass er hart und bereit für sie war, nicht für Melanie, und es gelang ihr, ihr Temperament zu zügeln. Sie sah Bram wieder ins Gesicht und sagte: „Wir machen alle Fehler, Bram." Sie atmete einmal tief ein, dann sprach sie weiter. „Letzten Endes habe ich zwei Frauen das Leben gekostet."

Bram klopfte aufs Bett. „Setz dich hin und erzähl es mir, Mädchen, denn ich habe so das Gefühl, dass das nicht beabsichtigt war."

„Ich habe mich damit abgefunden, aber du musst dasselbe tun."

Er klopfte wieder. „Wir werden später über mich sprechen. Erzähl mir, was passiert ist. Was hast du noch gesagt? Dass du dich mit keinem Fremden paaren willst? Ich denke, es könnte ein erster Schritt sein, einander kennenzulernen, wenn wir uns gegenseitig erzählen, wie wir beide Menschen zum Sterben gebracht haben."

Evie lächelte unwillkürlich. „Das ist eine verdammt gute Möglichkeit, das zu tun."

Er streckte eine Hand aus, und Evie nahm sie. Die Wärme seiner Hand war verlockend, und anstatt auf dem Bett zu sitzen, schmiegte sie sich an ihn. „Keine Dummheiten! Mir ist nur ein wenig kalt, und du bist warm."

Er umarmte sie fest und murmelte: „Ich verspreche es, zumindest jetzt."

Sie sah in sein Gesicht auf. „Einfach so? Kein Streit oder Verhandeln?"

„Oh, das wird später kommen. Gerade jetzt hilft es erst einmal, meinen Drachen zu beruhigen, wenn du auf mir liegst."

Als sie sein Gesicht musterte, sah sie nicht, wie seine Augen zu Drachenschlitzen blitzten. Ein Teil von ihr hatte sich vorhin schon gefragt, was sein Drache machte, da Evie wusste, dass sie nicht Brams Gefährtin sein konnte; ihr erster Kuss hatte keinen Rausch mit sich gebracht. Doch sein früheres Verhalten widersprach den Gerüchten und Berichten, die sie über seine eiserne Kontrolle gelesen hatte.

Sie würde ihn später danach fragen. Im Moment wollte sie die kleine Blase, in der sie einander die Wahrheit sagten, nicht zum Platzen bringen. Angesichts all der Scheiße, die mit den Drachenjägern und Caits Tod passiert war, wusste Evie nicht, wann sie als Nächstes die Chance bekommen würde, einfach mit dem Drachenführer zu sprechen. Auch wenn das Thema schwierig war, hatte er recht. Teilen war der erste Schritt, um sein Vertrauen zu gewinnen.

Sie atmete tief durch, und die Worte stürzten aus ihrem Mund: „Beides waren Opfer. Die erste Frau, Jenny, war mein allererster Einzelfall als MDA-Inspektorin. Ich sollte sie überprüfen und sicherstellen, dass sie nicht missbraucht wurde. Die Frau war von Anfang an still, aber erst als man sie im Badezimmer mit aufgeschlitzten Handgelenken und einer Notiz in ihrer Nähe fand, habe ich die Ungeheuerlichkeit ihres Schweigens verstanden. Sie war unglücklich gewesen, aber ich hatte es nicht sehen können."

Bram streichelte mit seiner Hand an ihrem Arm

auf und ab. „Manche Menschen sind gut darin, ihr wahres Selbst zu verbergen."

Sie fragte sich, ob seine Worte eine verborgene Bedeutung hätten. „Ich hab' das später verstanden, nachdem ich gründlichere Interviews mit ihrer Familie geführt hatte. Aber in den ersten Tagen, nachdem ich die Nachricht gehört hatte, sperrte ich mich in meine Wohnung ein und hätte das MDA beinahe verlassen."

„Doch das hast du nicht getan."

„Nein. Die Befragung ihrer Familie hat mir geholfen, ebenso wie das Wissen, dass sie über ihre Depressionen gelogen hatte. Dennoch war es ein Schlag für mein Selbstvertrauen. Es hat fast ein Jahr gedauert, bis ich es wiedererlangt hatte."

„Jetzt besitzt du es reichlich."

Sie lächelte an seiner Brust. „Mit dir passiert es einfach. Bei Marcus King ist mein Selbstvertrauen oft den Bach runtergegangen."

Brams Knurren grollte in seiner Brust. „Wenn dieser Bastard Hand an dich gelegt hat, werde ich mich selbst um ihn kümmern."

Sie sah auf und legte ihr Kinn auf Brams muskulöse Brust. „Wirklich? Du würdest für eine halbherzige Rache alles wegwerfen, was du für deinen Clan getan hast?"

„Wer meine Frau verletzt, wird meinen Zorn spüren."

Evie runzelte die Stirn. „Deine Frau? Du hast noch nicht einmal zugestimmt, mich als deine

Gefährtin zu betrachten. Hast du es dir anders überlegt?"

Er grunzte. „Erzähl mir zuerst von der anderen Frau, und ich werde deine Frage beantworten."

Sie musterte seine Augen und wusste, dass der Drachenmann nicht bluffte. Soweit sie bisher gesehen hatte, war er ihr an Sturheit voraus. „Na schön. Die andere Frau war Imogen. Mit einundzwanzig Jahren war sie eines der jüngsten Opfer, die ich je zu überwachen hatte. Sie überlebte ihre Zeit und die Geburt, aber einige Wochen, nachdem sie in die menschliche Welt zurückgekehrt war, hinterließ sie eine verzweifelte Voicemail, in der sie sagte, sie wolle mich treffen. Ich versuchte, meinen Vorgesetzten davon zu überzeugen, mich gehen zu lassen, aber aufgrund von internen Besprechungen und Verpflichtungen musste ich unser Treffen um drei Tage verschieben. Als ich endlich Zeit hatte, nach ihr zu sehen, war es schon zu spät. Sie hatte eine Flasche Pillen geschluckt."

Imogens Tod hatte sie härter getroffen als Jennys, einfach, weil sie versucht hatte zu helfen, aber von ihrem Chef überstimmt worden war, der glaubte, dass die Bürokratie buchstabengetreu befolgt werden müsse, ohne Ausnahme. Dieser Mann war jetzt der stellvertretende Direktor des gesamten Ministeriums für Drachenangelegenheiten. Würde Jonathan Christie jemals Direktor werden, würden die Drachenwandler-Clans darunter leiden.

Bram pikste in ihren Bauch und sagte: „Erzähl

mir, was dir durch den Kopf geht, Mensch. Ich mag es nicht, im Dunkeln gelassen zu werden."

EVIES ENTFERNTER BLICK WURDE FINSTER, und sowohl der Mensch als auch der Drache waren froh. Es war für seine Frau nicht leicht, über den Tod der beiden Frauen zu sprechen, doch bis zum Ende blieb sie gefasst. Obwohl ihre Bindung durch das Teilen von Geheimnissen noch neu und fragil war, wollte er sie nicht allein damit lassen. Wenn sie Gefährten sein sollten, wollte er all ihre Probleme kennen.

Sein Drache grunzte. *Wir werden uns immer um sie kümmern.*

Ich weiß nicht, ob sie dem zustimmen wird.

Das ist mir egal. Wir werden es trotzdem tun.

Er konnte sich bei der Gewissheit seines inneren Tieres ein Lächeln kaum verkneifen. Stattdessen hakte er nach. „Nun?"

Ihre Stirn runzelte sich weiter. „Ich weiß ja, dass du als Clanführer gewohnt bist, zu bekommen, was du willst, aber würde es dich umbringen, mich zu fragen, anstatt es zu verlangen?"

„Oh, wunderbare Menschenfrau ohnegleichen, würdest du mich mit deinen erleuchteten Gedanken beehren?"

Der finstere Blick des Menschen entglitt ihr, und ihre Lippen zuckten. „Du hast also doch Sinn für Humor."

„Oh, aye. Aber hör auf, das Thema zu wechseln. Warum bist du so in deinen Gedanken verloren?"

Das Lachen verblasste aus ihren Augen. „Die zweite Frau, Imogen, ihr Tod war vollkommen vermeidbar. Mein damaliger Chef hat mich daran gehindert, ihr zu helfen und ihr möglicherweise das Leben zu retten. Und wenn das nicht schon schlimm genug war, ist dieser Mann jetzt stellvertretender Verantwortlicher für das gesamte MDA." Sie zog die Brauen zusammen. „Wenn er ganz übernimmt, wird das schlecht für deinen Clan sein."

Er drückte seine Frau. „Trau einem Drachenwandler auch mal was zu. Ich habe schon so ein oder zwei Asse im Ärmel. Das MDA mag jetzt mächtig sein, aber mit der Hilfe von Melanie Hall-MacLeod könnte sich das bald ändern."

„Was?"

Bram hatte nicht vorgehabt, Evie von Mels Plänen zu erzählen, aber es war einfach, mit ihr zu sprechen, besonders da sein Drache ihm immer wieder Gedanken schickte, wie sehr er ihr vertraute. „Melanie schreibt gerade ein Buch über Drachenwandler, um die öffentliche Meinung zu beeinflussen. Wenn ich es mir recht überlege, hat die Frau alle möglichen Ideen, wie wir unser Image verbessern können."

„Also ist Melanie deine PR-Expertin?"

Er lächelte. „So hatte ich das noch gar nicht betrachtet, aber, aye, ich denke, du hast recht."

Die Traurigkeit in den Augen seiner Frau wich einem Hauch von Entschlossenheit. „Dann denke ich, ich sollte ihr helfen. Wenn sie gut im Marketing ist und das dann mit meinem Insider-Wissen über das MDA und das britische Recht kombiniert, werden wir unaufhaltsam sein."

Er konnte die Räder in ihrem Kopf rattern hören. Aber so sehr er es auch liebte, wie Evie von ihrer Traurigkeit fortgekommen war, er hatte nicht viel Zeit, bevor Mel und Samira kamen und Evie abholten, um sie für das heutige Abendessen vorzubereiten.

Nur der Gedanke daran, dass Evie nicht an seiner Seite wäre, ließ seinen Drachen knurren. *Bevor sie geht, frag sie. Warte nicht mehr. Sie ist richtig für uns. Der Clan muss wissen, dass sie uns gehört.*

Dann sag mir verdammt, warum du so sicher bist.

Nein, du fühlst es auch. Vertraue diesem Gefühl. Frag sie.

Nur wegen der Frau an seiner Seite widersetzte sich Bram einem Knurren. Er wollte Evie als seine Frau behalten, aber die plötzlich so geheimnisvolle Natur seines Drachen trieb ihn in den Wahnsinn.

Sein inneres Tier knurrte, und Bram entschied, dass es reichte. *Na schön. Ich werde sie fragen. Und jetzt halt die Klappe, damit ich mich konzentrieren kann.*

Und so verblasste sein Drache in den Hinterkopf.

Verdammtes Biest.

Er legte eine Hand an Evies Wange und sagte: „Das ist eine Möglichkeit, aber es liegt ganz bei Melanie. Das Buch ist ihr Baby." Evie öffnete den

Mund, und er legte seine Finger an ihre Lippen. „Wir können später darüber diskutieren. Jetzt muss ich dir von heute Abend erzählen. Vor allem, weil Melanie und der andere Mensch, der sich mit einem Drachenwandler gepaart hat, Samira, bald hier sein werden, um dich zu holen."

Evie bewegte ihre Lippen gegen seine Finger und erinnerte ihn daran, wie weich sie waren. „Wenn du erwartest, dass ich etwas sage, dann nimm deine verdammten Finger von meinem Mund."

Er war versucht, seine Finger wegzunehmen und sie mit einem Kuss zum Schweigen zu bringen, aber er hatte vorhin nicht gelogen. Er hatte keine Zeit. Nicht einmal sein immer noch harter Schwanz, der auf seinem Bauch lag, würde ihn überzeugen, die Veranstaltung heute Abend zu versauen. „Hör einfach zuerst zu. Heute Abend ist ein besonderes Essen zu Ehren unseres Gastes, Finlay Stewart. Die Kleidung soll formell sein. Auch wenn du zweifellos weißt, wie die traditionelle Kleidung aussieht, werden Mel und Samira dir helfen, besonders gut auszusehen. Alle werden dich heute Abend genau beäugen."

Sie runzelte die Stirn und murmelte gegen seine Finger. „Willst du mir sagen warum?"

Er entfernte seine Finger und legte einen unter ihr Kinn. „Weil ich meinen Clan wissen lassen möchte, dass du mir gehörst."

Ihr stockte der Atem, und ein Gefühl von

Selbstgefälligkeit kam über ihn. Sein Drache summte. *Siehst du? Sie will uns auch.*

Sie hat noch nicht Ja gesagt, du verdammtes Tier.

Das wird sie.

Evie setzte sich halb auf und sah auf ihn hinab. „Ist das ein sicheres ‚Ja, ich werde dich zu meiner Gefährtin nehmen' oder bloß eine weitere halbherzige Art, mich zu verführen?"

Beruhige ihre Ängste. Lass ihr keine Zweifel.

Manchmal wünschte Bram, er könne seinen Drachen einfach reden lassen, anstatt die Botschaften des Tieres zu übermitteln. Dennoch stimmte er dieses Mal mit ihm überein. Der Gedanke, dass sie von ihm weg und in ein paar Tagen mit Finn ging, verursachte eine Woge der Eifersucht, die durch seinen Körper schoss.

Bram rollte sich auf Evie, fixierte ihren Körper auf dem Bett und lehnte sich vor, bis er eine Haaresbreite von ihren Lippen entfernt war. „Evie Marshall, ich will, dass du meine Gefährtin bist." Er erinnerte sich an ihre Bitte vom Morgen und fuhr fort: „Wirst du mir erlauben, mit dir an meinem Arm die große Halle zu betreten? Ich kann die Ankündigung morgen machen, da ich nicht von Finn ablenken will, egal wie sehr ich mir wünschte, ich könnte einfach den Bastard zur Seite treten und dich ins Rampenlicht stellen."

Evie blickte in seine Augen. „Meinst du das ernst? Ich will nicht meine Hoffnungen darauf setzen, nur damit sie später zerschmettert werden, wenn wir wieder aneinandergeraten."

Er legte eine Hand zwischen sie und packte besitzergreifend ihre Brust. Evie hielt den Atem an, als er sagte: „Du bist mein, Evie Marshall, und eines Tages wirst du das zugeben."

Sein Drache summte. *Ja, ja, sie gehört uns. Immer. Wir brauchen sie.*

Brauchen war das letzte Wort, das er jetzt hören wollte, da sein Schwanz derzeit wie auf einem Kissen zwischen ihm und Evies rundem, weichem Bauch lag. Jeder Instinkt, den er besaß, drängte ihn, in die Frau zu stoßen und sie zum Schreien zu bringen.

Ja, ja, fick sie. Wenn wir das schnell tun, haben wir genügend Zeit.

Aber sie sagte nur einmal.

Dann frag sie.

Bram knirschte mit den Zähnen und zwang sich, eine andere Frage zu stellen. „Wirst du mich begleiten und zustimmen, meine Gefährtin zu sein?"

Der Mensch starrte ihn schweigend an. Mit jeder Sekunde, die verstrich, drängte sein Drache kräftiger, die Kontrolle zu übernehmen. *Verlier sie nicht. Lass sie Ja sagen.*

Evies Londoner Akzent riss ihn aus seinen Gedanken. „Solange du vorhast, mich zu beschützen, dann ja, ich werde dich begleiten und deine Gefährtin sein."

Freude rauschte durch seinen Körper, und er senkte den Kopf, um sie zu küssen.

Der Kuss sollte nicht sanft sein, und er stieß

sofort seine Zunge in ihren Mund. Während er
leckte und jeden Zentimeter ihres heißen, süßen
Mundes erforschte, kniff er ihren Nippel und
schwelgte in den Vibrationen ihres Stöhnens sowohl
in seinem Mund als auch durch den Kontakt mit
ihrer Brust.

*Jetzt, jetzt, tu es jetzt. Wir müssen sie ficken und sie mit
unserem Duft noch mehr markieren. Lass nicht zu, dass der
andere Anführer sie nimmt.*

Nur wegen seiner jahrelangen Übung
widersetzte sich Bram den Befehlen seines Drachen.
Er unterbrach den Kuss und flüsterte: „Bitte, Evie,
lass mich dich schnell von hinten nehmen, sonst
wird mein Tier losbrechen und dich auf sämtliche
Arten nehmen, bis es befriedigt ist. Das will ich
auch, aber ich darf die Allianz nicht riskieren."

EVIE HATTE SCHWIERIGKEITEN ZU DENKEN. Mit dem
muskulösen Körper des attraktiven Drachenmanns,
der auf ihr lag, um seine neuste Dominanz über
ihren Mund zu behaupten, schrien ihre
weiblichsten Stellen laut nach Aufmerksamkeit.
Irgendwo im Hinterkopf war sie froh, dass er sie
gebeten hatte, seine Gefährtin zu sein. Doch als
Bram sie gebeten hatte, sie ficken zu dürfen, um
seinen Drachen zu beruhigen, verschwanden alle
rationalen Gedanken. Alles, woran sie denken
konnte, war der Schwanz, der gerade gegen sie
drückte. „Dann nimm mich, Drachenmann.

Doggy-Style – oder ist es Drachen-Stil? – ist eine meiner Lieblingspositionen."

Mit einem Brüllen erhob sich Bram von ihrem Körper, drehte sie um und hob ihre Hüften, bevor er ihr von hinten seinen langen, harten Schwanz hineinstieß. Evie griff nach den Laken und hob ihren Po. Als ob sie signalisierte, dass er anfangen sollte, pumpte Bram in sie, schonungslos.

Die Geschwindigkeit, kombiniert mit der Art, wie sein harter Schwanz sie genau im richtigen Winkel traf, ließ sie stöhnen. Die Empfindung war an diesem wunderbaren Ort an der Grenze zwischen Lust und Schmerz.

Dann beschleunigte ihr Drachenmann das Tempo, und sie schrie mit jedem Stoß. Sie hatte noch nie einen Mann gehabt, der sie so vollständig gefüllt hatte, geschweige denn sie fickte, als wäre dies ihr letzter Moment auf der Erde. Manchmal schätzte sie die besondere Aufmerksamkeit für ihre Klitoris, aber im Moment brachte sie die schiere Kraft und die animalische Natur von Brams Bewegungen nahe an den Rand.

Dann brüllte er und hielt inne. Sie fühlte, wie er in ihr zum Orgasmus kam, und die Lust durchzog ihren Körper sofort, als ihre Pussy mit ihrer Klitoris gleichzeitig zu krampfen begann. Jeder heiße Strahl in ihr brachte einen weiteren Orgasmus, bis sie alle rationalen Gedanken verlor.

Erst als sie fühlte, dass sich Bram über ihren Rücken lehnte und ihre Schulter küsste, kam sie von ihrem Hoch herunter. Seine Arme waren zärtlich um sie gelegt, die Haare an seinen Armen und seiner Brust kitzelten ihre Haut. Seine Stimme war leise und rau, als er ihr ins Ohr flüsterte: „Danke."

Ihr Gehirn brauchte eine Sekunde, um einen kohärenten Gedanken zu formen, bevor sie sagte: „Mr. Drachenanführer dankt mir? Das ist neu."

Sein leises Lachen vibrierte gegen ihren Rücken. „Gewöhn dich nicht zu sehr daran. Ich benutze das „d"-Wort nur zu besonderen Anlässen."

Evie lachte. Bram richtete sich auf, nahm sie aber mit, bis sie sich an seine Brust lehnte. Sie blickte in seine sehr menschlich aussehenden Augen. „Geht es deinem Drachen jetzt besser?"

Er umarmte sie fest und nickte. „Ich weiß nicht, was in ihn gefahren ist. Er war nicht mehr außer Kontrolle, seit ich ein junger Erwachsener war. Es ist fast so, als ob ..."

Ich seine wahre Gefährtin wäre.

Evie verdrängte diesen Gedanken. Das konnte sie auf keinen Fall sein. Nach ihren Tests als Teenager konnte sie keine Drachenwandler-Kinder haben. Wahre Gefährten pflanzten sich immer fort. Immer.

Zumindest in jedem dokumentierten Fall, den sie über die Jahre studiert hatte.

Bram schmiegte sich seitlich an ihren Hals, und sie konzentrierte sich auf das Hier und Jetzt. Sie musste nicht seine wahre Gefährtin sein, um den Mann an ihrem Rücken zu genießen. Sie wollte gerade schon fragen, wann Melanie und Samira kommen sollten, als er fluchte und sagte: „Sie klopfen an die Tür. Du musst gehen."

Sie schmiegte sich an seine harte Brust und murmelte: „Ich will nicht."

Ihr Drachenmann schmunzelte. „Haben sich meine Sex-Fähigkeiten jetzt von ‚nett' zu mehr gesteigert? So sehr, dass du es nicht ertragen kannst, von meiner Seite zu weichen?"

Sie versuchte, die Stirn zu runzeln, versagte aber kläglich. „Erinnere mich daran, dich nicht zu oft zu loben, sonst wirst du unerträglich."

Er grinste. „Du hast mich noch nicht erlebt, Mädchen."

Als sie breit lächelte, klingelte ein Mobiltelefon. Bram seufzte. „Das wird wohl Melanie sein. Wir können später reden, Mädel. Sobald ich Informationen von Kai habe, werde ich dich wissen lassen, wenn du irgendwie in Gefahr bist. Das muss beim Abendessen im großen Saal sein, vorausgesetzt, wir finden einen sicheren Ort zum Reden."

Er ging zurück und zog sich aus ihr. Sie drehte sich um, und er nahm ihr Gesicht mit seinen warmen Händen. „Ich kann es kaum erwarten, dich in Drachenwandler-Kleidung zu sehen, Evie. Es könnte meinen Drachen wieder in den Wahnsinn treiben."

Sie lächelte, als er einen vorsichtigen Kuss auf ihre Lippen drückte. Dann zog er sich weg und griff nach seiner Jeans. „Beeil dich, Mädchen. Sobald Melanie eine Aufgabe hat, ist sie entschlossen, sie durchzuziehen. Sie wird dich halb nackt durch die Gemeinschaft zerren, wenn es nötig ist."

Sie stand da und sah in Brams hellblaue Augen auf. „Nur eine Frage: Ist es ein Geheimnis, dass ich deine Gefährtin sein werde?"

„Melanie und Samira sind in Ordnung, verbreite es aber noch nicht. Wenn es einen Verräter im Clan gibt, möchte ich nicht, dass sie dich verletzen, um an mich ranzukommen."

Evie nickte, warf einen letzten Blick auf ihren zukünftigen Gefährten und ging ins Badezimmer, unsicher, was die nächsten paar Stunden bringen würden.

Kapitel Elf

B ram Moore-Llewellyn saß an seinem Schreibtisch. Die letzte halbe Stunde lang hatte er mit Kai, dem Oberhaupt seiner Beschützer, über Evies Theorie diskutiert, dass Neil Westhaven Caitriona Belmont langsam mit Drachenwandler-Hormonen getötet hatte. Als die Fakten auf dem Tisch lagen und sie sich beide einig waren, sagte er: „Eine Theorie ist großartig, aber wir brauchen Beweise. Hat sonst noch jemand irgendetwas Ungewöhnliches bemerkt?"

Kai trommelte einige Sekunden lang mit den Fingern seiner rechten Hand auf sein Bein und hielt dann inne. „Ja. Ich hatte mir damals nichts dabei gedacht, aber es könnte jetzt relevant sein. Olivia Harris ist heute früh mit einem großen Koffer zum Start- und Landebereich gegangen, bevor sie sich gewandelt und das Ding mit ihren Klauen gepackt hat. Sie hatte einen Pass, um den Clan in Wales zu besuchen, also dachte der diensthabende Beschützer sich nichts dabei. Aber wenn ich so zurückdenke, hat sie den walisischen Clan in den letzten Monaten schon mehrmals besucht. Vielleicht trifft sie sich mit Neil."

Olivia war Neil Westhavens Frau gewesen, aber sie hatten sich sechs Monate, bevor Bram einen Mann für ihr nächstes Menschenopfer ausgewählt hatte, getrennt. Er hatte gedacht, dass es eine gute Möglichkeit für sein Clanmitglied wäre, Olivia aus dem Kopf zu bekommen, wenn er Neil Caitriona zuwiese. „Finde heraus, wohin sie geflogen ist. Es sollte leicht genug sein herauszubekommen, ob sie in Wales oder woanders ist, zumal rote Drachen die seltenste Art sind. Wende dich an unsere Kontakte in den menschlichen Gemeinschaften, um ihren Flugweg rauszubekommen."

„Es ist Nikkis Aufgabe, unsere menschlichen Kontakte zu erreichen. Ich bitte sie, das zu tun, sobald wir hier fertig sind."

Bram nickte. „Gut. Aber ich hoffe, dass sie bis zu unserem Empfang heute Abend fertig ist. Ich brauche jemanden, der auf Evie aufpasst, wenn ich weggerufen werde."

„Ich werde auf den Menschen aufpassen, wenn das passiert. So wenig ich eigentlich zum Abendessen gehen und mich stattdessen ausschließlich darauf konzentrieren möchte, weitere Informationen zu finden, aber Finlay Stewart könnte beleidigt sein, wenn das Oberhaupt der Beschützer des Stonefire-Clans nicht da ist."

Bei der Erwähnung von Finns Namen knurrte

der Drache in seinem Kopf. *Wann wird er weg sein? Er verhindert, dass zu viele Dinge passieren. Erstens, unsere Gefährtin dem Clan vorzustellen. Zweitens, herauszufinden, wer unsere zukünftige Partnerin bedroht.*

Wir brauchen sein Bündnis. Er wird morgen abreisen. Sei geduldig. Wirst du Kai erlauben, auf Evie aufzupassen?

Ja. Er kennt die Identität seiner Gefährtin. Warum er sie aber ignoriert, verstehe ich nicht.

Lass es sein. Es ist seine Wahl.

Mit einem Grunzen verblasste sein Drache in den Hinterkopf, sodass Bram sich auf Kai konzentrieren konnte. „Danke für das Angebot. Du bist einer der wenigen Männer, die sowohl ich als auch mein Drache in Evies Nähe lassen werden." Kai nickte. Nachdem damit Evies Sicherheit sichergestellt war, ging er zum nächsten Punkt auf seiner Liste. „Gut, bevor ich dich entlasse, damit du deine Magie wirkst, gibt es noch eine Sache, die ich anleiern möchte."

„Was?"

„Ich möchte, dass sich jemand auf die Befragung des gefangenen Drachenjägers konzentriert. Wenn Olivia und Neil Informationen weitergeben und wer weiß, was zum Teufel sonst noch geschieht, kann er das bestätigen. Du und ich haben schon so viel zu tun. Gibt es jemanden unter den Beschützer, dem du das zutraust?"

„Zain würde gut passen. Er ist zwar noch neu, aber seine Leistung ist fast so gut wie meine."

Einer von Brams Mundwinkeln zog sich nach

oben. „Ich dachte nicht, dass jemand so gut sein könnte wie du, nicht einmal ich."

Trotz seines Versuchs, die Stimmung aufzuhellen, blieb Kais Gesicht ernst. „Wenn du nicht all die Aufgaben als Clan-Führer hättest, hättest du sicher genug Zeit, um zu trainieren und mich zu übertreffen. Ehrlich gesagt, wenn ich sehe, wie viel Papierkram mit deinem Job einhergeht, komme ich ins Schwitzen."

Bram lächelte breit. „Ist nicht so schlimm." Er verschränkte die Arme vor der Brust. „Und jetzt sag mir, warum du Zain wählen würdest, und überzeuge mich davon, ihm zu vertrauen."

„Er ist engagiert, übernimmt selbst banale Aufgaben, ohne sich zu beschweren, und auch meine äußerst gründliche Überprüfung hat nichts Verdächtiges ergeben. Hinzu kommt, dass er vor einigen Jahren Erfahrung in der Zusammenarbeit mit der menschlichen Aufklärungstruppe der Streitkräfte gesammelt hat. Damit ist er unsere beste Chance, nicht nur etwas über die Angriffe zu erfahren, sondern auch, warum der Drachenjäger hat herausrutschen lassen, dass er Evie Marshall kennt."

Ja, finde heraus, warum. Wir müssen unsere Frau schützen. Bram sagte seinem Drachen in Gedanken, er solle schweigen, bevor er antwortete: „Der Drachenjäger, der Evie beim Namen erwähnte, hat mir vorher schon Sorgen gemacht, aber zu wissen, dass Neil involviert sein könnte, beunruhigt mich noch mehr. Doch so sehr ich die Verbindung kennen möchte, warum sollten wir Zain vertrauen?"

„Ich glaube an ihn. Er hat keine Familie außer dem Clan als Ganzem. Er würde alles tun, um uns zu beschützen."

Das Oberhaupt seiner Beschützer war zwar erst dreißig Jahre alt, aber an den meisten Tagen hatte er sich verhalten, als wäre er viel älter. Brams inneres Tier meldete sich zu Wort. *Zain ist gut. Ich habe nie ein schlechtes Gefühl bei ihm. Wenn Kai ihm vertraut, sollten wir es auch tun.*

Obwohl er nicht gerade die am meisten faktenbasierte Unterstützung war, schätzte er die Intuition seines Drachens. „Gut, dann beziehe Zain mit ein, aber langsam. Lass ihn den Drachenjäger befragen und sehen, was er finden kann. Wenn er erfolgreich ist, dann erzähl ihm ein wenig mehr, bis du sicher bist, ihm alles sagen zu können. Ich möchte außerdem, dass er uns beide jede Stunde auf dem Laufenden hält, auch wenn er nur in einer SMS sagt, dass er nichts Neues gefunden hat."

Kai nickte. „Wir haben zwei Stunden Zeit, bevor sich der Clan zum Abendessen im großen Saal versammelt. Das ist genug Zeit für mich, Zain zu informieren und ihn zu seinem Verhör zu bringen."

„Gut. Sobald das eingerichtet ist, solltest du Evie, Melanie und Samira in die große Halle begleiten. Ich muss mich kurz vor dem Abendessen mit Arabella treffen, was bedeutet, dass ich es nicht selbst machen kann. Ich will mit ihrer Sicherheit kein Risiko eingehen. Wenn den drei Menschenfrauen auf meinem Land etwas passieren sollte, würden die menschlichen Medien bald eine Hexenjagd gegen uns anstoßen."

Der andere Mann stand auf. „Sonst noch was?"

„Sei einfach vorsichtig. Olivia ist unsere Hauptverdächtige, aber es könnte andere Verräter in unserer Mitte geben. Sie ist nicht die Einzige, die jemanden zu beschützen hat."

„Ich werde meinen Job machen, wie ich es immer tue."

Manchmal wünschte sich Bram, dass das Oberhaupt seiner Beschützer etwas offener und mehr geradeheraus wäre, aber das war nicht Kais Persönlichkeit. Bram war einer der wenigen, die Kais größtes Geheimnis kannten, aber es war nicht Brams Aufgabe, die Angelegenheit voranzutreiben. Nun, solange es seinen Beschützer nicht dazu brachte, den Fokus zu verlieren und den Clan in Gefahr zu bringen. Bisher hatte Kai keines dieser Symptome gezeigt.

Er erhob sich. „Natürlich tust du das, sonst würde ich dir nicht die Sicherheit meiner zukünftigen Gefährtin anvertrauen."

Kai wandte sich zum Gehen, drehte sich dann aber um und sagte: „Ist sie deine wahre Gefährtin? Ist das der Grund, warum du sie so schnell beansprucht hast?"

Sein Drache schnaubte. *Es geht ihn nichts an. Evie gehört uns. Das ist alles, was zählt.*

Nennst du mir immer noch nicht deine Gründe?

Schweigen war seine Antwort.

Anstatt zu versuchen, seinen Drachen sprechen zu lassen, sagte er zu Kai: „Ich glaube nicht, dass sie das ist, nein. Aber sie verfügt über das Wissen, das unserem Clan helfen könnte. So wie du alles in deiner Macht Stehende tust, um den Clan zu schützen, tue ich das auch."

Kai sah nicht überzeugt aus, aber anstatt zu argumentieren, nickte der Mann und ließ Bram allein in seinem Cottage.

Evie wartete darauf, dass sie von Melanie Hall-MacLeod mit Fragen bombardiert wurde. Seit sie Evie aus Brams Cottage abgeholt hatte, hatte die Frau auf Häuser und Geschäfte gezeigt und darüber gesprochen, als wäre sie eine Reiseleiterin. Anders als bei ihrem vorigen Treffen, als Evie noch nur MDA-Inspektorin gewesen war, war Mel nicht so offen wie zuvor.

Doch zehn Sekunden nachdem sie, Melanie und Samira Mels Haus betraten, wandte sie sich an Evie und sagte: „Sag mir, was mit Bram los ist. Er konnte die ganze Zeit, als wir alle uns verabschiedet haben, seinen Blick nicht von dir wenden. Seine Augen sind sogar einmal zu Drachenschlitzen geblitzt."

Während sie von Mel zu Samira und wieder zurücksah, wog Evie ihre Optionen ab. Diese beiden Frauen kannten das Verhalten von Drachenmännern gut und konnten wahrscheinlich schon Brams Anziehung zu ihr erahnen. Das zu leugnen wäre Zeitverschwendung.

Sie musste auch Melanie überzeugen, ihr mehr über ihr geheimnisvolles Drachen-Exposé-Buch zu erzählen. Mit der Wahrheit könnte sie die andere Frau für sich gewinnen. „Er sagte, ich könnte es euch beiden und keinem anderen erzählen. Bram nimmt mich als seine Gefährtin an."

Mel stemmte die Hände in die Hüfte. „Hast du ihn ausgetrickst? Oder ihn gezwungen? Du kannst nicht seine wahre Gefährtin sein, also versuche ich nur, mir zu überlegen, warum er dem zustimmen würde."

Evie schaffte es, nicht zu blinzeln. Das war nicht die Reaktion, die sie erwartet hatte. Dennoch, so sehr sie zu den beiden Menschenfrauen im Clan passen wollte, sie hatte nicht vor, sich ihren Mist gefallen zu lassen.

Evie machte einen Schritt auf Melanie zu. „Ich bin sicher, dass die Leute deine Beziehung zu Tristan am Anfang auch in Frage gestellt haben. Ich habe mehr von euch erwartet, aber ihr seid genauso wertend wie die Drachenwandler, mit denen ich in den letzten sieben Jahren zu tun hatte. Ohne mir eine Chance zu geben, denkst du, dass du alles herausgefunden hast."

Mels Hände fielen zu ihren Seiten, und ihre Augen verengten sich. „Ich weiß nicht, wie Skyhunter dich behandelt hat, aber meine Motive sind ehrlich. Bram ist mein Anführer. Ich will nur das Beste für ihn."

Evie ballte die Fäuste an ihren Seiten. *Widerstehe dem Drang, ihr zu sagen, dass sie sich verpissen und sich um ihren eigenen Kram kümmern soll. Denk daran, dass sie dem Clan dabei helfen will, sein Image zu verbessern. Bram braucht ihre Hilfe.*

Mit einem tiefen Einatmen zwang sie ihre Wut eine Kerbe nach unten. „Er ist dein Anführer, ja, aber wie gut kennst du ihn? Ich brauche keinen Paarungsrausch, um den Mann dazu zu verleiten, sich mir zu öffnen. Er hat mehr Belastungen, als ihr euch vorstellen könnt. Ich kann ihm helfen."

Samira trat zwischen sie. „Wenn es um Schutz geht, wirst du fast so schlimm wie Tristan, Melanie." Sie wandte ihren dunkelbraunen Blick zu Evie. „Wie wäre es, wenn wir dich jetzt für auf das Abendessen vorbereiten? Ich bin sicher, dass du Fragen hast, die beantwortet werden müssen. Du bist vielleicht kein Opfer, aber nicht einmal deine Erfahrung mit dem MDA wird dich auf die Paarung mit einem Drachenwandler vorbereiten."

Evie atmete erneut tief ein und zwang ihren Tonfall, gleichmäßiger zu sein. „Ich habe sieben Jahre beim Ministerium für Drachenangelegenheiten und ein Jahr davor in einem intensiven Drachenwandler-Studienkurs verbracht. Da ich Bram mit einigen meiner Kenntnisse überrascht habe, würde ich mich noch nicht einfach abschreiben."

Melanie runzelte die Stirn. „Du wusstest etwas über Drachenwandler, das Bram nicht wusste?"

Sie nickte. „Ja, und wenn du jemals aufhörst,

mich zu verhören, möchte ich vorschlagen, mit dir an der Veröffentlichung deines Buches zu arbeiten. Allein meine Kenntnisse über britisches Recht sind wertvoll für dich."

Die beiden Frauen starrten einander an. Evie wusste, dass sie Monate gehabt hatten, einander kennenzulernen, und sie hasste es, wieder einmal die Außenseiterin zu sein. Bis auf ihre einzige von Drachenwandlern besessene Freundin war Evie in den letzten sieben Jahren ziemlich allein gewesen.

Die meisten Menschen mochten es nicht, mit einer bekannten MDA-Mitarbeiterin zu tun zu haben. Talkshows und Verschwörungs-Blogs hatten zu viele Menschen davon überzeugt, dass Drachen gerne MDA-Mitarbeiter holten; die Verbindung mit einem würde sie ebenfalls zum Ziel machen.

All dies noch zu den jüngsten Angriffen auf MDA-Mitarbeiter durch die Drachenjäger, und, ja, die Leute standen nicht gerade Schlange, um ihr bester Freund zu werden.

Melanie war die Erste, die sich äußerte. „Lass es uns nochmal probieren. Ich denke, das Verhalten meines Gefährten färbt auf mich ab, und ich muss diesen Scheiß runterfahren. Lass mich einfach Folgendes sagen – wenn du Bram verletzt, werde ich dir das nicht verzeihen. Er opfert viel für das Wohlergehen des Clans, und obwohl ich denke, dass er dich jetzt mag, möchte ich nicht, dass er auf lange Sicht leidet."

Evie starrte die andere Frau an und entschied, dass ihre beste Chance auf eine mögliche

Akzeptanz darin bestand, von vorn zu beginnen. Auch wenn ihre Verbindung zu Bram neu war, hatte sie bereits das Gefühl, ihn beschützen zu müssen. Vielleicht würde eine Erklärung Mels Sorgen lindern. „Hör zu, von dem, was ich bisher von Bram gesehen habe, ist er ein starker, lustiger und cleverer Drachenmann. Solange er mich nicht betrügt oder mir das Herz bricht, werde ich ihm das auch nicht antun. Schließlich nimmt er mit mir viel mehr an als nur eine Gefährtin."

Mel runzelte die Stirn. „Das ist ein bisschen kryptisch. Möchtest du erklären, was du meinst?"

Ehrlichkeit, Evie. Bleib dabei. Schließlich werden diese Menschen bald auch dein Clan sein. „Die Drachenjäger wollen mich töten. Bram paart sich mit mir, um mich zu beschützen. Im Gegenzug biete ich ihm Informationen an. Da selbst Arabella an meinen Informationen interessiert war, kann ich mir gut vorstellen, dass euer ganzer Clan mein Insiderwissen möchte."

Samira warf ein: „Arabella? Du hast sie schon getroffen?"

Evie nickte. „Sie wurde gestern Abend geschickt, um auf mich aufzupassen. Ich habe nur die Informationen über die Drachenjäger aufgeschrieben, aber sie hat jedes Wort in sich aufgesogen."

Melanie seufzte. „Natürlich würde sie das." Sie winkte das mit einer Hand ab. „Ich werde später mit Ara sprechen, da sie beim Abendessen heute dabei sein soll. Sie könnte leicht was Dummes planen, wie zum Beispiel die Drachenjäger allein zu jagen."

Evie runzelte die Stirn. „Ich könnte auch mit ihr reden. Die Drachenjäger selbst anzugreifen, wäre verdammt idiotisch. Wir müssen dafür sorgen, dass das nicht passiert. Schließlich gibt es andere Wege, ihnen nachzustellen, Wege, die die Jäger in den Augen der menschlichen Öffentlichkeit schlecht dastehen lassen."

Mel nickte. „Ich stimme dir zu. Sie mag meine Schwägerin sein, aber Arabella hört mir nicht unbedingt zu. Je mehr Leute auf sie aufpassen, desto besser." Eine Sekunde lang hielt Melanie inne und fügte dann hinzu: „Ara wahrt Distanz, aber Beharrlichkeit zahlt sich am Ende aus. Sie könnte mehr Freunde gebrauchen. Ich hoffe, du gibst ihr eine Chance."

Zumindest in einer Weise war Arabella MacLeod wie sie. „Sie ist schlau und spricht nicht um den heißen Brei herum. Wir sollten uns gut verstehen." Sie sah von Mel zu Samira und zurück. „Gut, ich denke, wir sollten besser damit anfangen, mich anzukleiden. Ich bin nicht so gut darin, also werdet ihr zwei mir mit den Haaren und so helfen müssen."

Samira lächelte und legte eine Hand an ihren Rücken. „Ich lebe mit zwei Männern zusammen, also nehme ich jede Ausrede, die ich bekommen kann, um eine andere Frau aufzuhübschen."

Evie warf Samira einen vorsichtigen Blick zu. „Mach nur nicht zu viel."

Samira drückte gegen ihren Rücken und drängte sie zu gehen. „Keine Sorge, das traditionelle Kleid der Drachenwandlerinnen ist wirklich ganz schlicht."

Evie widerstand einem Seufzer. „Ja, ich weiß, aber die Kleider sind wie nur ein halbes Outfit. Gibt es eine Möglichkeit, etwas von meiner Haut zu bedecken? Bram braucht die Ablenkung nicht."

Mel kam Samira mit einer Antwort zuvor. „Selbst mit einer Art einzigartigem Trikot darunter wäre er immer noch abgelenkt. Drachenwandlermänner lieben es, ihre Frauen im traditionellen Stil zu sehen. Warte nur, bis du den Gefährtenreif mit seinem eingravierten Namen bekommst. Das wird ihn wirklich antörnen."

Anstatt den weit entfernten Blick zu kommentieren, den Melanie in ihren Augen hatte – sie dachte zweifellos an die Reaktion ihres eigenen Gefährten –, wandte sie sich Samira zu. „Ich möchte keine fünfzig Haarnadeln in meinem Haar mit genug Haarspray, um einen ganzen Raum damit einzuhüllen. Macht etwas Schlichtes."

Samira nickte mit einem bösen Glanz in den Augen und erwiderte: „Schlicht. Ja, Bram wird das mögen."

Sie seufzte. Obwohl sie über die Jahre ein paar Freunde gehabt hatte, hatte sie nie Stunden gebraucht, um sich fertig zu machen. Make-up ließ ihr Gesicht jucken, das war das eine, und auf Absätzen stolperte sie.

Bevor sie ihnen sagen konnte, dass Bram ihr

natürliches Haar bevorzugte, diskutierten Samira und Mel alle Möglichkeiten, wie sie ihr Haar mit weniger als zehn Haarnadeln feststecken könnten. Verschiedene Frisurenbezeichnungen wurden über ihren Kopf ausgetauscht.

Dennoch, als die beiden anderen Frauen sprachen, kam ein Gefühl des Friedens über Evie. Sie war nicht so naiv, zu glauben, dass diese beiden Frauen jetzt ihre besten Freundinnen waren, aber einfach Zeit mit anderen Menschen zu verbringen, war nett. In dem Tempo, in dem sie zaghafte Freundschaften geschlossen hatte, hätte Evie bald mehr Freunde, als sie ihr ganzes Leben lang gefunden hatte. Drachenbesessen zu sein begann sich auszuzahlen.

Kapitel Zwölf

A rabella MacLeod warf einen letzten Blick in den Spiegel und wünschte sich, ein Sprung würde das Bild, das ihr entgegensah, löschen. Auch wenn sie sich zehn Jahre lang an die Narben in ihrem Gesicht und die rosa, faltig verheilten Verbrennungen entlang ihres Halses, ihrer Schulter und ihres Armes gewöhnt hatte, hatten die meisten im Clan kaum gelernt, ihr Gesicht zu ertragen.

Dennoch ließ Bram sie entgegen ihren Wünschen an der verdammten Veranstaltung teilnehmen. Sämtliche Ausreden, die ihr eingefallen waren, waren niedergeschmettert worden. Wenn sie den schottischen Anführer nicht privat treffen wollte, dann musste sie es während der Versammlung tun. Sie war die beste Technologie-Expertin bei Stonefire, und Bram wollte, dass die Dinge in ihrer fragilen neuen Allianz mit Lochguard reibungslos und sicher abliefen.

Na schön. Sie konnte sich mit dem Anführer bei einer Versammlung treffen. Ein Raum voller Menschen würde helfen, ihre Erinnerungen fernzuhalten. Sie könnten sogar helfen, ihre Anfälle in Schach zu halten. Aber das Treffen erforderte formelle Kleidung, was bedeutete, ein halbes verdammtes Kleid zu tragen.

Als Teenager hatte sie die traditionellen Kleider geliebt, die über einer Schulter befestigt waren, ihre Brüste umschmeichelten und an ihren Hüften ausgestellt waren, aber nicht mehr. Ihr tätowierter Arm war nicht verbrannt, aber selbst mit dem Streifen Stoff über der Schulter ihrer verheilten Verbrennungen war ihr anderer Oberarm rosa und faltig.

Mit anderen Worten: hässlich.

Es sollte ihr egal sein, aber dies war das erste formelle Treffen, an dem sie seit fast einem Jahrzehnt teilnehmen würde. In diesem Moment klopfte ihr Herz in ihrer Brust, während ihr Magen brannte. Wenn der schottische Anführer nicht beschloss, nackt in der großen Halle herumzutanzen, würden alle auf sie starren und über sie reden. Sie war „die arme Arabella".

Sie verengte die Augen. *Ach, scheiß auf sie.* Ara legte ihre Schulter zurück, wandte sich vom Spiegel ab und ging zu ihrer Haustür. Sie mochte immer noch Angst vor ihrem inneren Drachen und Rückblenden in die Zeit mit den Drachenjägern haben, aber sie konnte sich um sich selbst kümmern. Sie würde es bei der Versammlung beweisen.

Ara schnappte sich ihren Mantel und warf ihn über die Schultern, verließ ihr Haus und ging in die frische Aprilabendluft hinaus. Ihr Cottage war ziemlich weit von der Hauptwohngemeinschaft entfernt, aber sie liebte es, zu Fuß zu gehen. Die Stille brachte immer ein Gefühl des Friedens.

Innerhalb von zehn Minuten konnte sie die Umrisse der großen Halle sehen.

Sie war früh da, so wie Bram es gewünscht hatte, und als sie sich dem riesigen Backsteingebäude näherte, war der Bereich größtenteils leer. Fünf oder sechs Drachenwandler eilten bei den Mahlzeitenvorbereitungen in die Halle hinein und heraus, aber sie waren so beschäftigt, dass sie sie nicht einmal bemerkten.

Sie zog ihren Mantel enger um ihre Schultern, betrat den großen Saal und sah sich im langen, rechteckigen Raum nach Bram um. Sie entdeckte ihn in einer Ecke, wo er mit einem großen, blonden Drachenmann sprach, den sie nicht erkannte. Sein Haar war kurz, doch sein Gesicht war mit blonden Stoppeln bedeckt, ein seltsamer Kontrast zu seiner formellen, kiltartigen Kleidung. Obwohl seine Drachenwandler-Tätowierung auf dem von ihr abgewandten Arm war, kannte sie jeden Drachenwandler in Stonefire vom Sehen, und er war keiner von ihnen. Der unbekannte Mann musste aus Lochguard stammen.

Ihr Magen brannte nur noch mehr. Als ihre Herzfrequenz sich erhöhte, schlich sich ein leichtes Gefühl der Panik in sie. Warum sollte Bram sie bitten, sich allein mit dem anderen Mann zu treffen? Der Blonde war groß, muskulös und konnte sie festhalten, ohne auch nur in Schweiß auszubrechen.

Ähnlich wie die Drachenjäger sie als Teenager festgehalten hatten, bevor sie sie folterten.

Ara schloss die Augen und atmete durch ihre Nase ein und den Mund wieder aus. Bram war im selben Raum. Er würde niemals zulassen, dass ihr jemand etwas tat. Solange er blieb, konnte sie mit dem anderen Mann umgehen.

Ihre Bedrängnis brachte ihren inneren Drachen hervor. Das Tier sprach selten mit ihr, aber es sandte misstrauische Gedanken. Vor einem Jahr wäre Ara aus dem Raum gelaufen und hätte versucht, das Tier aus ihrem Kopf zu verbannen. Doch nach fast neun Monaten von Beratung und Ermutigung von ihrem Bruder und seiner Gefährtin hatte sie die Kraft zu sagen, *Alles wird gut. Schlaf weiter.*

Ihr Drache brüllte leise, bevor er sich zurückzog. Vielleicht konnte Ara eines Tages in der Lage sein, sich mit ihrem inneren Tier zu unterhalten und wie jeder andere Drachenwandler mit ihm zu arbeiten, aber das war nicht an diesem Tag.

„Ara."

Sobald sie Brams Stimme hörte, öffnete sie die Augen. Ein entschuldigender Ausdruck war über das ganze Gesicht ihres Anführers geschrieben, als er fortfuhr: „Finn ist zu früh gekommen. Ich habe ihm gesagt, dass er dort drüben warten soll, aber wenn du willst, können wir jetzt mit ihm sprechen. Ich werde direkt neben dir sein, sodass du nichts zu befürchten hast."

Während ein Teil von ihr erleichtert war, dass Bram sie beschützen würde, war ein anderer Teil verlegen. Der schottische Anführer brauchte nicht zu wissen, wie kaputt sie war. Tief im Inneren wollte sie einen Neuanfang mit jemandem erleben, der sie in den letzten zehn Jahren nicht mit Samthandschuhen angefasst hatte. Das war mit ein Grund, warum sie zugestimmt hatte, sich mit dem schottischen Clan um die technische Sicherheit zu kümmern.

Neugierig zu sehen, wie der Mann vom Lochguard-Clan auf sie reagieren würde, sah sie zu dem blonden schottischen Drachenmann hinüber. Sie wappnete sich für Mitleid, war aber überrascht, nur Neugierde zu sehen.

Sein Aussehen bestärkte ihre Entscheidung. Sie sah zu Bram zurück und sagte: „Du hast viel zu tun. Stell uns vor, und solange wir in dieser Haupthalle bleiben, sollte ich in der Lage sein, mit seinen technischen Fragen und Anforderungen umzugehen."

„Bist du dir sicher?"

Sie nickte. „Die Einrichtung der zukünftigen Telekonferenzen ist Teil meiner Arbeit für den Clan. Ich finde schon einen Weg, das hinzubekommen." Ihr Clanführer musterte sie, und sie widersetzte sich dem Verlangen, um sich zu schlagen. Sie würde Bram vor dem anderen Anführer nicht schwach erscheinen lassen. „Ich komme schon damit klar."

Mit einem Nicken führte Bram sie zum schottischen Anführer. Aus der Nähe war er größer, als sie gedacht hatte. Sie musste den Kopf in den Nacken legen, um seine Augen sehen zu können, die eine interessante Mischung aus Braun und Goldflecken waren. Die Neugierde von zuvor war noch da, und sie konnte keine Unze Mitleid ausmachen, was sie beunruhigte.

Dann grinste er, und Ara atmete ein. Es verlangte ihr alles ab, sich auf seine Worte zu konzentrieren, als er sagte: „Bram hat mir erzählt, sein Tech-Experte sei eine Frau, aber er hat vergessen zu erwähnen, dass sie wunderschöne braune Augen hat, die genau die Farbe von dunkler Schokolade haben."

Bram knurrte an ihrer Seite. „Finlay."

Finn grinste breiter. „Du hast gesagt, Ehrlichkeit sei die beste Politik. Ich werde über ihre Augen nicht lügen."

Arabella blinzelte. Sie konnte sich nicht mehr daran erinnern, wann ein Mann ihr das letzte Mal ein Kompliment hatte. Sie wusste, dass sie finster dreinblicken und ihm sagen musste, dass er damit aufhören sollte, aber sie widersetzte sich.

Stattdessen sagte sie: „Meine Augen haben wenig mit meinem Gehirn zu tun. Je früher Sie Ihre Fragen stellen und mir Ihre Anforderungen nennen, desto eher können Sie mit ‚den Mädels' flirten, wie Sie Schotten Frauen gerne nennen."

Der Schotte zwinkerte ihr zu. „Ich mag ein Mädel mit Biss."

Ara fühlte, wie Röte aufkam. *Verdammt, ich werde mich nicht von diesem Flirt beeinflussen lassen. Denk an deine Arbeit.*

Ihr Geist füllte sich mit Sicherheitsprotokollen und Verschlüsselungssequenzen, und ihre Gedanken beruhigten sich erneut. *Nun hör auf, dich wie ein Schulmädchen zu benehmen, und mach weiter.*

Sie hob eine Augenbraue. „Wenn es Ihnen hilft, sich zu fokussieren, wenn Sie zuerst alle Ihre weiblichen Vorlieben in einem Rutsch auflisten, dann haben Sie dreißig Sekunden Zeit. Und los!"

Finn lachte. „Direkt und auf den Punkt, ich mag das." Sie verschränkte die Arme vor der Brust und hob ihre Augenbraue. Schließlich hielt Finn die Hände hoch. „Okay, okay, ich höre auf damit." Er lehnte sich ein paar Zentimeter näher. „Im Moment wenigstens."

Wenn er so nahestand, konnte sie noch mehr Goldflecken in seinen Augen sehen. Sein würziger männlicher Duft umgab sie ebenfalls; Holz mit einem Hauch von Torf.

Sie zweifelte kaum, dass sie bei jedem anderen fremden Mann bereits in vollkommener Panik wäre. Eine Sekunde jedoch verging und dann eine weitere, aber wenn überhaupt, empfand sie ein Gefühl von Frieden.

Bram räusperte sich und stieß Finn von ihr weg.

„Rede, Stewart, oder mach dich auf den Weg. Unsere Allianzvereinbarung sieht nicht vor, dass du mit jeder Frau auf meinem Land flirtest."

Der Schotte hielt noch einige Sekunden lang ihren Blick, bevor er zu Bram sah. „Aye, nun, ich habe immer gefunden, dass sich jeder mit Humor besser fühlt. Es heißt, das sei die beste Medizin."

Ara hob ihr Kinn einen Bruchteil. „Gut, dann. Die dreißig Sekunden, die ich Ihnen gegeben habe, sind längst um. Fangen Sie an, über Geschäftliches zu reden, oder ich werde darauf bestehen, dass Bram jemanden in Ihrem Clan findet, der sich bei mir melden kann."

In Finns Augen blitzte Humor auf. „Oh, aye? Und da dachte ich, Bram sei der Anführer dieses Clans."

Mist. Sie hatte nicht ihre Grenzen überschreiten wollen. Da Bram seit ihrer Kindheit mit ihrem Bruder befreundet war, ließ er sie oft mit mehr durchkommen, als er anderen Clanmitgliedern erlauben würde. Sie musste diese Situation retten. „Bram ist der Anführer. Er und ich haben vorhin die Konditionen besprochen. Ich bin sicher, bei all Ihrem Flirten hatte er noch keine Gelegenheit, mit Ihnen die Feinheiten einer Begegnung mit mir durchzugehen."

Sie wusste, dass Brams Augen auf sie gerichtet waren, aber sie weigerte sich, zu ihm hinüberzusehen. Aus irgendeinem Grund provozierte der Anführer des Lochguard-Clans sie.

Kein Zweifel, Bram würde Fragen haben. Fragen, die sie wirklich nicht beantworten wollte.

Nach einem letzten Blick wurden Finns Augen ernst. „Gut, dann, Mädel, sag mir – duzen wird doch wohl erlaubt sein, wenn wir von nun an zusammenarbeiten? –, welche Art von Verschlüsselung du zu verwenden planst. Die Drachenjäger werden technisch immer versierter, und je mehr Barrieren wir haben, desto besser."

Ara blinzelte. „Kennst du die verschiedenen Arten von Verschlüsselung, oder soll ich es dir im Laienjargon erklären?"

„Bevor ich die Führung des Clans übernommen habe, habe ich einen Abschluss in Informatik gemacht und als eine Art Lehrling in Teilzeit mit unserem eigenen Tech-Experten zusammengearbeitet. Erst als die Führungsposition frei wurde, hab' ich das aufgegeben. Dies ist mehr ein Interview, in dem du deine Fähigkeiten unter Beweis stellen sollst, als ein Frage-und-Antwort-Treffen für mich."

Bram warf ein: „Arabella ist das Beste, was wir haben. Sie kann tun, um was auch immer du sie bittest."

Die Wärme von Brams Lob erfüllte sie, aber Ara konzentrierte sich auf Finn. „Nein, ist okay, Bram. Vielleicht kann ich ihm ein oder zwei Dinge beibringen und sein Ego ein bisschen runterschrauben."

Finns Lächeln war zurück. „Das würde ich gerne sehen, Arabella MacLeod."

Seine Worte waren eine Herausforderung, eine Herausforderung, die sie eingehen wollte. Jede Unruhe oder Sorge, die sie beim ersten Anblick des Anführers des Lochguard-Clans gehabt hatte, verflog. Stattdessen war sie entschlossen, ihm das selbstgefällige Grinsen aus dem Gesicht zu schlagen.

Sie sah zu Bram und sagte: „Ich bekomme das von hier aus hin, Bram. Ich bin mir sicher, dass es für dich noch viel zu tun gibt, bevor das Abendessen offiziell beginnt."

Ihr Anführer musterte ihre Augen. Sie fragten, ob sie sich sicher sei, und sie nickte unmerklich. Ihr Anführer sah zu Finn. „Wenn du etwas tust, das sie verärgert, dann scheiß auf die Allianz, ich werde deine Eier auf einer Platte servieren, bevor die Nacht vorüber ist."

Finn hob eine Braue. „Das Mädel zu verletzen ist das Letzte, was ich tun möchte. Schließlich wird sie nie wieder mit mir flirten, wenn ich sie anpisse."

Ara öffnete den Mund, um zu protestieren, aber dann legte Finn seine Hand an ihren Rücken. Sie spannte sich eine Sekunde an und wartete darauf, dass die Angst sie einnehmen würde, aber sie kam nicht. Ihr Drache schob seinen Kopf in ihren Geist. *Er wird uns nicht verletzen.*

Sie blinzelte. Ihre Drachendame hatte seit Monaten nicht mehr mit ihr gesprochen. Sie hätte fast gefragt, was sie meinte, aber das Tier war in ihrem Hinterkopf verschwunden, bevor sie eine Gelegenheit bekam.

Finn drückte sanft gegen ihren Rücken. „Erzähl

mir jetzt von deinen Plänen für unsere Sicherheit, und lass nichts aus."

Anstatt sich auf alle Merkwürdigkeiten des Abends zu konzentrieren, wie zum Beispiel, dass ihr Drache zu ihr gesprochen hatte, und Finns Berührung, die keine Panik ausgelöst hatte, konzentrierte sich Arabella auf ihre Arbeit. Während sie Finn von ihren Plänen erzählte, war sie nur eine Frau, die ohne Stress oder Angst mit einem Mann sprach. Abgesehen von Bram oder ihrem Bruder Tristan hatte sie dieses Gefühl von Behaglichkeit noch nie erlebt. Es war fast so, als hätte ihr Angriff vor zehn Jahren nie stattgefunden.

Fast.

Bram beobachtete, wie der schottische Anführer mit seiner Hand an Arabellas Rücken davonging, und konnte kaum widerstehen, ihm hinterherzulaufen. Nur weil Ara sich wohlzufühlen schien, blieb er, wo er war. Zum ersten Mal, seit er sich erinnern konnte, scheute sich Ara nicht vor ihrem wahren Selbst. Das kurze Aufblitzen von Drachenschlitzen in ihren Augen signalisierte sogar, dass ihr innerer Drache mit ihr sprach.

So ungern er es auch zugeben wollte, war es möglicherweise gut für Arabella, wenn ein Außenstehender mit ihr sprach und flirtete. Trotzdem würde er Finn im Auge behalten. Der

Mann flirtete mit allen, und er wollte nicht, dass Arabella später verletzt wurde.

Sein Drache sagte: *Du machst dir zu viele Sorgen. Arabella wird stärker. Sie ist auch vom Clan umgeben. Sie werden sie beschützen.*

Wenn man bedachte, wie sehr sein Drache vorhin gebrüllt hatte, Finn von ihrem Land zu jagen, war es erstaunlich, dass er ihn jetzt verteidigte.

Wäre Bram ein Trinker gewesen, hätte er sich definitiv jetzt einen Drink genehmigt.

Anstatt einen nicht zu gewinnenden Streit zu beginnen, sah Bram auf sein Handy, aber es gab noch keine Updates von Zain.

Er ballte seine freie Hand. Normalerweise machte es Bram nichts aus, Politik zu spielen, aber heute Abend war es einfach verdammt ärgerlich, weil es ihn daran hinderte, sowohl seinen Clan als auch seine baldige Gefährtin zu schützen.

„Bram."

Er blickte auf und sah Samira auf sich zukommen. Ihr dunkles Haar war zwar hochgesteckt und ihr Make-up für das Abendessen gemacht, aber sie war allein.

Er ging ihr auf halbem Wege entgegen und sagte: „Stimmt etwas nicht? Wo sind Melanie und Evie?"

Samira lächelte in der ruhigen, gefassten Weise, wie sie es immer tat. „Die sind draußen. Evie erwähnte, dass du mit ihr an deinem Arm hereinkommen wolltest." Sie hielt inne und zwinkerte dann. „Ich denke auch, dass du eine Minute allein mit ihr brauchst."

Er grunzte. „Allein ist vermutlich keine gute Idee."

Lächelnd legte Samira eine Hand an seinen Arm. „Mel und ich werden ein paar Meter entfernt sein. Wir werden nicht zulassen, dass du sie vor dem Clan verschlingst."

Anstatt zu reagieren, nickte er kaum. „Wir müssen uns beeilen. Ich möchte Evie mit mir vorn haben, bevor der Großteil des Clans eintrifft."

Als Samira zum Eingang ging, sah sie noch einmal zu ihm hinüber. „Darf ich fragen, warum?"

Samira war ihrem Gefährten Liam gegenüber loyal, der wiederum Bram gegenüber loyal war. Dennoch würde er die Details vage halten. „Es gibt eine ständige Bedrohung für ihr Leben, und ich möchte sie lieber dort haben, wo ich sie sehen kann. Wenn du und Mel etwas Verdächtiges bemerkt, sagt bitte Bescheid. Ich habe einige Leute, die auf Bedrohungen achten, aber je mehr, desto besser."

„Sicher. Sie könnte immer bei einem von uns bleiben, wenn du gehen musst."

„Irgendwie glaube ich nicht, dass Evie einen Babysitter schätzen würde."

Samira lächelte. „Ich denke, da könntest du recht haben. Sie ist eigensinniger als Melanie, und ich dachte nicht, dass das möglich war."

Sein Drache meldete sich zu Wort. *Wir mögen ihre Stärke. Das ist keine schlechte Sache.*

Und ich stimme dem zu. Jemand muss es mit dir aufnehmen.

Sein Drache brüstete sich, und Bram widersetzte sich, die Augen zu verdrehen.

Sie erreichten den Eingang, und Bram glättete den dunkelroten Stoff seiner Drachenwandler-Kleidung. Sein Leben sollte sich für immer ändern, wenn er Evie inoffiziell für sich beanspruchte. Und er befürchtete, dass jemand sie ihm stehlen könnte.

Sein inneres Tier knurrte. *Wir werden sie beschützen.*

Er und Samira gingen zur Tür hinaus. Ein paar Meter entfernt standen Evie und Melanie, beide gegen die Kälte in Mäntel gehüllt, mit Kai an ihrer Seite. Trotz der beiden anderen konnte er die Augen nicht von Evie nehmen. Obwohl ihr Körper durch den Mantel verhüllt war, war ihr dunkelrotes Haar aus dem Gesicht gesteckt, wodurch die blasse Haut ihres Halses entblößt war.

Er widersetzte sich dem Drang, hinüberzugehen und an besagtem Hals zu knabbern. Sein Drache versuchte, sich zu befreien, aber Bram hielt ihn fest verschlossen. Einmal wollte er die Kontrolle behalten. Sein Tier würde es verstehen.

Vielleicht.

Da er sich nicht um die drei Augenpaare kümmerte, die ihn beobachteten, näherte er sich Evie und strich mit einem Finger über ihre Wange. „Du hast dich schön zurechtgemacht."

Sie hob eine Braue. „Ich dachte, du magst es nicht, wenn ich mein wahres Selbst verberge."

„Tust du nicht. Ich kann deinen Hals sehen, und das ist wunderschön."

Selbst gegen den sich verdunkelnden Himmel konnte er sehen, wie sie rot anlief. Als sie nichts darauf erwiderte, verengte er die Augen. Sie hielt sich in der Öffentlichkeit zurück. Das gefiel ihm nicht.

Bevor er seinen Mund öffnen konnte, legte sie eine Hand an seine Brust. „Hast du ein paar Minuten Zeit, um mit mir allein zu sprechen? Oder gibt es Clan-Angelegenheiten, um die du dich kümmern musst?"

Er legte seine Hand über ihre, denn er wollte nicht, dass ihre Finger in der kühlen Abendluft kalt wurden. „Ich werde mir Zeit für dich nehmen." Melanie seufzte leise, aber er nahm seinen Blick nicht von Evie, als er sagte: „Kai, bring die anderen hinein. Ich kann kurz auf Evie aufpassen."

Sobald die anderen gegangen waren, drückte er ihre Hand gegen seine Brust. „Worüber wolltest du mit mir reden?"

Kapitel Dreizehn

Evies Herz schlug doppelt so schnell. Sie war etwas nervös wegen ihres Aussehens, aber sie war sich auch sehr bewusst, dass Brams Hand ihre drückte. Sie mochte seine warmen, rauen Hände. Sie würde sie noch mehr mögen, wenn sie und Bram nackt und in seinem Cottage wären.

Hör auf, Evie Marie. Hör einfach auf. Richtig, sie war kein Teenager. Der Abend war für Bram und seinen Clan wichtig. Sie musste sich zusammenreißen.

Dennoch konnte sie nicht widerstehen, Bram einen Schritt näherzukommen, bevor sie antwortete: „Ich weiß nicht, wie ich mich vor allen verhalten soll. Ich will deine Position nicht missachten, aber ich glaube auch nicht, dass ich die ganze Nacht ruhig sitzen und lächeln kann. Was soll ich denn tun?"

Bram streichelte ihre Wange erneut, und sie

widerstand, sich gegen seine Berührung zu lehnen. „Evie Marshall fragt mich, wie sie sich verhalten soll? Ich hätte nie gedacht, dass ich diesen Tag jemals sehen würde."

Sie schlug ihn mit ihrer freien Hand auf die Brust. „Hör auf. Ich versuche zu erfahren, wie die Gefährtin eines Clanführers vor dem Clan agieren soll. Skyhunters Anführer hatte nie eine Gefährtin, während ich ihnen zugeteilt war. Wenn wir allein sind, werde ich mich natürlich nicht zurückhalten, aber ich will dich heute Abend nicht in Verlegenheit bringen, geschweige denn mich selbst. Vor allem, wenn der Anführer des Lochguard-Clans zugegen ist. Diese Allianz ist wichtig für Stonefire."

Sogar in dem schwachen Licht konnte sie nur seine Augen sehen, die zu Schlitzen und wieder zurück blitzten. Ohne zu denken, platzte sie heraus: „Was hat dein Drache gesagt?"

Bram lächelte verschlagen. „Bist du sicher, dass du das wissen möchtest?"

Sie runzelte die Stirn. „Bram Moore-Llewellyn, verschwende keine Zeit, indem du mich zweimal fragen lässt. Ich stelle nur Fragen, auf die ich eine Antwort haben möchte."

Er hob kapitulierend die Hände. „Gut, gut. Mein Drache sagte, dass du würdig bist, Gefährtin des Clanführers zu sein. Du denkst an unsere Bedürfnisse, auch wenn das bedeutet, deine lebhafte Persönlichkeit im Zaum halten zu müssen. Deshalb sollten wir dich später ficken, bis du schreist, als Belohnung."

Sie hob eine Braue. „Du bist sicher, dass dein Drache spricht, oder ist es dein Schwanz?"

Bram lachte, und es wärmte ihr Herz. Er zog sie an seinen Körper und senkte seinen Kopf, bis er eine Haarbreite von ihren Lippen entfernt war. Sein Atem war heiß auf ihrer Haut, als er sagte: „Mein Drache kontrolliert meinen Schwanz ziemlich gut, Mädel." Er strich mit seinen Lippen vorsichtig über ihre. „Und glaub mir, du hast eigentlich noch gar nichts gesehen. Er hat sich zurückgehalten."

Der Gedanke, dass Bram sie noch rauer und härter als zuvor nahm, als er sie von hinten gefickt hatte, ließ sie erschauern. „Dann sag mir, wie wir handeln sollen, damit wir die Nacht überleben und in dein Cottage zurückkehren können." Sie schmiegte sich an seine Wange. „Ich möchte, dass dein Drache herauskommt, um mit uns zu spielen."

Ihr Drachenmann knurrte, bevor er ihre Lippen mit einem fordernden Kuss nahm und seine Zunge in ihren Mund stieß. Nach gefühlt nur wenigen Zungenschlägen unterbrach er den Kuss, und sie wimmerte: „Warum ärgerst du mich? Das war kein richtiger Kuss."

Er drückte sie enger an sich und murmelte: „Ich musste aufhören, sonst hätte ich dich hier in der Kälte genommen."

„Also denke ich, das bedeutet, wir sollten bald hineingehen?" Er nickte. „Gut, dann sag mir, wie ich mich verhalten soll, Bram."

„Sei du selbst. Das Einzige, worum ich dich bitte, ist, mich oder Finlay Stewart nicht vor dem

Clan zu geißeln. Jeder andere muss lernen, wie er sich bei dir behaupten kann."

„Ich bin ein Außenseiter und dazu noch ein Mensch. Nicht jeder wird das akzeptieren. Wenn ich ich selbst sein soll, werde ich mir ihren Scheiß nicht gefallen lassen."

„Gut. Ich kenne dich vielleicht noch nicht lange, aber mein Drache vertraut dir, was bedeutet, dass ich es tue." Er lehnte sich an ihr Ohr und flüsterte: „Mit der möglichen Bedrohung für den Clan und dich selbst möchte ich nicht, dass die Leute dich für ein leichtes Ziel halten. Je mehr Kraft du ausstrahlst, desto mehr Zeit werden sie benötigen, um zu planen, wie sie dich schnappen oder verletzen können, was wiederum uns mehr Zeit gibt, die Bedrohungen zu finden."

Die Tatsache, dass Bram sich um sie sorgte, stellte seltsame Dinge mit ihrem Herzen an. So lange hatte sie Kraft ausstrahlen müssen, um ihren Job zu überleben. Sie hatte nie jemanden gehabt, gegen den sie sich lehnen konnte, aber sie wusste, dass Bram ihr helfen würde. Sie musste nur darum bitten.

Nach nur zwei Tagen gewann sie den Drachenmann, der bald ihr Gefährte sein würde, bereits lieb. Vielleicht könnte sie eines Tages, wenn sie weiterhin ehrlich und offen waren, sogar lernen, ihn zu lieben.

Aber jetzt war nicht die Zeit für Sentimentalitäten und Zukunftsträume. „Okay, ich kann das. Irgendwann muss ich jedoch ein Bild von

Neil und allen anderen sehen, die mit ihm in Verbindung stehen. Das MDA hat keine Bilder in der Akte, wie du weißt, was bedeutet, dass ich jeden Fremden als Bedrohung sehen muss. Das wird es schwierig machen, den Clan kennenzulernen."

Bram nickte. „Wir werden das so bald wie möglich einrichten. Heute Abend werden Kai oder ich auf dich aufpassen. Geh nicht ohne einen von uns an deiner Seite."

„Was ist mit Nikki?"

„Sie arbeitet an etwas für mich. Und so sehr ich auch Melanie und Samira mag, aber sie werden Neil nicht aufhalten können, wenn er es auf dich abgesehen hat. Liam sollte später auch dabei sein, um zu helfen, aber Tristan ist bei den Zwillingen zu Hause." Er drückte sie. „Ich weiß, dass du es hasst, einen Babysitter zu haben, Mädel, aber es ist nur für einen Abend. Kannst du das ertragen?"

Sie lächelte. „Da du gefragt hast, denke ich, dass ich es schaffen kann. Stell einfach nur sicher, dass du mich auf dem Laufenden hältst. Wenn du versuchst, Informationen zu meiner Sicherheit zu verbergen, werde ich angepisst sein. Du wolltest Ehrlichkeit von mir, und ich erwarte dasselbe."

Er gab ihr einen vorsichtigen Kuss. „Werde ich. Ich werde dir später sogar einen vollständigen Bericht abstatten." Er ließ sie los und legte einen Arm um ihre Taille. „Also, bist du bereit, es mit einem Drachen-Clan aufzunehmen?"

Sie straffte ihre Schultern und hob ihr Kinn. „Gib's mir."

Bram grinste. „Das ist die Einstellung, die ich so sehr liebe."

Er streichelte ihre Seite mit den Fingern. Selbst durch den Mantel und ihr Kleid war seine Berührung wie Feuer, die Wärme durch ihren Körper direkt in ihre weiblichsten Stellen sandte.

Bevor sie darüber nachdenken konnte, was er später mit den eben genannten Teilen anstellen könnte, riss die Stimme des Drachenmanns sie zurück in die Gegenwart. „Gut, Mädel, lass uns gehen."

ALS SIE DIE große Halle betraten, widersetzte sich Bram dem Drang, Evie fest an seine Seite zu ziehen und die anderen Männer anzuknurren, die in ihre Richtung sahen. Es mochte noch früh für das Abendessen sein, aber es waren schon zehn oder zwanzig Clanmitglieder da.

Und zu viele von ihnen waren alleinstehende Drachenmänner.

Sein Drache half auch nicht gerade, da er in seinem Kopf brüllte. *Wir sollten nicht hier sein. Wir sollten bei unserer Frau zu Hause sein. Die anderen denken über Möglichkeiten nach, sie zu stehlen.*

Hör auf, so dumm zu sein. Sie sind nur neugierig.

Nein. Sieh dir die Lust in ihren Augen an.

Bram versuchte, seinen Drachen zur Seite zu schieben, aber das Tier widersetzte sich und brüllte wieder. *Nein. Du wirst sie nicht beschützen. Ich muss es tun.*

Natürlich werde ich sie beschützen. Wir müssen ein paar Stunden hier sein. Das ist für die Zukunft unseres Clans. Willst du sie nicht schützen?

Sein Drache verstummte. Der Schutz des Clans und ihrer Jungen war eines der wenigen Dinge, die es mit dem Schutz eines Gefährten in der Prioritätenliste eines Drachen aufnehmen konnten.

Die Stimme seines inneren Tieres war mürrisch, als es antwortete: *Lass nicht zu, dass der schottische Anführer sie berührt.*

Ich werde mich bemühen.

Sein Drache beruhigte sich etwas, und er sah sich im Raum um, bis er Kai an der Seite mit Mel und Samira fand. Sobald der Beschützer ihm mit einem Nicken signalisierte, dass alles gut war, führte Bram Evie nach vorn in den Raum, wo sich das Podium für ihn und Finn befand. Ein kurzer Blick sagte ihm, dass Finn noch an der Seite war und mit Arabella sprach. Oder besser gesagt mit Arabella flirtete. Er konnte nicht sagen, ob Ara beunruhigt war oder nicht, aber bevor er handeln konnte, unterbrach Evie seine Gedanken.

„Es sieht so aus, als hätte Finn jemanden gefunden, der zu ihm passt."

Er sah zu Evie, die lächelte. „Arabella sieht für mich wütend aus."

„Es gibt eine feine Grenze zwischen Wut und Genuss. Ich persönlich denke, sie stehen aufeinander, was seltsam ist, angesichts dessen, was ich über Arabella MacLeod gehört habe."

Er bedeutete ihr mit dem Kopf, sich an den

Tisch zu setzen. Evie öffnete ihren Mantel, schob ihn herunter, und Bram fiel die Kinnlade herunter.

Der dunkelblaue Stoff ihres Kleides ließ ihre Haut nicht nur strahlen, er umschmiegte ihre Brüste, bevor er sich über ihren runden Bauch ergoss und den Boden berührte; die neckenden Kurven und ihre Haut machten ihn hart.

Da es nur über einer Schulter befestigt war – für eine Drachenwandlerin, die schnell die Form wechseln musste – war eine ihrer blassen Schultern nackt. In diesem Augenblick wollte er jeden Zentimeter sichtbarer Haut lecken. Die kostbare Zeit vorhin war nicht genug gewesen, um sein Verlangen zu befriedigen. Nicht einmal ansatzweise.

Evie hob eine dunkelrote Augenbraue. „Was? Das ist ein Kleid. Du hast mich schon mit weniger gesehen."

Er trat näher heran und atmete ihren Duft tief ein. „Ja, aber du trägst das traditionelle Kleid meiner Art, und das ist eines der reizvollsten Dinge, die ich je gesehen habe."

Seine Frau runzelte die Stirn. „Sei nicht albern. Es ist nur etwas blauer Stoff. Glaub mir, du hast sexy noch nicht gesehen."

Mit einem weiteren Schritt flüsterte er gegen ihre Wange: „Vielleicht sollte ich das noch als Bedingung für unsere Paarung hinzufügen: bei der darauffolgenden Abendfeier musst du dein sexystes Kleid tragen."

Er konnte ihren donnernden Herzschlag hören und ihre Erregung riechen. Gut. Sie konnte genauso leiden wie er. Wenn Bram nicht aufpasste, würde jeder im Zimmer wissen, dass er einen Ständer hatte.

Evie strich mit einer Hand über seine Brust. „Wir werden sehen, ob du das als Belohnung verdienst oder nicht."

Er lächelte. „Du bist eine Eroberung, die ich sehr, sehr genießen werde, Evie Marshall."

Bevor sie antworten konnte, drehte er sie zum Tisch und drückte sie sanft zu ihren Stühlen. So sehr er es genoss, in der Nähe seiner zukünftigen Gefährtin zu stehen und sie zu necken, musste er sich hinsetzen, um seinen harten Schwanz zu verbergen. Für die nächsten Stunden würde er an seinen Clan denken und nicht an eine nackte Evie unter sich und daran, wie er in ihre enge, nasse Pussy pumpte.

Er schob diese Gedanken beiseite, setzte sich und legte eine Hand auf Evies Oberschenkel unter dem Tisch. Der Kontakt versicherte Mensch und Tier, dass sie in Sicherheit war. Bevor er sich zurückhalten konnte, drückte er ihr pralles Fleisch.

Meine, sagte sein Drache.

Bram ignorierte ihn und entschied, dass ein Gespräch dazu beitragen würde, die Forderungen seines inneren Tieres zu ersticken, und er wechselte zurück zu einem sichereren Thema. „Arabella hatte es schwer, ihr Trauma von vor einem Jahrzehnt zu überwinden, aber seitdem sich Melanie in Arabellas Leben gezwungen hat, geht es ihr besser. Ihr größter Kampf ist es, ihren inneren

Drachen zu akzeptieren. Aber um ehrlich zu sein, fiel es ihr vorhin leichter, mit Finlay Stewart umzugehen, als mit den meisten Mitgliedern unseres Clans."

Evie legte eine Hand an seinen Arm. „Ich würde das als gutes Zeichen nehmen. Außerdem, keine Sorge. Wenn Finn sie verletzt, muss er sich mit mir auseinandersetzen."

Bram schnaubte. „Und was, wenn er sich in seine goldene Drachengestalt verwandelt?"

„Wirklich? Ein goldener Drache? Als ob sein Ego nicht schon groß genug wäre. Wie auch immer, ja, ich kann mit seiner Drachengestalt umgehen. Schließlich habe ich ein paar Tricks im Ärmel."

„Aber, Mädel, du trägst keine Ärmel."

Sie sah ihn finster an, und er grinste.

Er beugte sich zu ihr vor und flüsterte ihr ins Ohr: „Nun gut, würdest du mir dann ein paar Hinweise zu diesen Tricks geben? So kann ich mich auf deinen Angriff vorbereiten. Ich kann nicht zulassen, dass du mich übertrumpfst und versuchst, den Clan zu übernehmen."

Evie lachte, und der Klang wärmte nicht nur sein Herz, er ließ seinen Drachen summen und dann sagen, *Sie ist Licht. Sie wird uns glücklich machen.*

Willst du mir immer noch nicht sagen, warum?

Es spielt keine Rolle. Sie ist unsere beste Chance.

Die Antwort seines Drachen schürte seine Neugier nur noch weiter. *Wir werden das noch einmal besprechen, wenn ich Zeit habe.*

Evis Stimme beruhigte seinen Drachen. „Ich

denke, dass es gut sein wird, dich auf Trab zu halten."

Er drückte ihren prallen Oberschenkel und flüsterte: „Aye, ich vermute, das wird es. Aber je früher du dein Wissen teilst, desto eher kann ich es in meine großen Pläne einbeziehen."

Sie blickte in Brams hellblaue Augen auf. „Vorausgesetzt, du belohnst mich wie versprochen, werde ich morgen beginnen."

„Ich kann mich nicht erinnern, irgendetwas versprochen zu haben."

Ihre Hand ging an seinen Oberschenkel und sandte Blut direkt in seinen Schwanz. Sie hielt den Augenkontakt und bewegte ihre Hand noch ein paar Zentimeter weiter. Der Puls zwischen seinen Beinen wurde immer stärker. Wenn sie ihre Hände nur ein wenig weiter bewegen würde …

Ein Mann räusperte sich, und das löste die Spannung. Bram verengte die Augen, und als er aufblickte, sah er, wie Finn grinste. Es verlangte ihm alles ab, dem schottischen Bastard nicht ins Gesicht zu schlagen, als der sagte: „Musst du für einen Quickie in einen der Nebenräume? Ich kann hier die Stellung für dich halten, wenn du das tust."

Sein Drache knurrte. *Er ist zu nahe. Schick ihn weg. Ich kann nicht. Er wird dem Clan helfen.*

Bram konzentrierte sich auf den anderen Anführer. „Bist du mit Arabella fertig? Was ist das Ergebnis?"

„Aye, das Mädel weiß, was es tut; das muss ich ihr lassen. Ich möchte, dass sie in mein Land kommt, um mit meiner IT-Person zusammenzuarbeiten und Dinge einzurichten."

„Ich bin mir nicht sicher, ob das so eine gute Idee ist, Stewart."

„Nun, Arabella sagte, sie würde darüber nachdenken. Vielleicht möchtest du mit ihr sprechen."

Bram beugte sich vor. „Du überschreitest da eine Grenze, Finn. Du hättest mich erst fragen sollen."

Finn zuckte die Schultern. „Das Mädel hätte vielleicht nein gesagt, wenn ich darauf gewartet hätte. Auf diese Weise ist es ein Vielleicht."

Er starrte den anderen Anführer an, hin- und hergerissen zwischen dem Interesse und der Wirkung des Mannes auf Ara und seiner Missachtung von Brams Position. Bevor er sich überlegen konnte, wie er antworten sollte, berührte Evie seinen Arm und sagte: „Die Leute kommen allmählich rein. Finn möchte vielleicht Platz nehmen."

Die Höflichkeit ihrer Worte zügelte seine Wut. Er vermisste ihre direkte Natur. Er konnte sich nur allzu gut vorstellen, dass sie ihnen sagte, sie sollten ihren ‚Wer-hat-den-längsten-Schwanz'-Wettbewerb beenden und sich auf ihren Arsch setzen. Vielleicht wäre eines Tages das Bündnis mit Clan Lochguard eng genug, um Evie Marshall auf sie loszulassen.

Bei dem Gedanken lächelte er.

Finn betrachtete ihn einschätzend. „Ich hoffe, dass dieses Lächeln nicht für mich war. Sonst muss ich mich vielleicht an einen Tisch auf der anderen Seite des Raumes setzen."

Bram schüttelte den Kopf. „Setz dich endlich. Deine klugscheißerischen Kommentare können warten."

Finn erwiderte: „Dann ging es also doch um mich." Bram knurrte. Finn zwinkerte und rieb sich die Hände. „Okay, es ist Zeit, dieses Abendessen zu beginnen. Je eher dein Clan weiß, wer ich bin, desto eher werden sie alle anfangen, mich zu lieben."

Nur wegen jahrelanger Praxis im Umgang mit Drachenwandler-Egos verdrehte Bram nicht die Augen.

Evie lehnte sich gegen ihn. Als sie ihr Gesicht an seine Seite schmiegte und zitterte, bemerkte er, dass sie lachte. Sein Drache war nicht glücklich über ihre Reaktion.

Dennoch war Bram derzeit unter Kontrolle, und er hielt seinen Drachen in Schach. Er deutete auf seine andere Seite. „Setz dich neben mich. Ich vertraue dir nicht mit meiner Frau."

Als Finn sich neben ihn setzte, atmete Bram tief ein. Mit Evies Hitze und Duft um sich herum und Finn, der sich wie eine männliche Hure verhielt, würde es ein langer Abend werden.

Kapitel Vierzehn

E vies Magen schmerzte schon, weil sie sich das Lachen verkniff. Bram und Finn zusammen zu sehen war besser als jedes Fernsehprogramm. Um ehrlich zu sein, agierten die beiden bereits mehr wie Brüder als zwei Clanführer mit einem neuen Bündnis.

Das war natürlich ein guter Vorbote für Stonefire.

Bram drückte ihren Oberschenkel und flüsterte: „Ich muss eine Ankündigung machen, Mädel. Halte Finn von dir fern, während ich das mache, oder mein Drache wird Probleme verursachen."

Sie sah in seine Augen auf und nickte. „Okay, aber es gibt nichts, worüber du dir Sorgen machen müsstest. Du bist der einzige Drachenwandler, von dem ich mir in meinem Kopf vorstellen kann, wie er mich auszieht."

Ihr Drachenmann ließ ein ersticktes Geräusch hören. „Mädel, du hilfst der Sache nicht."

Sie lachte. „Du hast gesagt, ich solle dich nicht vor dem Clan geißeln. Du hast nichts darüber gesagt, dass ich dich nicht necken soll."

„Du bist clever."

„Natürlich. Nun, geh und erledige deine Aufgaben, bevor du wieder abgelenkt wirst."

Bram beugte sich hinab, küsste sie sanft auf die Lippen und murmelte: „Denk nur daran, dass ich mich heute Nacht revanchieren werde. Ich denke, ich werde dich betteln lassen, bevor ich dich kommen lasse."

Hitze durchflutete Evies Körper, als Nässe zwischen ihre Beine schoss. Das Ende des Abendessens konnte nicht schnell genug kommen. „Dann beeil dich."

Ihr Drachenmann schmunzelte, warf Finn einen warnenden Blick zu und trat dann an die Vorderseite des Podiums. Sie nahm sich eine Sekunde Zeit, um seinen breiten Rücken zu bewundern. Die Art und Weise, wie sein kariertes Outfit über seinen Po fiel, war ziemlich nett. Vorhin hatte sie nichts anderes gewollt, als ihre Hand unter den Saum seines kiltartigen Outfits zu schieben und zu beweisen, dass er nichts trug.

Dennoch war Finns Unterbrechung eine gute Sache gewesen. Es schien, dass immer, wenn sie allein mit Bram war, ihre Libido die Kontrolle übernahmen und es ihnen sehr egal war, was gerade um sie herum geschah. Irgendwie dachte sie nicht, dass es einen guten Eindruck beim Clan hinterlassen würde, wenn sie dem Stonefire-Clanführer beim Abendessen einen runterholen würde.

Brams Stimme dröhnte über den fast vollen Saal, und sie hörte zu: „Vielen Dank für euer Kommen. Heute Abend ist der Beginn von etwas, das unserem Clan mehr als alles andere, was wir in den letzten zehn Jahren getan haben, zugutekommen wird. Ihr habt ihn vielleicht schon gesehen, aber Finlay Stewart, der Anführer von Clan Lochguard, hat sich bereit erklärt, unser Verbündeter zu werden."

Eine Welle von Reaktionen strömte durch die Menge. Alles von heruntergefallenen Kinnladen bis zu empörten Schreien. Offensichtlich hatten die Stonefire-Drachenwandler diese Nachricht nicht erwartet.

Bram hob seine Hände und fuhr fort: „Ich verstehe einige eurer Bedenken, aber Finlay Stewart ist nicht Dougal Munro. Seine Ideen und Pläne für die Zukunft ähneln meinen eigenen. Die Allianz ist zwar neu, aber ich denke, sie ist vielversprechend. Vor allem, weil sein Clan bei der zunehmenden Anzahl von Angriffen durch die Drachenjäger helfen kann." Es folgte weiteres Murren, bevor Brams Stimme wieder durch den Raum schallte. „Anstatt weiter von Finn zu erzählen, werde ich jetzt beiseitetreten und dem Anführer des Lochguard-Clans das Wort erteilen. Hört ihm zu und gebt ihm eine Chance."

Er machte eine Geste, und Evie beobachtete, wie Finn hinter dem Tisch aufstand und sich neben ihren Drachenmann stellte. Sie waren gleich groß, aber Finn war etwas schlanker. Dennoch würde sie seine Schlankheit nicht als Schwäche verstehen. Angesichts dessen, was sie wusste, wie die Anführer der Drachenwandler-Clans ausgewählt wurden, mit zermürbenden Prüfungen über mehrere Tage, besaß jeder, der das Recht auf die Position gewann, eine Menge Kraft und Stärke.

Eines Tages wollte sie Bram fragen, wie er das Recht gewonnen hatte.

Doch dann füllten Finns schottische Töne den Saal, und sie konzentrierte sich auf die Gegenwart. „Ich verstehe Ihre Sorge und Ihre Vorsicht. Mein Clan ist genauso. Die Kombination der Kräfte von Stonefire und Lochguard erhöht jedoch unsere Reichweite und Fähigkeit, unser Schicksal zu kontrollieren. Unsere Territorien umfassen zusammen mehr als die Hälfte der Insel Großbritannien. Wenn wir die Menschen in unseren jeweiligen Gebieten davon überzeugen können, uns nicht zu fürchten, sondern sich für uns zu interessieren, könnten wir den Süden Englands und Wales umstimmen, trotz des harten Rufs der dortigen Anführer."

Er muss über Melanies Buch sprechen. Das Wissen machte Evie nur entschlossener, Mel zu helfen und die Publikation zu einem Erfolg zu machen.

Dann verbeugte sich der schottische Anführer weit ausladend, und das Murmeln des Publikums nahm zu. Als er wieder aufrecht stand, fuhr er fort: „Diese Verbeugung war meine Einladung, mit allen Mitgliedern des Clans zu tanzen, die einen Blick auf mich werfen wollen. Ich selbst bevorzuge Frauen, aber, hey, ich will keine Männer abweisen, die vielleicht ein bisschen auf mich stehen."

Evie schmunzelte, als das Lachen durch den Saal hallte. Der schottische Anführer schien zu wissen, wie man eine Menge für sich gewann.

Dann wandte sich Finn Bram zu und streckte eine Hand aus. Ohne zu zögern, nahm ihr Drachenmann sie und lehnte sich an Finns Ohr, um etwas zu flüstern.

Als Bram dem anderen Drachenmann auf den Rücken klopfte, sagte er: „Jetzt reicht es mit den Formalitäten. Wenn Finlay Stewart mit jedem tanzen will, der gerne eine Chance hätte, sollten wir besser loslegen."

Als sich die Menge an den Tischen und Stühlen am Rande des Raumes niederließ, ging Finn zur Tanzfläche und wurde sofort von fünf jungen Drachenfrauen begrüßt. Ohne Zweifel waren sie erst der Anfang, und er würde den ganzen Abend tanzen.

Bram setzte sich an ihre Seite, und ohne nachzudenken, lehnte sie sich zu ihm und sagte: „Das war eine ganz schöne Vorstellung, aber es scheint funktioniert zu haben. Hast du das vorher geplant?"

„Nein, der schottische Bastard improvisiert gerne, aber ich werde es genießen, ihm beim

Tanzen zuzusehen, mit allen, die die Gelegenheit nutzen wollen. Ich denke, er unterschätzt, wie hartnäckig die jüngeren, ungebundenen Clanmitglieder sind."

„Du hast es selbst gut gemacht, Mister, aber ich bin froh, dass du nicht die gleiche Chance angeboten hast."

Brams Stimme klang belustigt. „Oh, aye? Warum nicht?"

Sie sah ihn stirnrunzelnd an. „Weil ich sie alle vertreiben müsste und ich lieber die Zeit neben dir sitzen würde, damit ich dich mit meinem Duft bedecken kann. Ich bin mir ziemlich sicher, dass so ein Teil der Territoriums-Markierung funktioniert, richtig?"

Sobald die Worte aus ihrem Mund waren, bereute Evie sie. Das einzige Mal, von dem sie mit Sicherheit wusste, dass eine Person den Duft eines Drachenwandlers tragen würde, war, wenn eine Frau schwanger war.

Der Gedanke, dass Evie Brams Duft nie tragen würde, drückte ihr Herz.

Nein. Es gibt mehr, wenn man sich ein Leben aufbaut, als Kinder zu haben. Außerdem gab es immer Kinder, die ein Zuhause brauchten. Dieser Gedanke erinnerte sie an den kleinen Murray. Vielleicht konnten sie ihn aufnehmen und ihn aufziehen. Sie wusste vielleicht zunächst nicht, was zum Teufel sie tat, aber Evies Entschlossenheit würde sich hoffentlich am Ende auszahlen. Bram schien den Kleinen zu mögen. Nicht nur das, sie würde es lieben, noch mehr von der weicheren Seite ihres Drachenmannes zu sehen. Nichts brachte eine weiche Seite besser hervor als ein Baby.

Mit Bram und Murray konnte Evie endlich wieder eine Familie haben. Sie war ein Einzelkind, und ihre Eltern hatten sich vor Jahren nach Spanien zurückgezogen. Sie sah sie selten.

So sehr sie das Bild von sich und Bram mit Murray immer mehr mochte, kannte sie ihren Drachenmann immer noch kaum. Verdammt, sie waren noch nicht einmal offiziell Gefährten.

Und wenn das nicht genug war, gab es auch noch die Drachenjäger, um die man sich sorgen musste, sowie die Bedrohung aus dem Clan heraus.

Da Bram geschwiegen hatte, wechselte sie das Thema und hellte damit die Stimmung auf. „Bevor die Hälfte des Clans dich braucht und während ich dich hier für mich habe, erzähl mir etwas, das ich über dich nicht weiß, vielleicht sogar etwas, das niemand sonst weiß."

Während er ihre Getränke einschenkte, sagte er: „Ich mag die menschliche Science-Fiction-Show *Doctor Who*."

Evie blinzelte. „Die Kindersendung über einen zeitreisenden Außerirdischen? Wirklich?"

Bram schmunzelte. „Er ist ein bisschen anders als alle anderen und fühlt sich manchmal isoliert. Als Anführer des Drachenwandler-Clans kann ich seine Situation gut nachempfinden. Zumindest habe ich das." Er sah zu Evie. „Jetzt habe ich ja dich."

Sie hörte auf zu atmen, als sie den Hunger und die Sehnsucht in seinen Augen sah.

Ihr Drachenmann streichelte ihren Arm, und sie zitterte, als er sagte: „Vielleicht, wenn sich die Dinge erst einmal beruhigt und wir uns um die Bedrohungen gekümmert haben, können wir es uns gemeinsam ansehen."

Sie würde zustimmen, alles zu sehen, wenn das bedeutete, dass sie sich an Brams Seite zusammenrollen konnte. Obwohl sie vorher nie wirklich darüber nachgedacht hatte, sehnte sie sich danach, all die kleinen Dinge zu tun, die normale Menschen taten. Da sie nicht mehr beim MDA war, konnte sie jetzt Zeit dafür haben.

Sie wollte gerade schon ihren Drachenmann mit seiner Enthüllung aufziehen, als er die Stirn runzelte und in den Sporran über seiner Scham griff. Als er sein Handy herauszog, verkniff sie sich ein Lächeln; das Telefon hatte vibriert und musste seinen Schwanz überrascht haben.

Bram meldete sich, und sein Ausdruck wurde hart. Ihr Vergnügen verblasste, als sie ihn sagen hörte: „Mal langsam, Vivian. Sag mir, geht es Quinn gut? Was ist mit Murray?"

Ihr Bauchgefühl sagte ihr, dass Bram, mit wem auch immer er sprach, entweder mit den Drachenjägern oder Neil Westhaven in Verbindung stand.

~

Bram ballte seine Faust fest, um seine Wut über die Nachricht vom Angriff auf seinen Clan zu kanalisieren, und hörte sich die Antwort des weiblichen Clanmitglieds an. „Oh, Bram, Murray ist weg. Sie haben ihn mitgenommen."

Er knurrte: „War es Murrays Vater? Hat Neil Westhaven deinen Gefährten angegriffen?"

„Nein, es war nicht Neil. Die beiden Entführer waren Menschen. S-sie haben was mit Quinn gemacht. Er will nicht aufwachen."

Den Schmerz eines seiner Clanmitglieder zu hören, half, in den Clanführer-Modus zu wechseln. „Vivian, du hast mir bereits gesagt, dass du Sid angerufen hast. Wenn es einen Weg gibt, ihm zu helfen, wird sie es versuchen. Halte im Moment nur Ausschau nach weiteren Eindringlingen. Ich komme. Ruf mich an, sobald etwas verdächtig scheint, verstehst du?"

Obwohl noch Sorge in Vivians Stimme lag, traf die Dominanz in seiner Stimme ihre Dracheninstinkte und half ihr, sich zu konzentrieren. „Das kann ich machen. Und Bram, es tut mir leid, das mit Murray. Ich weiß, dass du darauf vertraut hast, dass wir ihn beschützen, und wir sind gescheitert."

„Nein, Vivian, es ist meine Schuld. Ich werde es später erklären, aber auf keinen Fall lasse ich zu, dass du die Verantwortung für meine Scheiße übernimmst. Sobald wir das Gespräch beenden, ruf Kai an und bring ihn auf den neusten Stand, damit er Hilfe schicken kann, während ich den Clan warne. Ich bin bald da."

Er legte auf und widersetzte sich dem Drang, das Handy in eine Million Stücke zu zerschlagen.

Sein Drache knurrte. *Keine Zeit für Traurigkeit. Wir werden sie finden und bestrafen. Wir müssen unseren Clan schützen und den Jungen zurückholen.*

Eine Hand berührte seinen Arm, und er blickte hinüber und sah die Sorge, die sich in Evies Gesicht gebrannt hatte. „Sag mir, was passiert ist und wie ich helfen kann."

„Du musst mit Liam, Mel und Samira zu Mels und Tristans Haus gehen, während ich einen weiteren Angriff untersuche."

„Mache ich, aber zuerst sag mir noch schnell, was los ist. Wenn es um die Drachenjäger geht, könnte ich helfen."

Sein Drache drängte ihn. *Sag es ihr.*

Er brauchte den Anker ihres Körpers und legte einen Arm um sie. Ein wenig seiner Wut verblasste durch die Berührung, was dazu beitrug, seinen Geist zu klären.

Er lehnte sich an ihr Ohr und flüsterte: „Eine menschliche Frau ist ins Cottage von Quinn und Vivian eingebrochen und hat den kleinen Murray mitgenommen. Vivian geht davon aus, dass der Mensch ein Drachenjäger war. Wenn das der Fall sein sollte, weißt du von irgendetwas, das einen Drachenwandler so umhaut, dass er ins Koma fällt? Die meisten von Menschen hergestellten Drogen sind gegen unseren Stoffwechsel nutzlos."

„Murray ist weg?"

Als sie an den kleinen, temperamentvollen Jungen in den Händen seiner Feinde dachte, erhöhte das nur seinen Blutdruck und schürte seine Wut. Er hätte die Sicherheit um den Jungen früher erhöhen sollen. Offenbar reichte ein erfahrener und gut ausgebildeter Beschützer nicht mehr aus.

Nur mit übermenschlicher Mühe schob er seinen Zorn beiseite. Er würde ihn später kanalisieren und auf das Jägerarschloch wenden. „Ja, sie haben ihn. Ich werde alles tun, um ihn zurückzubekommen, aber im Augenblick muss ich mich konzentrieren, Evie. Weißt du von irgendetwas, das ich benutzen könnte, um Quinn zu helfen? In einer Minute werde ich dem Clan eine Ankündigung über den Angriff machen müssen. Wenn es irgendeine Art von guten Nachrichten gibt oder Hoffnung, die ich weitergeben kann, werde ich es gebrauchen."

Evie biss eine Sekunde lang auf ihren Daumennagel, dann weiteten sich ihre Augen. „Ich weiß nicht, ob es das ist, wonach du suchst, aber ich habe Gerüchte über einige der neuesten Waffen gehört, die von den Drachenjägern entwickelt wurden. Ob du es glaubst oder nicht, ein Gerücht spricht über die Verwendung einer der ältesten Methoden, um einen Drachenwandler kampfunfähig zu machen. Das Rezept für das Gebräu galt jahrhundertelang als verloren, aber ein Historiker hat es kürzlich entdeckt und öffentlich bekannt gemacht."

Verdammt fantastisch. „Spuck's schon aus, Mädel."

„Eine zarte Mischung aus gemahlenem Immergrün und Alraunwurzel wird einen Drachenwandler in Sekunden umhauen. Nicht nur das, es verhindert tagelang, dass er wandeln kann. Hat was mit einem Hormonungleichgewicht zu tun. Historiker und Wissenschaftler sind zu dem Schluss gekommen, dass die Mischung wahrscheinlich den zahlreichen englischen Rittern in der Vergangenheit ermöglicht hat, eure Art abzuschlachten."

„Also sind die Jäger im 21. Jahrhundert auf die Technik des Mittelalters zurückgefallen?"

Evie pikste in seine Brust. „Manchmal sind Relikte nützlich. Ohne sie wäre ich nicht in der Lage, deine Gefährtin zu werden."

„Guter Punkt. Gibt es auch ein altmodisches Heilmittel, das damit einhergeht?"

Seine Frau schüttelte den Kopf. „Nicht, dass ich wüsste. Aber wenn es nur ein Hormonungleichgewicht ist, bin ich sicher, dass Dr. Sid es beheben kann."

Er nahm einen letzten tiefen Atemzug von Evies Duft, um Mensch und Tier zu beruhigen, bevor er sie losließ. „Ich werde deine Worte an Sid weitergeben." Er stand auf und strich mit einem Finger über Evies weiche Wange. „Vielen Dank, Evie."

Sie nickte. „Ich werde versuchen, mir noch etwas einfallen zu lassen, das dir helfen könnte, während ich mit Melanie zusammen bin. Stell einfach nur sicher, dass du mich auf dem Laufenden hältst. Sie nahm seine Hand und drückte sie. „Und jetzt geh und kümmere dich um unseren Clan."

Als er in Evies dunkelblaue Augen starrte, ließ sich ein Gefühl von Richtigkeit in ihm nieder. Es war schwer zu glauben, dass es nur ein paar Tage her war, seit er seine Frau kennengelernt hatte. Nun schien der Gedanke, dass jemand anderes an seiner Seite war, unmöglich. Es stellte sich heraus, dass sie genau das war, was er bei einer Gefährtin brauchte.

Mit einem letzten Drücken ihrer Hand ließ er sie los und wandte sich dem Clan zu. Ein kurzer Blick bestätigte, dass Vivian Kai angerufen hatte und sein Beschützer gegangen war, um die Dinge in Gang zu bringen.

Sein Geist war etwas entspannter, da er das jetzt wusste, als er in die Hände klatschte und so laut wie möglich pfiff.

Die Musik erstarb, und er entdeckte problemlos Finn in der Menge. Sobald sich ihre Blicke begegneten, verkrampfte sich das Verhalten des schottischen Anführers.

Aber er würde später mit Finn reden. Seine erste Priorität war es, den Clan zu warnen.

Er ließ seine Augen über die Menge wandern und brachte seine Stimme dazu, stark zu sein. „Ich beende hiermit die Feierlichkeiten des heutigen Abends. Es hat einen weiteren Angriff gegeben, und ich möchte, dass alle nach Hause gehen und wachsam sind, nur für den Fall, dass weitere Eindringlinge unterwegs sind. Ich habe bereits unsere Beschützer beauftragt, sich um die Angelegenheit zu kümmern."

Murmeln von „Was ist passiert?" Und „Wurde jemand verletzt?" erfüllte den Raum. Als er eine Hand über seinen Kopf hob, ließ der Lärm nach, und er fuhr fort. „Ich werde im Laufe der Zeit mehr Details weitergeben. Für den Moment, wenn jemand einen fremden Menschen oder Neil Westhaven sieht, möchte ich, dass ihr mich sofort kontaktiert. Außerdem haben wir dank Evie Marshall Informationen über eine neue mögliche Bedrohung durch die Drachenjäger. Sie ist Teil des Clans und könnte der Schlüssel zu unserem Sieg im Kampf gegen die Jäger-Arschlöcher sein. Während ich mich dieser neuesten Bedrohung widme, kann ich nicht immer an ihrer Seite sein. Ich möchte, dass ihr sie wie meine Gefährtin behandelt, denn das wird sie bald sein."

Er hatte nicht beabsichtigt, diese Ankündigung zu machen, aber mit dem bevorstehenden Chaos, das die nächsten Tage mit Sicherheit bringen würden, musste sein Clan es wissen. Vor allem, wenn er auf eine Mission ging und Evie allein blieb.

Nach dem Flüstern und den Blicken zu Evie hinter sich zu urteilen, musste er das jetzt beenden, sonst würde er nie gehen können. Er brachte jedes bisschen Dominanz auf, das er besaß, und sagte: „Nun, geht nach Hause und bereitet euch auf einen Angriff vor. Weitere Anweisungen erhaltet ihr in Kürze."

Bram sah für eine Sekunde zu Finn hinüber, in

der Hoffnung, dass der Anführer die Notwendigkeit verstehen würde, wieder nach vorn zu kommen, und wandte sich dann von der Menge ab, um zu signalisieren, dass er fertig war. Evie war bereits auf den Beinen und kam an seine Seite. „Du hättest mir noch nicht danken sollen. Das sind nur Gerüchte."

„In den meisten Gerüchten steckt ein Körnchen Wahrheit."

Finn kam die Treppe herauf und verhinderte, dass Evie antwortete, indem er sagte: „Erzähl mir, was los ist, Bram."

Als Bram den Schotten anstarrte, wusste er, dass dies einer jener Momente war, die die Zukunft seines Clans für immer verändern könnten. Wenn er Finn die Details des Angriffs anvertraute, konnte der Drachenführer sie entweder gebrauchen, um ihm zu helfen, oder eine Schwäche auszunutzen.

Sein Drache meldete sich zu Wort. *Sag es ihm. Er ist gut zu Arabella. Er wird uns helfen.*

Bram mochte es nicht, dass sein Drache Finns Verhalten gegenüber Ara aufgriff, aber er würde sich später damit befassen. Für den Moment würde er der Intuition seines Drachen vertrauen, vor allem angesichts der vorherigen Zurückhaltung seines Tieres. „Die Kurzfassung ist: Jemand hat angegriffen und einen unserer Jungen entführt. Sobald ich sicher weiß, dass jemand sich um Evie kümmert, kannst du mit mir kommen. Wir besprechen die Details unterwegs."

Finn knurrte: „Warum sollte jemand einen deiner Jungen stehlen?"

Er blinzelte fast über sein plötzlich verändertes Gehabe. Er sah allmählich, warum Finn der Anführer von Clan Lochguard war. Trotzdem hatte Bram die Verantwortung. „Das sage ich dir später."

Er wandte sich Evie zu, sah aber Liam, Samira, Melanie und Arabella, die die Treppe heraufkamen. Sobald sie nahe genug waren, dass er flüstern konnte, sagte er: „Liam, ich möchte, dass du die Frauen zu Tristans Haus bringst. Ihr zwei bewacht sie mit eurem Leben, besonders Evie. Jemand hat Murray entführt, und Evie könnte die nächste sein."

Liam nickte. Melanie trat einen Schritt vor und fragte: „Weißt du, wer es war?"

„Evie kann es euch erzählen, und ich werde euch die restlichen Details geben, wenn ich zurückkehre, um Evie abzuholen." Er sah jedes seiner Clanmitglieder vor sich an, bis sein Blick auf Evie ruhte. „Und du bist vorsichtig, Mädel. Ich weiß, dass es nicht deine Art ist, herumzusitzen und nichts zu tun, aber ich möchte mich nicht um dich sorgen müssen."

Seine Frau trat vor ihn und legte eine Hand an seine Brust. „Solange du versprichst, auch vorsichtig zu sein."

Er nickte, gab Evie einen viel zu kurzen Kuss und bedeutete ihnen zu gehen. Als er seine Frau davongehen sah, sagte Finn: „Sie wird sicher sein. Sie ist ein cleveres Mädel. Ganz zu schweigen davon, dass sie mit ihrem Verhalten vorhin gezeigt hat, dass sie ein Naturtalent ist, als sie uns höflich aufgefordert hat, uns verdammt nochmal hinzusetzen. Sie wird ein Gewinn für den Clan sein und eine gute Gefährtin abgeben." Bram sah zu Finn, und der Schotte fuhr fort: „Lass uns losgehen, damit du mir die Details erzählen kannst. Je früher ich die Fakten kenne, desto eher kann ich deinem Arsch helfen."

Er nickte, und sie gingen zum Ausgang der Halle.

Kapitel Fünfzehn

Auf dem gesamten Weg zum Cottage von Melanie und Tristan versuchte Evie, sich an etwas zu erinnern, das sie vielleicht wusste, um Bram zu helfen. Sie wusste viel über die Drachenjäger. In ihrem Kopf musste doch wenigstens ein Körnchen von dem Wissen sein, das ihrem Drachenmann helfen konnte.

Bisher war ihre einzige wirkliche Spur der mögliche Einsatz eines Alraun-Immergrün-Gebräus. Die meisten Drachenjäger-Banden waren kaum mehr als Mobber, die nach Möglichkeiten suchten, ihre Drogen- und Sexsucht zu finanzieren. Keiner von denen hätte sich die Mühe gemacht, einen Drachenwandler am Leben zu erhalten, wenn er die Gelegenheit gehabt hätte; sie würden ihn oder sie einfach ausbluten lassen, das Blut auf dem Schwarzmarkt verkaufen und die Gewinne verprassen. Die meisten Jägerbanden hatten Glück, wenn sie einen Drachen pro Jahr fingen.

Aufgrund starker Führung planten jedoch bestimmte Banden langfristig und hatten eine weitaus größere Reichweite als ihre unmittelbaren Gebiete. Diese Drachenjägerbanden überwältigten gewöhnlich Drachen in anderen Ländern mit weniger strengen Gesetzen und verschifften dann das Blut in die entwickelten Länder, um den größten Profit zu erzielen.

Die kleine Gruppe von einfallsreichen und daher mächtigen Jägern hatte die Geduld, die genaue Menge jeder Zutat zu besorgen, die benötigt wurde, um einen Drachenwandler umzuhauen, ohne ihn zu töten. Bram hatte die Carlisle-Jäger bereits erwähnt, eine der mächtigeren und erfolgreichsten Banden.

Über den Anführer der Carlisles, Simon Bourne, war nicht viel bekannt, abgesehen von seiner Fähigkeit, die Carlisle-Jägerbande zu befehligen und zu kontrollieren, dass sie seinen Befehlen folgten. In den fünf Jahren, in denen er das Sagen hatte, hatten die gemeldeten Gewaltakte des Carlisle-Zweigs abgenommen, während ihre Gewinne wuchsen. Gerüchten zufolge jagten sie Drachen in der russischen Wildnis, um ihre Operationen zu finanzieren. Das MDA hatte versucht, Beweise zu bekommen, aber die Beziehungen zwischen dem Vereinigten Königreich und Russland waren weniger als freundlich.

Bei Bournes großem Erfolg hatte Evie keine Ahnung, warum er ein fünf Monate altes Halb-Drachenwandler-Baby entführen wollte. Sein Blut konnte keine Krankheiten heilen, bis ein Drachenwandler das Erwachsenenalter erreichte.

Und dann traf es sie: Bourne hatte die nötige Geduld, um sein eigenes Blutfarmsystem zu entwickeln. Schon, Drachenwandlerblut war vor dem Erwachsenenalter für die Heilung von Krankheiten wertlos, doch wenn die Carlisle-Bande Kinder vom Säuglings- bis zum Erwachsenenalter wegsperrte, konnten sie sie zu dienstbaren Blutsklaven machen. Sie müssten nicht mehr ihr Leben bei der illegalen Jagd auf Drachen riskieren.

Da das MDA derzeit einen Korruptionsskandal bei der Polizeibehörde von Cumbria untersuchte, die sowohl für das Stonefire-Land als auch die Stadt Carlisle verantwortlich war, war es mehr als möglich, dass Simon die Polizisten bestochen hatte, damit sie wegsahen und es auf seinen Ländereien keine Razzia gab. Eine monumentale Aufgabe, wenn man an die Zerstörung dachte, die ein gefährlicher, nicht sozialisierter Drache der Öffentlichkeit bringen könnte, wenn er jemals freikam.

Ohne nachzudenken, murmelte sie: „So viel zum Thema Schutz der Öffentlichkeit."

Liam, als Drachenwandler, hatte jedoch ein außergewöhnliches Gehör. Er drehte sich zu ihr um und sagte: „Was meinst du damit ‚So viel zum Thema Schutz der Öffentlichkeit'? Bram tut alles, was er kann."

Evie blinzelte. „Ich habe nicht über Bram gesprochen. Ich weiß, dass er seinen rechten Arm abschneiden würde, wenn es den Clan schützen würde."

Mel meldete sich zu Wort. „Dann sag uns, was du gedacht hast, Evie. Manchmal hilft es, seine Gedanken auszusprechen, um die Punkte zu verbinden. Es gibt uns auch die Möglichkeit, dir zu helfen, wenn du Hilfe brauchst, da du neu bei Stonefire bist."

Sie sah zum rasch dunkel werdenden Himmel hinauf. „Das würde ich lieber nicht draußen machen."

Mel hakte sich bei Evie unter und steigerte ihr Tempo. „Dann lass uns schneller gehen. Wir sind fast da."

Fünf Minuten später scheuchte Mel ihren Gefährten von der Tür weg und führte sie hinein. Bevor Tristan mehr tun als nur die Stirn runzeln konnte, sagte sie: „Gut, jetzt rede. Ich sterbe fast, weil ich wissen will, woran du gerade denkst."

Brams Aussagen von vorhin über das Ausmaß dessen, was Melanie tun würde, um herauszufinden, was sie wollte, erwiesen sich als wahr. Nicht einmal Mels stirnrunzelnder Gefährte konnte sie von ihrem aktuellen Ziel abbringen.

Evie sah sich jede Person im Raum an, bevor sie sagte: „Ich habe vielleicht eine Vorstellung davon, warum jemand Murray entführen will. Es besteht natürlich immer noch die Möglichkeit, dass sein Vater ihn wollte, aber angesichts der Tatsache, dass Neil in fünf Monaten nicht versucht hat, den

Jungen zu nehmen, sagt mein Bauch, dass es etwas anderes ist."

Mel erlaubte ihrem Gefährten, einen Arm um ihre Taille zu legen, als sie sie aufforderte: „Dann sag es uns endlich."

„Die Carlisle-Drachenjäger werden von Simon Bourne geführt. Dieser Mann wird seit Jahren wegen verschiedener Anschuldigungen überprüft, aber bislang ist nichts dabei rausgekommen. Obwohl ich keinen Beweis habe, um meine Behauptung zu sichern, verfügt Bourne über die Geduld, die Ressourcen und den Intellekt, um langfristige Pläne umzusetzen."

Tristan grunzte: „Komm auf den Punkt."

Sie hob eine Augenbraue, aber jetzt war nicht die Zeit, den Drachenmann herauszufordern. „Wenn Bourne jetzt damit angefangen hat, Kinder zu sammeln, dann könnte er in zehn oder zwanzig Jahren seinen eigenen Vorrat an Drachenblut zum Verkauf haben. Das Geld, das er im Laufe der Zeit verdienen würde, würde ihm enorme Mengen an Macht verleihen."

Liam warf ein: „Aber soweit ich weiß, will der Drachenjäger, den wir gestern gefangen genommen haben, dich. Das ergibt zusammen mit deiner Theorie wenig Sinn. Warum sollte er deinen Namen erwähnen, wenn sie hinter den Kindern her sind? Du magst ja jetzt Brams Gefährtin sein, aber du warst es nicht, als du auf dieses Land gekommen bist."

Es war schwer zu glauben, dass sie erst gestern

angekommen war. „Bram und ich haben das gestern Abend besprochen. Wenn die Jäger die Menschen davon abbringen, sich beim MDA zu bewerben, würde das Opfersystem zerbröckeln. Eure Zahlen würden schrumpfen, was letztendlich zum Verlust jeglicher Macht über die menschlichen Regierungen führen würde."

Melanie beendete ihren Gedanken. „Aber wenn jemand wie Simon Bourne eine ständige Versorgung hätte, hätte er die Macht, von den Reichen und Verzweifelten oder von der Regierung das zu verlangen, was er will."

„Ganz genau. Murrays Entführung könnte schon eine Weile in Vorbereitung sein. Bourne hat zweifellos überall Spione, und ein elternloses Drachenwandler-Baby wäre für ihn ein leichtes Spiel."

Arabella, die ungewöhnlich ruhig gewesen war, meldete sich jetzt zu Wort: „Erzähl uns, was du von Simon Bourne weißt, Evie. Vielleicht finden wir eine Schwäche, die wir an Bram weitergeben können."

„Zunächst muss jemand einen Laptop holen, damit ich auf die MDA-Datenbank zugreifen kann und dann setzen wir uns alle zusammen. Wenn Murrays Entführung heute Abend nur ein Vorbote der Schwierigkeiten ist, dann müssen wir unsere Energie sparen. Herumstehen ist eine unnötige Verschwendung."

Oben ertönte ein Schrei. Melanie sah auf und sagte: „Ich muss nach meinen Babys sehen." Sie sah

zurück zu Evie und fuhr fort: „Ich bringe sie auch
nach unten, nur um sicher zu sein. Tristan kann den
Laptop finden und dir alles zeigen."

Melanie eilte die Treppe hinauf. Als die Gruppe
in Mels und Tristans Wohnzimmer ging, atmete
Evie tief ein. Wenn Bram während seiner eigenen
Ermittlungen zu dem Angriff nichts gefunden hätte,
könnte es sehr gut ihr zufallen, Simon Bourne das
Handwerk zu legen. Sie hoffte nur, dass sie sich
immer noch in die MDA-Informationsdatenbank
einloggen konnte. Wenn sie keinen Tipp bekommen
hatten, sollte das kein Problem sein. Wenn ihr
jedoch der Zugang entzogen worden wäre, könnte
Brams   Clan   sehr   wohl   von   ihrem
Erinnerungsvermögen abhängen.

So viel zum Thema Druck.

DANK EVIES INFORMATIONEN über das Immergrün
und die Alraunwurzel konnte Sid Quinn nach ein
paar verschiedenen Spritzen wiederbeleben, um die
Hormone in seinem Körper auszugleichen. Bram
wartete geduldig darauf, dass der Drachenmann so
weit aufwachte, dass er reden konnte.

Kai und Finn überprüften den Umkreis auf
Hinweise. Die Dunkelheit war kein Problem für das
Sehvermögen der Drachenwandler, und sie hofften,
etwas zu finden, vor allem, wenn der Angreifer ein
Mensch gewesen war. Selbst wenn die Eindringlinge
eine   Taschenlampe   gehabt   hätten,   ohne

ausreichend Licht konnten sie leicht stolpern und etwas fallen lassen, ohne es zu merken.

Mit trüben Augen nahm Quinn einen letzten Schluck Wasser von seiner Gefährtin und sagte: „Ich erinnere mich nicht an viel, außer dass da zwei Gestalten waren, bevor Vivian hereineilte, um nach der Tür zu sehen, die eingetreten worden war."

Bram sah zu Vivian. Er hatte darauf gewartet, einige seiner Fragen zu stellen, bis er sie gemeinsam befragen konnte, falls eine ihrer Antworten die Erinnerung des anderen anregte. „Du warst im Kinderzimmer. Erinnerst du dich daran, Geräusche in der Nähe des Fensters oder des Zimmers gehört zu haben?"

Vivian strich ihrem Gefährten über die Stirn und schüttelte den Kopf. „Nein. Murrays Zimmer war der sicherste Ort im Cottage. Das Zimmer hatte nur zwei kleine Fenster, durch die kein Erwachsener hindurchpasste. Und dass es sich im ersten Stock befindet, sollte eigentlich den Sicherheitsfaktor erhöhen."

„Quinn, kannst du dich an ihr Aussehen erinnern? Oder ihren Akzent?"

Der Mann schüttelte den Kopf. „Nichts außer, dass die erste Person weiblich war. Dann stach mir etwas in die Seite, und die Welt wurde schwarz."

Vivian fügte hinzu: „Das ist richtig. Als ich nach unten kam und Quinn bewusstlos vorfand, rannte die Frau davon. Dann hörte ich den Lärm oben, der, wie wir später herausfanden, davon stammte, dass sie ein Loch in diejenige Wand geblasen hatten, die am weitesten vom Baby entfernt war." Sie schluckte. „Nicht auszudenken, wenn sie es falsch berechnet hätten, dann hätten sie Murray töten können ..."

Quinn drückte schwach die Hand seiner Gefährtin, gerade als Sid von der Seite des Raumes kam. „Bram, lass es gut sein. Die Injektion war nur eine vorübergehende Lösung. Er wird bald wieder weg sein. Er muss schlafen, damit ich noch ein paar Tests machen kann."

Er wollte etwas dagegen einwenden, aber Sid verschränkte die Arme vor der Brust und hob eine Augenbraue. Bram kannte den Blick – sie würde jemanden finden, der ihn aus dem Cottage warf, wenn nötig. Als Chefärztin des Clans war sie eine der wenigen, die das tun konnten, wenn seine Anwesenheit oder sein Verhalten das Leben eines Patienten riskierten.

„Ich bin für den Moment fertig, aber halte mich über Quinns Status auf dem Laufenden." Er sah zu dem Paar. „Und wenn ihr euch an irgendetwas erinnert, lasst es Sid, Kai oder mich wissen, aber sonst niemanden. Ich will nicht, dass die Informationen in die falschen Hände geraten."

Sowohl Quinn als auch Vivian nickten. Bram stand auf, drückte dankbar Sids Schulter und ging nach draußen. Er hatte auf weitere Informationen gehofft, aber Quinn war erschöpft und mit Drogen vollgepumpt. Er musste sie später noch einmal befragen.

Er fand Kai und Finn hinten im Cottage auf

dem Boden hockend. Er schloss sich ihnen an und sagte: „Schuhabdrücke. Es sieht so aus, als wären es insgesamt drei Personen gewesen."

Finn nickte, als er auf das kleinere Paar zeigte. „Das sind die der Frau." Er deutete auf die anderen beiden. „Und zwei Männer."

Bram sah zu Kai. „Habt ihr sonst noch was gefunden? Es ist zwar ein Anfang, zu wissen, dass es drei Personen waren, aber ich möchte etwas Konkreteres."

Kai stand auf. „Noch nicht, aber während der Großteil des Clans bei der Versammlung war, sind einige bei den Alten, Kranken und Jungen zu Hause geblieben. Ich lasse sie von meinem Team befragen."

Bram stand ebenfalls auf. „Nein, die Beschützer sollten sich auf die Umgebung und bekannte Schwächen konzentrieren. Ich kann die möglichen Zeugen befragen."

Bevor Kai antworten konnte, sagte Finn: „Wenn du mich mit meinem Clan Kontakt aufnehmen lässt, kann ich einige meiner Beschützer nach Süden fliegen lassen, um euch zu unterstützen. Zu viel Arbeit wird Stress verursachen, was langfristig zu dummen Fehlern und Schaden führen wird."

Bram musterte Finns Gesicht in der fast vollkommenen Dunkelheit. Er wollte glauben, dass er dem schottischen Anführer vertrauen konnte, aber die Allianz war neu. Doch er vertraute seinem inneren Drachen, also sprach er zu seinem Tier. *Was meinst du? Sollen wir um seine Hilfe bitten?*

Es folgte eine lange Pause, bevor sein Tier antwortete: *Ja. Ich denke, er möchte eine Gelegenheit haben, Arabella wiederzusehen. Er wird uns helfen und uns nicht verraten.*

Gibt es da etwas, das du mir nicht erzählst? Vorhin konntest du ihn nicht leiden.

Die Umstände haben sich geändert.

Sein Drache zog sich zurück, und Bram wusste, dass dies die Antwort war, die er vorerst erhalten würde.

Er sah Finn in die Augen. „Es wäre mir eine Ehre, dein Hilfsangebot anzunehmen."

Einer von Brams Mundwinkeln zuckte nach oben. „Das ist ziemlich formell, Bram, aber ich nehme es an. Lass mich meine Leute anrufen, und sie sollten innerhalb der nächsten Stunde ankommen."

„Danke, Finn. Stell sicher, dass sie aus dem Westen kommen." Finn nickte, zog sein Handy heraus und ging davon. Bram sah zu Kai. „Mit der zusätzlichen Hilfe, lass jemand anderen die Zeugen an meiner Stelle befragen. Evie könnte sich an etwas erinnert haben, das wir verwenden können, und ich würde sie gerne hören." Nachdem er sichergestellt hatte, dass Finn sich außerhalb der Hörweite befand, flüsterte er: „Gibt es Neuigkeiten von Zain?"

Kai hielt ebenfalls seine Stimme gesenkt. „Ja, aber ich kenne noch nicht die Details. Er wollte nicht riskieren, es mir am Telefon zu sagen."

„Ich werde vorbeigehen und mich zuerst mit

ihm unterhalten. Sag mir Bescheid, wenn ihr fertig seid."

Mit einem Nicken ging Bram dorthin, wo Zain den Jäger verhören würde. Er würde seinen Job erledigen, wie er es immer tat, aber zum ersten Mal in seinem Leben wollte ein Teil von Bram, dass die Arbeit vorbei war, damit er sicherstellen konnte, dass seine zukünftige Gefährtin in Sicherheit war. Er hatte sie in das Haus von Melanie und Tristan geschickt, in dem auch zwei Babys waren. Wenn die Eindringlinge noch auf seinem Land waren, konnten sie auch andere Kinder ins Visier nehmen.

Mit einer kurzen Nachricht an Kai bat er den Drachenmann, alle Familien mit kleinen Kindern zu warnen. Bram wollte nicht zulassen, dass weitere Jungen entführt wurden. Hoffentlich konnte er mit der Hilfe von Zain und Evie herausfinden, was verdammt nochmal los war, und es beenden. Die britische Regierung würde ihm nicht helfen, selbst wenn er sie darum bat. Stonefire musste sich um sich selbst kümmern.

Kapitel Sechzehn

Evie hatte gerade so viele Informationen wie möglich aus der MDA-Datenbank heruntergeladen, als es an der Tür klopfte. Da Melanie und Arabella mit Babys in den Armen dasaßen, ging Tristan an die Tür.

Als sie Brams Stimme hörte, seufzte sie erleichtert. Vielleicht würde seine Anwesenheit gegen ihr ständig wachsendes Stressniveau helfen. Jeder hatte ihr Fragen gestellt, von links, rechts und der Mitte. Bram würde helfen, die Last zu erleichtern.

Sie wusste, dass es egoistisch war, da Bram jeden Moment mit der Last des Clans auf seinen Schultern lebte. Obwohl sie sich normalerweise gut an neue Situationen anpasste, war es ein wenig überwältigend, Gefährtin eines Drachenwandlers zu werden, und dazu noch zu versuchen, am Leben zu bleiben und einen Weg zu finden, einen ganzen Clan zu schützen. Hinzu kam, dass sie nicht genug Schlaf bekommen hatte und sich Sorgen darüber machte, dass Bram etwas passieren könnte, wenn er selbst den Drachenjägern nachging, und sie war kurz davor, zusammenzubrechen.

Bram betrat den Raum, und sie zuckte zusammen, als sie seinen grimmigen Ausdruck sah. „Was ist jetzt passiert?"

Er ging zu ihr, nahm den Laptop aus ihren Händen, um ihn Liam zu geben, und zwang sie aufzustehen. Sobald er einen Arm um ihre Taille hatte, knurrte er und sagte: „Ich muss dich irgendwo hinbringen, wo es sicher ist. Jetzt."

Sie legte eine Hand an seine Brust und sagte: „Warum?"

„Die Jäger planen, dich zu entführen."

„Das wussten wir bereits. Es muss mehr geben."

Ihr Drachenmann sah sich im Raum um und dann zurück zu ihr. „Der Drachenjäger, den wir gefangen genommen haben, nun, wir haben es endlich geschafft, einige Informationen aus ihm zu bekommen. Er hat bestätigt, dass es innerhalb des Clans einen Verräter gibt. Nach dem heutigen Abendessen werden die Jäger wissen, dass du meine Gefährtin sein wirst." Er drückte sie fest an seine Brust. „Sie werden dich gegen mich einsetzen, Mädchen, auf eine Weise, die ich mir nicht einmal vorstellen möchte. Vielleicht verstecken sie sich bereits auf unserem Land und warten darauf zuzuschlagen."

Melanies Stimme erklang hinter Bram. „Du

kannst sie nicht in einen Keller sperren und den Schlüssel wegwerfen."

Bram sah über seine Schulter. „Du hast vielleicht seit deiner Ankunft hier viel gelernt, Melanie Hall-MacLeod, aber du weißt nicht alles. Ich habe einen sicheren Ort, an dem ich Evie unterbringen kann. Nur sehr wenige wissen davon, und ich plane, es dabei zu lassen."

Tristan meldete sich zu Wort. „Ich werde nicht nach dem Ort fragen, da ich weiß, dass Nichtwissen meine Familie schützen wird, aber wer wird sie hinbringen? Der Clan braucht dich hier. Wirst du in der Lage sein, deinen inneren Drachen zu kontrollieren, wenn jemand anderes auf sie aufpasst?"

Evie klopfte auf Brams Brust. „Er hat recht. So sehr ich in deiner Nähe sein will, aber der Clan braucht dich mehr."

„Ich werde dafür sorgen, dass du gut untergebracht bist; andernfalls bin ich nutzlos. Ich kann so schon meinen Drachen kaum unter Kontrolle halten. Ich muss meine Gefährtin beschützen, wenn ich meinen Clan beschützen will." Er sah zu Liam und Tristan. „Ihr beide solltet dieses Gefühl verstehen."

Bei seiner Heftigkeit wärmte sich ihr Herz. „Dann werden wir alles Erforderliche tun, um deinen Drachen unter Kontrolle zu bringen, damit du so bald wie möglich zurückkehren kannst."

Mit einem Arm um ihre Taille drehte er sich zu den anderen im Raum um. „Ich werde in ständigem

Kontakt mit Kai, Tristan und Finlay Stewart sein und die Situation von meinem geheimen Standort aus überwachen. Dank der Technologie werde ich dem Clan immer noch zur Verfügung stehen."

Arabella runzelte die Stirn. „Warum den schottischen Führer mit einbeziehen? Du kennst ihn kaum."

„Er hat angeboten zu helfen, und ich habe sein Angebot angenommen." Tristan, Liam und Melanie sprachen alle gleichzeitig, aber Bram hob nur eine Hand, und sie verstummten. Er fuhr fort: „Die Gründe sind meine eigenen. Während ich Evie unterbringe, möchte ich, dass ihr alle wachsam seid. Unser Gefangener hat uns außerdem erzählt, dass die Jäger es neben Evie auch auf Kinder abgesehen haben."

Evie meldete sich zu Wort. „Wenn das der Fall ist, dann weiß ich vielleicht, was die Carlisle-Bande vorhat." Nachdem sie ihre Theorie darüber, dass Simon Bourne seine eigene Blutfarm plante, erläutert hatte, fügte sie hinzu: „Sobald ich Gelegenheit habe, werde ich meine Freundin kontaktieren, die mehr über Drachenwandler weiß als sonst jemand. Sie könnte Kontakte in Carlisle haben, die uns helfen können."

Bram nickte. „Ich habe auch Kontakte. Da ein kluger Mann Drachenwandler nicht in der Stadt verstecken würde, denke ich, dass sie Murray und alle anderen in der umliegenden Landschaft unterbringen werden. Wir werden den kleinen Kerl finden und ihn zurückbringen, sobald wir einen konkreten Plan haben. Auf keinen verdammten Fall werde ich ihnen erlauben, den Kleinen zu behalten." Er sah zu Tristan, dann zu Liam und wieder zurück. „Ihr alle solltet hier zusammenbleiben, um Annabel, Jack und Rhys zu schützen. Ich weiß, dass es vielleicht ein bisschen gedrängt sein könnte, aber je mehr Erwachsene hier sind, um auf die Kinder aufzupassen, desto kleiner ist die Wahrscheinlichkeit, dass sie gestohlen werden." Als Liam und Tristan nickten, sprach er mit Arabella. „Ich weiß, das sind viele Leute für dich in einem Haus, aber ich möchte, dass auch du hierbleibst. Du kannst jedem in diesem Raum vertrauen. Sie werden auf dich aufpassen und dich beschützen, wenn es dazu kommt. Es gibt nichts, worüber du dir Sorgen machen musst."

Die Drachenfrau drückte die Lippen zusammen, bevor sie antwortete: „Ich verstehe."

„Gut, wenn das jetzt alles erledigt ist, muss ich Evie an den sicheren Ort bringen. Je länger wir verweilen, desto größer ist die Chance, dass sie versuchen, sie zu entführen."

Bram drückte gegen ihren Rücken, aber sie streckte einen Arm aus, um ihn zu stoppen. „Warte!" Sie sah zu Melanie und fragte: „Darf ich den Laptop mitnehmen? Ich werde einen Weg finden, um die Informationen mit allen zu teilen, aber wenn ich so viel Zeit weggeschlossen verbringen muss, kann ich diese Zeit auch nutzen, um die Daten durchzugehen und nach was Nützlichem zu suchen."

Mel nickte. „Sicher. Ara hat hier sowieso immer einen Ersatzlaptop, also können wir den benutzen, wenn wir ihn brauchen."

Sie nahm den Laptop von Liam zurück und nickte Bram zu, dass sie bereit sei.

Als er sie zur Hintertür führte, widerstrebte es ihr ein wenig. Am Leben zu bleiben war oberste Priorität, aber ihr lag immer mehr an ihren neuen Freunden. Es würde hart werden, allein zu sein, sobald Bram sie verließ, um sich um seinen Clan zu kümmern.

Nicht, dass sie jemals versuchen würde, ihn davon abzuhalten. Dennoch fragte sie sich, wo der geheime Ort, den er erwähnt hatte, war und wie genau sie dorthin gelangen würden. Es war nicht so, als ob sie sich in einen Drachen verwandeln und neben ihrem Drachenmann fliegen konnte.

IN DER SEKUNDE, als sie draußen vor dem Cottage waren, brach Brams Drache schließlich in seinem Kopf frei und brüllte. *Beschütze sie! Halte sie! Lass nicht zu, dass die Jäger sie finden!*

Ich versuche es ja.

Jetzt, mach es jetzt, oder ich werde es tun!

STOPP! Wenn du die Kontrolle übernimmst, könntest du ihr schaden.

Niemals.

„Bram? Geht es dir gut?"

Evies Stimme drang in seine Gedanken. Die

sekundenlange Ablenkung erlaubte ihm, sein Tier wieder in den Hinterkopf zu rücken. „Es ist mein Drache. Ich weiß nicht, wie viel länger ich ihn zurückhalten kann. Seine übliche Zurückhaltung und sein logisches Gehirn sind verschwunden."

„Was kann ich tun, um zu helfen? Irgendetwas?"

Er drückte sanft gegen ihren unteren Rücken. „Geh einfach weiter und sprich. Ich muss ihn rauslassen, um in meine Drachengestalt zu wandeln, also muss ich ihn nur eindämmen, bis wir den Landeplatz erreichen."

„Wir reisen mit dem Drachen? Wie? Ich bezweifle irgendwie, dass du einen Sattel oder ein Geschirr hast, das ich dir einfach umlegen und mit dem ich dich reiten kann wie ein riesiges, fliegendes Pferd."

Trotz allem, was vor sich ging, lächelte er. „Selbst wenn ich das hätte, glaube ich nicht, dass ich dir die Zügel anvertrauen würde."

Sie schlug ihm mit dem Handrücken auf die Brust. „Sei ernst und sag es mir."

Sein Drache versuchte, sich wieder herauszudrängen. Er knirschte mit den Zähnen und sagte: „Auch wenn es selten ist, dass ein Drachenwandler in menschlicher Form getragen wird, kommt es vor. Vor allem, wenn ein Drachenmann oder eine Drachenfrau verletzt ist. Wir haben einen großen Korb mit Griffen, um sie zu tragen. Du wirst in den Korb steigen, und ich werde dich mit meinen Klauen heben, sobald ich in der Luft bin."

„Ein Korb? Du meinst, wie die für Heißluftballons?"

Cleveres Mädchen. „Ja, sehr ähnlich. Ich hoffe, du hast keine Höhenangst, denn das ist der schnellste Weg für mich, dich in Sicherheit zu bringen."

Selbst im schwachen Licht des Mondes konnte er ihren misstrauischen Blick sehen. „Spiel einfach keine Spielchen, sowas wie ‚mich fallenlassen', damit du mich dann auffangen kannst. Ich bin kein Fan von Achterbahnen, und ich könnte mich über deine ganze Drachenhaut übergeben." Sie runzelte die Stirn. „Was für eine Farbe hat dein Drache eigentlich? Ich soll mich mit dir paaren, aber ich habe keine Ahnung."

Sein inneres Tier spähte heraus. *Lass mich übernehmen und es ihr zeigen. Worte reichen nicht aus. Ich werde sie beschützen.*

Mit einem Knurren zwang er seinen Drachen wieder zurück und drückte Evies weiche Seiten. Sogar durch ihren Mantel konnte er die Wärme spüren, die von ihrem Körper ausstrahlte. Die Berührung half ihm, sich zu konzentrieren. „Blau. Ich denke, man könnte es ein Himmelblau nennen, das ist die beste Art."

Evies Stimme war leise. „Davon weiß ich nichts. Mir haben immer die purpurnen gefallen."

Blau ist besser. Lass mich es ihr zeigen.

Hör auf. Wir sind fast beim Landeplatz. Lass mich unserer Frau mehr erklären, damit sie keine Angst vor uns hat.

Schnell. Es besteht überall Gefahr, solange wir hierbleiben. Du denkst vielleicht, du kannst sie beschützen, aber ein Drache kann das besser. Ich bin stärker. Das ist eine Tatsache.

Halt die Klappe. „Evie, unter normalen Umständen, liebe ich es, wenn du mich neckst. Aber im Moment, Liebes, bin ich kurz davor, die Kontrolle zu verlieren. Jedes Mal, wenn du erwähnst, dass ein anderer Drache besser ist, treibt es meinen ein wenig in den Wahnsinn. Bis du sicher bist, müssen wir sein Ego streicheln. Kannst du das tun?"

Sie lehnte sich gegen ihn, und die Versuche seines inneren Tieres, sich zu befreien, verringerten sich nur ein bisschen. „Dann lass ihn wissen, dass, auch wenn er ein bisschen egoistisch mir gegenüber ist, ich froh bin, dass du derjenige bist, der mich in Sicherheit bringt. Ich weiß, es ist seltsam, wenn man bedenkt, dass ich dich erst vor einem Tag kennengelernt habe, aber wenn du in meiner Nähe bist, fühle ich mich sicher."

Die Worte wärmten sein Herz. „Ich fühle mich genauso, Mädchen, und sobald all das vorbei ist, habe ich vor, dich vor dem ganzen Clan zu meiner Gefährtin zu nehmen, damit ich dich nie mehr loslassen muss."

„Bram."

Er drückte sie im Gehen fest gegen seine Seite und steigerte das Tempo. Es würde schwer genug sein, sie am Morgen zu verlassen. Er sollte die Zeit nutzen, die er hatte. Schließlich würde er alles tun, um den kleinen Murray von den Drachenjägern zu retten, selbst wenn das bedeutete, ein Team zu einem Überfall zu führen. Es bestand immer die Möglichkeit, dass er umkommen könnte.

Nicht, dass er das Evie gegenüber erwähnen würde, zumindest nicht, bis sein Drache unter besserer Kontrolle war. Sie musste nicht nur seinen Drachen zähmen, sondern auch ihr Gehirn nutzen. Wenn er ihr von seinen Plänen zu Murrays Rettung erzählte, würde sie dagegen protestieren und wäre nicht bereit zu tun, was getan werden musste, damit er sich konzentrieren konnte.

Glücklicherweise blieb sie während der letzten Minuten ihres Weges still. Sie näherten sich dem Landeplatz und begaben sich auf den überdachten Bereich neben Sids Praxis/Cottage. Sobald Sids Mitarbeiter den Korb für seine Frau vorbereitet hatten, musste er die Kontrolle an seinen Drachen übergeben. Er hoffte nur, dass Evie mit ihm in Drachengestalt umgehen konnte. Sein Tier war nicht in der Stimmung, höflich oder zurückhaltend zu sein.

EVIE SAH ZU, wie die beiden Drachenwandler-Teenager den großen Korb für sie vorbereiteten. Obwohl die Körbe für Heißluftballons etwas größer waren als dieser, war die rechteckige Form ähnlich. Mit Ausnahme der großen, aufrechten Metallgriffe, die an den beiden längsten Seiten der Vorrichtung angebracht waren.

Da Bram sie nicht losgelassen hatte, seit sie Mels

und Tristans Cottage verlassen hatten, schmiegte sie sich gegen ihn. „Bist du sicher, dass sie halten werden? Deine Krallen sind scharf und könnten den Korb mit einem falschen Griff in Stücke reißen."

Seit sie aus dem Cottage aufgebrochen waren, war seine Stimme angespannt gewesen, weil er sich so zurückhalten musste. Sie fragte sich, wie viel länger er seinen Drachen kontrollieren konnte. „Ich würde dir nie wehtun. Wenn nicht gerade ein Hightech-Laser das Material durchschneidet, hält er."

„Wenn du meinst." Sie sah ihren Drachenmann an, das Mondlicht hob die Ebenen seines Gesichts hervor. „Sag mir, was passieren wird, wenn du auf dem Weg zu diesem Ort die Kontrolle über deinen inneren Drachen verlierst. Ich muss vorbereitet sein."

Er verkrampfte seinen Kiefer. „Ein Drache, der seine Gefährtin beschützt, ist unberechenbar. Er wird tun, wonach ihm verdammt nochmal zumute ist. Ich werde alles sehen, aber ich habe wenig Kontrolle über seine Handlungen, bis ich es geschafft habe, die Kontrolle zurückzugewinnen. Allerdings", er streichelte ihre Wange mit seiner freien Hand, „wird er dich nie verletzen, Liebes. Niemals."

Es war das zweite Mal, dass er sie Liebes genannt hatte, aber da sie sich im Norden Englands befanden, zwang sie sich, nicht zu viel hineinzulesen. Jeder, vom Busfahrer bis zum Verkäufer, nannte Frauen „Liebes".

Sie nickte gerade, als die beiden jungen Drachenwandler sich ihnen näherten. Der Teenager mit den roten Haaren sprach sie an. „Es ist alles bereit, Bram."

„Gut, Miles, dann ab mit euch. Ich weiß, dass ihr beide dazu neigt, euch wegzuschleichen, aber bis diese Situation mit dem Drachenjäger geklärt ist, bleibt ihr dort, wo ihr hingehört. Ich kann nicht die Ressourcen verschwenden, um nach euch zu suchen, wenn ihr euch verirrt."

„Ja, Sir. Ich verstehe."

Die Teenager gingen weg, und Bram ließ langsam seinen Arm von ihrer Taille fallen. Er berührte ihre Wangen, küsste sie sanft und zog sich zurück. „Also, Mädchen, ich werde jetzt wandeln. Denk daran, wenn die Möglichkeit besteht, streichele das Ego meines Drachen, sonst wird es mir verdammt nochmal schwerfallen, mich zurückzuverwandeln, sobald wir unser Ziel erreichen. Selbst dann, wenn ich mich wandle, könnte er versuchen, dich einmal zu beanspruchen, bevor er mir die Zügel wieder übergibt. Ich hoffe, du lässt es zu."

Selbst in der Dunkelheit konnte sie die Unsicherheit in seinen Augen sehen. „Keine Sorge, Bram, ich arbeite schon lange mit Drachenwandlern zusammen. Es ist schon viel nötig, um mich zu vergraulen, und ich bezweifle, dass du das jemals tun wirst. Ich habe zugestimmt, deine Gefährtin zu sein, was bedeutet, dass ich deine beiden Seiten akzeptiere. Wenn dein Drache Sex braucht, um seinen Kopf freizubekommen, dann werde ich es tun."

„Sei bloß nicht zu begeistert. Bist du mich schon leid, Mädchen?"

Sie lächelte. „Ich will etwas sagen, aber ich kann es nicht. Diese Sache, das Ego deines Drachen zu streicheln, ist eines der schwierigsten Dinge, die ich je tun musste."

Bram lachte leise. Sie liebte den tiefen, kehligen Klang. „Es wird nicht mehr lange dauern, dann kannst du unartige Dinge tun." Er küsste sie auf die Nase. „Und ich freue mich darauf."

Sie widersetzte sich dem Drang, ihn zu umarmen und nie loszulassen, und drückte leicht gegen seine Brust. „Bevor etwas Schlimmes passiert, lass uns loslegen. Ich will dir beim Wandeln zusehen, dann steige ich in den Korb."

Mit einem Nicken ließ Bram sie los und ging drei Meter weit weg. Im schwachen Mondlicht konnte sie seine Umrisse kaum sehen. Würde sie überhaupt in der Lage sein, ihm beim Wandeln zuzusehen? Sie hatte nur eine Handvoll Male einen Drachen wandeln gesehen, einmal davon während ihrer Ausbildung. Enttäuschung überflutete sie bei dem Gedanken, dass sie Brams Drachen nicht die richtige Aufmerksamkeit schenken konnte, die er verdient hatte. *Später. Ich werde später schleimen und seine Drachengestalt bewundern.*

Als ihr Drachenmann den Riemen über seiner

Schulter löste, entschied sie, dass die Dunkelheit doch eine gute Sache sein könnte. So war sie nicht von seinem nackten, straffen und appetitlichen Körper abgelenkt.

Das Geräusch seiner Kleider, die zu Boden fielen, erfüllte die Luft, kurz bevor sein Körper ein weiches blaues Leuchten ausstrahlte. Zugegebenermaßen hatte sie noch nie nachts einen Drachenwandel gesehen. Sie hatte keine Ahnung, dass ihre Körper dabei glühten; Tageslicht überstrahlte dieses kleine Geheimnis.

Zwei Sekunden später verstärkte sich der Glanz, als Brams Arme und Beine zu Auswüchsen mit scharfen Klauen wurden, ein Schwanz und Flügel sich aus seinem Rücken hervorstreckten und sein Kopf sich in die lange, schmale Schnauze eines Drachen verwandelte. Der sechs Meter hohe Drache leuchtete einige Sekunden lang, bevor das Licht verblasste. Selbst auf den kurzen Blick hin juckte es ihr in den Fingern, das strahlende Blau von Brams Drachenhaut zu berühren.

Der Drache schnaubte und deutete mit dem Kopf zum Korb. „Gut", sagte Evie, bevor sie zur Vorrichtung hinübereilte. Das Gaffen würde warten müssen.

Sobald sie über die ein Meter zwanzig hohe Wand des Korbes geklettert war, sprang Bram in die Luft und schlug mit den Flügeln, um an Ort und Stelle zu schweben. Er manövrierte langsam dorthin, wo sie wartete, und griff vorsichtig die Metallringe. Die mehr als zwanzigtausend Pfund

Drachen über ihrem Kopf hatten weit mehr
Anmut, als sie für möglich gehalten hätte.

Mit präzisen Bewegungen gab der Boden des
Korbes ihrem Gewicht nach, als sie in die Luft
stiegen. Da es im Dunkeln nutzlos gewesen wäre,
über die Seite des Korbes zu sehen, zog sie ihren
Mantel fest um ihren Körper und schloss die Augen,
um das Geräusch von Drachenflügeln zu genießen,
die über ihr schlugen, während der Wind durch ihre
Haare strömte.

Kapitel Siebzehn

Der stetige Rhythmus seiner Flügel half Bram, sein inneres Tier zu zügeln, nur so gerade. Er hatte das Gefühl, dass, sobald sie an dem sicheren Ort ankamen, sein Drache behaupten würde, Evie müsse mit seinem Duft bedeckt werden, bevor er wieder gehen konnte.

Unter normalen Umständen würde er nichts mehr lieben, als Evie an sich zu ziehen und jeden Zentimeter ihres Körpers zu verschlingen. Aber sein Clan brauchte ihn. Wenn sein Tier die vollständige Kontrolle verlor, ließ er sie im Stich. Sein Verhalten könnte sie sogar töten.

Vielleicht, wenn er die Gründe für den Beschützerinstinkt seines Drachen gegenüber Evie kannte, wäre er imstande, sich zu überlegen, wie er sein Tier später wieder unter Kontrolle bringen könnte. Dann könnte er seinem Clan helfen.

Solange er noch Gelegenheit dazu hatte, entschied Bram, dass es an der Zeit war, ein paar

Antworten aus seinem Tier zu holen. *Sag mir, warum du so besitzergreifend bei Evie bist.*

Sie gehört uns. Das ist alles.

Da gibt es etwas, das du mir nicht erzählst. Ich verstehe auch nicht warum. Du warst immer ehrlich mir gegenüber. Wir sind eins, und Geheimnisse voreinander zu haben, ist kontraproduktiv.

Um glücklich zu sein, musst du sie um ihretwillen haben wollen.

Verdammtes Biest, das mache ich schon. Was sagst du mir nicht?

Ich sage es dir, wenn du bereit bist. Jetzt werde ich sie erst einmal beschützen.

Als er die Endgültigkeit im Tonfall seines Drachen hörte, knurrte er in seinem Kopf. Tief im Inneren wusste er vielleicht, was sein Drache zurückhielt, aber es war gefährlich zu hoffen. Wahre Gefährtin oder nicht, er hielt Evie Marshall.

Sein geheimes Versteck war im Drachenflug nicht zu weit vom Stonefire-Land entfernt, und innerhalb von zehn Minuten umkreiste er einige Male die zerklüfteten Gipfel unterhalb, um festzustellen, ob dort Menschen waren. Das Land unter ihm war Teil des Lake District National Park, der technisch gesehen den Menschen gehörte. Das nächste Dorf war jedoch meilenweit entfernt, und es gab nur sehr wenige Straßen. Da es erst April war, liefen auch nicht viele Wanderer durch die Gegend.

Bram hatte diesen Ort innerhalb von Monaten nach der Übernahme des Clans ausgewählt. Jeder

Anführer musste einen sicheren Hafen haben. Obwohl niemand wollte, dass etwas Schlimmes passierte, war es immer gut, sich auf das Schlimmste vorzubereiten.

Er wusste, dass Evie hier sicher sein würde.

Sein innerer Drache knurrte. *Ich möchte sie nicht alleinlassen. Wir müssen unsere Gefährtin schützen.*

Vertrau mir.

Vielleicht. Ich werde jeden wissen lassen, dass sie uns gehört. Sie muss unseren Duft tragen.

Bram hatte davor Angst gehabt. *Wir haben keine Zeit für Sex. Wir müssen Evie um Antworten bitten.*

Nein. Wir müssen jeden wissen lassen, dass sie uns gehört. Ich werde auch mit dir kämpfen, damit das passiert.

Der Drang, seine Gefährtin zu ficken, durchzog seinen Körper. Der Drache brüllte in seinem Kopf. *Wir sind hier. Ich werde die Kontrolle erlangen, bevor wir landen. Wir werden sie ficken und mit unserem Duft markieren. Kein Mann darf sich ihr nähern.*

Als sein Drache drängte, die Kontrolle zu übernehmen, drängte Bram ihn zurück. Er mochte stark sein, aber er war sich bewusst, dass dies ein verlorener Kampf war. Bilder von sich und Evie von vorhin, als er sie von hinten gefickt hatte, blitzten in seinem Kopf auf. Die Drachenhälfte wollte Evie. Wenn Bram die Gefühle des Drachen richtig entschlüsselt hatte, wollte er die Mutter ihrer Kinder schützen.

Unmöglich. Evie konnte nicht schwanger sein, noch würde sie es jemals sein. Sie war inkompatibel.

Falsch, falsch, das ist falsch. Sie wird die Mutter unserer

Jungen sein. Ich werde unseren Duft stark markieren. Keine Männer werden es wagen, sich ihr zu nähern.

Die Worte seines Drachen weckten seine Neugier. *Sag mir, was du damit meinst, dass sie die Mutter unserer Jungen ist. Sag es mir, und wir können sie einmal ficken.*

Ich werde sie so oder so ficken. Ich muss nicht verhandeln.

Da sein Drache die inkarnierte Sturheit war, wusste Bram, dass dies ein verlorener Kampf war. Es war am besten, jetzt zuzustimmen und zuzustoßen, wenn sein inneres Tier es am wenigsten erwartete. Nach dem Orgasmus sollte er in der Lage sein, die Kontrolle über seinen Geist wiederzuerlangen.

Dennoch war es am besten, sein Tier glauben zu lassen, es habe vorerst gewonnen. *Gut, wenn wir sie ficken, wirst du mir erlauben, wieder mit ihr zu sprechen?*

Ja, danach.

Okay, wir ficken sie. Aber sei vorsichtig. Sie ist im Korb. Wir müssen sie sanft absenken. Nimm sie nicht, bis sie in unserem geheimen Ort ist.

Natürlich. Ich würde ihr nie wehtun.

In langen, langsamen Bewegungen schlug er seine Flügel und manövrierte vorsichtig die Gestalt seines Drachen durch die zerklüfteten Felsen. Mit großer Sorgfalt stellte er den Korb auf den Boden, ließ die Metallringe los und bewegte sich zur Seite, wo ein offener Bereich ihm erlauben würde zu landen.

In der Sekunde, als seine Beine den Boden berührten, fluteten Bilder, wie er Evie küsste, die weiche Haut ihrer Brust berührte und sie schließlich fickte seinen Kopf. So falsch es auch war, bei der ganzen Scheiße, die gerade vor sich ging, das Verlangen seines Drachen strömte in seine menschliche Hälfte.

Als sein Drache immer wieder *Fick sie* in seinem Kopf wiederholte, stellte er sich vor, seine Krallen würden zu Händen, seine Schnauze schrumpfte zu Kinn und Nase, und seine Flügel schmolzen in seinen Rücken.

Normalerweise, wenn er sich wieder in seine menschliche Form wandelte, zog sich sein Drache ruhig zurück und schlief entweder oder beobachtete, was Bram tat. Das war jedoch nicht der Fall. Sein Biest schrie in seinem Kopf.

Fick sie. Jetzt. Wir brauchen sie. Übergib mir die Kontrolle, oder ich werde dich in unseren Kopf sperren und sie ficken, bis ich befriedigt bin.

Alarm erfüllte seinen Verstand bei dem Gedanken, sein Drache könnte Evie so lange ficken, wie er wollte. *Gib mir nur noch ein paar Minuten. Wir können sie bald haben.*

Entschlossen, seine menschliche Hälfte lange genug in der Hand zu halten, um seine Frau ins Haus zu führen, rannte er zu Evies Korb. Sie stand bereits und starrte ihn an. Das ständige Stampfen des Verlangens seines Drachen hinderte ihn jedoch daran, viel an ihrem Gesicht zu bemerken, geschweige denn ihre Gefühle. Bis er seinen Schwanz in sie stieß, würde er nichts tun können.

„Komm. Wir müssen uns beeilen. Mein Drachen muss dich ficken."

Er packte ihre Hand und zog sie zum geheimen Eingang.

KEINE MINUTE, nachdem er wieder auf festem Boden stand, wurde Evie von einem sehr nackten Bram an einen geheimen Ort gezogen, damit er sie ficken konnte.

Ihre Beine zitterten ein wenig, als sie versuchte, mit dem Tempo ihres Drachenmannes mitzuhalten. Die Dringlichkeit in seiner Stimme war real gewesen; sie hoffte nur, dass es an seinem geheimen Versteck etwas anderes als Felsen gäbe. Ihr Po wollte wirklich nicht auf kaltem Stein oder feuchtem Gras sitzen oder liegen.

Bald gingen sie unter dem Schutz von Bäumen, und sie musste sich auf Brams Führung verlassen. Es war pechschwarz, und sie konnte keine verdammte Sache sehen.

Bram flüsterte schließlich: „Wir sind fast am Eingang. Ich werde dich tragen."

Bevor sie auch nur seinen Namen sagen konnte, zog er ihr den Laptop aus der Hand, und ihr Bauch prallte gegen Brams nackte Schulter. Die Hitze seiner Haut sickerte durch ihren Mantel und ihr Kleid. Kombiniert mit seinem erdigen männlichen Duft, der ihre Nase füllte, raste ein Kribbeln durch ihren Körper.

Wenn man an all die Scheiße dachte, die gerade los war, war es falsch, aber das hüpfende Schütteln, als er sich bewegte, machte sie ein wenig feucht. Sein Drache knurrte und versuchte, die Kontrolle zu übernehmen. Sie wollte es sehen.

Es wird ihm helfen, denk daran. Das bist nicht einfach du, die geil und unverantwortlich ist. Sicher, daran musste sie denken.

Die Luft wurde feucht und kühl und sagte ihr, dass sie sich in einer der Felsformationen befanden, die sie gerade im Mondlicht zuvor ausgemacht hatte. So wie sie es sich gewünscht hatte, gab es Lichter; Helligkeit blitzte auf, und sie schloss die Augen. Sie öffnete sie langsam, und als sich ihre Augen an das Licht gewöhnt hatten, sah sie ein Zimmer, das mit einem Bett, einem Sofa, einer kleinen Küche und sogar Deckenleuchten ausgestattet war. „Woher bekommt das Licht Strom?"

Bram grunzte. Das Nächste, was sie wusste, war, dass er sie auf eine weiche Matratze warf. *Wenigstens kein Stein.*

Er ragte über ihr, und seine Augen blitzten schnell zwischen Schlitzen und runden Pupillen. Die Spannung in seiner Stimme war ausgeprägt, und er betonte jedes Wort, als er sagte: „Keine Fragen. Zieh die Sachen aus, oder ich zerreiße sie."

Normalerweise würde sie ihn bitten, ihr die Kleider auszuziehen, da das immer eine Fantasie von ihr gewesen war. Allerdings wollte sie das schöne traditionelle Drachenwandlerkleid, das

Samira ihr gegeben hatte, nicht zerstören, also musste sie sich selbst ausziehen.

Sie setzte sich auf, öffnete ihren Mantel und warf ihn beiseite. Während sie mit dem Knoten auf ihrer Schulter herumfummelte, blickte sie zu Bram. Ihre Augen wurden von der Bewegung seines Armes angezogen; er streichelte seinen Schwanz in langen, langsamen Bewegungen.

„Beeil dich, Evie. Mein Drache ist so nah dran."

„Klar."

Der Knoten öffnete sich schließlich, und sie wackelte mit der Hüfte, um das Kleid fallen zu lassen. Kaum war es auf dem Boden gelandet, als Bram schon auf ihr war. Er murmelte: „Mein", bevor er sie küsste. Seine Zunge stieß ihr in den Mund, gleichzeitig schob er seinen Schwanz in ihre nasse Pussy. Evie schrie überrascht, und Bram bewegte seine Hüften, sein Schwanz pumpte in tiefen Schlägen in sie hinein und heraus.

Die Bewegungen seiner Zunge und seiner Hüften beschleunigten sich, bis sie nicht widerstehen konnte, ihre Nägel in seinen Rücken zu graben. Sie konnte an nichts anderes denken als den Drachenmann, der gerade ihren Mund mit seiner Zunge besaß, während er unerbittlich in ihre Pussy stieß.

Er unterbrach den Kuss nur, um zu schreien, als er in ihr innehielt. Während er kam, explodierte die Lust des Orgasmus' auch durch ihren Körper.

Sie hatte kaum aufgehört zu krampfen, als Bram ihre Brust in seine Hand nahm und drückte. Seine

Augen waren jetzt nur noch Schlitze. Sein Drache hatte die volle Kontrolle.

Sie wollte ihn fragen, ob seine menschliche Hälfte zurückkam, als er knurrte. „Mir. Noch einmal."

Er kniff ihren Nippel und bewegte sich wieder in ihr. Mit jedem Schub kniff er etwas fester. Auch ohne, dass er ihre Klitoris berührte, spürte sie, wie sich der Druck aufbaute.

Brams Hand schob sich unter ihren Po, hob ihn und veränderte den Winkel seiner Stöße. Zur Hölle, der Schwanz ihres Drachenmanns war hart wie Stein, was seine Bewegungen viel köstlicher machte.

Mit einer letzten Drehung ihres Nippels schrie sie, als Bram brüllte. Ihr Orgasmus intensivierte sich mit jedem Samenstrahl in ihr. Die Lichter tanzten immer noch vor ihren Augen, als Bram ihn herauszog. *Gut. Vielleicht ist seine menschliche Hälfte zurückgekehrt. Es gibt so viel zu tun.*

Sie zwang ihren Blick zu Bram, sah die Drachenschlitze und begann, sich Sorgen zu machen. „Bram?"

Knurrend drehte Bram sie um und drang von hinten in ihre Pussy ein. Sie schrie auf in einer Mischung aus Schmerz und Vergnügen. Sie verstand nicht, was gerade passierte. Bram hatte gesagt, dass er, nachdem er sie einmal gefickt hatte, in der Lage sein sollte, die Kontrolle über seinen inneren Drachen zu erringen. Doch er war schon bei der dritten Runde, und sein Drache hatte die volle Kontrolle.

Sie konnte sich kaum konzentrieren, als ihr Drachenmann mit ihrer Klitoris spielte. Seine Berührung machte süchtig, und es wurde schwierig, sich zu konzentrieren.

Doch ein kleiner Teil ihres Gehirns wusste, dass der Clan ihn brauchen würde. Was würde sie tun, wenn seine menschliche Hälfte nie die Kontrolle wiedererlangte? *Nein.* Was auch immer nötig war, sie musste einen Weg finden, um Brams menschliche Hälfte zurückzubringen.

Dann kniff Bram ihre Klitoris und verbrannte alle Gedanken, außer dem Gefühl seiner starken, warmen Finger. Noch ein Kneifen, und ihre Pussy zog sich zusammen und ließ seinen Schwanz beim Orgasmus los, während er sich weiterbewegte, seine Bewegungen fast verzweifelt.

Irgendwie müsste sie einen Weg finden, um die Clanführer-Version von Bram Moore-Llewellyn wieder in den Vordergrund zu bringen. Wie sie das jedoch tun sollte, hatte sie keine Ahnung. Vor allem, da Bram diesen Moment wählte, um in ihr zu kommen, und sein Sperma bescherte ihr einen weiteren Orgasmus, der ihre Gedanken zerstreute.

Kapitel Achtzehn

Evie täuschte Schlaf vor. Das war der einzige Weg, wie Bram und sein Drache aufhören würden, sie zu ficken, und sie in Ruhe lassen würden. Wenn nicht all die Scheiße mit den Drachenjägern, Murray und der Bedrohung durch einen weiteren Angriff wäre, würde sie es lieben, Brams Drachenhälfte im Bett kennenzulernen.

Aber der raue, leicht abgedrehte Sex mit einem Drachenmann müsste warten. Sie musste einen Weg finden, um Brams menschlicher Hälfte dabei zu helfen, die Kontrolle wiederzuerlangen, oder der Clan könnte in Gefahr sein. Zweifellos wäre Kai in der Lage, Stonefire für kurze Zeit zusammenzuhalten, aber ohne einen Clanführer wäre Stonefire verletzlich, und die Drachenjäger von Carlisle würden das ausnutzen.

Doch trotz der Dringlichkeit, Brams menschliche Hälfte zurückzubringen, hatte keine ihrer Trainingseinheiten im Ministerium für Drachenangelegenheiten sie auf einen Drachen vorbereitet, der in einem Sexrausch war. Laut ihren Lehrbüchern geriet ein männlicher Drachenwandler in einen Rausch, wenn er seine wahre Gefährtin entdeckte, und er würde nicht aufhören, bis er sie mit seinem Kind schwanger riechen konnte. Was in Evies Fall unmöglich war.

Obwohl Brams Verlangen, sie zu beanspruchen, sie überlegen ließ, ob ihr Test als Teenager vielleicht falsch gewesen war. Es bestand auch die Möglichkeit, dass die Menschen nicht so viel über Drachenwandler und deren Biologie wussten, wie sie behaupteten.

Ich habe keine Zeit, mir zu wünschen oder zu hoffen, Brams wahre Gefährtin zu sein, trotz der Testergebnisse, die sagen, dass du das Kind eines Drachenwandlers nicht empfangen kannst, Evie Marie. Sein Clan braucht ihn, also lass dir was einfallen, um die menschliche Hälfte wieder nach vorn zu bekommen. Niemand sonst kann es tun.

So viel zum Thema Druck.

Fokus, Evie. Sie ging alles durch, was sie wusste, und das Einzige, was ihr einfiel, war Brams Kommentar von vorhin, darüber, sie solle das Ego seines Drachen streicheln. Sie wollte den Drachen nicht beruhigen, und in diesem Fall konnte es eher funktionieren, seinen Drachen zu provozieren. Wut tendierte dazu, eine Person blind zu machen und sie dazu zu bringen, die Kontrolle zu verlieren. Wenn der Drache die Kontrolle verlor, gab es eine kleine

Möglichkeit, dass Bram sich auf die Öffnung stürzen und übernehmen würde.

Natürlich konnte sie völlig falsch liegen und die Dinge noch schlimmer machen. Ein Drache im Sexrausch war schlimm genug; wie würde ein angepisster Drache aussehen? Obwohl sie Bram vertraute, dass er sie nie verletzen würde, hatte sie keine Ahnung von seinem inneren Tier. Clan Skyhunter hatte ihr nicht erlaubt, ihr Land zu durchstreifen und zu studieren, wie irgendeines der Paare interagierte. War es überhaupt möglich, dass ein Drachenwandler seinem oder ihrem Gefährten Schaden zufügte?

Verdammt! Sie hasste es, das nicht zu wissen. Sobald alles mit Murray und dem Clan in Ordnung gebracht war, wollte sie auf Melanies und Samiras Angebot zurückkommen, mehr darüber zu erfahren, wie es war, eine Drachengefährtin zu sein.

Zunächst jedoch musste sie sich mit Bram auseinandersetzen. Sie weigerte sich zu glauben, dass er verloren war. Vor allem wegen Brams Willensstärke, aber auch, weil Evie nicht vorhatte, jemand anderen unter ihrer Ägide sterben zu lassen. Um dies zu verhindern, musste sie Stonefire zusammenhalten.

Dann musst du nur noch erfolgreich sein und Bram zurückbringen. Keine Sorge, nicht wahr? Evie widersetzte sich einem halbherzigen Lächeln. Die Situation mit Bram war von einem „sorgenfreien" Szenario so weit entfernt, wie es nur möglich war.

Evie schob den Zweifel beiseite und

konzentrierte sich wieder auf ihre Aufgabe. Sie würde Bram zurückbringen, aber sie war nicht dumm. Wenn sie sich gegen einen Drachenmann im Sexrausch stellen und versuchen würde, ihn wütend zu machen, musste sie sich auf das Worst-Case-Szenario vorbereiten. Evie brauchte eine Waffe.

Sie hielt ihre Augen geschlossen und erinnerte sich an jedes Detail, das sie über den Raum wusste. Zugegeben, sie hatte ihn nur in kleinen Ausschnitten gesehen, aber sie war darauf trainiert, Details zu bemerken. Das Leben eines menschlichen Opfers hing oft davon ab.

Unter ihrer Seite befand sich das Bett, das neben einem Beistelltisch mit einer Lampe stand. Da die Lampe klein und derzeit die einzige Lichtquelle im Raum war, konnte sie die nicht nutzen. Die winzige Küche war auf der anderen Seite des Zimmers vom Bett. Bram raschelte gerade dort drüben herum. Da sie keine übermenschliche Kraft besaß, konnte sie das Sofa nicht hochheben und Bram an den Kopf werfen, um ihn abzulenken und ein Messer zu finden.

Nein, ihre einzige Möglichkeit war, etwas im kleinen Badezimmer zu finden. Der vom Drachen besessene Bram hatte ihr vorhin einmal erlaubt, die Toilette allein zu benutzen. Es war Zeit zu sehen, ob er es wieder zulassen würde.

Evie atmete tief ein, setzte sich langsam auf und versuchte, bei den Schmerzen zwischen ihren Beinen nicht zusammenzuzucken. Bevor sie auch nur an das letzte Mal denken konnte, dass sie wund vom Sex gewesen war, stand Bram vor ihr. Seine Pupillen waren Schlitze, was bedeutete, dass sein Drache noch da war.

Seine Stimme war leise und knurrend, als er sagte: „Ich muss dich mehr mit meinem Duft bedecken. Noch einmal."

Evie hob eine Hand. „Bitte lass mich zuerst die Toilette benutzen."

„Dann nochmal?" Sie nickte, und Bram trat zur Seite. „Beeil dich."

Als Evie mit einem möglicherweise erzürnten und bald außer Kontrolle geratenen Drachenmann konfrontiert wurde, schob sie ihre Schmerzen beiseite und eilte auf die Toilette. Sobald sie die Tür verschlossen hatte, drehte sie sich zum Waschbecken. Obwohl sich das Bad in einer Höhle befand, waren das Waschbecken und die Toilette schlicht, aber modern aus weißen Porzellan. Bram hatte einige Zeit damit verbracht, das Höhlenversteck zu bauen.

In der Hocke öffnete sie die Tür zum Schrank unter dem Waschbecken und sah hinein. Es gab Toilettenpapier, Seife, Shampoo und einen Saugstopfer.

Ein kurzer Blick um das Badezimmer sagte ihr, dass es außer der Duschkabine, ein paar Handtüchern auf einem Regal und der Toilette selbst nichts anderes gäbe. Sie griff in den Schrank, nahm den Stopfer und stand auf. Zweifellos würde der Holzgriff brechen, wenn sie ihn an Brams muskulösen Körper schwingen müsste, aber zumindest könnte sie dann das scharfkantig zersplitterte Ende benutzen, wenn es dazu käme.

Evie sah ihr Bild im Spiegel und versuchte, nicht zu lächeln. Eine nackte Frau, die einen Saugstopfer wie einen Cricket-Schläger hielt, war nichts, was man jeden Tag sah.

Reiß dich zusammen, Evie. Dieser Saugstopfer könnte am Ende dein Ticket in die Freiheit sein, wenn alles den Berg runterging.

Mit einem letzten tiefen Atemzug festigte Evie ihren Griff an dem Stopfer und öffnete die Tür. Es war an der Zeit, einen Drachenmann im Sexrausch zu provozieren.

IN DEM TEIL SEINES GEISTES, in den Brams Drache ihn gesperrt hatte, ging Bram auf und ab. Kurz bevor Evie auf die Toilette gegangen war, hatte er einen entschlossenen Glanz in ihrem Auge bemerkt. Was um alles in der Welt hatte sie vor?

Sein inneres Tier mochte zu sehr mit Sex beschäftigt sein, aber Bram war es nicht. Wie er seine Frau kannte, hatte sie einen Plan. Hoffentlich beinhaltete der Plan, Brams menschliche Hälfte wieder unter Kontrolle zu bringen.

Die ersten fünfzehn Minuten nach dem Betreten der Höhlenwohnung hatte Bram mit Zähnen und Nägeln gegen seinen inneren Drachen gekämpft und verloren. Er hatte seine logische andere Hälfte noch nie so geschätzt, bis sie weg war. Schließlich verstand er auch, was Tristan mit Melanie durchgemacht hatte. Angesichts des Temperaments des anderen Drachenmanns erkannte Bram, dass Melanie stärker war, als er ihr zugestanden hatte.

Nach dem verlorenen Kampf mit seinem Drachen hatte Bram sich zurückgehalten, um seine Energie zu sparen. Sicher, er genoss Sex mit Evie. Unter normalen Umständen würde er nichts mehr lieben, als sie für zwei Tage einzusperren und sie kommen zu lassen, bis sie nicht mehr richtig denken konnte, aber er musste einen Weg finden, um sich zu befreien und seinen Clan zu retten.

Sein innerer Drache brüllte in seinem Kopf und schrie: *Warum braucht sie so lange? Ich brauche sie. Ich muss sie riechen. Sie gehört mir.*

Uns.

Mir.

Verdammt. Er hatte noch nie zuvor gesehen, dass sich sein Tier so stur und besitzergreifend verhalten hatte, und er hatte keine verdammte Ahnung, was er dagegen tun konnte. Er war zu fünfundneunzig Prozent sicher, dass das Tier nicht aufhören würde, bis Evie schwanger war.

Doch das war unmöglich. Vielleicht war sein Tier, weil er so dominant war, besonders besitzergreifend. Er hatte keinen Grund zu der Annahme, dass Evie ihn belogen hatte, als sie sagte, sie sei mit der Drachenwandler-DNA inkompatibel.

Bevor er sich länger mit seinem Dilemma beschäftigen konnte, öffnete sich die Toilettentür, und Evie war zu sehen, die einen Saugstopfer in ihren Händen umklammerte. Sogar sein Drache blinzelte eine Sekunde lang bei dem Anblick, bevor er auf sie zueilte. Evie sagte: „Stopp! Ich bin müde. Mir tut alles weh und ich habe Hunger. Ich brauche eine Pause vom Sex."

Sein Drache knurrte in Brams Stimme. „Nein. Du gehörst mir. Ich muss sicherstellen, dass die anderen es wissen."

Evie festigte den Griff an dem Saugstopfer. „Zwing mich nicht dazu, das hier zu benutzen und dich damit flach auf deinen Arsch zu werfen."

Verdammt. Seine Frau forderte seinen Drachen mitten in einem Rausch heraus. Wenn sie nicht aufpasste, würde sein Tier etwas Verrücktes tun, wie sie an das Bett binden.

Bram war gezwungen, hilflos zuzusehen, wie sein Tier seinen Körper in Richtung Evie bewegte und sagte: „Du hast vorhin zugestimmt. Sex. Jetzt."

Sein Mensch verengte die Augen. „Hör zu, Mr. Drache, ich bin sehr für heißen, leicht abgedrehten Sex, aber ich bin kein Drache, der durchgedreht ist und einen nie weich werdenden magischen Schwanz hat. Ich bin ein Mensch. Lass du dir mal stundenlang von überall etwas Hartes in dich reinrammen, dann werden wir ja sehen, wie du dich fühlst."

Wut rauschte durch seine Drachenhälfte, und Bram wollte rufen, sie solle aufhören. Obwohl er sich ziemlich sicher war, dass sein Tier sie nicht verletzen würde, bestand immer noch die Möglichkeit, dass sein Drache in einen solchen

Zustand geraten konnte, dass Bram die Kontrolle nie zurückübernehmen würde. Das kam selten vor, vor allem bei jemandem, der so dominant war, dass er Clanführer werden konnte, aber es gab Geschichten. Einige davon aus vergangenen Jahrhunderten waren noch legendär, wie zum Beispiel als ein Drache jedes Dorf in einem Umkreis von zwanzig Kilometern zerstörte, bevor er mit einem Katapult abgeschossen wurde.

Nein. Bram würde das nicht zulassen. Er musste sich schnell etwas ausdenken.

Sein Drache bewegte seinen Körper einen weiteren Schritt näher und sagte: „Lass den Stock fallen, oder ich nehme ihn. Dann werfe ich dich aufs Bett und hülle dich wieder mit meinem Duft ein."

Bram stieß gegen die unsichtbare Grenze in seinem Geist. Wenn er die Kontrolle nicht zurückbekommen konnte, würde sein Drache ihre Frau wirklich zwingen? *Hör auf. Sie ist müde und braucht Ruhe. Wir können sie später mit unserem Duft bedecken.*

Nein. Jetzt.

Evie bewegte den Stopfer ein wenig hinter sich und machte sich bereit, ihn zu schwingen. „Letzte Warnung, Drache."

Sein Tier knurrte und bewegte sich, um den Stopfer zu nehmen. In der letzten Sekunde jedoch wich Evie aus und schwang den Holzgriff gegen seinen harten Schwanz.

Nicht einmal sein verdammtes Tier konnte den Schmerz ertragen und krümmte sich. Sobald er das tat, spürte Bram, wie sein Gefängnis ein wenig nachgab.

Cleveres Mädchen. Wut schwächte die Kontrolle seines Drachen.

Auch mutig, als sie wieder ausholte und ihn in die Eier schlug. Verdammt, das tat weh. Schmerzen strömten durch seinen ganzen Körper, bis sich Tränen in seinen Augen bildeten, aber Bram fühlte, dass sein Gefängnis noch mehr nachgab. Er hatte eine Chance, und er wollte sie ergreifen.

Mit jeder Unze Kraft, die er besaß, stieß er gegen die unsichtbare Wand, die ihn tief in seinem Kopf gefangen hielt. Der Schmerz, der durch seinen Körper rauschte, machte es schwierig, sich zu konzentrieren, aber Bram war während der Prüfungen zum Clanführer Schlimmerem ausgesetzt worden.

Jede Sekunde gab etwas mehr nach. Er brüllte in seinem Geist und gab einen letzten Stoß, bevor sich die Mauer auflöste. Seine menschliche Hälfte drückte sich in den Vordergrund seiner Gedanken. Der Schmerz war schlimmer, aber der Antrieb, seine Frau zu beschützen, gab ihm die Kraft, sein verdammtes Tier in ein unsichtbares Gefängnis zu werfen. *Bleib. Ich werde mich um sie kümmern.*

Bram ignorierte das Brüllen und Schreien seines Drachen und sagte durch zusammengebissene Zähne: „Mädchen, wenn du willst, dass ich meinen Schwanz jemals wieder verwende, reicht das."

„Bram?"

„Aye, ich bin es. Bitte schlag nicht wieder auf meinen Schwanz."

Er hörte, wie der Stopfer zu Boden fiel, bevor Evie ihn in ihre Arme zog. Da er sich immer noch krümmte, legte sie sich im Grunde auf seinen Rücken. Die Wärme ihrer weichen Kurven gegen seinen harten Körper half ihm, einige seiner Schmerzen zu vergessen.

Evies Stimme an seinem Rücken war gedämpft, als sie sagte: „Es tut mir leid, dass ich dir in die Eier schlagen musste, aber es war der einzige verletzliche Punkt an deinem Körper, den ich angreifen konnte, um etwas zu bewirken."

Sein Schwanz und seine Eier pulsierten immer noch vor Schmerzen und taten höllisch weh, aber er zwang sich aufrecht und zog Evie an seine Seite. „Warum solltest du dich entschuldigen? Mein Tier war ein verdammter Bastard und hat es verdient. Beim nächsten Mal wird er zweimal darüber nachdenken, dich zu nehmen, wenn du nein sagst."

Evie schmiegte sich an seine Seite. „Meinst du? Mir hat der Sex nicht so viel ausgemacht, aber wir brauchten dich zurück."

Mit ‚wir' meinte sie den Clan. Brams Herz erwärmte sich bei der Referenz. „Jetzt bin ich hier, Mädchen. Aber ich muss vorsichtig sein. Bis sich mein verdammter Drache beruhigt, kann ich es nicht riskieren zu wandeln, vor allem, wenn du in der Nähe bist."

Seine Frau zögerte eine Sekunde, und das gefiel ihm nicht. „Bram?"

Er drückte sie und antwortete: „Frag mich, was du willst, Liebes."

Sie sah zu ihm auf, Neugierde am Rand ihrer dunkelblauen Augen. „Dein Drache hat so getan, als ob er im Paarungsrausch war, aber das ist unmöglich. Du würdest mir das sagen, stimmt's, wenn es eine Möglichkeit gäbe, mit der DNA eines Drachenwandlers kompatibel zu werden und ein Kind zu empfangen?"

„Ich würde es dir sagen, wenn ich es wüsste, aber ich weiß es nicht. Sobald wir uns um die Drachenjäger gekümmert haben und Murray wieder gesund und in Sicherheit ist, können wir versuchen, deine Freundin zu fragen, die, die ‚mehr über Drachenwandler weiß als sonst irgendjemand', wie du es formuliert hast."

Sie nickte. „Gute Idee. Um ehrlich zu sein, sollten wir einen Weg finden, um ihre Sicherheit zu gewährleisten. Wenn sich ihr Wissen jemals herumspricht, würde sie zum Ziel werden."

„Ich wünschte, ich könnte einem unvermählten Menschen von Zeit zu Zeit erlauben, auf meinem Land zu leben, aber im Moment verbietet es das Gesetz. Vielleicht kann Melanies Buch helfen, all das zu ändern." Bram drehte sich um, damit er Evie vorn an seinen Körper ziehen konnte. Er brauchte ihre Wärme, um gegen das gegenwärtige Brüllen seines inneren Drachen zu kämpfen, der gegen sein unsichtbares Gefängnis drängte. „Im Moment muss ich mich mit Kai und Finn in Verbindung setzen, und dann brauchen wir beide eine Pause. Da ich es in absehbarer Zeit nicht riskieren kann zu wandeln, muss ich am Morgen nach Stonefire zurückfahren. Ich will dich nicht hierlassen, aber auf Stonefire-Land bist du leichte Beute. Ein oder zwei Wachen sollten hierherkommen, sobald Finns Leute als Verstärkung da sind und meinen Beschützern einen Teil ihrer Last abnehmen."

Evie pikste in seine Brust. „Du solltest mich besser auf dem Laufenden halten. Ich muss die Daten auf dem Laptop durchgehen, und ich könnte deinen Arsch vielleicht wieder retten müssen."

Er lächelte. „Ich freue mich darauf. Aber beim nächsten Mal, Liebes, könntest du meinen Schwanz und meine Eier bitte da raushalten?"

Seine Frau lachte. „In Zukunft werde ich einen Cricket-Schläger neben unserem Bett deponieren. Wenn du meinst, der Griff vom Stopfer war übel, dann warte mal ab. Der Cricket-Schläger wird dich weinen lassen wie ein Baby."

„Dann hoffen wir mal, dass du ihn nie verwenden musst." Bram gab Evie einen kurzen Kuss und dann einen Klaps auf den Po. „Gut, du gehst duschen, während ich mit Kai und Finn rede."

Evie nickte. „Okay." Sie stellte sich auf ihre Zehenspitzen und gab ihm einen schnellen, rauen Kuss, während sie seine Pobacken drückte. „Es ist schön, dich wiederzuhaben, Drachenmann. Dein Drache weiß, wie man heißen Sex macht, aber ohne deinen Humor ist es nicht ganz dasselbe."

Sein inneres Tier knurrte bei ihren Worten.

Bram ignorierte das Tier und gab ihr einen weiteren sanften Klaps auf den Po. „Warte nur, bis beide Seiten von mir zusammenarbeiten. Dann wirst du mein Bett nie wieder verlassen wollen."

„Ich könnte jetzt eine leichtfertige Bemerkung machen, aber da eine Menge Gefahren auf uns zukommen, werde ich ehrlich sein. Ich gehe nirgendwo hin, Drachenmann, weil du mir gehörst."

Ihre Worte ließen Freude durch seinen Körper ziehen und besänftigten sogar den Zorn seines Drachen einen Bruchteil. „Gut, denn du gehörst mir, Evie Marshall, und ich behalte dich." Nach einem weiteren Kuss sagte er: „Jetzt geh duschen, bevor sich mein Schwanz erholt und ich daran denke, dich langsam und sanft zu nehmen."

Evie runzelte die Stirn. „Kein Sex mehr, bis Murray wieder da ist. Das ist ein zusätzlicher Anreiz für dich, den Job schnell zu beenden und lebend zu mir zurückzukehren."

Auch wenn sein Drache bei ‚Kein Sex' brummte, machte Bram das nicht so viel aus. „Solange du in meinem Bett wartest, wenn ich zurückkehre, kann ich damit leben."

Evie grinste. „Jetzt habe ich etwas Lustiges zu planen."

„Der Schimmer in deinen Augen verheißt nichts Gutes für mich." Er trat zurück und deutete auf das Badezimmer. „So sehr ich dich in meinen Armen halten und für die nächste Woche mit dir reden will, aber Murray und der Clan brauchen meine

Aufmerksamkeit. Geh duschen, Liebes. Ich erzähle es dir später."

Evie nickte und ging. Als sie die Tür schloss, wandte er sich an sein inneres Tier. *Bis du dich verdammt nochmal beruhigt hast, bleibst du in diesem Gefängnis. Ich muss den kleinen Murray retten und den Clan sichern. Wenn du bereit bist, mir zu helfen, lasse ich dich raus.*

Sein Tier knurrte. *Beschütze zuerst unsere Gefährtin, dann den Clan.*

Ich werde sie beschützen. Aber wenn du nicht willst, dass der schottische Anführer die Führung übernimmt, dann solltest du dich verdammt nochmal besser in den Griff bekommen, und zwar bald.

Wie er es erwartet hatte, da Evie nicht im Zimmer war, hörte sein Drache auf zu kämpfen und knurrte. *Wir sind der Anführer von Clan Stonefire. Wir werden sie retten.*

Gut. Beweis es mir. Während ich neben Evie schlafe, findest du einen Weg, dich zu beruhigen. Wir haben die Clanführerprüfungen überlebt, also sollte das einfach sein.

Sein Drache schnaubte. *Ich will sie noch viele Male, bis sie unser Kind trägt.*

Er blinzelte. *Jetzt wäre es an der Zeit, mir dein verdammtes Geheimnis zu erzählen. Ist Evie unsere wahre Gefährtin?*

Ja. Ich muss sie vollständig beanspruchen, bis sie unsere Jungen und unseren Duft trägt. Du solltest das verstehen.

Eine Mischung aus Freude und ,heilige Scheiße' traf ihn. *Vergiss das mit der Beanspruchung. Warum hast du mir nicht früher gesagt, dass sie unsere wahre Gefährtin ist?*

Dann hättest du sie als Verpflichtung angesehen. Ein Kind würde dem Clan helfen, also hättest du sie auch geschwängert, ohne sie zu kennen. Du musstest sie um ihrer selbst wollen, um sie glücklich zu machen.

Er hatte noch nie von einem Drachen gehört, der den Paarungsrausch zügeln konnte. *Du bist stärker als ich dachte.*

Natürlich. Du unterschätzt mich immer. Ich bin brillant.

Einer seiner Mundwinkel zuckte bei dem sachlichen Ton seines Drachen. *Nun, du brillanter Kerl, dass du mir die Wahrheit vorenthalten hast, hat unsere Gefährtin in Gefahr gebracht. Mach das nicht nochmal.* Schweigen war seine Antwort, also fuhr Bram fort. *Ich lasse dich immer noch da drin. Du hast dich ein wenig bei mir beruhigt, aber Evies Duft wird dein Gehirn wieder durcheinanderbringen. Arbeite an deiner Zurückhaltung. Wir werden mit dem Rausch umgehen, sobald der Clan in Sicherheit ist.*

Sein Tier grunzte. *Ich mag das nicht, aber ich werde es versuchen. Ich will nicht, dass der schottische Anführer und sein Drache unseren Clan retten. Wir sollten das tun.*

Stimmt. Jetzt muss ich mit Kai sprechen.

Als Bram dorthin ging, wo er Empfang hatte, versuchte er, beiseitezuschieben, was ihm sein Drache gerade gesagt hatte, doch er scheiterte.

Evie war ihre wahre Gefährtin.

Er hatte sie gewollt, noch bevor er diesen Leckerbissen an Informationen gekannt hatte, aber nur der Gedanke daran, dass sie eines Tages sein

Kind tragen würde, erfüllte sein Herz mit Wärme. Evie würde eine fantastische Mutter abgeben.

Allerdings hoffte er, dass sie nicht schon schwanger war. Bevor sie das nächste Mal Sex hatten, musste er mit ihr reden. Sie sollte eine Wahl haben, wann sie ein Kind bekam. Sie war kein Opfer, das in dem Wissen gekommen war, dass es geschehen würde.

Doch um dieses Gespräch zu führen, musste er sich erst um die Bedrohung durch den Jäger kümmern. Während er Kais Handynummer wählte, verstaute Bram seine Gefühle für Evie. Seine Frau war klug, und wenn er nicht aufpasste, würde sie merken, dass er etwas verbarg. Er wollte ihr keine Geheimnisse vorenthalten, aber in diesem Fall konnte sie von den Nachrichten abgelenkt werden. Er brauchte ihre Hilfe, um die heruntergeladenen Informationen zu sortieren. Murray zu finden, würde nicht einfach werden; Evie konnte die Antwort haben, die sie brauchten, um gegen die Drachenjäger zu gewinnen.

So sehr Bram also von den Dächern rufen wollte, dass Evie seine wahre Gefährtin war, er verschloss seine Freude und stopfte sie tief in sich hinein. Die Emotion wäre eine Ablenkung, und er musste sich darauf konzentrieren, lange genug zu leben, um zu sehen, welche Überraschungen sie für ihn bereithielt, wenn er zurückkam. Erst wenn er zurückkam, konnte er Evie als seine wahre Gefährtin beanspruchen.

Kapitel Neunzehn

Finlay Stewart beobachtete, wie fünf der jüngsten Lochguard-Beschützer auf dem Landeplatz des Stonefire-Clans landeten.

Seine Ländereien mochten isolierter sein als die von Stonefire, da sie in der Wildnis der schottischen Highlands lagen und vor Angriffen von außen besser geschützt waren, aber er konnte es nicht riskieren, seine erfahrenen Soldaten herzuholen. Sie mussten sich um den Clan kümmern.

Bei seinem Clan hatte man nicht das gleiche Gefühl einer Einheit, das er bei den Angehörigen des Stonefire-Clans erlebt hatte. Nein, Lochguard war zersplitterter, als ihm lieb war, was bedeutete, dass es regelmäßig zu Streit und Auseinandersetzungen um Nichts kam. Nur seine stärksten Beschützer konnten sie während seiner Abwesenheit eindämmen.

Der ehemalige Clanführer, Dougal Munro, hatte verdammt schlechte Arbeit darin geleistet, den

Clan zusammenzuhalten, und ihn auch nicht gerade ermutigt, als Einheit zusammenzuarbeiten. Wenn die Dinge so weiterliefen wie in den letzten sechs Monaten, würden seine Haare in kürzester Zeit grau werden.

Finns Drache knurrte und sagte: *Hör auf. Die Vergangenheit kann man nicht ändern. Arbeite an der Zukunft.*

Wenn es doch nur so leicht wäre. Diese Gefahr für Stonefire könnte bald uns betreffen, und das beunruhigt mich.

Gewinne das Vertrauen unserer neuen Verbündeten. Dann werden sie uns helfen.

Finn wusste das bereits, aber manchmal fragte er sich immer noch, ob er das Privileg, Clan Lochguard zu führen, wirklich verdient hatte. Die Hälfte der Zeit wusste er nicht, was er verdammt nochmal eigentlich tat. Nur durch reine Sturheit hatte er bisher einen halbwegs guten Job erledigt. Sein Bündnis mit Bram Moore-Llewellyn war sein bisher größter Sieg.

Einer nach dem anderen lösten seine fünf Beschützer die an ihre Hinterbeine gebundenen Umhängetaschen, bevor sie sich in ihre menschliche Gestalt wandelten. Als er das sah, konzentrierte Finn sich wieder auf die Gegenwart. Sein Drache hatte recht – wenn es ihm gelingen würde, Bram zu helfen, würde der Anführer des Stonefire-Clans ihm helfen. Die Drachen-Clans mussten lernen zusammenzuarbeiten. Eines Tages würde die britische Regierung aufhören, sie zu schützen. Finn wollte, dass sein Clan auf diesen Tag vorbereitet war.

Als er auf seine Clanmitglieder zuging, die gerade dabei waren, Kleider aus den Taschen zu nehmen und sich anzuziehen, sagte sein Drache: *Die Zusammenarbeit mit diesem Clan bedeutet auch, dass wir Arabella wiedersehen können. Sie ist ein Rätsel, das ich lösen möchte.*

Wenn die Gerüchte wahr sind, dann ist sie durch die Hölle gegangen. Ich kann sie nicht zwingen, in unser Land zu kommen.

Bring sie zum Lachen. Das wird funktionieren.

Finn fragte sich, ob das stimmte. Dann blitzten Arabellas dunkelbraune Augen, die so intelligent, vorsichtig, aber auch ein wenig frech waren, in seinem Kopf auf. Sie war verletzt, aber er fragte sich, wie es wäre, wenn das clevere Mädchen einfach es selbst wäre. *Wir werden sehen. Vorerst müssen wir unseren neuen Verbündeten helfen.*

Er blieb vor seinen fünf jungen Beschützer stehen, wechselte in den Clanführer-Modus und fragte: „Habt ihr irgendwelche ungewöhnlichen Aktivitäten auf eurem Flug hierher bemerkt?"

Die Anführerin der Drachenschwadron, Faye, band ihr langes, lockiges, braunes Haar zurück, bevor sie sagte: „Nein, wir waren vorsichtig und haben uns immer wieder vergewissert, dass uns niemand folgt. Möchtest du uns sagen, was so dringend ist, dass wir den langen Weg in die Ländereien von Stonefire fliegen mussten?"

Zumindest waren sie gekommen, als er sie

gerufen hatte. Für kurze Zeit hatte Finn befürchtet, er könnte noch zu frisch im Amt sein, um volles Vertrauen zu genießen. Sicher, das waren einige seiner treuesten Beschützer, die seine Vision der Zukunft teilten, aber diese Loyalität war noch nie wirklich getestet worden. „Die Carlisle-Drachenjäger verfügen über eine ausgeklügeltere Technologie, als wir dachten. Ich konnte es nicht riskieren, dass sie mithören."

Einer der anderen Lochguard-Drachen, Shay, meldete sich zu Wort. „Warum sollte Carlisle uns überwachen? Es sind die Jäger von Inverness, die uns auf den Sack gehen."

Finn verschränkte die Arme vor der Brust und hob eine Braue. „Oh, aye? Du bist also der neue Clanführer, der in geheime Informationen eingeweiht ist? Ich muss deine Prüfungen und die Bestätigung wohl verpasst haben. Ansonsten steht dir dieses Urteil nicht zu, Junge."

Shay, ein dreiundzwanzigjähriger Kerl, der kaum seine vorgeschriebene Zeit bei den britischen Streitkräften hinter sich hatte, hielt inne, um sich eine Sekunde lang zu sammeln, bevor er murmelte: „Tut mir leid, Sir."

Finn nickte zur Bestätigung. Der Junge hatte mit seinem Temperament Fortschritte gemacht, und jetzt war nicht die Zeit, ihn vor den anderen zu geißeln. Finn würde sich später wieder mit ihm unterhalten.

Dann sah er nacheinander jedes seiner fünf Clanmitglieder an. „Hört zu, der Anführer der

Carlisles, Simon Bourne, ist jemand, um den sich jeder Drachenwandler-Clan im Vereinigten Königreich sorgen sollte. Er stiehlt Drachenwandlerkinder, und wir denken, er plant, sie zu verwenden, um seine eigene Blutfarm aufzubauen."

Faye sagte: „Aber dann müsste er fast zwei Jahrzehnte lang Drachenwandler beherbergen, bevor ihr Blut für die Jäger von Nutzen wäre."

Finn nickte. „Aye, aber für einen Mann mit Ehrgeiz ist Zeit nur eines von vielen Dingen, die er zu seinem Vorteil nutzen kann." Nachdem er sie kurz über Evies Theorie informiert hatte, fuhr er fort: „Da Carlisle so nahe ist, ist Stonefire ihr Hauptziel. Bram Moore-Llewellyn braucht unsere Hilfe. Ich werde euch Kai, dem leitenden Beschützer hier, überstellen, und ihr befolgt seine Anweisungen auf den Punkt, verstanden?"

Faye runzelte die Stirn. „Und was wirst du tun, Finn?"

Anstatt ihnen von seiner wahren Absicht zu erzählen – sicherstellen, dass Bram sich trotz der Bedrohung für seine Gefährtin konzentrierte –, antwortete er lediglich: „Ich muss mich mit Bram in Verbindung setzen und von dort aus weitermachen." Der Anführer der Drachendivision nickte, und Finn drehte sich um. Er sagte über seine Schulter: „Gut, dann folgt mir. Eine Tour gibt es später. Für den Moment solltet ihr wissen, dass, wenn Stonefire fällt, Lochguard wahrscheinlich der nächste sein wird. Im Grunde ist Stonefire für die nächsten ein, zwei Tage euer Clan. Vermasselt es nicht und bleibt am Leben."

Er hasste es, so hart zu sein, aber der Clan war Dougal Munros fast diktatorischen Stil gewohnt. Es würde einige Zeit dauern, bis sich der Clan an seine etwas entspanntere Einstellung gewöhnt hätte, verantwortungsbewussten Drachenwandlern zuzutrauen, dass sie gute Entscheidungen trafen, auch wenn er sie nicht herumkommandierte.

Während er sein Team an den zuvor von Kai für den Check-in zur Verfügung gestellten Ort führte, schlug Finns Herz doppelt so schnell. Die Allianz und das Einbringen seiner eigenen Beschützer, um Stonefire zu helfen, stellten ihn als Clanführer zum ersten Mal auf die Probe. Er musste auf seinen eigenen Rat hören: es nicht vermasseln und am Leben bleiben.

„Evie, Liebes, wach auf."

Evie registrierte Brams Stimme nur vage, aber anstatt zu antworten, kuschelte sie sich tiefer in ihr Kissen. Sie war von ihrem Sex-Marathon immer noch erschöpft.

Dann hörte sie ein Whoosh und einen kühlen Luftstoß. Sie drehte sich auf den Rücken und öffnete blinzelnd die Augen auf, um zu sehen, wie Bram ihre Decke in der einen Hand und einen Becher in der anderen hielt. Ihre Stimme war vom Schlaf belegt, als sie fragte: „Was zum Teufel,

Bram? Werde ich jemals von selbst aufwachen dürfen?"

„Das ist besser als ein Krug mit Eiswasser, oder, Liebes?"

Sie grunzte. Anstatt sich zu streiten, setzte sie sich auf und streckte ihre Arme aus. „Ich gehe davon aus, dass es einen Grund gibt, mich aufzuwecken. Ist es schon Morgen?"

Bram setzte sich auf den Bettrand und reichte ihr eine Tasse Kaffee. „Fast, aber Nikki und Charlie sind gleich an unserem Treffpunkt, von wo ich sie hierher bringe. Ich dachte, du würdest dich fertigmachen wollen, bevor sie hier sind, und vielleicht gibst du mir noch einen richtigen Kuss oder zwei mit auf den Weg."

Evie nahm einen Schluck Kaffee, stark, mit Milch und ohne Zucker, wie sie es mochte. „Also durch die Kraft der Deduktion vermute ich, Charlie ist ein weiterer Stonefire-Beschützer. Ich wusste nicht, dass es so viele weibliche Beschützer gibt, besonders angesichts des kleineren weiblichen Bevölkerungsanteils."

„Es gibt nur zwei in Stonefire, mehr als bei den meisten britischen Clans. Einige Anführer verhätscheln ihre Frauen, in der Hoffnung, dass sie mehr Babys bekommen werden. Du hast den Clan gesehen und weißt, wie gut das hier funktionieren würde."

Sie speicherte diese kleine Information. „Bedeutet das, dass Finns Verstärkung eingetroffen ist?"

„Aye, deshalb kann ich die beiden erübrigen, um auf dich aufzupassen, während ich mit Finn und Kai Murrays Rettung plane."

Sie überprüfte und bestätigte noch einmal, dass Brams Pupillen immer noch rund waren. „Und dein Drache ist damit einverstanden? Angesichts seiner Haltung gestern bin ich überrascht, dass du so ruhig bei dem Gedanken bist, mich hierzulassen."

„Mein Drache und ich haben uns unterhalten."

Sie hob eine Braue. „Unterhalten? Das war's? Ich stelle mir irgendwie vor, dass da mehr dahintersteckt."

Einer von Brams Mundwinkeln zuckte nach oben. „Richtig, dann sehr eindringlich unterhalten."

Evie verdrehte die Augen. „Wir werden uns das Gespräch darüber, wie eine Unterhaltung mit im Grunde sich selbst ‚eindringlich' sein kann, für später aufheben. Antworte mir nur ehrlich: Kannst du deinen Drachen unter Kontrolle halten? Wenn du dabei helfen willst, Murray zu retten, was ich vermute, dann musst du wandeln. Das Letzte, was Finlay oder Kai brauchen, ist, dass du nicht in der Lage bist, in deine menschliche Form zurückzuwandeln."

Bram beugte sich vor und küsste ihre Nase. „Du bist sehr offen, Mädchen. Ändere dich nie."

Evie grinste. „Ich glaube nicht, dass ich das könnte, selbst, wenn ich wollte. Du sitzt mit mir fest, Bram Moore-Llewellyn. Nun, wechsle nicht das Thema, und beantworte meine Frage."

„Mein Drache hat sich die ganze Nacht

benommen, selbst wenn ich dich festgehalten habe. Wir haben ein paar Geheimnisse zwischen ihm und mir geklärt, und jetzt geht es ihm besser."

„Geheimnisse? Was für Geheimnisse? Wie funktioniert das überhaupt?"

Der Humor verblasste aus Brams Augen. „Ich verspreche dir für später eine lange Diskussion darüber, wie die menschliche und die Drachenhälfte interagieren. Im Moment muss ich Nikki und Charlie treffen. Du hast etwa fünfzehn Minuten, dich fertig zu machen." Er nahm ihre Wange, und Evie lehnte sich in seine Berührung. „Wenn es etwas Dringendes gibt, das nicht warten kann, frag mich, Mädchen, denn ich werde später keine Zeit mehr haben."

Für den Fall, dass ich es nicht lebend zurückschaffe, blieb unausgesprochen. „Versprich mir einfach, dass du alles tun wirst, um in einem Stück zu mir zurückzukehren."

Er zeichnete ihre Wange mit seinem Zeigefinger nach. „Ich habe dich gerade erst gefunden und werde dich nicht mehr gehen lassen."

Bevor sie etwas erwidern konnte, küsste Bram sie. Er knabberte an ihrer Unterlippe, und sie öffnete sich und begrüßte seine Zunge. Bram nahm den Becher aus ihrer Hand, und sie legte einen Arm um seinen breiten Rücken und einen um seinen Hals. Als er seine Zunge gegen ihre streichelte, schwelgte sie in seinem Geschmack und seiner Wärme. Der Gedanke, ihn nie wieder an sich zu halten, ließ sie ihn nur fester umarmen.

Mit einem letzten Streicheln und dann einem Knabbern an der Lippe unterbrach er den Kuss und legte seine Stirn gegen ihre. „So schwer es sein wird, ohne mich zu funktionieren, halte Kai und mich auf dem Laufenden darüber, was du in den Daten auf dem Laptop findest."

„Ja, denn mein Gehirn schaltet sich erst ein, wenn du im selben Raum bist. Ich weiß nicht, was ich in den einunddreißig Jahren getan habe, bevor ich dich getroffen habe."

Bram drückte ihre Seite. „Freches Frauenzimmer."

Sie kämpfte gegen ein Grinsen und verlor. „Du weißt, dass du das an mir liebst."

Sein Blick wurde ernst. „Aye, das und mehr." Bram gab ihr noch einen sanften Kuss, bevor er sich zurückzog und aufstand. „Ich muss gehen, aber es gibt ein Satellitentelefon auf dem Küchentisch, wenn du eins benutzen musst, sowie einen Festnetzanschluss auf dem kleinen Tisch in der Nähe des Eingangs. Die Nummer für mein Handy ist am Kühlschrank."

Sie nickte. „Wie lange dauert es, bis du mit Nikki und Charlie zurückkommst?"

„Wenn alles nach Plan läuft, fünfzehn Minuten. Wenn nicht, dann ein bisschen länger."

Sie stand auf und legte ihre Hände an Brams Brust. „Sei vorsichtig."

„Das bin ich immer."

Nach einem weiteren schnellen Kuss verließ Bram die Höhlenwohnung. Evie war eine widerstandsfähige Person; ihre Jahre beim Skyhunter-Clan im Süden hatten das bewiesen. Als sie jedoch jetzt so allein im Zimmer stand, stachen ihre Augen vor Tränen. Um Brams willen hatte sie eine tapfere Fassade aufgesetzt, aber der Gedanke, ihn zu verlieren, drückte ihr Herz.

Sie kannte ihn vielleicht erst kurz, aber sie sorgte sich um den Drachenmann. Sie hoffte, dass sie eine gemeinsame Zukunft haben würden.

Als eine Träne über ihre Wange glitt, wischte Evie sie weg und atmete tief ein. „Also, Evie Marshall, weinen wird niemandem helfen. Bram benötigt Informationen. Arbeite daran."

Sie strich einige Male mit den Fingern durch ihre Haare, nahm ihre noch warme Tasse Kaffee und ging zum Laptop, der auf der Küchentheke stand. Sie würde keine weitere Sekunde verschwenden. Wenn es etwas in den Informationen gäbe, die sie von der MDA-Datenbank heruntergeladen hatte, das sowohl Murray als auch den Clan retten könnte, würde sie es finden.

Kapitel Zwanzig

Evie hatte die ersten Dateien auf ihrem Laptop kaum durchgesehen, als Bram mit zwei weiblichen Drachenwandlern zurückkehrte. Sie stand auf, lächelte Nikki an und sah dann auf die andere Drachenwandlerin – eine große Frau in ihren späten Dreißigern, mit kurzen, blonden Haaren, blauen Augen und einem schwachen Lächeln im Gesicht. Auf den ersten Blick sah sie eher wie eine Frau aus, von der sie sich vorstellen konnte, wie sie in einem SUV drei Kinder zu verschiedenen Aktivitäten nach der Schule herumfuhr, nicht wie eine Soldatin. Aber Evie wusste, dass das Aussehen sowohl täuschen als auch zum eigenen Vorteil genutzt werden konnte.

Bevor sie ein Wort herausbrachte, wandte sich Nikki an Bram und sagte: „Jetzt, da wir allein sind, habe ich Neuigkeiten zu berichten."

Bram runzelte die Stirn. „Warum nicht während unserer fünfminütigen Wanderung hierher? Je länger ich bleibe, desto länger ist Murray in den Händen der Drachenjäger."

Nikki straffte die Schultern. „Ich weiß, Sir, aber für den Fall, dass sich jemand im Wald versteckt, wollte ich nicht riskieren, dass er zuhört."

Bram antwortete: „Diese Gegend ist sicher. Erzähl uns, was los ist."

Nikki sah zu Evie und dann zu Bram. Als Bram nickte, zweifellos um ihr zu sagen, dass es okay war, wenn Evie die Informationen hörte, fuhr die junge Drachenwandlerin fort. „Direkt vor meiner Abreise habe ich Olivias Standort endlich ausfindig gemacht. Kai ist dabei, sie herzuholen. Ich weiß, du hast erwähnt, nach Stonefire zurückfahren zu wollen, aber Kai bittet dich, wenn möglich, zurückzufliegen, damit ihr beide sie gemeinsam befragen könnt. Deine Dominanz könnte erforderlich sein, um sie etwas sagen zu lassen, vor allem in Bezug auf Neil Westhaven."

Bram schwieg eine Sekunde lang und kommunizierte zweifellos mit seinem inneren Drachen. Als seine Pupillen zu Schlitzen und zurück blitzten, trat Evie an seine Seite. Anstatt vor seinen Clanmitgliedern auszuplaudern, was zuvor geschehen war, fragte Evie lediglich: „Geht es dir gut?"

Zehn weitere Sekunden vergingen, bevor seine Pupillen wieder rund wurden. Ihr Drachenmann sah auf sie hinab. „Ja, mir geht es gut." Er sah Nikki an. „Gut, ich fliege zurück." Dann blickte er von Nikki zu Charlie und zurück. „Ihr beide kümmert euch um Evie und befolgt das Protokoll für die Meldung sensibler Informationen." Die beiden Drachenfrauen nickten. Bram sah zu ihr. „Wenn du überhaupt etwas in diesen Dateien findest, werden Nikki oder Charlie die Informationen weitergeben. Auch wenn es nur annähernd signifikant ist, gib es weiter. Ich möchte nichts übersehen."

Sie legte eine Hand an seine Brust und sagte: „Natürlich. Stell einfach sicher, dass ich dir berichten kann. Ich bin sicher, dein Drache möchte nicht gerne, dass Finn meinen Anruf entgegennimmt."

Seine Augen blitzten wieder auf, und sie widersetzte sich einem Lächeln. Sie lernte allmählich, wie man die Knöpfe seines inneren Drachen drückte; das Tier wollte nicht, dass Finn mit ihr sprach. Es müsste Bram erlauben, sich zurückzuwandeln, um das zu verhindern.

Nachdem Bram mit seinem Kopf ein Zeichen gemacht hatte, gingen die beiden Beschützer in den Küchenbereich und wandten sich ab. Bram senkte den Kopf und murmelte: „Mein Tier benimmt sich. Es gab keinen Grund, es zu provozieren."

Evie blinzelte. „Wer hat denn was von Provozieren gesagt? Ich habe nur eine Tatsache ausgesprochen."

Bram zog sie an sich. „Ich habe keine Zeit, dich herauszufordern. Ich will einen anständigen Abschiedskuss. Gib dir Mühe."

„Ich reagiere nicht freundlich auf Befehle."

„Dann mache ich einfach das."

Er senkte den Kopf und küsste sie. Als seine Zunge in ihren Mund eindrang, packten seine Hände ihren Po und drückten ihren weichen Bauch gegen seine harten Bauchmuskeln. Er streichelte weiter ihre Zunge mit seiner, dann bewegte er eine Hand an ihren Rücken und drückte ihre Brust gegen seine. Ihre harten Nippel strichen gegen ihn, und sie stöhnte, ohne sich darum zu scheren, dass zwei Drachenfrauen sie hören konnten. Nein, dann müsste sie sich auch Sorgen machen, dass sie ihre Erregung riechen konnten.

Stattdessen hielt sie Brams Schultern fest und erforschte mit ihrer Zunge das Innere seines Mundes. Sie würde nie genug von seinem Geschmack, seiner Hitze oder seinem Duft bekommen.

Als ihre Pussy zwischen ihren Beinen pulsierte, wünschte sie, sie hätten Zeit, um noch einmal Sex zu haben. Nicht um Lebewohl zu sagen, denn er würde zu ihr zurückkommen, sondern um Glück zu bringen.

Allzu früh unterbrach Bram den Kuss, sein Atem war heiß gegen ihre Lippen, als er flüsterte: „Jetzt bin ich entschlossen zurückzukehren, damit ich das beenden kann, was ich angefangen habe." Er bewegte sich an ihr Ohr. Sein Flüstern war leise; so sehr, dass sie sich anstrengen musste, um seine Worte zu verstehen. „Jeder im Raum weiß, wie sehr du dich nach meinem Schwanz sehnst."

Sie tätschelte seine Brust. „Bram, hör auf."

Er schmunzelte, bevor er sich zurückzog, um in

ihre Augen zu sehen. „Ich werde dich vermissen, Evie Marshall."

Evies Herz zog sich bei der Emotion in seinen Worten zusammen. Dennoch schaffte sie es irgendwie, ihre Stimme ruhig zu halten, selbst als sie antwortete: „Dann hör auf zu trödeln und geh. Je früher du Murray rettest, desto schneller kannst du zu mir zurückkehren."

Mit einem Nicken ließ Bram sie los. Sie hätte fast die Hand ausgestreckt, um ihn wieder an sich zu ziehen, aber sie widersetzte sich. Es stand zu viel auf dem Spiel, und es war keine Zeit, egoistisch zu sein.

Bram räusperte sich, und die beiden Drachenfrauen drehten sich zurück. Nikki kämpfte mit einem Lächeln, aber Charlies Gesicht war immer noch so ruhig wie zuvor.

Ihr Drachenmann sagte: „Kümmert euch um Evie. Ihr solltet hier alle sicher sein, da ich diesen Ort sehr sorgfältig ausgewählt habe, aber seid keine Sekunde unachtsam, bis ich wiederkomme. Wer weiß, wie weit Simon Bournes Macht reicht und ob er Spione hat." Nikki und Charlie nickten. Er sah sie an. „Ich weiß, dass du keine Befehle magst, aber bleib dran. Wenn all dies vorbei ist, werden wir an einem Selbstverteidigungstraining arbeiten, das weit über das hinausgeht, was das MDA euch beigebracht hat. Bis dahin, lass meine Leute auf dich aufpassen. Mir Sorgen um dich zu machen, ist eine Ablenkung, die ich mir nicht leisten kann, bis der Clan und Murray sicher sind."

Evie antwortete: „Keine Sorge. Ich werde bleiben, bis das alles vorbei ist. Ich möchte nicht nur leben, sondern habe auch Berge von Dateien aus der MDA-Datenbank, die ich durchkämmen kann. Ich habe in den fünfzehn Minuten, die du weg warst, nichts gefunden, aber ich werde weitersuchen."

„Gut. Dann bin ich weg."

Nach einem weiteren schnellen Kuss verließ Bram den Raum. Bei seinem Weggehen drückte sie den Schmerz in ihrer Brust beiseite und wandte sich Nikki und Charlie zu. „Gut, ich habe eine Menge Informationen, die ich durchgehen muss. Würde jemand gerne etwas Frühstück machen?"

Nikki verschränkte die Arme vor der Brust. „Wir sind deine Wachen, nicht deine Dienstmädchen."

Bevor sie sich daranmachen konnte zu erklären, warum es dem Clan nützen würde, sie arbeiten zu lassen, sagte Charlie mit ruhiger Stimme: „Dieser Job ist nicht immer so glamourös, wie man es sich wünschen würde, Nikola. Jetzt fang an, nach etwas zu suchen, das du zubereiten könntest. Ich komme um vor Hunger."

Nikki nickte kurz und wandte sich den Schränken zu.

Evie sah zu Charlie und sagte: „Ich glaube nicht, dass wir uns schon offiziell vorgestellt haben. Ich bin Evie Marshall."

„Ich weiß." Charlie deutete auf den Laptop. „Warum fängst du nicht an zu arbeiten? Ich werde es dich wissen lassen, wenn das Essen fertig ist."

Evie musterte das Gesicht der Drachenfrau, aber sie konnte keine erkennbaren Emotionen sehen. *Nicht jeder wird dich sofort lieben. Konzentriere dich auf deine Arbeit.*

„Klingt gut", sagte Evie, ging zu ihrem Computer und begann zu lesen.

～

BRAM MACHTE sich auf den Weg von der Höhlenwohnung zur Lichtung, die von Bäumen umgeben war und die er zum Wandeln und Abheben nutzen würde. Nachdem er einen tiefen Atemzug der kühlen Morgenluft genommen hatte, sprach er zu seinem Drachen. *Stimmst du unserem Deal noch zu?*

Sein inneres Tier gähnte verschlafen, bevor es antwortete. *Ja. Ich werde dir die Kontrolle zurückgeben, sobald wir im Stonefire-Land ankommen. Dafür werde ich als erster unsere Gefährtin ficken, wenn die Gefahr vorüber ist.*

Bram hasste es, dass sein inneres Tier wieder die Kontrolle übernehmen würde, wenn Evie das nächste Mal nackt und willig war, aber er war Clanführer. Es mussten Opfer gebracht werden. *Gut. Einen Teil deiner sexuellen Frustration zu kanalisieren, wird uns helfen, Murray zu retten.*

Ja. Ich bin stark, aber ich komme an mein Limit. Ich will unsere Gefährtin jede Sekunde jeden Tages.

Ich weiß, wie du dich fühlst. Ich will sie nie gehen lassen, und nicht nur, weil sie unsere wahre Gefährtin ist.

Mein Plan war erfolgreich. Gern geschehen.

Bram schüttelte einfach den Kopf über den selbstbewussten Tonfall seines Tieres. *Sie weiß, wie man dich auf deinen Platz verweist. Ich wäre vorsichtig.*

Sie wird uns nicht wieder verletzen müssen. Das nächste Mal wird sie es verstehen. Sie wird unsere Jungen tragen.

Wie ist das überhaupt möglich?

Nicht jetzt. Erzähle ich dir später. Das wird dich anspornen, die Aufgabe schneller zu erledigen.

Zuerst Evie und jetzt sein Drache; er war ein bisschen besorgt, dass alle ihm einen Köder hinhielten, damit er in einem Stück zurückkehrte. Auch ohne die Verlockungen würde er seinen Clan nicht im Stich lassen.

Bram hielt mitten auf der Lichtung an und beschloss, den Rest des Gesprächs später zu beenden. *Ich vertraue dir. Lass mich nicht im Stich.*

Wir haben einen Deal. Ich werde mein Wort nicht brechen.

Da Bram keine andere Wahl hatte, erlaubte er seinem Drachen, in den Vordergrund seines Geistes zu stürzen. Als das innere Tier die Macht übernahm, wuchsen seine Beine zu riesigen Hinterläufen mit Krallen, seine Arme zu Vorderbeinen, und sein Gesicht streckte sich zu einer Schnauze, während gleichzeitig Ohren und Hörner aus seinem Kopf wuchsen. Als der Wandel abgeschlossen war, faltete Brams Drache die Flügel halbwegs zurück, kauerte sich nieder und sprang in die Luft.

Während die Flügel schlugen, um ihn in den Himmel zu heben, achtete Bram genau auf das

Verhalten seines inneren Drachen. Trotz der Spannung, die durch seinen Geist brummte und die er jetzt als die seines Drachen erkannte, der den Paarungsrausch im Zaum hielt, versuchte das Tier nicht, ihn wie zuvor in ein mentales Gefängnis zu zwingen.

Zufrieden sagte Bram: *Jetzt flieg so schnell wie möglich, ohne gesehen zu werden. Unser Clan braucht uns.*

Seine Flügel schlugen in einem gleichmäßigen Rhythmus, als sie über die englische Landschaft flogen. Er achtete darauf, einen Weg mit möglichst wenigen menschlichen Häusern und Farmen zu wählen. Nachts war es besser, einen Drachen am Himmel zu verbergen, aber Bram konnte es sich nicht leisten zu warten.

Ganz gleich, wie oft er im Laufe seines Lebens in seiner Drachengestalt geflogen war, Bram liebte es, England aus solch einer großen Höhe aus zu betrachten. Alles war klein, nicht viel mehr als ein Fleck. Irgendwann einmal wollte er Evie während der Tageslichtstunden mitnehmen. Sie würde die Aussicht lieben.

Doch dazu musste er sein Überleben sichern. Als er sich dem sekundären Landeplatz von Stonefire näherte, sagte Bram zu seinem Drachen: *„Denk daran, um mir, dem Clan und unserer Gefährtin zu helfen, musst du deinen Rausch kanalisieren. Die Drachenjäger haben Tristan fast getötet, als unser Volk das letzte Mal jemanden in Schwierigkeiten gerettet hat. Wir können das nicht zulassen, sonst wird unsere Gefährtin allein sein.*

Wir werden Erfolg haben.

Als sie das Schlagen der Flügel verlangsamten, um zu landen, bemerkte Bram Finn und Kai, die zur Seite gingen, ihre Gesichter düster. Als seine Füße den Boden berührten, stieß er seinen Drachen an, in ihren Hinterkopf zu verschwinden. Fünf Sekunden vergingen, bevor sein Tier mit einem Murren nachgab und sagte: *Denk an unseren Deal! Wenn du ihn nicht einhältst, zwinge ich mich raus. Ich will Evie.*

Sein Drache trat zurück, und Bram übernahm die Kontrolle über seinen Geist. Dann stellte er sich vor, dass seine Läufe in Arme und Beine schrumpften, sein Gesicht sich wieder in einen menschlichen Schädel verwandelte und seine Flügel und sein Schwanz in seinen Rücken verschmolzen. Als er wieder ein Mensch war, marschierte Bram auf Kai und Finn zu. Kai warf ihm eine weniger formelle Version der traditionellen Drachenwandler-Kleidung zu. Als er in das kiltartige Kleidungsstück trat, sagte Bram: „Gib mir den Bericht."

Kai nickte. „Finns Leute wurden Partnern vom Stonefire-Clan zugewiesen, und zwei unserer Beschützer haben gerade Olivia gebracht. Sie wurde sediert, sollte aber jede Minute aufwachen. Ich war mir nicht sicher, von wem du sie befragen lassen wolltest."

Das implizierte eine andere Frage: Traust du dem schottischen Führer zu, an den Vernehmungen teilzunehmen?

Bram sagte: „Ich werde sie zuerst allein befragen." Er sah Finn an. „Ich hätte dich gern bei mir, aber Olivia kennt dich nicht, und ich darf nicht das Risiko eingehen, dass sie deswegen Geheimnisse für sich bewahrt."

Finn seufzte übertrieben dramatisch. „Nun, ich muss einfach etwas anderes zu tun finden und den Spaß verpassen. Ich muss ohnehin nach meinem Clan sehen, bevor wir losziehen, um euren zu retten. Da ich eine sichere Verbindung haben möchte, um Lochguard zu kontaktieren, muss ich mit Arabella MacLeod sprechen."

Bram sah den Schotten an. „Wir haben andere Techniker, die dir helfen könnten."

Finn schüttelte den Kopf. „Nein, sie weiß, was sie tut, und ich habe keine Zeit, jemand Neuen zu interviewen. Ich kann nicht riskieren, dass hier was vermasselt wird, Bram. Wir haben keine Ahnung, was Simon Bourne in Bezug auf Überwachung alles draufhat."

Da hatte der Drachenmann einen guten Punkt. Bram wollte nach Finns wahren Motiven in Bezug Ara fragen, aber das musste warten. Er sah zu Kai. „Finde jemanden, der Finn zeigt, wo Tristan lebt. Ara sollte da sein." Kai grunzte zustimmend. Bram sah zu Finn und durchbohrte ihn mit einem Blick. „Sei vorsichtig mit ihr, Stewart. Wenn du sie verletzt, werde ich deinen Arsch im Handumdrehen rauswerfen."

Der schottische Führer salutierte zum Schein. „Ja, Sir."

Mit einem Seufzer winkte Bram die beiden fort und ging in Richtung des Gebäudes, in dem die Gefangenen festgehalten wurden, wann immer er welche hatte. Er hatte keine Zeit, darüber nachzudenken, wie nervtötend Finn war. Mit ein paar tiefen Atemzügen machte er seinen Geist frei und bereitete sich auf sein Verhör vor. Olivia konnte der Schlüssel zu Murrays Rettung sein, und er würde einen Weg finden, um sie zum Sprechen zu bringen.

Kapitel Einundzwanzig

Arabella streichelte die weiche, warme Wange ihrer kleinen Nichte Annabel mit dem Finger und lächelte. Obwohl sie Angst gehabt hatte, die Zwillinge auch nur zu halten, als sie frisch geboren waren, war sie jetzt eine ziemlich protektive Tante geworden. Wenn ihr Bruder, Tristan, Melanie und sie selbst da waren, würde den süßen Babys nichts passieren. Dafür würden sie sorgen.

Und das nicht nur, weil das kleine Mädchen zum Teil nach ihr benannt worden war. Annabel und ihr Bruder Jack waren für ihren Heilungsprozess von entscheidender Bedeutung. Wann immer sie einen von ihnen hielt, kam ihr Drache heraus, um beruhigende Geräusche in Aras Kopf zu machen. Da sie ihre Nichte und ihren Neffen oft besuchte, gewöhnte sich Ara immer mehr an die Präsenz ihres inneren Drachen in ihrem

Kopf, bis das Erscheinen des Tieres keine Panik mehr hervorrief, wie es das jahrelang getan hatte.

Sie mochte noch nicht in der Lage sein, Gespräche mit ihrem inneren Drachen zu führen, aber Fortschritt war Fortschritt. Zumindest sagte die Gefährtin ihres Bruders, Melanie, das immer.

Ein Klopfen an der Tür veranlasste die kleine Annabel, ihr Gesicht zu verziehen und ihren Kopf zu drehen, was auf Babyart signalisierte, dass sie bald aufwachen würden. Mit ein wenig Schaukeln fiel ihre Nichte wieder in einen friedlichen Schlaf.

Arabella hörte Schritte, die aus der Türrichtung kamen, und sie blickte auf, um zu sehen, wer es wagte, den Schlaf ihrer Nichte zu stören. Sie erschrak. Es war Finlay Stewart.

Arabella schob ihre Überraschung beiseite und runzelte die Stirn über den schottischen Anführer. Ohne nachzudenken, fragte sie: „Warum bist du hier?"

Alle Augen im Zimmer drehten sich zu ihr, aber sie hörte nicht auf, die kleine Annabel in ihren Armen zu wiegen. Der Schotte war ein Drachenmann, kein Gott. Wenn es eines gab, das sie von Bram gelernt hatte, dann, dass sogar Entscheidungen von Clanführern von Zeit zu Zeit in Frage gestellt werden mussten.

Dennoch, um die Sorgen ihrer Freunde im Raum zu mildern, fügte Ara hinzu: „Es tut mir leid, aber wenn er durch eine einzige Frage schon beleidigt ist, dann hat er Probleme. Ein Clanführer geht mit viel Schlimmerem um, habe ich recht?"

Einer von Brams Mundwinkeln zuckte nach oben. „Aye, du hast recht, Mädel. Solange du mich nicht einen dummen, unliebsamen Idioten nennst, kannst du sagen, was du willst. Ich bevorzuge selbst Ehrlichkeit."

Arabella sagte: „Ich kenne dich nicht gut genug, um zu sagen, ob du ein dummer, unliebsamer Kerl bist oder nicht. Ich werde dich das Urteil wissen lassen, wenn ich dazu komme."

Der schottische Anführer brach in Lachen aus, und sie konnte einem kleinen Lächeln nicht widerstehen.

Tristan räusperte sich, und Ara warf ihrem älteren Bruder einen finsteren Blick zu. In seinen Augen waren Fragen. Angesichts der Hartnäckigkeit der MacLeod-Blutslinie würde er nicht aufgeben, bis er Antworten hatte.

Finns Stimme erfüllte den Raum, und sie stieß mental einen erleichterten Seufzer aus. Sie konnte das Verhör ihres Bruders auf später verschieben.

Finn sagte: „Danke dafür, Mädel. Angesichts der Umstände habe ich ein herzhaftes Lachen gebraucht." Finns braune Augen starrten direkt in sie hinein und bewegten sich nicht einmal zur Narbe auf ihrem Gesicht oder der verheilten Verbrennung an ihrem Hals. Ara schaffte es, sich nicht unter seinem intensiven Blick zu winden. Sie nickte, und er fuhr fort: „Ich bin hier, weil ich mit meinem Clan sprechen muss. Ich störe nur ungern, Arabella, aber du kennst dich aus, und ich brauche deine Hilfe. Kannst du von hier aus eine sichere Videoverbindung einrichten?"

Sie nickte. „Ja. Ich habe immer einen Backup-Computer im Haus meines Bruders."

„Gut. Machen wir uns daran. Ich muss zurück und vielleicht Bram mit etwas helfen."

Sie umarmte Annabel fest und antwortete: „Ein Bitteschön wäre nett."

„Mädchen, könntest du mir bitte helfen? Bitte schön? Mein Clan würde es dir danken."

Arabella blinzelte. Sie hatte nicht erwartet, dass er so leicht nachgeben würde. „Okay."

Sie vermied den Augenkontakt mit Finn, stand auf und ging zu ihrem Bruder hinüber. Die Mischung aus Sorge und Entschlossenheit in den Augen ihres Bruders gefiel ihr wirklich nicht.

Sobald Tristan das Baby aus ihren Armen nahm, huschte ihr Drache zurück in die tiefen Weiten ihres Geistes. Aus irgendeinem Grund tat das ein wenig weh.

Weiter, Ara. Im Moment geschehen weitaus schlimmere Dinge. Sie ging zu der Tür, die zu dem kleinen Raum führte, der als Büro genutzt wurde. Gerade als sie die Tür erreichte, knurrte ihr Bruder und sagte: „Folge ihr nicht, Stewart."

Sie hielt an und sah über ihre Schulter, als Finn antwortete: „Arabella ist eine erwachsene Drachenfrau, die sagt, was sie denkt. Sie hat nichts darüber gesagt, dass ich hier draußen warten soll."

Sogar mit dem Baby in seinen Händen machte ihr Bruder einen Schritt in Richtung Finlay. „Es ist mir egal, ob du Lochguards Anführer bist oder nicht. Das hier ist mein Heim. Versuch, mich herumzukommandieren und sieh, was passiert."

Verdammt! Ara stellte sich zwischen Tristan und Finn. Während sie ihren Bruder ansah, sagte sie: „Tristan, es ist okay. Bei geöffneter Tür bin ich praktisch im selben Raum. Ich komme schon klar."

Die Brauen ihres Bruders zogen sich zusammen. *Mist.* Sie kannte diesen Blick. Wenn sie allein waren, würde er verdammt viele Fragen stellen.

Aus dem Augenwinkel ertappte sie Finn dabei, wie er grinste. Sie sah ihn an. „Nur weil ich nicht direkt gesagt habe, du sollst hier draußen bleiben, heißt das nicht, dass du im Haus eines anderen jeden Raum betreten kannst. Ich bin sicher, dass du auch Dinge hast, die Fremde nicht sehen sollen."

Finns Grinsen verbreiterte sich. „Mädel, es gibt Dinge, die ich *sehr* gerne sehen möchte."

Dass der Schotte seinen Akzent übertrieb, brachte das Fass zum Überlaufen. Aras Zurückhaltung zerbrach. „Hör mit diesen Anspielungen auf. Das ist nicht sexy. Es ist irritierend. Nur deshalb bleibst du jetzt hier draußen. Sobald ich die Dinge eingerichtet habe, rufe ich dich."

Bevor er antworten konnte, ging sie zurück zur Tür zum kleinen Büro und betrat den Raum. Sie nahm den Laptop heraus, steckte ihn ein und schaltete ihn an. Während sie darauf wartete, dass er hochfuhr, konnte sie sich nicht entscheiden, ob sie seufzen oder lachen sollte. Der Ausdruck, den sie auf Finlays Gesicht gesehen hatte, ein Ausdruck des offenen Staunens, hatte ihr den Tag versüßt.

Arabella arbeitete so schnell wie möglich, als der Laptop fertig war, und hörte nichts als Stille aus dem anderen Raum. Als alles eingerichtet war, ging sie hinaus und sah, wie Finn und ihr Bruder einander finster anstarrten. Da bemerkte sie, wie Melanie sie mit dem sorgfältigen Blick musterte, den ihre Schwägerin immer aufsetzte, wenn sie versuchte, Hinweise zu finden, um ihr neuestes Rätsel zu lösen.

Verdammt! Es würde später ein Doppelteam-Verhör geben. Sie hasste es, unter solch ständiger Kontrolle zu stehen. Alles, was sie wollte, war, dass ihr Bruder und seine Gefährtin ihr erlaubten, sich auf ihre eigene Weise zu erholen. Ja, sie hatte den Tritt in den Hintern gebraucht, um ihr Cottage zu verlassen und sich dem Clan zu stellen, aber das war vor über neun Monaten gewesen. Wie Finn gesagt hatte, war sie eine erwachsene Drachenfrau.

Anstatt darüber nachzudenken, sich mit Finlay Stewart in irgendeiner Sache zu einigen, räusperte sie sich. Jedermanns Augen wandten sich zu ihr. Arabella deutete zum Büro. „Er ist bereit."

Finn ging auf sie zu. „Zeigst du mir, wie man es macht?"

Sie hob eine Braue. „Sei nicht albern. Du kennst dich mit Computern aus. Mach es selbst."

Die Mundwinkel ihres Bruders zuckten hoch, aber sie ignorierte es. Viele Clanmitglieder konnten von ihrem Bruder eingeschüchtert werden, aber Ara hatte keine Angst, ihm zu sagen, was sie von ihm dachte. Manchmal war er ein richtig arroganter Bastard. Sie würde sich später um ihn kümmern.

Er stieß einen langen Seufzer aus. „Gut, dann mache ich es selbst."

Als er in Richtung Büro ging, streckte sie ihre Arme zu ihrem Bruder aus. „Ich will Annabel zurück."

Tristan sagte: „Ich könnte sie als Druckmittel verwenden, um dich dazu zu bringen, ein paar Fragen zu beantworten."

Seine Gefährtin, Melanie, meldete sich zu Wort. „Tristan MacLeod, hör auf. Ich werde nicht zulassen, dass du unsere Kinder als Druckmittel benutzt. Gib Ara unsere Tochter. Wir können mit deiner Schwester sprechen, sobald sich die Dinge beruhigt haben."

Tristan sah zu Melanie und seufzte, als er den hartnäckigen Blick in ihren Augen sah. Arabella wusste, dass sie gewonnen hatte, und nahm Annabel aus Tristans Armen.

Als sie sich mit ihrer Nichte wieder in den Sessel gesetzt hatte, summte sie eine Melodie. Bald schloss sich ihr Drache in ihrem Geist an. Obwohl Ara sich Sorgen über alles machen sollte, was gerade mit dem Clan passierte, fühlte sie sich so zufrieden wie schon lange nicht mehr. Schließlich hatte sie einen Clanführer zurechtgewiesen, einen Mini-Kampf mit ihrem Bruder gewonnen und kuschelte jetzt wieder ihre Nichte.

Sie weigerte sich zuzugeben, dass Finlay Stewart

der Grund dafür war, dass das meiste überhaupt passiert war. Weder sie noch ihr Drache waren bereit, sich dieser Tatsache zu stellen.

Stattdessen summte Arabella weiter ihrer Nichte etwas vor. Finn zurechtzuweisen hatte ihr Selbstvertrauen gestärkt. Vielleicht konnte sie, sobald im Clan alles wieder geregelt war, versuchen, ihre Grenzen noch weiter zu verschieben. Bis sie das, was die Drachenjäger ihr und ihrer Mutter angetan hatten, komplett überwunden hatte, wäre sie in den Augen des Clans nie mehr als die ‚arme Arabella'.

Sie wollte endlich sie selbst sein dürfen.

Als Evie den letzten Teil ihres englischen Frühstücks verputzte, hielt sie mit ihrer Gabel voller Ei auf halbem Weg zu ihrem Mund inne und las die Zusammenfassung der aktuellen Ermittlungsdatei auf ihrem Computer erneut:

Aufgrund der Anzahl von Zeugen, die dieselbe Aussage gemacht haben, ist es sehr wahrscheinlich, dass die Carlisle-Jäger mehrere Fluchttunnel haben. Keiner der Stadtpläne von Carlisle, die auf das 16. Jahrhundert zurückgehen, zeigt etwas Größeres als Kanalrohre. Doch die Jäger tauchen regelmäßig hinter Vegetation und verlassenen Schuppen in der Gegend auf. In drei Monaten werden weitere Interviews und Untersuchungen durchgeführt, um festzustellen, ob Tunnel vorhanden sind.

Verdammt, wenn die Jäger Fluchttunnel gebaut hatten, mussten Bram und sein Clan das wissen.

Sie legte ihre Gabel ab, übersprang die zweite Carlisle-Ermittlung, die drei Monate später durchgeführt worden war, und las die Zusammenfassung:

Wie vorhergesagt, wurde eine Reihe unterirdischer Tunnel entdeckt. Anhand der Zeugenaussagen von drei Monaten zuvor bestätigte der Einsatz von Radartechnologie zwei bekannte Ausgangspunkte. Das MDA glaubt, dass sich die Carlisle-Jäger unserer Entdeckung nicht bewusst sind, aber das Ministerium wird sich zurückhalten und auf die Bestätigung dieser Vermutung warten. Dieses Wissen kann für zukünftige Operationen verwendet werden.

Weiter unten fand sie die Koordinaten der beiden Tunnelausgänge.

Evie überflog den Rest ihrer Akten, um noch mehr zu den Carlisle-Tunneln zu finden, doch es gab nichts sonst. Es war fast so, als hätte das MDA jede weitere Forschung aufgegeben, was seltsam war. Das MDA verabscheute die Drachenjäger fast genauso wie Drachenwandler, die sich nicht benahmen, nur, dass die Gründe des MDA mehr mit Unannehmlichkeiten als mit einem Gefühl moralischer Verpflichtung zu tun hatten.

Dann erinnerte sie sich an die Beförderung von Jonathan Christie zum stellvertretenden Direktor des MDA. Seine Beförderung war unmittelbar nach der Einreichung des zweiten Berichts über die Tunnel erfolgt. Eine neue Führung brachte immer Veränderungen mit sich, aber ihre Intuition sagte ihr, dass es mehr war als nur ein administratives Versehen. Es bestand eine geringe Möglichkeit, dass Christie ihnen befohlen hatte, nicht weiterzusuchen, obwohl sie keinen Grund sah, warum.

Es sei denn, Christie hatte irgendeine Art Abkommen mit den Drachenjägern getroffen. Der Gedanke, dass das MDA von Bournes Plänen zur Entführung von Drachenwandler-Kindern wusste, machte sie krank. Das war definitiv etwas, das sie überprüfen musste, sobald sie Gelegenheit hatte.

Sie ballte eine ihrer Fäuste. Trotz des mangelnden Enthusiasmus der meisten höheren Mitarbeiter des Ministeriums für Drachenangelegenheiten weigerte sie sich zu glauben, dass sie unschuldige Kinder entführt und eingesperrt lassen würden.

Konzentrier' dich auf die Gegenwart und das, was du jetzt tun kannst. Richtig. Sie verdrängte ihre Enttäuschung über das MDA und konzentrierte sich auf das Positive. Endlich hatte sie etwas, das Bram nutzen könnte.

Sie schwang sich in ihrem Sessel herum. Charlie und Nikki faulenzten auf der Couch und beendeten ihre eigenen Mahlzeiten. Sie bemerkten jedoch ihre Bewegung und hörten auf zu essen. Nikki fragte: „Was? Hast du was gefunden?"

Evie stand auf und versuchte, ihre Stimme ruhig zu halten. „Ich weiß vielleicht, wo sich zwei geheime Eingänge in die Carlisle-Jägerhöhle befinden. Ich muss Bram oder Kai kontaktieren, bevor sie abfliegen, um Murray zu retten. Andernfalls könnten sie am Ende eine leere Reihe von Räumen finden und nicht wissen, warum."

Charlie stellte ihren Teller vorsichtig auf eine freie Stelle auf der Couch. „Wie zuverlässig ist deine Information?"

Evie straffte die Schultern. „Das MDA hat anhand einer Sammlung von Berichten von Einheimischen die Standorte mit Radar bestätigt, also würde ich sagen, ziemlich zuverlässig. Allerdings sind die Informationen ein Jahr alt."

Charlie hob eine Braue. „Woher wissen wir, dass die Jäger sich der Entdeckung durch das MDA nicht bewusst sind und die Fluchtmethoden gewechselt haben? Ein Jahr ist eine lange Zeit. Es können alle möglichen Änderungen vorgenommen worden sein."

Auch wenn es einfacher wäre, nicht hinterfragt zu werden, respektierte Evie, dass Charlie Sicherheit wollte. „Nun, um ehrlich zu sein, wir wissen nicht, ob sie ihre Fluchtpläne geändert haben. Aber selbst wenn die Jäger von der Entdeckung dieser beiden Ausgangspunkte durch das MDA wissen, gibt es bestimmt noch andere Tunnel. Wenn sie die immer noch benutzen, wäre es eine gute Idee, einen oder zwei Drachen am Himmel zu haben, um nach anderen Ausgangspunkten Ausschau zu halten. Ich muss es Bram sagen."

Charlie betrachtete sie. „Du wirst dich gut bei Stonefire machen." Bevor Evie mehr als nur blinzeln konnte, sagte Charlie zu Nikki: „Stell sie auf die sichere Nummer."

Nikki ging zum Festnetztelefon bei der Küche. Als Evie zu ihrem Laptop zurückkehrte, scrollte sie zu den Koordinaten und ging zu Nikki hinüber. Gerade als die Drachenfrau ihr das Telefon hinhielt, hallte ein lauter Knall durch die Luft.

Nikki warf das Telefon beiseite und schob sie hinter die Kücheninsel. Die Drachenfrau flüsterte: „Bleib hier" und verschwand aus Evies Blickrichtung.

In der Höhlenwohnung ertönte ein weiterer lauter Knall. Als Staub in der Luft über ihr wirbelte, entschied sie, dass die Eindringlinge die Tür in die Luft gejagt haben mussten.

Während die Geräusche von Schritten und aufeinanderprallenden Körpern den Raum erfüllten, versuchte Evie darüber nachzudenken, was sie tun konnte, um zu helfen. Sie hatte die letzten sieben Jahre beim MDA verbracht, aber ihre Position hatte nie eine Ausbildung in mehr als grundlegender Selbstverteidigung erfordert. Und schon damals war das meiste auf Drachenwandler ausgerichtet gewesen. Sie hatte keine Ahnung, ob die Leute in der Wohnung menschlich waren oder nicht.

Also hatte sie kein Training, keine Waffe und war in einer Höhle gefangen. Die Dinge sahen nicht gut aus.

Dann hörte sie ein weibliches Grunzen vor Schmerzen, und Evie entschied, dass das Verstecken niemandem helfen würde. Es war Zeit zu sehen, ob sie ihretwegen hier waren.

Evie verstaute den Laptop im Schrank der Kochinsel, atmete tief durch und spähte über die Theke. Charlie hatte es in einer Art Handgemenge mit zwei schwarz gekleideten Gestalten aufgenommen, die sie nicht identifizieren konnte und die Bandanas über der unteren Gesichtshälfte trugen. Als sie zu Nikki sah, bemühte die Drachenfrau sich wegen ihrer Verletzung an Arm und Schulter, die Schläge einer weiteren Person in derselben Kleidung abzuwehren.

Die Kleidung und die Größe der drei Eindringlinge sagten ihr, dass sie keine Drachenwandler waren. Wenn sie wetten sollte, waren sie Drachenjäger.

Das bedeutete, dass sie wahrscheinlich ihretwegen da waren. Nikki und Charlie wären nur ein Bonus.

Als Nikki von einem Schlag auf ihre verletzte Schulter stolperte, traf Evie eine Entscheidung und stand auf. Sie klatschte in die Hände und schrie: „Hey, Jäger, sucht ihr mich?"

Ihr Herz donnerte in ihrer Brust, während sich alle Augen auf ihr Gesicht richteten. Sie verschwendete keinen Moment und fuhr fort: „Mein Name ist Evie Marshall. Wenn ihr meinetwegen hier seid, lasst die beiden Frauen in Ruhe, und ich werde kooperieren."

Nikki sagte: „Nein, Evie, mach das nicht."

Die schwarz gekleidete Person gegenüber Evie schlug auf Nikkis verletzte Schulter. Kräftig. Die

Drachenfrau beugte sich vornüber und stöhnte vor Schmerzen.

Evie ballte ihre Finger, um zu verhindern, dass sie an Nikkis Seite stürzte. Stattdessen hob Evie ihre Augenbraue. „Und? Seid ihr meinetwegen hier? Ansonsten habe ich hier eine Geheimwaffe und keine Angst, sie einzusetzen."

Die Person vor Nikki ging um die gebeugte Drachenfrau herum und stellte sich ihr gegenüber. „Liebes, ich würde eine Million Pfund wetten, dass du keine Waffe da hinten hast. Du bluffst."

Ihr Herz schlug kräftiger, aber Evie hatte jahrelange Praxis, um ihre Emotionen zu verbergen. Ihr Gesicht blieb unbewegt, nur so gerade. „Ihr könnt mich entweder testen oder meine Frage beantworten. Ich würde denken, wenn ihr meinetwegen da seid und ich euch anbiete, ohne Probleme mitzugehen, würde es euch einige Zeit sparen."

Einer der beiden, die Charlie immer noch im Auge behielten, sagte: „Sie hat recht. Wer weiß, wann der Drachenmann wieder da sein wird."

In der Stimme der Person entdeckte sie einen Hauch von Sorge. Sie mussten Angst vor Bram haben. Das konnte sie zu ihrem Vorteil nutzen.

Die ihr am nächsten stehende Person, die sie als „den Anführer" bezeichnete, antwortete: „Protokoll Y".

Im Handumdrehen zogen sowohl der Anführer als auch die beiden in Charlies Nähe einen Anhänger an ihren schwarzen Westen und warfen kleine, rauchende Metallobjekte auf Nikki und Charlie. Sobald der hellviolette Rauch die Gesichter der beiden Drachenfrauen erreichte, brachen sie zusammen und bewegten sich nicht mehr.

Evie riss sich zusammen, bevor sie aufschrie. Eine Bindung zu dem Paar zu zeigen, könnte ihnen mehr schaden als nützen. Sie würde so tun, als wären sie nichts anderes als Leibwächter.

Der Anführer sah ihr in die Augen. „Jetzt, da deine Drachenfreunde aus dem Weg sind, lass uns reden."

Denk daran, Evie, sieh nicht zu Nikki oder Charlie, sonst du könntest zusammenbrechen. Nach einem tiefen Einatmen sagte sie: „Solange ihr die beiden Wachen nicht tötet, steht mein Angebot zur Zusammenarbeit noch."

Der Anführer trat Nikki in die Seite, und Evie wappnete sich, nicht zu reagieren. Er sagte: „Solange unsere Wissenschaftler keinen Fehler mit der Dosierung gemacht haben, werden sie leben."

Evie vermutete, dass er die Wahrheit sagte. Schließlich war Nikkis und Charlies Blut zu wertvoll, um sie zu töten, was bedeutete, dass sie ihre Freundinnen, egal, was Evie tat oder sagte, lebendig mitnehmen würden.

Da ihre Gefangennahme fast unvermeidlich war, es sei denn, Bram tauchte plötzlich auf, bestand ihre Priorität darin, einen Hinweis für Stonefire zu hinterlassen, den sie später bei der Durchsuchung der Höhlenwohnung verwenden konnten. Doch was konnte sie tun?

Dann erinnerte sie sich an das Telefon. Aus dem Augenwinkel sah sie den Festnetzhörer auf dem Schreibtisch liegen. Wenn sie Glück hatte, hörte immer noch jemand zu. So konnte sie kommunizieren.

Sie konzentrierte sich auf den Anführer und sagte: „Gut, dann sag mir, was ich tun muss, um die beiden Wachen am Leben zu erhalten."

Der Anführer deutete mit den Fingern und seine beiden Teammitglieder flankierten ihn auf beiden Seiten. Er streckte eine Hand aus, und die Person auf seiner linken Seite legte eine kleine Flasche in seine Handfläche. Der Anführer hielt die Fiale in die Höhe. „Trink das, und wir werden deine Freunde nicht erschießen."

Evie hob eine Braue. „Du willst, dass ich eine seltsame, blaue Flüssigkeit trinke, ohne Fragen zu stellen? Woher weiß ich, dass du die Wahrheit sagst und dein Versprechen halten wirst?"

Der Anführer hielt die Fiale in die Höhe. „Das tust du nicht, aber das ist das einzige Mal, dass ich es anbiete. Als Nächstes nehmen wir dich mit Gewalt und töten sie."

Das würden sie nicht. Sie hielt sich davon ab, den Mann zu provozieren, und streckte ihre Hand aus. „Gib her." Als der Anführer sie in ihre Handfläche legte, rollte sie ihre Finger um die Ampulle. „Gut, dann sagt mir nur Folgendes: Gehört ihr zu der Carlisle-Jägerbande?"

Der Anführer knurrte. „Wir sind keine Bande, Liebes." Er nahm eine Waffe heraus, entsicherte sie und richtete sie auf Nikkis Kopf. „Jetzt trink die verdammte Ampulle."

Evie entkorkte das Fläschchen. Obwohl die Worte des Mannes kein volles Geständnis waren, klangen sie wie ein Eingeständnis für sie. Sie hoffte nur, dass die Informationen Bram erreichten, bevor es zu spät war. Wenn sie von der Bemerkung ‚richtige Dosierung' ausging, vermutete sie, dass Charlie und Nikki wahrscheinlich von der Immergrün- und Alraunwurzel umgehauen worden waren, was bedeutete, dass sie für ein paar Tage nicht wandeln konnten. Sie würden am Leben gehalten, bis man sie ausbluten ließ, aber wer wusste, was die Jäger in der Zwischenzeit mit Nikki und Charlie machen würden.

Es gab nur eine Option. Evie legte die Ampulle an ihre Lippen und trank die bittere Flüssigkeit. Sie hoffte bloß, sie fände eine Möglichkeit, ihre Freundinnen zu retten. Oder zumindest wollte sie ein paar Tage, damit Bram und die anderen sie finden konnten. Evie weigerte sich, an die Alternative zu denken.

Ihre Vision verschwamm, bevor die Welt schwarz wurde.

Kapitel Zweiundzwanzig

Bram setzte sich Olivia gegenüber, deren Hände und Füße an den Metalltisch vor ihr gekettet waren. Ihre Fesseln waren aus gehärtetem Stahl. Wenn sie sich wandelte, würde der Stahl ihre menschlichen Gelenke brechen, bevor er nachgab. Trotz ihrer dummen Entscheidung, mit Neil Westhaven zusammenzuarbeiten, war das Mädel klug genug, in ihrer menschlichen Form zu bleiben. Mit dem gesamten Beschützerteam als Wache würde sie niemals mit gebrochenen Armen und Beinen entkommen.

Er musterte sie einen Moment. Ihr Herzschlag war nur etwas schneller als normal, und sie zappelte nicht. Da die Frau als junge Erwachsene recht temperamentvoll gewesen war, hatte er keinen Zweifel, dass die Veränderung auf Neil zurückzuführen war.

Bram wandte sich an seinen Drachen. *Hilf mir,*

sie zu befragen. Ich brauche unsere Dominanz kombiniert, um beide Hälften unterwürfig zu machen.

Es wird schwierig werden. Olivias Drache ist stark für eine Frau. Ich werde es versuchen.

Du bist doch auch immer ach-so-stark, du großspuriger Drache. Hilf mir einfach.

Sein Drache brummte ein nicht recht glückliches Ja. Bram richtete seinen Blick auf Olivia und sagte: „Erzähl mir von Neil."

Olivia antwortete lediglich: „Nein."

Bram kanalisierte seinen inneren Drachen und zwang jede Dominanz in seine Stimme, die er aufbringen konnte. „Ich werde noch einmal fragen, Mädchen, bevor ich den Clan über deine Aktivitäten informiere. Deine Eltern würden nicht freundlich reagieren, wenn jeder weiß, dass ihre Tochter eine Verräterin ist." Olivias Haltung gab etwas nach. Zumindest lag ihr noch etwas an ihren Eltern. Er fuhr fort: „Du wurdest in der Nähe von Carlisle gefunden, obwohl du in Wales sein solltest. Sag mir warum."

„Ich möchte zuerst garantierten Schutz."

Die Vorstellung, eine Verräterin zu schützen, gefiel ihm gar nicht, aber Bram zwang seinen Ekel beiseite, um seine Arbeit zu erledigen. „Ich brauche zuerst etwas, Olivia. Und ich werde nicht noch einmal fragen."

Als sie einander anstarrten, erlaubte Bram seinem Drachen in seinen Geist zu kommen und zu gehen. Seine Augen blitzten zwischen Schlitzen und menschlichen Pupillen hin und her. Olivias

Wagemut schwand, und sie ließ ihre Schultern weiter hängen. Sie war dabei nachzugeben.

Er hob eine Augenbraue, und die Frau sagte: „Ich sollte Neil treffen, aber die Beschützer haben mich gefunden, bevor er ankam."

„Warum wolltest du ihn treffen?"

Olivia schüttelte den Kopf. „Ich habe dir etwas gegeben. Ich will eine Schutzgarantie. Die Drachenjäger werden mich jagen, sobald sie hören, dass ich allein bei dir war."

„Du wirst Neil einfach den Rücken zukehren, ohne einen Blick zurück?"

„Neil hat mir Macht angeboten, die ich hier nie erlangen könnte, und das ist keine Option mehr, da ich allein bei dir sitze. Simon Bourne wird dies als Verrat und Bedrohung betrachten, die beseitigt werden muss. Mein Leben ist wichtiger als Neils zu beschützen."

Olivias Worte bestätigten den Verdacht auf einen Verräter im Clan. Bram mochte es nicht, dass Bourne sich so für Stonefire interessierte.

Während er die Drachenfrau sich gegenüber betrachtete, musste er vorsichtig vorgehen. Er hatte nicht vor, einen Verräter zu verhätscheln, aber er hatte auch nicht vor, sie anzulügen. Er sagte: „Selbst, wenn ich dir Schutz garantiere, wirst du dennoch unter Hausarrest stehen."

„Noch einmal: Ich werde am Leben sein."

Und sie wird verdammt nochmal versuchen, einen Weg zu finden, um zu entkommen. Dennoch war jede Minute, die er damit verbrachte, bedeutungslose

Zusicherungen von Olivia zu bekommen, eine weitere Minute, in der die Drachenjäger dem kleinen Murray schaden konnten.

Bram verschränkte die Arme vor der Brust. „Gut, du wirst bewacht werden, aber du solltest wissen, wenn du wandelst und versuchst zu entkommen, werden wir dich zur Strecke bringen und dem MDA übergeben. Wenn ich so darüber nachdenke: mach nur einen falschen Schritt, und ich werde dich an das MDA übergeben. Ich gebe Verrätern keine zweite Chance."

Olivia nickte. Er hatte das Gefühl, dass sie dieses Versprechen bald brechen würde, aber er sagte nur: „Dann erzähl mir von Neils Verbindung zu Simon Bourne."

Sie zögerte eine Sekunde, bevor sie leise antwortete: „Neil hat ein vorläufiges Bündnis mit Simon Bourne und den Carlisle-Jägern geschlossen. Er liefert ihnen Informationen im Austausch für Geld und Schutz durch die lokalen menschlichen Behörden. So ist er vom Radar verschwunden, seit du ihn im vergangenen Jahr verbannt hast."

Er nickte. Ein Drachenwandler ohne Clan wurde in der Regel vom MDA in Gewahrsam genommen, bis ein Clan ihn oder sie in ihren Schoß nahm. „Was für eine Rolle hast du bei dem Ganzen gespielt?"

„Im Austausch für Informationen über das, was hier passiert, habe ich Zahlungen erhalten. Mein Ziel war es, nach Rumänien umzusiedeln, wo

Drachenclans mehr Macht über die lokalen Behörden haben."

Sein Drache meldete sich zu Wort. *Sie wünscht sich die alten Tage zurück, aber die alten Tage waren voller Tod. Die Kontrolle über Menschen bringt sie nur dazu, uns noch mehr töten zu wollen. Zusammenarbeit ist besser.*

Bram stimmte zu, hatte aber keine Zeit, mit seinem inneren Tier über die Drachenwandler-Geschichte zu streiten.

Er hob eine Braue. „Nach welcher Art von Informationen hat Neil und damit Bourne gefragt?"

Sie zuckte mit einer Schulter. „Was man erwarten würde – Schwächen an unseren Grenzen und der Patrouille, Benachrichtigung über Clanversammlungen, jede Art von Zwietracht, die dazu verwendet werden könnte, die Einheit des Clans zu schwächen."

„Stonefire hat die stärkste Bindung unter allen britischen Drachenwandler-Clans."

„Das war bevor die menschliche MDA-Inspektorin aufgetaucht ist. Auf der Rückfahrt von Carlisle erwähnte einer der Beschützer, dass du den Menschen als deine Gefährtin beanspruchst. Wenn Neil oder die Carlisle-Jäger von dieser Information erfahren, kann sie gegen dich verwendet werden. Nicht jeder im Clan wird es billigen, dass sein Anführer die Drachenwandlerfrauen ignoriert und stattdessen einen Menschen wählt."

Die verdammten jungen Beschützer und ihre großen Klappen. Er würde den Ausrutscher bei Kai erwähnen. Nach einem Gespräch mit ihm würden sie zukünftig zweimal über Klatsch nachdenken.

Bram bewegte seine Hand zum Tisch und trommelte mit den Fingern. „Folgendes wirst du außerdem im Austausch für Schutz tun." Olivia machte ein protestierendes Geräusch, aber er ignorierte es und fuhr fort: „Ich habe nie gesagt, dass ich nicht mehr verlangen würde. Du wirst alles diktieren, was du über Neil und Bourne weißt, sowie welches Wissen du weitergegeben hast. Einer der Beschützer bleibt, bis du fertig bist, und ein anderer im Raum steht bereit, das MDA anzurufen, wenn du dich weigerst zu kooperieren. Wenn Kai und ich mit den Ergebnissen zufrieden sind, werde ich den Schutz verlängern. Wenn nicht, werde ich dich dem MDA übergeben. Ich schlage vor, du kooperierst."

Bevor Olivia irgendwie reagieren konnte, platzte Kai in den Raum herein. Die Sorge im Gesicht des Oberhaupts seiner Beschützers unterbrach sämtliche Ermahnungen. Stattdessen stand Bram auf und fragte: „Was ist los?"

Kai deutete mit dem Kopf Richtung Tür. „Nicht hier."

Ein ungutes Gefühl brodelte in seinem Magen. Kai war normalerweise ruhig und gefasst unter Druck. Die Sorge im Gesicht seines Clanmitglieds bedeutete, dass etwas Schreckliches geschehen war.

In dem Augenblick, als Bram die Tür hinter sich schloss, sagte Kai: „Evie und die anderen wurden entführt."

Brams Drache drückte sich in den Vordergrund

seiner Gedanken. *Ich habe dir gesagt, wir hätten sie schützen sollen. Wir müssen sie finden.*

Ich brauche zuerst Informationen. Nachdem er sein Tier beiseitegeschoben hatte, sagte Bram: „Sag mir, was geschehen ist, und schnell. Mein Drache ist im Moment nicht glücklich."

„Nun, Nikki hat über die sichere Leitung angerufen, angeblich, weil Evie etwas in den Daten gefunden hatte. Aber bevor der Mensch an den Apparat kommen konnte, gab es eine Mini-Explosion, einige Kämpfe und Reden. Da die Telefonleitung immer noch stand, konnte einer meiner Beschützer das leise Gespräch verstehen."

Bram übte mehr Druck auf das unsichtbare Gefängnis seines Drachen aus, um ihn zurückzuhalten, und brachte verbissen heraus: „Und?"

„Evie ist ein kluger Mensch, und sie hat die Angreifer dazu verleitet zuzugeben, dass sie Carlisle-Jäger sind."

Sein cleveres Mädchen. „Olivia hat mir nichts über den Standort von Bournes Hauptquartier gesagt, und ich bezweifle, dass sie das tun wird. Hat Zain von dem Drachenjäger, den wir gefangen genommen haben, etwas Neues erfahren?"

Kai nickte. „Ja, er hat es geschafft, einige Standorte im Austausch für den Schutz des Jägers zu extrahieren. Alles ist bereits in Bewegung. Da Evie deine Gefährtin ist, muss ich wissen, ob du mit uns kommen möchtest, wenn wir aufbrechen."

Brams Drache brüllte. *Natürlich werden wir gehen.*

Ich werde meine Wut benutzen, um sie zu retten. Die Jäger werden keine Chance haben.

Es sei denn, sie benutzen Laserpistolen.

Ich werde vorsichtig sein.

Bram konzentrierte sich wieder auf Kai. „Lass mich zuerst Tristan und ein paar andere anrufen, damit der Clan nicht ohne Anführer ist, wenn wir schließlich aufbrechen. Ich treffe dich in zwanzig Minuten in meinem Büro, um die Details zu besprechen. Finde auch jemanden, dem du zutraust, Olivias Aussagen aufzunehmen. Wenn sie sich weigert zu kooperieren, sperrt sie weg und ruft das MDA an, sobald dieser ganze Schlamassel vorbei ist."

Kai nickte und ließ Bram allein im Flur stehen. So sehr er mit seinem inneren Tier brüllen wollte, zwang er sich, ruhig zu bleiben. Wut würde Evie schaden. Er brauchte sein Gehirn, um sie zu retten.

Selbst wenn er bei dem Versuch starb, würde er seine Gefährtin retten. Simon Bourne und seine Drachenjäger würden untergehen.

EVIE SAH sich zum millionsten Mal in dem fensterlosen Raum um und seufzte. Der Raum, ganz schlicht, war eine Gefängniszelle mit nur einem Bett, Waschbecken und einer Toilette. Oh, und einem defekten, gelegentlich flackernden Neonlicht über ihrem Kopf, das sie an schlechte Horrorfilme denken ließ. Hoffentlich würde sie nicht ein ähnliches Schicksal wie die Opfer in diesen Filmen erleiden.

Niemand hatte sie in oder aus dem winzigen Raum gebracht, seit sie wieder zu Bewusstsein gekommen war. Obwohl sie die Wachen und ihre Bewegungen beobachtete, wann immer sie Mahlzeiten brachten, hatte sie noch keinen Weg gefunden, diese bewaffneten Wachen zu überwältigen, geschweige denn einen Fluchtplan zu entwerfen.

Sie hatte auch keine Ahnung, was mit Nikki und Charlie geschehen war. Auch wenn Evie nicht wusste, wie lang sie bewusstlos gewesen war, nachdem sie in Brams Versteck die bittere Flüssigkeit aus der Ampulle getrunken hatte, würde es nicht mehr lange dauern, bis die Auswirkungen der Alraunwurzel und des Immergrüns auf die beiden Beschützer nachließen. Sobald Nikki und Charlie wandeln konnten, würden die Jäger sie ausbluten lassen. Wenn Bram oder seine Beschützer sie nicht rechtzeitig fanden, würden die beiden Drachenwandlerinnen sterben.

Nein. Evie wollte die Drachenjäger-Bastarde nicht gewinnen lassen. Irgendwann würden sie sie befragen. Wenn der Moment kam, würde sie versuchen, einen Ausweg aus ihrem Gefängnis zu finden. Es war sehr unwahrscheinlich, dass sie die beiden Drachenfrauen allein befreien konnte, aber wenn sie entkommen konnte, würde sie Hilfe finden.

Das schwache fluoreszierende Licht über ihrem

Kopf flackerte, bevor jemand den äußeren Riegel der Tür öffnete. Wo auch immer sie sie festhielten, es war kein neues oder sehr solides Gebäude. Das wäre ein großer Fehler, wenn Bram sie finden würde, bevor sie entkommen konnte.

Die Tür öffnete sich, und sie blinzelte gegen das grelle Licht im Flur. Sie konnte nur die Silhouette eines Mannes ausmachen. Er sagte: „Steh auf. Wir bringen dich woanders hin."

Sein starker West-Country-Akzent unterschied ihn von den anderen Wachen, die ihr Essen gebracht hatten. Simon Bourne musste landesweit rekrutieren.

Kooperativ zu sein, würde hoffentlich alle weniger vorsichtig sein lassen, also stand Evie auf und blinzelte noch ein paar Mal, bis sie die große Nase, die hohe Stirn und die schütteren blonden Haare der schwarzgekleideten Wache ausmachen konnte. Wenn sie entkommen konnte, würde sie die Datenbank bekannter Drachenjäger durchsuchen. Es zu berichten würde wahrscheinlich verdammt nochmal nichts bewirken, aber es war in ihr verankert, sich Details zu merken.

Sobald sie nahe genug war, nahm der Wächter ihren Arm und führte sie einen verdreckten Flur entlang, der mit Spinnweben und Trümmern gefüllt war. Das Gebäude war seit Jahren nicht mehr kommerziell genutzt worden und wahrscheinlich zum Abriss verurteilt.

Nachdem sie einen schwach beleuchteten Flur und dann einen weiteren hinuntergegangen waren, ließ der Wächter sie vor einer verstärkten Tür stehenbleiben. Im Gegensatz zu ihrer Zelle war die Tür neu und aus einer Art Metall gefertigt.

Bevor sie zu lange darüber nachdenken konnte, was das bedeutete, klopfte der Wächter an. Die Tür öffnete sich, und ihre Ohren wurden von dem Gebrüll eines schwachen Drachen bombardiert.

Ihr Herz zog sich zusammen. *Oh nein. Bitte lass das nicht Nikki oder Charlie sein.*

Der Wächter zog sie in den Raum, und Evie bemühte sich um einen neutralen Gesichtsausdruck. Gerade rechtzeitig, als sie eine riesige Höhle betraten. Leute, die entweder dasselbe schwarze Outfit trugen wie ihre Wache oder in weißen Laborkitteln gekleidet waren, tummelten sich hier und da. Maschinen, die sie nicht identifizieren konnte, medizinische Geräte und eine Menge Waffen waren über den Raum verteilt oder an den Wänden befestigt. Dann erreichten ihre Augen die weit entfernte Ecke, und sie hörte auf zu atmen.

Ein erwachsener grüner Drache, weiblich, wenn sie nach der Größe urteilen sollte, war in einen riesigen Gefängniskäfig gesperrt, eine Schelle an ihrer Schnauze und mit einer Art Band, die ihre Flügel einschloss. Neben den Fußfesseln an allen vier Gliedmaßen und am Schwanz waren verschiedene schlauchartige Röhren mit den Hauptarterien im Hals, an den Vorderbeinen und an den Hinterbeinen verbunden. Der Drache kämpfte darum, lauter als in normaler

Sprechlautstärke zu brüllen. Jeder Versuch war zunehmend schwächer als der vorherige.

Der Anblick bereitete ihr Übelkeit, und sie wollte jede Person, die der großartigen Kreatur Schaden zugefügt hatte, ins Gesicht schlagen. Welche Person konnte einen Drachenwandler einer solchen Folter aussetzen, ohne ihn zu betäuben, um ihm den Schmerz des Ausblutens zu ersparen?

Sie verkrampfte den Kiefer. Drachenjäger. Nichts, was sie in der Vergangenheit in Berichten gelesen hatte, hätte sie auf den Anblick vor ihr vorbereiten können. Ein kurzer Blick sagte ihr, dass die lächelnden und grinsenden Jäger in Schwarz, die das kämpfende Tier beobachteten, den Anblick genossen.

Kranke Bastarde. Wenn nicht bald etwas getan wurde, würde der grüne Drache sterben.

Evie versuchte, sich an Nikkis Drachenfarbe zu erinnern, doch sie fiel ihr nicht ein. Sie hatte auch keine Ahnung von Charlies Drachenfarbe.

Auch wenn sie optimistisch sein wollte, war Evie eine Realistin. Einen Drachen zu fangen war verdammt schwierig; der grüne Drache musste einer der Beschützer von Stonefire sein.

Jede Sekunde, in der sie dastand und gaffte, verlor sie Zeit, um herauszufinden, was sie über ihre aktuelle Situation wissen konnte. Obwohl sie den grünen Drachen im Käfig möglicherweise nicht retten konnte, gab es immer noch eine Chance, die andere Stonefire-Beschützerin und das Baby Murray zu retten.

Sie zog an ihrem Arm, um die Aufmerksamkeit ihrer Wache zu erregen, und fragte: „Warum hast du mich hierher gebracht?"

Der Wächter festigte seinen Griff, und sie widersetzte sich einem Zusammenzucken. „Halt die Klappe. Das erfährst du schon früh genug."

Nachdem die Wache einen letzten Blick auf den schwächer werdenden Drachen geworfen hatte, zog er Evie in die Ecke, die am weitesten von dem großen Tier entfernt war.

Die Ecke war mit einem hellblauen Vorhang abgetrennt. Der Wächter schob den Vorhang zur Seite, um einen Glasraum zu enthüllen. Im Inneren lag ein schlafendes Baby mit dunklen Haaren, in einem durchsichtigen Plastik- oder Glasbettchen.

Ihre Kehle schloss sich. Es war der kleine Murray.

Atme, Evie. Du brauchst dein Gehirn, oder du hast keine Chance. Mit einem letzten Atemzug konzentrierte sie sich auf die Details. Im Raum war zurzeit niemand außer dem Baby. Zu ihrer Erleichterung war Murray weder an einer Maschine befestigt, noch gab es Schläuche, die aus seinem Körper kamen. Sie wusste, dass sein Blut bei der Heilung von Krankheiten nutzlos war, bis er zur Reife kam, aber sie hatte halb erwartet, dass die Jäger den Kleinen testen würden. Sie könnten es noch tun, aber für den Moment war Murray am Leben und sah sogar friedlich aus.

Als sie den Raum weiter nach Schwächen absuchte, sagte der Wächter: „Der Chef wollte, dass du siehst, was wir hier tun. Das Drachenbaby ist im Moment sicher." Der Wächter drückte ihren Arm fest, und Evie sah in sein Gesicht. Er fuhr fort: „Als Nächstes nehme ich dich zu einer Befragung mit. Denk an das Gör und den Drachen in der Ecke. Wenn du willst, dass das Baby und der andere Drache leben, nicke, dass du jetzt kooperieren wirst."

Sie wollte nicht aufgeben und den Jägern alles erzählen, was sie hören wollten, zumal sie sie bei der ersten Gelegenheit verraten würden. Aber vorerst nickte Evie, um sich Zeit zu erkaufen.

Der Wächter wandte sie von Murray ab. „Gut, dann lass uns gehen."

Als sie zur gleichen Tür zurückgingen, durch die sie hereingekommen waren, erhaschte Evie einen Blick auf den grünen Drachen in der Ecke. Sie machte jetzt kaum noch Lärm und wehrte sich auch nicht mehr.

Evie kämpfte gegen die Tränen an. Der wunderschöne Drache, der höchstwahrscheinlich zu ihrem Schutz geschickt worden war, starb.

In diesem Moment gab sie dem grünen Drachen ein Versprechen. *Ich werde einen Weg finden, diese Taten der Welt zu enthüllen. Dein Tod wird nicht umsonst gewesen sein.*

Der Drache sah ihr ins Auge und sie hätte schwören können, dass er ihr zunickte, fast als könnte er Evies Gedanken hören. Bevor sie jedoch etwas anderes tun konnte, war Evie wieder im dunklen, heruntergekommenen Flur.

Als sie in die entgegengesetzte Richtung zu ihrer Zelle gingen, schlug Evies Herz in ihrer Brust. Sie war schon vorher wütend gewesen, aber der Anblick des grünen Drachen hatte sie rasend gemacht. Kein Lebewesen sollte so gefoltert werden. Wenn das MDA nicht über diese Aktivitäten Bescheid wusste, würde sie sicherstellen, dass sie es taten, sobald sie frei war.

Und wenn ihre Vermutung über den stellvertretenden Direktor des MDA, Jonathan Christie, richtig wäre und er den Drachenjägern erlaubte, mit wenig oder gar keiner Aufsicht weiterzumachen, dann würde sie sich an die Medien wenden. Es musste etwas getan werden.

Sie hielten vor einer alten, leicht klapprigen Tür an und Evie schob ihren Zorn beiseite. Sie brauchte einen kühlen Kopf für die ‚Befragung'. Wenn sie ihrem Temperament freien Lauf lassen würde, wäre Evie nicht in der Lage, jemandem zu helfen, geschweige denn sich selbst.

Kapitel Dreiundzwanzig

Nach zwei verdammten Tagen der Planung, Recherche nach Informationen über Evies Laptop, das sie versteckt gefunden hatten, und Absuchen der Gegend um Carlisle, waren Bram und Kai bereit, ihren nächsten Schritt zu machen. So sehr Brams Drache losfliegen und mit der Bedrohung umgehen wollte, wie sie kam, hatte Bram nicht vor, Evie, Murray oder seine beiden gefangenen Beschützer zu gefährden. Er schuldete es seinem Volk, alle lebendig zurückzubringen, nicht nur seine Gefährtin.

Doch sein inneres Tier in Schach zu halten, wurde mit jeder Stunde schwieriger. Das unaufhörliche Brüllen in seinem Kopf war nicht nur irritierend, sondern signalisierte auch, wie nahe Bram dem Kontrollverlust war. Egal, wie sehr er es ermahnte oder argumentierte, er war nicht in der Lage gewesen, sein inneres Tier zum Schweigen zu bringen.

So würde Bram das Versteck infiltrieren, während er noch in seiner menschlichen Form war.

Als er zum Nachthimmel aufblickte, konnte er gerade die Schatten seiner Clanmitglieder erkennen, die in der Luft flogen. Eine durchschnittliche Person hätte den Schlag der Flügel hören und ihn als Wind abtun können. Bram wusste jedoch, dass es zwei Flügelformationen von Drachen gab, die so leise wie möglich am Himmel darüber kreisten.

Er hoffte, dass sie leise genug waren, um von den Jägern nicht bemerkt zu werden.

Bram signalisierte seinem Team von fünf Drachenwandlern, in menschlicher Form zu warten. Sobald zwei Drachen herabflogen und in der Ferne sanft auf dem vierstöckigen verlassenen Gebäude landeten, nickte er seinem Team zu und bewegte sich.

Überwachung und Abhören ihrer lokalen Kontakte hatten bestätigt, dass die Carlisle-Jäger immer noch einen der beiden Tunnel benutzten, die in den Berichten des MDA genannt worden waren. So wollten Bram und sein Team versuchen, in das Versteck zu gelangen.

Bram kroch durch die Büsche, die den Eingang verdeckten, bis er die Zweige fand, die die Tür verbargen. Er nahm einen Stock, schob die Äste zur Seite und hielt den Atem an, aber er sah keinen Alarm oder eine Tastatur. Simon Bourne und seine Jäger waren schlau genug, stille Alarmanlagen zu haben, aber Kai und Bram hatten vorhin entschieden, es zu riskieren. Schließlich war Brams Einbruch ein Köder, der die Ressourcen aufteilen sollte.

Bram hob die Hand, um allen zu signalisieren, dass sie sich kampfbereit machen sollten, und rammte seine Schulter gegen die Holztür. Beim zweiten Versuch zersplitterte der alte Holzrahmen. Die Tür gab nach, und er drang in den dunklen Tunnel.

Die Schwärze war für seine scharfen Drachenwandleraugen kein Problem. Mit jedem Schritt drückte sein Drache härter gegen die Wand in seinem Geist. Brams Geduld mit seinem Drachen näherte sich einer Grenze. Er nahm sich die wenigen kostbaren Sekunden, die er erübrigen konnte, um zu sagen, *Du kannst mir bald helfen. Ich brauche meine menschliche Hälfte, damit der Plan funktioniert.*

Lass mich raus. Ich werde dich stärker machen.

Wenn die Zeit gekommen ist, werde ich das tun. Aber jetzt hör erst einmal mit dem verdammten Brüllen auf. Du verhältst dich wie ein Zweijähriger, der die Süßigkeiten, die er im Laden wollte, nicht bekommen hat.

Sein Drache schnaubte. *Ich gebe dir zehn Minuten. Wenn du mich bis dahin nicht benutzt, werde ich einen Ausweg aus diesem Gefängnis finden.*

Bram konnte gerade eine Tür am Ende des Tunnels ausmachen. Er wies schnell sein Tier an: *Warte auf mein Signal.*

Bram schlug die Trennwand in seinem Kopf wieder zu, hielt vor der neuen Tür an und legte sein

Ohr gegen die kühle Metalloberfläche. Er konnte mehr als ein paar Fußstapfen auf der anderen Seite hören sowie das Schlagen von Ausrüstung und gedämpfte Rufe. Wahrscheinlich wussten die Jäger, dass jemand in den Tunnel eingedrungen war.

Gut. Wenn sie mit Bram und seinem Team beschäftigt wären, würden sie die Annäherung der anderen Drachen nicht bemerken.

Er rief Evies dunkelblaue Augen und rote Haare vor seinem inneren Auge auf. Bram nutzte ihr Gesicht, um sich zu konzentrieren, drückte gegen die Tür, aber das Metall gab nicht nach. Da er nicht wandeln konnte, hatte er eine Waffe mitgebracht. Er zog sie heraus, entsicherte sie und schoss dreimal auf das Schloss. Mit einem weiteren Stoß gegen die Tür gab sie nach, und er platzte in einen riesigen Raum voller Chaos.

Leute rannten herum und nahmen Ausrüstung auf. Auf der anderen Seite des Raumes bildete eine große Gruppe von Männern und Frauen, die in Schwarz gekleidet waren, einen Schutzkreis um eine kleinere Gruppe von Menschen in weißen Laborkitteln. Bevor er auch nur versuchen konnte zu erraten, was sie taten, entkamen die weißen Kittel über den Ausgang auf der anderen Seite aus dem Raum.

In dem Moment fielen seine Augen auf den grünen, unbewegten Drachen in der Ecke. Die Fesseln und Schläuche erzählten ihm, was Charlie angetan worden war, und sein innerer Drache heulte vor Trauer.

Die Beschützerin war tot.

Bram knurrte. Die Trauer und Gram mussten warten. Mehr als jeder andere würde Charlie verstehen, dass es notwendig war, sich auf die Rettung der Lebenden zu konzentrieren, bevor er um die Toten trauerte. Bram, der einen Teil der Wut seines inneren Drachen kanalisierte, gab das Signal und eilte auf die etwa zwanzig schwarz gekleideten Menschen zu, die sich noch im großen Raum befanden.

Es war Zeit, Kai die Ablenkung zu geben, die er brauchte, um die anderen zu retten. Bram weigerte sich zu glauben, dass Evie, Nikki oder Murray ebenfalls tot waren. Nein, wenn er etwas zu sagen hätte, würden in diesem Gebäude keine weiteren Clanmitglieder durch die Hände der Jäger sterben.

EVIE WAR ETWA zwanzig Minuten lang allein in dem baufälligen Konferenzraum gelassen worden. Vor ihrer Tür befand sich eine Wache, sodass eine Flucht keine Option war.

Nachdem sie den Raum kurz überprüft und keine wirklichen Mängel gefunden hatte, setzte sie sich hin. Anstatt alles zu verarbeiten, was sie in der letzten halben Stunde gesehen hatte, hatte die Stille Erinnerungen an den sterbenden grünen Drachen zurückgebracht. Ein Drache, der höchstwahrscheinlich jetzt tot war.

Zuerst waren Menschenopfer ihretwegen

gestorben. Nach heute würde auch der Tod eines Drachen auf ihre Kappe gehen.

Für jemanden, der dem MDA in der Hoffnung beigetreten war, Leben zu schützen, sah Evie mehr Tod, als ihr lieb war. Obwohl sie mehr Leben gerettet hatte als nicht, war es immer noch schwer zu verdauen.

Nur die Erinnerung an das, was sie Bram erzählt hatte, darüber, wie sie die beiden Menschenopfer überlebt hatte, half bei ihr, mit den Schuldgefühlen wegen des Drachen umzugehen. Sie würde später analysieren, was den Tod des Drachen verursacht hatte, und einen Weg finden, um zu verhindern, dass es wieder passierte. Evie weigerte sich zu glauben, dass dieses alte Gebäude voller Drachenjäger und Wissenschaftler ihre letzte Ruhestätte sein würde. Irgendwie, auf irgendeine Ar, würde sie entkommen und Hilfe finden.

Die Tür öffnete sich hinter ihr. Der Ton schärfte ihren Fokus, obwohl es ihr alles abverlangte, nicht zu fragen, warum das so verdammt lange gedauert hatte.

Sie drehte sich um und sah einen männlichen Drachenwandler in menschlicher Form in den Raum stolzieren. Das Haar des Drachenmanns war länger, und er trug einen kurzen Bart, doch Neil Westhavens Augen, die Tätowierung oder die etwas krumme Nase waren unverkennbar.

Anstatt „mörderischer Verräter" zu brüllen, hob Evie lediglich eine Augenbraue und fragte: „Was willst du?"

Der Drachenmann drehte einen der Stühle herum und setzte sich rittlings darauf. „Ich vermute von deiner Lässigkeit, dass du entweder in stressigen Situationen ziemlich ruhig bist oder du mein Gesicht schon einmal gesehen hast."

„Beides, aber ich bin neugierig auf dich. Sie töten eine Drachenfrau in dieser Einrichtung wegen ihres Blutes, aber dich scheint es nicht zu interessieren."

Er zuckte die Schultern. „Stonefire hat sich in mein Privatleben eingemischt. Als sie sich entschieden haben, das Menschenopfer vor einem der Ihren zu schützen, habe ich aufgehört, etwas für sie zu empfinden. Ich bin gegangen und habe dafür gesorgt, dass die Menschenfrau das bekam, was sie verdient hatte. Das einzig Gute daran ist, dass das Kind meine Position hier gesichert hat."

Sein Ton war fast gelangweilt, der Bastard. *Ihm ins Gesicht zu schlagen, wird nichts bewirken. Du brauchst Informationen, Evie Marie, oder du schaffst es nie hier raus.*

Richtig. Mit einem tiefen Atemzug zwang sie ihre Stimme, neutral zu bleiben, als sie sagte: „Also, ihr baut hier eine Blutfarm auf, nicht wahr?"

Neil blinzelte kaum auf ihre Frage hin. „Cleverer Mensch. Ich bin mir nicht sicher, wie du an diese Information gekommen bist, aber es beweist, dass du vielleicht nützlicher als die anderen MDA-Inspektoren sein könntest."

Evie ballte ihre Hand unter dem Tisch zu einer Faust, sonst hätte sie dem Drachenmann auf die Nase geschlagen. „Wenn du diese ganze Zeit für

Simon Bourne gearbeitet hast, dann weißt du, dass es nur eine Frage der Zeit ist, bis er auch dich wegwirft."

Neil wedelte mit einer Hand durch die Luft. „Du weißt nichts von meinem Deal mit Bourne." Der Drachenmann lehnte sich vor. „Genug mit dem Geplauder. Es ist Zeit für dich, einige Fragen zu beantworten." Evie öffnete den Mund, um darauf zu reagieren, doch Neil unterbrach sie. „Versuch nicht, zu verhandeln oder deinen Verstand zu gebrauchen, um mich zu überlisten. Wenn du irgendetwas Dummes tust, werden wir die andere Beschützerin ausbluten lassen. Ihr Leben liegt in deinen Händen."

Sie knirschte mit den Zähnen. „Was willst du?"

„Du wirst mir helfen, Bram Moore-Llewellyn zu Fall zu bringen."

Ganz sicher nicht. „Und was lässt dich denken, dass ich das tun kann?"

„Tu nicht so bescheiden, und verschwende nicht meine Zeit. Der einzige Grund, warum Bram dich selbst zu einem geheimen Versteck tragen würde, ist, dass du ihm etwas bedeutest." Neils Nase rümpfte sich. „Ich denke, er will dich als seine Gefährtin nehmen, nicht dass ich verstehe, warum er sich freiwillig für eine Menschenfrau entscheiden würde."

Ja, es wurde immer schwieriger, dem Drang, ihn zu schlagen, zu widerstehen.

Glücklicherweise hatte ihre Zeit im Süden mit Clan Skyhunter sie auf den Umgang mit Drachen der Arschloch-Sorte vorbereitet. „Hör zu, wir können unsere Zeit verschwenden, während du deine skurril-passiv-aggressiven Bemerkungen machst, oder wir können auf den Punkt kommen. Du hast die Wahl."

Neils Kiefer verkrampfte sich, und sie widersetzte sich einem Lächeln. Der Drachenmann sagte: „Nur weil ich dich nicht töten darf, werde ich dir das durchgehen lassen, Mensch. Jetzt sag mir die Wahrheit: Beabsichtigt Bram, dich als seine Gefährtin zu nehmen?"

Da Neil wusste, dass Bram sie in das Höhlenversteck gebracht hatte, waren Bournes Spione wahrscheinlich überall. Lügen wäre sinnlos. Die Wahrheit könnte ihr einfach die Zeit geben, die sie brauchte. „Ja. Aber bevor du einen schlauen Kommentar darüber machst, dass ich stinke oder Bram verzweifelt sein muss, sag mir, warum du denkst, dass Bram mir vertrauen wird, wenn ich auf wundersame Weise hier raus und zurück nach Stonefire marschiere?"

„Männliche Drachenwandler sind nachlässig, wenn sie mit ihren Schwänzen denken."

„Sprichst du aus Erfahrung?"

Neil knurrte. „Ich bin derjenige, der von jetzt an die Fragen stellen wird. Bram wird dir vertrauen. Das reicht. Wenn du also möchtest, dass der andere gefangene Drache lebt, wirst du kooperieren. Verstanden?"

Evie wollte kein pauschales Versprechen machen, aber ihr gingen die Möglichkeiten aus, Zeit zu schinden. Die Augen des Drachenmanns waren einige Male zu Schlitzen geblitzt. Wenn sie nicht aufpasste, würde sie sein inneres Tier noch provozieren. Anders als Bram dachte sie nicht, dass Neil sich zurückhalten würde. Es gab viel, was er tun konnte, ohne sie zu töten.

Sie war dabei zu improvisieren, als in der Ecke ein Licht nahe der Decke zu blinken begann.

Neil stand auf. „Verdammt, es hat einen Vorfall gegeben." Er sah zu Evie. „Zweifellos ist das dein Drachenmann. Steh auf. Du kommst mit mir."

Als sie vorhin gewartet hatte, hatte Evie die vernagelten Fenster inspiziert, in der Hoffnung, einen Fluchtweg zu finden. Obwohl sie dicht verschlossen waren, konnten sie vielleicht, nur vielleicht, wenn draußen Drachen herumflogen, Neil riechen. Sie würden nach jedem Drachenwandler im Gebäude suchen. Wenn sie etwas Lärm machen könnte, um ihren Standort zu signalisieren, könnte sich Neils Entdeckung beschleunigen.

Es war nicht so, als hätte sie die Kraft eines Drachenwandlers, das Holz, das die Fenster bedeckte, herauszuschlagen. Die Stühle waren jedoch alt und eher von der vierbeinigen Metallsorte als die neueren Schreibtischstühle, die jedes Büro in Großbritannien heutzutage hatte. Sie konnte einen hochheben und so viel Lärm wie möglich machen.

Die Entscheidung war getroffen, und Evie stand auf. Als Neil nach ihr griff, stürzte sie zum Ende des

Konferenztisches, hob die Plastikrückseite des Stuhls auf und schleuderte ihn mit jeder Menge Kraft, die sie besaß, an das nächste Fenster. Das Brett hielt, aber ein großer Schlag hallte durch die Luft. *Bitte, oh, bitte, lass das ihre Aufmerksamkeit erregen.*

Im nächsten Augenblick hatte Neil ihre Arme hinter ihrem Rücken. Er zerrte, und sie atmete durch die Schmerzen, die von ihren Handgelenken und Schultern ausstrahlten. Neil sagte: „Du bist gefangen, Mensch. Zieh nochmal so was ab, und ich werde dich bewusstlos schlagen."

Ihr Herz trommelte in der Brust. Nicht aus Angst vor dem Drachenmann hinter ihr, sondern sie wartete darauf, ob ihr letzter verzweifelter Versuch sie retten würde.

Doch als Neil sie aus der Tür des Konferenzraums manövrierte, verblasste ihre Hoffnung. *Verdammt.* Sie hatte versagt. Die verbliebene Beschützerin würde mit Sicherheit wegen ihres Handelns sterben. Ganz zu schweigen von Murrays Zukunft als Gefangener in einer Zelle.

Bram, wo bist du? Nur weil Evie es gewohnt war, sich um sich selbst zu kümmern, bedeutete das nicht, dass sie keine Hilfe brauchte. Sie war definitiv dieser Situation nicht gewachsen. In dem Moment, in dem sie ihren Glauben an Bram aufgab, wäre das Spiel vorbei.

Neil zerrte sie bis zum Ende des Ganges, als hinter ihnen ein lautes Geräusch zu hören war. Sie sah über ihre Schulter und entdeckte einen großen, goldenen Drachen, der sie direkt anstarrte. Der

Konferenzraum hinter ihm war weg. Der Drache hielt sich mit seinen Krallen am Rand des verbleibenden Fußbodens fest.

Neil schob sie weiter und zwang ihren Kopf, sich umzudrehen. Dann hörte sie das schwache Knistern, das sie schon einmal gehört hatte, als Bram gewandelt hatte. Eine männliche Stimme rief: „Laufen hilft dir jetzt auch nicht, Kumpel."

Es war Finlay Stewart.

Er pfiff, und ein anderer Drache krachte vor sie. Wenn noch viele Drachen so hier reinkämen, würde das Gebäude einstürzen.

Der rote Drache knurrte, und Evie hoffte, dass es für Neil bestimmt war und nicht für sie.

Neil streckte sich aus, drückte eine halbe Kralle gegen ihre Kehle und sagte: „Fliegt weg, Jungs, oder ich töte den Menschen."

Bevor der rote Drache vor ihnen etwas tun konnte, hörte Evie einen Schlag, und Neil fiel zu Boden. Sie blinzelte, drehte sich um und sah, wie ein Stück verdrehtes Metall aus seinem Rücken herausragte. Als sie aufblickte, stürmte ein sehr nackter Finlay Stewart ihr entgegen. Er sagte: „Nicht der intelligenteste Typ der Welt, wenn er mir seinen Rücken zudreht." Er streckte ihr seine Hand entgegen. „Komm, Mädchen. Ich werde zurückwandeln und dich hier herausholen."

Evies momentaner Schock über den toten Drachenwandler zu ihren Füßen ließ nach. „Was ist mit Murray und den anderen?"

Finn nahm ihre Hand und zog sie zu dem

klaffenden Loch an der Seite des Gebäudes. Als sie
ihre Fersen dagegenstemmte, blieb er stehen und
wandte sich ihr zu. Seine Augen blitzten zu
Drachenschlitzen und zurück, als er sagte: „Ich
habe jetzt keine Zeit für deine Sturheit. Bram
sorgt für eine Ablenkung, um dem Rest von uns
Zeit zu geben, dich und die anderen zu finden. Ich
habe keine telepathischen Fähigkeiten, also weiß
ich nicht, ob die anderen gerettet wurden oder
nicht. Aber ich weiß, je länger wir trödeln, desto
größer ist die Chance, dass dein Mann verletzt
wird."

Bram war im selben Haus wie sie. Der Gedanke
wärmte Evies Herz.

Als sie den schottischen Anführer ansah, fragte
sie sich, ob sie ihm vertrauen konnte. Aber wenn
Arabella, die durch die Hölle und zurück gegangen
war, seine Gesellschaft nicht störte, würde Evie auf
ihr Bauchgefühl hören, dass Finn nur versuchte, ihr
zu helfen.

Außerdem hatte Evie, sobald sie frei und aus der
Höhle der Drachenjäger waren, Insider-
Informationen, die Stonefire bei seinen
Rettungsbemühungen helfen könnten.

Als sie die Entscheidung getroffen hatte, stellte
sie einen Fuß vor den anderen, bis sie Finn am Arm
zerrte und er sich an ihr Tempo anpasste.

Er erreichte die Kante des klaffenden Lochs,
ließ ihre Hand los und rollte seine Schultern, bevor
er ihr einen stechenden Blick zuwarf. „Wenn du
versuchst wegzulaufen, während ich wandle, werde

ich beim nächsten Mal nicht so sanft sein. Verstanden?"

Sein Ton war voller Dominanz und duldete keinen Widerspruch. Sie begann zu verstehen, warum Finn ein Clanführer war.

Evie nickte und beobachtete, wie Finn rannte und in das Loch sprang. Bevor sie auch nur den Rand dessen erreichen konnte, was noch vom Boden übrig war, schwang die Klaue eines goldenen Drachen herein und legte sich sanft um sie. Finn schlug seine Flügel und trug sie in den Himmel.

Es dauerte eine Sekunde, bis sie zu Atem kam, als die Stadt Carlisle und dann die englische Landschaft unter ihr nur so dahinflogen. Sie hatte vielleicht keine Höhenangst, aber Finlay Stewart würde sich was anhören müssen, sobald sie gelandet waren, und sie sichergestellt hatte, dass alle in Sicherheit waren.

Sie wollte ihn auch fragen, wie er mitten in der Luft wandeln konnte. In all ihren Jahren, in denen sie mit Drachen gearbeitet hatte, hatte sie noch nie von jemandem gehört, der das tun konnte.

Als jede Meile unter ihnen vorbeizog, hoffte Evie, dass sie die richtige Entscheidung getroffen hatte, mit Finn zu gehen. Sie war immer eine vernünftige Person gewesen und hatte die rationalsten Entscheidungen getroffen. In diesem Augenblick zweifelte sie jedoch an sich selbst. Würden die anderen Drachen Murray und die verbliebene Beschützerin finden? Würde Bram es lebend schaffen? Nach ihren Erfahrungen mit seinem inneren Drachen half der wahrscheinlich nicht. Wenn das innere Tier ihn zu sehr ablenkte, könnte Bram sterben.

Und wenn noch jemand ihretwegen starb, war sie sich nicht sicher, wie sie sich dem Clan stellen sollte.

Kapitel Vierundzwanzig

Bram wich einer weiteren Faust aus und zog dem Jäger-Bastard mit seinem Fuß das Bein weg. Als der Mann auf dem Rücken lag, hockte Bram sich hin, schlug den Kopf des Mannes gegen den Boden und wandte sich dem nächsten Drachenjäger zu.

Während einige Jäger entkommen waren, arbeiteten Bram und sein Team sich durch den Rest. Keiner dieser niederrangigen Jäger hatte etwas Ähnliches wie das Immergrün- und Alraunwurzelgebräu, das vor einigen Tagen gegen Quinn eingesetzt worden war. Das sagte ihm, dass die Verwendung der Mischung nicht weit verbreitet war.

Wenn sonst schon nichts, hatte er wenigstens in diesem Teil seiner Mission Erfolg.

Als er sich zur Seite bewegte, um einem weiteren Schlag auszuweichen, schlug er dem Mann in die Niere. Es war Zeit, ihnen den Rest zu geben.

Seine Effizienz als Ablenkung hatte sich verschlissen. Wenn seine Leute Evie und die anderen nicht bereits gerettet hätten, würden sie es wahrscheinlich nie tun.

Er signalisierte seinem Team, zu wandeln und sich um die verbliebenen Menschen zu kümmern. Einer nach dem anderen wandelten die fünf in seinem Team in eine Vielzahl von Drachenfarben. Ein paar Sekunden lang schlugen sie die Jäger mit ihren Vorderbeinen und Schwänzen gegen die Wand, und es war getan.

Als er die fünf Drachen betrachtete, die über ihm aufragten, wies Bram sie an: „Schnüffelt nach den Ausgängen und stellt sicher, dass jeder im Raum bewusstlos ist. Ich werde mich um Charlie kümmern."

Er vertraute seinen Leuten, ihre Arbeit zu erledigen, und eilte auf die unbewegliche Masse in der Ecke zu. Da der Drache keine Bedrohung mehr war, stand die Käfigtür offen. Bram ging hinein und legte eine Hand auf den Kopf seines gefallenen Clanmitglieds. Er flüsterte: „Es tut mir leid, dass wir dich enttäuscht haben, Charlie. Ich werde mich um deinen Gefährten und dein Kind kümmern und sie nach besten Kräften schützen."

Der grüne Drache hatte sich weder bewegt noch reagiert, und Brams innerer Drache stieß ein trauriges Summen aus.

Er tätschelte noch einmal Charlies Kopf, griff in eine der Taschen seiner Weste und zog eine Spritze heraus. Er hob Charlies rechtes Augenlid und tauchte die Spritze durch das Auge ins Gehirn. Nachdem er den gesamten Inhalt eingeführt hatte, zog er die Nadel heraus und trat zurück.

Auch wenn sie tot und blutleer war, war Charlie nur gerade erst gestorben. Wenn sie direkt in das Gehirn eines Drachenwandlers gespritzt wurden, sollten die Chemikalien in der Mischung, die Dr. Sid ihm gegeben hatte, einen letzten Wandel erzwingen.

Er hielt den Atem an, in der Hoffnung, dass es nicht zu spät war. So ungern er sie verlassen wollte, gab es keine Möglichkeit, ihren Körper in seiner Drachengestalt mit sich zurückzutragen.

Eine weitere Sekunde verging, und Charlies Körper blitzte auf. Sie lag in menschlicher Form auf ihrem Bauch, blass und regungslos.

Seine Kehle verengte sich beim Anblick der einst starken und loyalen Drachenwandlerin. Charlie war eine der ersten Frauen, die jemals Beschützerin im Clan Stonefire geworden waren. Sie war eine von wenigen, denen er genug vertraute, um seine Gefährtin zu bewachen.

Selbst jetzt gab er Charlie nicht die Schuld für Evies Gefangennahme. Brams eigener Stolz und sein Übermut waren dafür verantwortlich. Kein Ort wäre jemals sicher, solange Simon Bourne noch frei war.

Als Bram seine Drachenbrüder bemerkte, die sich zu den Ausgängen bewegten, schob er seine Erinnerungen und seine Wut beiseite. Charlie mochte tot sein, aber Hunderte von anderen waren immer noch von ihm abhängig.

Er räusperte die Emotionen aus seinem Hals, hob sein gefallenes Clanmitglied in seine Arme und ging zurück zu ihrem Fluchtpunkt. Vier Mitglieder seines Teams waren wieder in menschlicher Form, eines blieb in seiner Drachengestalt, um Wache zu halten. Sie alle sahen auf Charlies Körper hinab.

Einen aus ihrem Clan zu verlieren war nie einfach, aber eine Frau zu verlieren war noch schlimmer, wenn man bedachte, wie wenige von ihnen es gab. Er konnte nicht zulassen, dass seine Männer abgelenkt wurden.

Während er jeden seiner Männer der Reihe nach ansah, sagte Bram: „Charlies Gefährte verdient die Chance, ihr einen richtigen Abschied zu bereiten, aber das wird er nicht schaffen, wenn wir nicht zurückkehren. Haltet eure Trauer zurück, bis wir nach Hause kommen." Seine Männer strafften ihre Schultern und nickten leicht. „Gut, dann gehen zwei von euch vor mir und zwei hinter mir." Bram bewegte seinen Blick auf den lila Drachen, der über ihm stand. „Wenn wir draußen sind, weißt du, was zu tun ist."

Der Drache nickte. Bram passte seinen Griff an Charlies Körper an und sagte: „Dann lasst uns gehen."

Zwei seiner Männer betraten den Tunnel und Bram folgte, vorsichtig darauf bedacht, Charlies Körper an sich zu halten. Er hatte nicht vor, sie weiter zu beschädigen, indem er versehentlich ihren Kopf gegen einen scharfen Felsen schlug.

Sobald sie den Ausgang des Tunnels erreichten,

wurde er vom Anblick zweier Drachen mit großen Körben begrüßt, die darauf warteten, alle Verwundeten zum Clan zurückzutragen.

Obwohl die Ungeduld seines Drachen beim Anblick ihres gefallenen Clanmitglieds nachgelassen hatte und Bram wahrscheinlich nach Hause fliegen konnte, fühlte es sich falsch an, die Drachenfrau für ihren letzten Flug am Himmel allein zu lassen.

Sein Drache sagte: *Bleib bei ihr. Es ist am besten, wenn wir landen.*

Anstatt daran zu denken, Charlies Gefährten gegenübertreten zu müssen, kroch Bram in einen der wartenden Körbe und schloss den Körper der Drachenfrau in seine Arme.

Bald waren sie alle in der Luft. Bram achtete kaum auf den purpurnen Drachen, der aus dem Gebäude unter ihm platzte, noch auf den anschließenden Einsturz des Gebäudes. Der Tod eines seiner eigenen Clanmitglieder war immer schwer, vor allem, wenn er gerade einen seiner Aufträge ausgeführt hatte. Es gab auch die Möglichkeit, dass noch mehr Blut an seinen Händen klebte, wenn Evie, Nikki oder sogar der kleine Murray ebenfalls tot waren.

Der Gedanke, Evie nie wiederzusehen, schlug ihm auf den Magen. Sie hatte sich in kurzer Zeit in sein Herz geschmeichelt. Nicht nur, dass es seinem Clan ohne sie schlechter ginge, ihm auch. Ohne seinen Menschen wäre das Leben einsam.

Sein innerer Drache sagte: *Unsere Gefährtin muss am Leben sein. Ich würde es sonst wissen.*

Drachen haben keine telepathischen Fähigkeiten. Du kannst nicht wissen, ob sie lebt oder nicht.

Sie lebt. Ich könnte sonst nicht denken.

Sein Tier hatte recht. Charlies Tod war hart genug; ständig daran zu denken, dass Evie ebenfalls tot sein könnte, würde ihn davon abhalten, seinen Clan zu schützen. Wie so oft in seinem erwachsenen Leben mussten seine Bedürfnisse an zweiter Stelle kommen.

Dennoch sollte Evie verdammt nochmal am Leben sein. Wenn die Jäger sie auch getötet hatten, würde er seinen Drachen auf alle Jäger entfesseln, die er finden konnte, bis Simon Bourne tot war. Bram war es leid, brav nach den Regeln zu spielen; das nächste Mal, wenn die Jäger sich mit seinem Clan anlegten, würden sie es bereuen. Niemand sonst würde unter seiner Ägide sterben, wenn er es verhindern konnte.

EVIE WUSSTE NICHT, wie lange sie und Finn geflogen waren, bevor sie einige der umliegenden Gipfel und Täler erkannte. Sie näherten sich Stonefire-Land.

Sie war fast zu Hause.

Evie blinzelte gegen die Tränen an. Das Adrenalin hatte sich während des langen Fluges fast verflüchtigt. Nach zwei Tagen, in denen sie wenig geschlafen und gegessen hatte, stand sie kurz vor einem Absturz.

Doch wenn sie nachgab und zusammenbrach,

musste sie noch länger warten, um herauszufinden, wer noch am Leben war. Finn hatte erwähnt, dass Bram als Ablenkung diente. Hatte ihr Drachenmann überlebt? Sicher, sie glaubte an ihn, aber nach dem, was mit Nikki und Charlie passiert war, wäre nur eine Dose Immergrün und Alraunwurzel nötig, um den Anführer des Clan Stonefire zu Fall zu bringen.

Es war nicht nur Bram, um den sie sich Sorgen machte. Murray konnte immer noch in den Händen der Jäger sein; es brachte sie um, nicht zu wissen, welche Beschützerin noch am Leben war.

Ihre Kehle verengte sich, und Evie schloss die Augen. Tränen würden niemandem helfen. Wenn überhaupt, würde es die geringe Kraft, die sie noch übrighatte, erschöpfen. Nein, sie sollte sich auf das konzentrieren, was getan werden musste, nachdem sie gelandet war. Auch wenn alle ganz und wohl auf waren, gab es noch viel Scheiße zu bewältigen. Stonefire war ihr Clan, und sie hatte nicht vor, sie fallen zu sehen, ihretwegen oder wegen der Dummheit der Drachenjäger. Ihre Hauptsorge, abgesehen davon, dass alle noch am Leben waren, galt der Tatsache, dass sie ihre Frist überschritten hatte, sich beim MDA einzufinden. Obwohl sie angesichts der Erfolgsbilanz des MDA eher daran zweifelte, konnten sie vor den Toren von Stonefire warten. Der Umgang mit ihnen wäre nicht einfach, aber sie könnte es tun.

Nein, sie hatte mehr Angst vor dem Medienzirkus, der ebenfalls warten könnte.

Angesichts all dessen, was gerade mit den Drachenjägern geschehen war, wollte sie nicht, dass die Medien irgendeine Verbindung zwischen dem Vorfall in Carlisle und dem Clan Stonefire herstellten. Alle Gewaltakte, selbst in den meisten Fällen von Selbstverteidigung, endeten mit einer Aussetzung des Opferprogramms, manchmal auf unbestimmte Zeit. Bram wäre zwar stark für den Clan, wenn das geschehen würde, aber sie wusste, dass es ihn zerstören würde.

Bram. Ihr Drachenmann sollte verdammt nochmal am Leben sein. Das Leben ohne ihn wäre einsam. Sie würde seinen Humor, seine Cleverness und, sie fürchtete sich nicht, es zu sagen, seinen Schwanz vermissen. Der Anführer war das ganze Paket und hatte sie für alle anderen Männer ruiniert. Da sie nicht vorhatte, als Nonne zu leben, würde ihr Wille allein seine Sicherheit gewährleisten. Sie wusste, dass das unmöglich war, aber ihn mit jeder Zelle ihres Körpers lebendig haben zu wollen, konnte nicht schaden, besonders weil sie dabei war, sich in ihn zu verlieben.

Sie träumte jetzt schon davon, Murray zu adoptieren und eine Familie mit Bram zu gründen. Wenn sie jemals Zeit zusammen verbringen könnten, ohne dass der Clan oder ihr Leben bedroht wurden, würde sie sich so richtig und schnell in ihren Drachenmann verlieben.

Finn senkte sich zum letzten Mal. Sie öffnete die Augen und klammerte sich an die Hoffnung, dass Bram sie begrüßen würde. *Bram, bitte lebe. Ich weiß nicht, ob ich helfen kann, die Teile deines Clans aufzuheben und sie ohne dich zu mobilisieren.*

Der schottische Anführer verlangsamte seinen Flügelschlag, und ähnlich wie Bram sie mit seinen wendigen Bewegungen überrascht hatte, war Finn genauso, als er seinen Griff an Evie drehte, bis sie nicht mehr horizontal mit dem Bauch nach unten, sondern aufrecht war.

Sie hatte gerade genug Zeit, um ein großes Zelt an der Seite des sekundären Landebereichs zu bemerken, bevor der windige Rückschlag ihre Augen schloss.

Ihre Füße berührten den Boden. Ehe sie ihre Augen öffnen konnte, ließ Finn seinen Griff los. Als das Geräusch seines Wegfliegens ihre Ohren erfüllte, strauchelte sie und öffnete ihre Augen.

Trotz des Drehens in ihrem Kopf sah sich Evie in dem Bereich um. Als sie zum Zelt blickte, rannte ihr ein bekanntes Gesicht entgegen.

Es war Nikki.

Sie konnte kaum die Tatsache daraus ableiten, dass Charlie tot sein musste, ehe die junge Drachenfrau sie einarmig umarmte und sagte: „Evie! Du lebst!" Nikki umarmte sie fester. „Es tut mir so leid, dass wir dich nicht richtig beschützt haben. Brams Worte über die Sicherheit des Ortes haben mich unvorsichtig gemacht." Die Frau lehnte sich zurück, und ihre braunen Augen suchten Evies Blick. „Aber trotzdem liegt die Schuld bei mir. Ich bin durch damit, naiv und dumm zu sein. Wenn du mir noch eine Chance gibst, werde ich dich beim nächsten Mal mit meinem Leben beschützen."

Tränen stachen in Evies Augen. „Sei nicht albern. Du musst mir nichts beweisen. Ich bin nur froh, dass du lebst." Sie drückte der Drachenfrau die gute Schulter. „Charlie hat es nicht geschafft, oder?"

Nikkis Gesicht schloss sich. „Nein, sie haben sie getötet."

Evie spürte die Schuld der jungen Drachenfrau, schüttelte ihre Freundin ein wenig und sagte: „Sich selbst zu beschuldigen, wird nichts bewirken. Kanalisiere deinen Zorn und deine Trauer, um die Drachenjäger zu besiegen. Verstanden?"

Nikki betrachtete ihre Augen. Ihre Stimme war leise, als sie sagte: „Du klingst wie Bram."

„Nun, ich denke immer gern, er klingt wie ich." Nikki lächelte ein kleines Lächeln, und Evie war froh. Sie fuhr fort: „Was ist mit Murray? Und apropos Bram: wo ist er?"

Nikki deutete mit dem Kopf Richtung Zelt. „Bram ist noch nicht zurückgekehrt, aber Murray ist da drüben. Kais Beschützer haben ihn vor den fliehenden Wissenschaftlern gerettet. Es geht ihm gut, aber Dr. Sid untersucht ihn ein letztes Mal im Arztzelt, um sicher zu sein."

Anstatt darüber nachzudenken, warum Bram noch nicht zurückgekehrt war, stürzte der Wunsch, Murray zu sehen, um zu bestätigen, dass er in Ordnung war, durch ihren Körper. Der kleine Junge war allein, seine beiden leiblichen Eltern waren tot.

Er brauchte eine Familie, und Evie wollte seine neue Familie sein.

Evie drückte ihre Freundin ein letztes Mal und rannte über das Feld und in das offene Zelt. Als sie sich im Innenraum umsah, entdeckte sie Dr. Sids typischen Pferdeschwanz und eilte zu ihrer Seite. Murray lag in einer behelfsmäßigen Wiege und sabberte im Schlaf. Ihn lebend zu sehen, löste das Engegefühl um ihr Herz einen Bruchteil.

Ihre Stimme brach. „Murray." Sie sah zu Dr. Sid. „Kann ich ihn halten? Bitte?"

Dr. Sid musterte sie eine Sekunde lang, bevor sie antwortete: „Mit ihm ist alles in Ordnung, außer, dass er etwas Schlaf braucht. Sei einfach vorsichtig, dass du ihn nicht aufweckst."

Evie nickte, hob Murrays kleinen Körper sanft hoch und legte ihn gegen ihre Schulter. Sie atmete seinen warmen Babyduft ein und schloss die Augen, um nicht loszuweinen. Das Baby konnte schlafen und vergessen, aber sein warmes Gewicht in ihren Armen zu halten, brachte ein heftiges Bedürfnis mit sich, ihn zu beschützen, das sie nicht beschreiben konnte. Vielleicht war es das, was Mütter fühlten, wenn sie ihre Kinder festhielten.

Sie drückte ihn fester und schwor, dafür zu sorgen, dass Murray und alle anderen Drachenwandler-Kinder eine sicherere Zukunft haben würden. Was auch immer Melanie Hall-MacLeod brauchte, um ihr Buch zu veröffentlichen und zu einem Erfolg zu machen, sie würde es tun. Es gab keine verdammte

Möglichkeit, zuzulassen, dass sie als Blutsklaven missbraucht wurden.

Evie hatte keine Ahnung, wie lange sie mit geschlossenen Augen dort stand und Murrays warmen kleinen Körper hielt, aber das plötzliche Geschrei hinter ihr riss sie aus ihrer Blase der Babyglückseligkeit. Sie öffnete die Augen, blickte zu dem Tumult und sah einen Flügel aus Drachen herannahen. Einer von ihnen trug sogar einen Korb.

Sie wollte Murray festhalten und nie loslassen, aber Evie zwang sich, den kleinen Jungen hinzulegen. Er wäre sicher genug, wenn das gesamte medizinische Personal und andere Drachenclanmitglieder ihn im Zelt bewachen würden. Mit einem letzten Streicheln seiner weichen, molligen Wange bewegte sich Evie auf die Menge vor dem Arztzelt zu.

Als sie zu den Drachen am Himmel sah, entdeckte sie ein blaues Tier, aber die Größe und Form waren merkwürdig. Es war nicht ihr Drachenmann.

Ihr Herz hämmerte in ihrer Brust. Wo war er? Wenn Kai und Finn beide zurückgekehrt waren, dann sollten die Drachen am Himmel die Nachhut sein. Bram sollte bei ihnen sein. Es sei denn, er war verletzt und wurde im Korb getragen.

Oder, schlimmer noch, er könnte tot sein.

Nein. Mit einem tiefen Einatmen schob sie ihre Ängste beiseite und beschwor ihre Persönlichkeit als MDA-Inspektorin herauf. Sie musste nicht nur für sich selbst, sondern auch für die anderen stark sein. Wenn sie Sorge zeigen würde, würde der Rest des Clans es ihr zweifellos gleichtun.

Evie hob ihr Kinn, straffte die Schultern und bellte: „Räumt den Bereich! Wenn jemand verletzt ist, wollen wir nicht, dass Dr. Sid Zeit verschwendet, um euch alle aus dem Weg zu schieben."

Die verschiedenen Clanmitglieder sahen sie an. Den Bruchteil einer Sekunde lang zögerte sie, erinnerte sich aber dann daran, dass niemand in der Menge sie verletzen würde. Im Gegensatz zu Clan Skyhunter hatte Evie hier einen besonderen Schutz. Die Clanmitglieder würden die Gefährtin ihres Anführers nie verletzen.

Richtig, Evie. Sei die harte Inspektorin. Du schaffst das. Beim nächsten Ausatmen hob sie eine Augenbraue und machte mit ihren Händen eine Scheuchbewegung. Als die Drachenwandler einen Pfad öffneten, stieß sie ihren Atem aus.

Dr. Sid drückte ihren Arm, als sie vorbeieilte. Sobald der schwarze Drache den Korb auf den Boden stellte, stand Bram mit einer nackten Frau in den Armen auf.

„Bram", flüsterte Evie. Ihr Drachenmann sah ihr in die Augen, und die Welt um sie herum blieb stehen.

Selbst aus der Ferne waren seine blassblauen Augen voller Traurigkeit. Als sie auf die Frau in seinen Armen blickte, sah sie, dass es Charlie war.

Evie war sich der Augen des Clans auf sich

bewusst und ging schnell, aber effizient auf den Korb zu. Als sie ihn erreichte, hatte sich auch ein männlicher Drachenwandler dem Korb genähert. Brams Blick bewegte sich zu ihm. Sie hörte ihn sagen: „Es tut mir leid, Hudson. Es war zu spät. Die Jäger waren grausam, aber deine Gefährtin ist im Kampf gefallen. Der gesamte Clan wird sich an ihr Opfer erinnern und ihren Dienst für immer ehren. Sie wird nicht vergessen werden."

Der Drachenmann nahm Charlies schlaffen Körper von Bram und drückte sie an sich. Seine Augen waren feucht und seine Stimme rau, als er sagte: „Vielen Dank, dass ihr sie zu uns zurückgebracht habt. Jetzt können wir uns richtig von ihr verabschieden."

Evies Kehle schloss sich beim Anblick des Drachenmanns, der seine tote Gefährtin hielt. Evie würde sich auch um Charlies Familie kümmern. Schließlich war die Drachenfrau gefangen genommen worden, um sie zu beschützen.

Bram nickte, und der Drachenmann ging mit Charlie in seinen Armen davon.

Dann sah Bram sie an, und sie hörte auf zu atmen. Sie war hin- und hergerissen, ob sie ihn beschimpfen sollte, weil er so lange für die Rückkehr gebraucht hatte, oder ihn an sich ziehen, um ihn zu küssen, bis beide außer Atmen waren.

Bevor sie auch nur blinzeln, geschweige denn eine Entscheidung treffen konnte, lehnte sich Bram vor, hob sie hoch und stellte sie zu sich in den Korb.

Er zog sie an seinen harten Körper und flüsterte: „Evie, Liebes. Du lebst!"

Und dann küsste er sie.

Kapitel Fünfundzwanzig

B ram hatte sich dem Bedürfnis seines Drachen hingegeben, Evies weichen Körper an seinen zu ziehen, und da ihm egal war, wer sie sah, küsste er sie.

Als er ihre Lippen mit seiner Zunge verschlang, öffnete sie sich, und er verschlang ihren Mund mit harten, starken Schlägen. Er hatte den Zorn in ihren Augen gesehen, und er war entschlossen, sie dazu zu bringen, ihm zu vergeben. Ein Streit würde sein Blut in Wallung bringen, und so sehr er seine Gefährtin hart und schnell nehmen wollte, hatte er nicht die Zeit.

Nein, er würde sie nur mit seiner Zunge beschwichtigen müssen.

Als er ihren Mund weiter erforschte und ihre weichen Kurven gegen seinen Körper drückte, legten sich ihre Arme schließlich um seine Brust und umarmten ihn fest, ohne ihm ihren Mund ganz zu überlassen.

Das Mädchen hatte ihm vergeben.

Sein Drache brüllte. *Der Kuss ist nicht genug. Ich muss ihre Haut spüren. Es wird immer schwieriger, den Rausch zu kontrollieren.*

Als er die Spannung seines Drachen spürte, strich er mit seinen Händen über Evies Körper. Er nahm ihr Gesicht mit einer Hand und legte seine andere auf ihren Po. Er drückte ihre große Pobacke und wünschte, er könnte ihre weiche Haut ohne Barrieren kneten und formen. Aber als sein Drache wieder brüllte, um ihre Gefährtin in Sicherheit zu bringen und sie zu beanspruchen, streichelte Bram Evie mit seinem Daumen das Gesicht. Der Haut-an-Haut-Kontakt lockerte die Spannung seines Drachen um einen Bruchteil.

Sein inneres Tier sagte: *Bitte. Ich brauche sie. Kümmere dich um den Clan, damit wir sie ficken können.*

Den Kuss mit Evie zu unterbrechen, war eine der schwierigsten Sachen, die er je gemacht hatte, aber es war besser, als sie vor allen zu nehmen.

Er starrte in Evies dunkelblaue Augen und konnte Erleichterung, Glück und sogar Zuneigung ausmachen. Jede Zelle in seinem Körper wollte, dass es Liebe war, aber es war zu früh.

Wieder streichelte er ihren Kiefer und flüsterte: „Es tut mir leid, Liebes. Ich habe Pläne, die uns nackt und allein einbeziehen, aber jetzt muss ich nach meinem Clan sehen."

Evie strich mit einer Hand an seiner Brust hinauf und tätschelte sie. „Du meinst unseren Clan."

Er lächelte. „Ja, unseren Clan."

„Gut. Ich habe nur eine Bedingung, bevor du gehst."

Er runzelte die Stirn. „Jetzt ist nicht die Zeit für Bedingungen, Liebes. Ich muss sehen, wer verletzt ist, und mich dann mit Kai und Finn besprechen. Die Jäger könnten gerade einen Angriff planen."

Das hartnäckige Glänzen lag in ihrem Auge, und er widersetzte sich einem Stöhnen. Sie sagte: „Hör nur eine Minute zu, Drachenmann. Es ist wichtig."

„Aber mach schnell, Liebes."

Sie reagierte gereizt, schüttelte jedoch den Kopf. „Ich habe keine Zeit, mit dir zu streiten. Meine Bedingung bezieht Murray mit ein."

Er blinzelte. „Murray?"

Evie nickte. „Ja. Du musst bitte nur Dr. Sid sagen, dass es in Ordnung ist, wenn ich ihn nach Hause mitnehme, und dann kannst du alles tun, was getan werden muss." Sie lehnte sich an seinen Körper und flüsterte: „Wir werden beide auf dich warten, wenn du fertig bist. Vielleicht verzeihe ich dir sogar, dass du so lange gebraucht hast, zu mir zurückzukommen, und lasse mich ein- oder zweimal von dir ficken."

Brams Herz setzte einen Schlag aus. Sein Drache versuchte, bei der Erwähnung von Ficken die Kontrolle zu übernehmen, aber er schob das Tier beiseite, um sich auf die andere Hälfte ihrer Worte zu konzentrieren. „Du willst dich um den kleinen Murray kümmern?"

Evie lächelte. „Mehr noch, ich will ihn adoptieren. Er kann der Beginn unserer neuen Familie sein."

Bram ignorierte die Versuche seines Tieres, aus seinem Nervengefängnis auszubrechen, und musterte Evies Augen. „Bist du dir sicher?"

Evie runzelte die Stirn. „Du solltest mittlerweile wissen, dass ich es meine, wenn ich etwas vorschlage."

Er streichelte ihre Taille und murmelte: „Tut mir leid, Liebes, aber die letzten beiden Tage waren die Hölle. Ich kann kaum glauben, dass es für irgendjemanden glücklich enden wird, geschweige denn für mich."

Seine Gefährtin wurde weich. „Ich bin hier, Bram, und ich möchte sicherstellen, dass Murray nie wieder etwas passiert. Ich denke, gemeinsam können wir Murray die Liebe geben, die er verdient, und dafür sorgen, dass er sicher ist." Sie runzelte erneut die Stirn. „Stell nur sicher, dass du am Leben bleibst, um mich zu unterstützen. Alleinerziehende Mutter mit einem Drachenwandler-Baby zu sein, ist nicht etwas, das ich erleben möchte. Murray braucht seinen Dad."

Sie ihn Murrays Dad nennen zu hören, wärmte sein Herz. „Ich will doch auch nicht, dass der Junge vaterlos ist, oder? Das ist nur etwas schlimmer, als meine Gefährtin zu verärgern."

Evie lächelte, und er wusste, dass er gewonnen hatte. Sie gab ihm einen schnellen Kuss. „Gut. Nun, da das geklärt ist, lass uns Dr. Sid sehen, damit du mit dem Clan fertig werden und zu mir nach Hause kommen kannst."

Er nickte. „Außerdem werde ich Melanie und Tristan zu dir schicken. Du warst zwei Tage lang gefangen, und auch wenn du stark bist, könntest du dennoch in einen Schockzustand fallen."

„Ich bin keine zarte Blume, Bram Moore-Llewellyn. Aber ich kann die Hilfe gebrauchen, da ich duschen muss und nicht die leiseste verdammte Vorstellung davon habe, wie ich ein Baby pflegen soll."

Er drückte seine Gefährtin. „Du wirst es schon gut machen, Liebes." Er küsste sie noch einmal und löste sich von ihr. Der Verlust ihrer Hitze stach in sein Herz. „Jetzt muss ich Finn finden. Wie ich gehört habe, ist er derjenige, der dich gerettet hat."

„Ja, das hat er. Aber er hat auch Neil Westhaven getötet."

Bram blinzelte. „Was?"

Evie fuhr mit ihrer Hand über seine Brust. „Du wusstest es nicht?"

„Nein."

„Sei nicht zu hart zu ihm. Neil hat gedroht, mich zu töten."

Sein Drache knurrte. *Es ist gut, dass der Verräter tot ist.*

Ja, aber er hätte vor Gericht gestellt werden müssen. Wenn wir einen der unseren töten, spielt das dem Bild, dass alle Drachenwandler Monster sind, in die Hände.

Wenn der Verräter unsere Gefährtin bedroht hat, dann ist

das Leben unserer Gefährtin wichtiger als der Versuch, die Menschen zu beeindrucken.

Sein Drache hatte da einen Punkt, aber er hatte keine Zeit, um zu streiten. Er hatte bereits mehr Zeit mit Evie verbracht, als er hätte tun sollen. Auch wenn die Basis der Jäger in der Nähe von Carlisle zerstört war, bedeutete das nicht, dass sie nicht wieder angreifen würden.

Bram kletterte aus dem Korb, half Evie ebenfalls heraus und wandte sich dann an die Mitglieder seines Clans, die vor ihm standen. „Ich möchte, dass alle in ihre Cottages zurückkehren und wachsam bleiben. Bis ich den Befehl aufhebe, werden Besuche nach draußen nicht erlaubt sein."

Eine männliche Stimme rief: „Wie lange, Bram? Ich kann mein Geschäft nicht führen, wenn ich den Menschen keine Waren liefern kann."

Bram sah seinen Clan-Kumpel an und sagte: „Keine Sorge, Alex. Ich werde die Einschränkung nicht länger als nötig beibehalten. Aber ich denke, am Leben zu bleiben ist wichtiger als deine Holzschnitzereien zu liefern, aye?"

Derselbe Mann antwortete: „Aye."

Bram nickte und wandte sich dann an die Menge vor sich. „Geht! Ich werde euch alle wissen lassen, wenn die Dinge sich wieder normalisiert haben."

Als sich die Menge zerstreute, ergriff Bram Evies Hand und zog sie in das Zelt. Auch wenn er sich in den letzten fünf Monaten hundertmal um Murray gekümmert hatte, war er gespannt, den

Burschen zu sehen. Von jetzt an wäre Murray keine Anklage mehr, sondern sein und Evies Sohn.

Sid und der Kern ihres Pflegepersonals versorgten die kleinen Wunden an Brams Team. Sid bemerkte ihn, gab einem ihrer Mitarbeiter einen Befehl und stellte sich vor ihn. Nachdem sie ihn einmal betrachtet hatte, sagte sie: „Du wirst einen Bluterguss am Kiefer haben, aber du wirst leben. Hast du noch weitere Verletzungen, um die ich mich kümmern sollte?"

Evie stellte sich leicht vor ihn und versuchte, ihn mit dem Blick einzuschätzen. „Hartnäckiger Drachenmann, wenn du verletzt bist, sag es."

Er hob seine freie Hand. „Mir geht es gut. Bevor ihr beide darauf besteht, jeden Zentimeter von mir zu überprüfen, um meine Worte zu bestätigen, Sid, möchte ich, dass du Evie Murray mit nach Hause nehmen lässt. Vorausgesetzt natürlich, es geht ihm gut."

Sid bewegte ihren Blick zu Evie und zurück. „Ja, er ist gesund, nur ein wenig müde und dehydriert. Aber weiß deine Gefährtin, wie man sich um ein Drachenwandler-Kind kümmert?"

Evie löste ihren Griff an seiner Hand, und er drückte ihre Finger zur Beruhigung. „Sie wird es gut machen. Ich schicke Mel und Tristan, um zu helfen, bis ich mit Clanangelegenheiten fertig bin."

Sid drehte sich um, und Bram folgte ihr und zog Evie mit sich, bis sie über dem kleinen Murray standen. Das Baby schlief, aber seine Wangen waren voller Farbe, und der Junge schien zufrieden zu sein.

Sein Drache meldete sich zu Wort, seine vorige Spannung verringerte sich etwas. *Unserem Sohn wird es gut gehen.*

Das ging aber schnell. Ich hatte erwartet, dass es länger dauern würde, bis du ihn beanspruchst.

Unsere Gefährtin will ihn, also will ich ihn. Das Baby wird sie glücklich machen.

Bram beobachtete, wie Sid Murray hochhob und ihn in Evies Arme legte. Der Anblick seiner Gefährtin, die das Baby hielt, verursachte einen Ansturm von Wärme, der sich durch seinen Körper ausbreitete. Er sagte zu seinem Drachen: *Das Baby wird uns alle glücklich machen.*

Er streichelte Murrays weiche Wange. „Sei ein guter Junge, Murray, und schone deine Mom, bis ich wiederkomme." Als er zu Evie hinübersah, waren ihre Augen feucht. Er rieb ihr den Rücken und sagte: „Du wirst alles gut machen, Liebes. Mach dir keine Sorgen."

Evie sah ihm in die Augen. „Deswegen mache ich mir keine Sorgen. Es ist nur, dass ich nie gedacht hätte, dass ich die Chance hätte, Mutter zu sein. Zu hören, dass du mich so nennst, macht mich glücklich."

„Evie." Er gab ihr einen vorsichtigen Kuss. „Das hier ist für uns erst der Anfang. Wir werden sehen, wie du dich fühlst, wenn er dich um vier Uhr morgens aufweckt. Die Realität könnte etwas weniger rosig sein."

Sie runzelte die Stirn. „Hast du nicht

Clanangelegenheiten, um die du dich kümmern musst?"

Bram lachte. „Ich verstehe solche Hinweise. Du möchtest die rosige Aussicht, eine frischgebackene Mutter zu sein, genießen, ohne an die kommenden Realitäten erinnert zu werden."

Als er sich im Zelt umsah, bemerkte er, dass Nikki in einer Ecke saß. Er rief ihren Namen und bedeutete ihr, zu ihm zu kommen. Als sie sich auf den Weg zu ihnen machte, flüsterte er zu Evie: „Ich muss mich wirklich um einige Clanangelegenheiten kümmern. Nikki bringt dich nach Hause. Ist das für dich in Ordnung?"

Evies strenge Stimme kehrte zurück. „Warum sollte es nicht in Ordnung sein? Sie für meine Gefangennahme und Charlies Tod verantwortlich zu machen, ist sinnlos. Eine Reihe von Faktoren haben dazu beigetragen."

Einer seiner Mundwinkel hob sich. „Gut. Mein kluges Mädchen versteht." Bevor Evie antworten konnte, näherte sich Nikki. Ihr Ausdruck war unsicher und ihre Haltung etwas weniger selbstbewusst. Bram beschloss, das zu beheben. Er befahl: „Bring Evie und Murray zu meinem Cottage und hilf ihr dabei, sich einzuleben. Dann ruf Melanie und Tristan, sie sollen herüberkommen. Ich möchte, dass du auf sie alle aufpasst, bis ich zurückkehre."

Nikki verdrehte ihre Hände. „Bist du dir sicher, dass du das möchtest?"

„Nikola Gray, wenn es keinen triftigen Grund

gibt, warum ich dich nicht schicken sollte, dann hast du deine Befehle."

Nikkis Stimme war schwach, als sie antwortete: „Als ich das letzte Mal einen Auftrag bekommen habe, ist Charlie ums Leben gekommen."

Bram schob den Verlust seines Clan-Mitglieds beiseite und konzentrierte sich darauf, das noch lebende zu heilen. „Du bist nicht verantwortlich für Charlies Tod. Wenn jemand die Schuld trägt, dann bin ich es. Nun, willst du dich weiter streiten oder wirst du Evie und Murray mitnehmen, damit ich die Sicherheit des Clans gewährleisten kann?"

Nikki sah zu Evie, aber seine Gefährtin lächelte und nickte aufmunternd. Nikki blickte zu ihm zurück. „Ich nehme sie."

Bram nickte. „Braves Mädchen." Er wandte sich Evie zu, küsste Murrays Stirn und dann ihre. „Ich bin bald zu Hause. Verwüste das Haus in der Zwischenzeit nicht."

In Evies Augen tanzte Belustigung. „Mal sehen, was ich mir einfallen lasse."

Als er seine Familie davongehen sah, sagte sein Drache: *Beeil dich. Ich will unsere Gefährtin wie versprochen.*

Du bist ruhiger als vor fünf Minuten.

Unsere Gefährtin zu kosten und unseren neuen Sohn zu beanspruchen hat geholfen, aber ich brauche sie. Ich bin stark, aber selbst ich komme an mein Limit.

Die Worte seines inneren Tieres klangen glaubhaft. Bram durfte nicht riskieren, dass der

Paarungsrausch ausbrach, während der Clan noch in Gefahr war. *Dann suchen wir Finn und Kai.*

Nachdem er bei Sid vorbeigesehen hatte, verließ Bram das Zelt. Es war Zeit, mit Kai zu sprechen und herauszufinden, was Finlay Stewart getan hatte.

FINN KLOPFTE an die Tür von Tristan MacLeods Cottage. Er hatte nicht lange Zeit, bevor Bram ihn finden würde, und auch wenn Finn zu seiner Entscheidung, Neil Westhaven zu töten, stand, konnte die Tat die neue Allianz mit Stonefire brechen. Wenn das passierte, wollte er Arabella MacLeod ein letztes Mal sehen, sowohl für seinen Drachen als auch für sich selbst. Aus irgendeinem Grund wollte er nicht, dass das Mädchen schlecht über ihn dachte.

Die Tür öffnete sich. Statt Tristans wütendem Blick begrüßten ihn Arabellas dunkelbraune Augen. Sie runzelte die Stirn und sagte: „Was willst du?"

„Ich find's auch schön, dich zu sehen, Mädchen. Darf ich reinkommen?"

„Warum? Alle sind weg. Ich bin allein."

„Aye, deswegen bin ich hier."

Sie zögerte. Er hatte bei seinem letzten Besuch erfahren, dass es dem Mädchen nicht gefiel, allein mit fremden Männern zu sein. „Wir können auch hier draußen reden, wenn du möchtest."

„Da wir schon zweimal gesprochen haben, bin

ich sicher, dass alles, was du zu sagen hast, auch hier an der Tür gesagt werden kann."

Er deutete auf seinen Körper, der nur in einen lockeren Kilt gekleidet war. „Es ist ein bisschen kalt hier draußen und die Wärme aus der Tür ist verlockend."

Ihre Augen huschten auf seine Brust und verharrten dort. Finn war schlanker als die meisten Drachenwandler, aber nur, weil er größer war. Die Augen des Mädchens schienen nichts dagegen zu haben, und sein Drache brummte. *Ich will ihre Haut spüren.*

Nicht jetzt.

Sein Tier knurrte, aber Finn ignorierte es und räusperte sich. „Wenn du mit der Aussicht fertig bist, lass mich rein oder wirf mir einen Pullover zu." Arabellas Wangen erröteten, und er grinste. „Es sei denn, du willst einen längeren Blick auf meinen Inbegriff männlicher Perfektion."

Die Drachenfrau verdrehte die Augen und trat zurück. „Wenn es hilft, deine Selbstgefälligkeit einzudämmen, wenn du reinkommst, dann beeil dich."

Sein Drache schnurrte. *Sie mag uns. Das ist gut.*

Anstatt sich auf die Worte seines inneren Tieres zu konzentrieren, trat Finn in die Hütte und ging in den Wohnbereich. Sobald er auf einen Stuhl geplumpst war, kam er auf den Punkt. „Hast du meine Einladung in Erwägung gezogen, nach Lochguard zu kommen und die sichere Verbindung aufzubauen?"

Sie blieb auf der anderen Seite des Raumes stehen. Auch wenn ihre Herzfrequenz normal erschien, mochte er die Distanz nicht.

Arabella antwortete: „Ich habe dir gesagt, dass ich darüber nachdenken werde. Meine Antwort hat sich nicht geändert."

„Meiner Erfahrung nach bedeutet ein Vielleicht nein. Komm schon, Arabella. Das würde uns beiden zugutekommen."

Sie runzelte die Stirn, und ihre Stimme war vorsichtig, als sie sagte: „Erklär mir, was du damit meinst."

Sein Drache warnte ihn: *Mach ihr keine Angst.*

Ich werde sie nicht in Watte packen. Sie will das nicht. „Du hast mir deine Fähigkeiten unter Beweis gestellt, und ich werde deine Arbeit nicht noch einmal überprüfen müssen, was mir Zeit spart."

„Und was ist der Nutzen für mich?"

„Du hast Gelegenheit, mit Leuten zu interagieren, die vorsichtig mit dir umgehen, weil du eine Fremde bist, nicht aus Mitleid wegen deiner Vergangenheit. Obwohl ich nur Gerüchte gehört habe, vermute ich, dass jeder in Stonefire die Wahrheit kennt."

Sie machte einen Schritt in seine Richtung. „Ich will deine Wohltätigkeit nicht."

Sein Drache meldete sich zu Wort. *Vermassele das nicht.*

Finn stand auf. „Das ist keine Wohltätigkeit, Arabella MacLeod. Ich brauche deine Fähigkeiten, und du brauchst dringend eine Pause vom Clan. Sogar dein Bruder verhätschelt dich."

Sie machte einen weiteren Schritt auf ihn zu. „Lass meinen Bruder da raus."

„Es stimmt, aye? Dein Bruder ist genauso vorsichtig wie der Rest. Ich weiß nicht, wie es dir geht, aber Tag für Tag zu leben, während jeder auf Eierschalen läuft, muss anstrengend sein. Ja, du hast etwas Schreckliches durchgemacht. Aber ist es nicht an der Zeit für dich, dich der Welt zu stellen und dein Leben zu leben?"

Sie waren nur einen halben Meter voneinander entfernt. Finn zuckte nicht bei ihrem Blick. Aye, sie war wütend, aber da war auch Sehnsucht.

Arabellas Stimme war leise und eisern, als sie sagte: „Ich denke, du solltest gehen."

Sein inneres Tier brüllte, aber Finn ignorierte es. „Ich werde gehen, aber denk darüber nach, Mädchen. Lochguard mag nicht perfekt sein, aber es könnte ein Neuanfang für dich sein."

Vorausgesetzt natürlich, er hatte die Allianz mit Stonefire nicht vermasselt.

Bevor die Drachenfrau antworten konnte, klopfte es an der Tür, gefolgt von Bram, der rief: „Finlay Stewart, ich weiß, du bist da drin. Wir müssen reden."

Arabella zog sich auf die andere Seite des Raumes zurück. Es verlangte Finn alles ab, nicht zu ihr zu gehen und sie in die Ecke zu drängen, um ihr Feuer erneut zu provozieren. Sowohl Mensch als auch Tier mochten ihr Feuer, vielleicht ein wenig zu sehr.

Es wurde erneut an die Tür geklopft, und Finn seufzte. „Es sieht so aus, als ob du deinen Wunsch bekommst, Mädchen."

Er wartete einen Herzschlag lang, aber Arabella schwieg. Anstatt zu weit zu drücken, verbeugte er sich weit ausladend und ging zur Tür. Als er sie öffnete, starrte Bram ihn an und sagte: „Wo ist Arabella? Geht es ihr gut?"

Finn deutete hinter sich. „Sie ist da. Mädchen, würdest du was sagen, damit er mich nicht umbringt?"

Arabella steckte ihren Kopf um die Ecke. „Mir geht's gut, Bram. Finn wollte gerade gehen."

Bram sah zwischen ihm und Arabella hin und her, aber wenn der Anführer von Stonefire eine Erklärung erwartete, würde er keine bekommen.

Finn hob eine Braue. „Die ganze Wärme geht raus. Lass uns gehen, dann können wir reden."

Bram sah ihn noch einmal einschätzend an, bevor er sich umdrehte und losging. Finn warf einen letzten Blick auf Arabella und wagte zu sagen: „Denk daran, Mädchen. Ich meine es so."

Dann war er zur Tür hinaus. Während er seine Schritte verlängerte, um Bram einzuholen, hoffte Finn, dass dies nicht das letzte Mal gewesen war, dass er Arabella MacLeod gesehen hatte. Das Mädchen hatte es verdient, in seinem Leben Lachen und Licht zu haben, und Finn wollte es ihm geben.

Als er Bram einholte, beschloss Finn, das

Unvermeidliche nicht hinauszuzögern. „Willst du mir sagen, ob das Bündnis noch besteht oder nicht?"

Bram blieb stehen und drehte sich zu ihm um. „So sehr mein Drache es auch nicht mag, kann ich damit umgehen, dass du derjenige bist, der Evie gerettet hat. Sie lebt, und ich danke dir."

Finn hob eine Braue. „Aber?"

„Aber Neil Westhaven zu töten war nie Teil des Plans. Du solltest dabei helfen, ihn zu fangen und lebendig herzubringen."

Finns Drache schnaubte. *Warum sollte er den Verräter lebendig haben wollen? Es ist besser, dass er tot ist.*

Er spielt gerne nach den Regeln.

Hmph. Manchmal müssen die Regeln gebrochen werden.

Finn stimmte zu, aber aus dem, was er in der letzten Woche von Bram Moore-Llewellyn gelernt hatte, würde es eine andere Denkweise brauchen, um das Bündnis zu bewahren. „Er hatte deine Gefährtin in seinen Armen, eine Kralle an ihrem Hals und war nur einen Schnitt davon entfernt, sie zu töten. Der Idiot hatte seinen Rücken zu mir, und ich habe es ausgenutzt. Hättest du nicht dasselbe getan?"

Bram starrte ihn eine Sekunde an, bevor er antwortete. „Vielleicht. Meine Sorge ist, dass du aus der Reihe tanzt und ignorierst, was wir für das Bündnis vereinbart haben. Du bist unberechenbar und könntest meinem Clan schaden."

Finns Drache knurrte, und er schob sein Tier zurück. „Die Grundlage der Allianz besteht darin, sich gegenseitig zu helfen und sich gegenseitig zu schützen, wenn es nötig ist. Ich habe vor, das zu tun. Meine Wege mögen sich von deinen unterscheiden, aber nach dem, was heute passiert ist, denke ich, dass du und ich zusammenbleiben müssen. Die Rettung war zu einfach."

Brams Spannung ließ etwas nach. „Mir geht es genauso. Simon Bourne ist kein Idiot. Ich kann fast garantieren, dass er uns erlaubt hat, Evie, Nikki und den kleinen Murray zu retten. Ich weiß nur nicht warum."

„Im Moment weiß ich das auch nicht. Aber denk darüber nach – wenn wir sowohl Informationen sammeln als auch die Drachenjäger im Auge behalten, dann haben unsere Clans beide eine größere Chance zu überleben, was auch immer Simon Bourne mit uns vorhat."

Der Anführer des Stonefire-Clans betrachtete ihn, aber Finn wankte nicht. Auch wenn die Allianz sein Leben leichter machen würde, könnte er einen anderen Weg finden, seinen Clan zu schützen, wenn es dazu käme. Aufgeben stand nicht in Finlay Stewarts Vokabular.

Eine weitere Sekunde verging und dann nickte Bram. „Richtig, wir werden das Bündnis vorerst beibehalten, aber unter einer Bedingung."

„Was?"

„Lass Arabella MacLeod in Ruhe."

Finns Drache knurrte. *Nein. Das gefällt mir nicht.*

Anstatt seinem Drachen zu antworten, erwiderte

Finn lediglich: „Wenn sie mich sucht, werde ich sie nicht abweisen."

Bram sah ihm in die Augen. „Obwohl das nicht ganz die Antwort ist, die ich wollte, ist es besser als nichts. Du tust ihr weh, und ich werde dir die Eier abschneiden."

Sein inneres Tier sagte: *Wir würden ihr nie schaden.*

Ich weiß, aber er ist blind für das, was Arabella braucht. Tun wir ihm erst einmal den Gefallen.

Sein Drache gab nach. Er streckte ihm seine Hand entgegen. „Das Bündnis bleibt also bestehen?"

Bram nahm seine Hand und schüttelte sie. „Aye, aber du musst dir noch mein volles Vertrauen verdienen."

„Gut, denn du meins auch."

Kapitel Sechsundzwanzig

Evie schloss halb die Tür zum Extrazimmer neben dem Hauptwohnbereich. Melanie hatte Murray ein Babybett zum Schlafen gebracht, und Evie hatte es gerade geschafft, Murray wieder einschlafen zu lassen, nachdem sie ihn gefüttert hatte. Sie war froh, dass der kleine Junge nicht unruhig war. Ihre Erschöpfung setzte ein, und es hatte sie jede Kraft, die sie noch hatte, gekostet, Murray zum Schlafen zu bringen, ohne selbst zusammenzubrechen.

Sie stand noch ein paar Sekunden vor der Tür, um sicherzustellen, dass er wirklich schlief, bevor sie in den Wohnbereich trat. Melanie und Tristan saßen zusammen auf dem Sofa. Jeder von ihnen hielt ein schlafendes Baby in den Armen, während sie sich aneinander lehnten. Der Gedanke, dass sie und Bram dasselbe tun würden, wenn auch mit dem ein oder anderen Streit, der den Raum füllte, ließ sie lächeln.

Melanie grinste. „Du hast das Glühen einer neuen Mutter. Ich schätze, sich nicht von der Geburt zweier hartnäckiger Drachenwandler-Babys erholen zu müssen und dabei beinahe zu sterben, macht alles ein bisschen lustiger."

Tristan knurrte. „Ich dachte, wir wären uns einig, dass du das nicht mehr gegen mich verwendest."

Mel sah ihren Gefährten an. „Zwei Tage Wehen, und einige Sekunden lang tot sein bedeutet, dass ich das verwenden kann, wann immer ich will."

Tristan grunzte, und Evie sprang ein. Sie hatte nicht mehr die Kraft, sie streiten zu hören. „Danke, dass ihr gekommen seid! Ich hätte nie gewusst, dass man ein wenig Sojamilch ins Fläschchen mischt, um den unruhigen Drachen in Murray zu beruhigen."

Mel winkte das mit einer Hand ab. „Mach dir keine Sorgen. Ich hatte auch keine Ahnung. Drachenfrauen haben etwas Ähnliches in ihrer Muttermilch, was wir niederen Menschen nicht haben. Du wirst überrascht sein, wie viel sogar Halbdrachen-Babys essen können. Ihre inneren Drachen können vielleicht erst mit sechs oder sieben Jahren mit ihren menschlichen Hälften sprechen, aber ihre Energie zeigt sich in ihrem Verhalten." Melanie sah zu ihrem Gefährten auf. „Manchmal ist es praktisch, mit einem Drachenwandler-Lehrer verbunden zu sein. Wenn du Fragen hast, bin ich sicher, dass Tristan helfen wird."

Tristan grunzte, was Evie als „wenn ich muss" zu

verstehen glaubte. Sie verstand immer noch nicht, wie der meist wenig gesprächige Drachenmann Melanies Herz hatte gewinnen können. Irgendwann in der Zukunft würde Evie nach Details fragen.

Evie ließ sich im Sessel gegenüber vom Paar nieder und seufzte, als sie sich in die Kissen schmiegte. Eine Dusche und etwas Essen hatten Wunder bewirkt, um sie wiederzubeleben, aber Erschöpfung war ein zu zahmes Wort für die Müdigkeit, die durch ihren Körper ging. Davon abgesehen konnte sie Brams Berührung nicht erwarten.

Obwohl dies eine hervorragende Gelegenheit war, Fragen über Drachenbabys zu stellen, wollte Evies Gehirn nicht kooperieren. Mit jeder Minute ließen ihre Aufmerksamkeitsspanne und Intelligenz nach. *Bram sollte verdammt besser bald nach Hause kommen, damit ich ein bisschen Schlaf bekomme. Ich kann nichts tun, um Stonefire mit einem Gehirn zu helfen, das sich wie eine Schüssel Pudding anfühlt.*

Melanie hingegen war in den letzten Tagen nicht durch die Hölle gegangen und hatte kein Problem zu sagen: „Ich habe eine Idee, die ich dir unterbreiten wollte."

Evie faltete die Hände über ihren Bauch und widersetzte sich einem Seufzer. „Was ist es?"

Mel verlagerte das Baby in ihrem Arm. „Ich vermute, dass Bram dich bald als seine Gefährtin nehmen wird, habe ich recht?" Evie nickte, und Mel fuhr fort: „Wie fändest du es, einige Vertreter der menschlichen Presse zu der Veranstaltung einzuladen?"

Evie rieb sich die Stirn mit ihrer Hand. „Möchtest du mir den eigentlichen Grund dafür nennen? Weil ich das Gefühl habe, dass es einen gibt."

Mel nickte. „Du weißt, dass ich mit meinem Buch über Clan Stonefire fast fertig bin? Nun, ich möchte das Terrain sondieren, bevor ich der menschlichen Bevölkerung so eine große Menge von Informationen gebe."

Sogar in ihrem müden Zustand wusste Evie, dass das ein kluger Schritt war. Mit übermenschlicher Anstrengung zwang sie ihr Gehirn zur Arbeit und sagte: „Wenn Chaos ausbricht oder Gewalt gegen die Drachenwandler, dann weißt du, dass du die Veröffentlichung des Buches nicht mehr verzögern darfst."

Mel lächelte. „Ganz genau. Machst du's?"

Evie setzte sich auf und antwortete: „Du möchtest, dass ich eine der schönsten Erinnerungen meines Lebens mit einem Haufen Journalisten teile und hoffe, dass sie Bram und mich am nächsten Tag nicht verleumden?"

Melanie schüttelte den Kopf. „Wir würden nur die vertrauenswürdigsten Nachrichtenagenturen nutzen, und sie müssten ein rechtlich verbindliches Dokument zwischen euch und ihnen unterzeichnen."

„Und da ich ein Mensch bin, wird das Gesetz es schützen."

„Ja. Darüber hinaus sind keine Aufnahmegeräte oder Mobiltelefone erlaubt. Es wird ein Berichterstattungs-Job der alten Schule sein, mit Stift, Papier und Kameras ohne Ton."

Evie hob eine Braue. „Hast du das schon mit Bram besprochen?"

Melanie zwinkerte ihr zu. „Nein, aber wenn du einverstanden bist: Du hast wirkungsvollere Methoden, ihn zu überzeugen."

Tristan meldete sich zu Wort: „Melanie, ich muss nicht an das Sexualleben meines Clanführers denken."

Melanie versetzte ihrem Gefährten einen Klaps. „Sei nicht so prüde."

Tristan schüttelte lediglich den Kopf, und Evie übernahm erneut die Kontrolle über das Gespräch. „Lass mich das zuerst mit Bram besprechen."

„Großartig. Unter uns gesagt: Er sollte Ja sagen."

Evie mochte den Gedanken nicht, dass Melanie Bram von irgendetwas überzeugte.

Bevor sie jedoch die andere Frau warnen konnte, öffnete sich die Eingangstür, und Brams Stimme drang den Flur herunter: „Evie? Bist du wach?"

Ihre Erschöpfung schmolz bei seiner Stimme, und sie eilte in den Flur, um ihre Arme um ihn zu legen. Sie kuschelte sich an seine Brust und murmelte: „Du bist zu Hause."

Er drückte sie fest an seinen Körper. „Ich habe

dich auch vermisst, Mädchen. Wie geht es Murray?"

„Er schläft. Mel und Tristan haben mir einen Crashkurs gegeben, wie ich Drachenbabys pflegen kann."

„Heißt das also, dass du meine Hilfe überhaupt nicht brauchst?"

Evie sah auf und runzelte die Stirn. „Wage es nicht, mich damit zu ärgern. Wenn du denkst, ich werde mich neunundneunzig Prozent der Zeit ohne dich um Murray kümmern, dann steht dir eine große Überraschung bevor."

Ihr Drachenmann schmunzelte. „Wenn du mal an den ersten Tag zurückdenkst, an dem wir uns kennengelernt haben, habe ich gute Arbeit geleistet und mich ganz allein um ihn gekümmert."

Sie legte ihren Kopf zurück an Brams Brust. „Ich bin zu müde, um geradeaus zu denken: Wie wäre es, wenn wir Mel und Tristan danken, sie auf ihren Weg schicken und ein Nickerchen machen würden?" Brams Brust spannte sich unter ihrer Wange an. Als sie aufsah, bemerkte sie, wie seine Pupillen zwischen Spalt und Kreisen blitzten. „Was ist mit deinem Drachen?"

Seine Pupillen blieben rund, als er antwortete: „Erinnerst du dich an das Geheimnis, das mein Drache vor mir bewahrt hatte? Nun, du bist meine wahre Gefährtin, Evie Marshall, und ich bin mir nicht sicher, wie lange mein inneres Tier den Rausch noch kontrollieren kann."

Sie blinzelte. „Wahre Gefährtin? Wie ist das überhaupt möglich?

Brams Augen blitzten jetzt häufiger. „Tristan, ich weiß, dass du uns hören kannst. Erklär es Melanie und geht." Er sah zu ihr hinunter, seine Pupillen blitzten noch schneller. „Bitte, Evie. Wenn ich dich einmal beanspruchen darf, könnte ich mein Tier lange genug abwehren, um alles zu erklären."

Seine Stimme war belegt, fast so, als ob der Mann und die Drachenhälfte gleichzeitig redeten. Bram klang, als hätte er Schmerzen.

Welche Erschöpfung sie zuvor auch gehabt hatte, sie schmolz jetzt dahin, als Adrenalin durch ihre Adern gepumpt wurde. Ihr Gefährte brauchte sie, und Evie wollte sich um ihn kümmern.

Sie umrahmte sein Gesicht mit ihren Händen, das Gefühl seiner warmen Haut gab ihr etwas Energie. „Dann bring mich in dein Zimmer und fick mich, Bram."

Er knurrte und hob seine Stimme. „Tristan, ihr findet den Weg allein raus." Dann nahm Bram ihren Ellbogen und führte sie in einen Raum, nicht weit von dem, in dem Murray schlief, entfernt war. Kein Zweifel, ihr Drachenmann konnte ihren Sohn riechen und wollte nicht zu weit weg sein, falls etwas geschehen sollte. Die Besonnenheit wärmte ihr Herz.

Sobald sie das Ersatzschlafzimmer betraten, vergaß sie Murray, als Bram Ober- und Unterteil ihres Pyjamas zerriss, bis sie nackt war. Dann stieß er sie auf ihren Rücken aufs Bett, schüttelte seine

Kleider ab und bedeckte ihren Körper mit seinem. Das Gefühl seines warmen, gemeißelten Körpers und seines harten Schwanzes, der gegen ihren Bauch drückte, ließ ihre Pussy pulsieren. Sie war bereits feucht und bereit für ihn.

Brams geschlitzte Pupillen starrten sie an, als seine Hand sie zwischen ihren Beinen streichelte. Ein Streichen seines Fingers gegen ihre Klitoris ließ sie bereits aufschreien. Er knurrte und stieß zwei Finger in sie. „Meine Gefährtin. Ich muss dich ficken, bis du meine Jungen trägst."

Wenn Bram seine Finger nicht lange und langsam in sie gestoßen hätte, hätte sie diese Aussage vielleicht in Frage gestellt. Dann strich er mit dem Daumen gegen ihre Klitoris, und sie beschloss, nicht zu streiten. Sie spreizte ihre Beine weit. Wenn es ein Kind gab, so sollte es sein. Sie würde es lieben. „Dann nimm mich. Ich warte auf dich."

Mit einem Knurren entfernte Bram seine Finger und stieß seinen Schwanz in sie. Obwohl es nur ein paar Tage her war, ließ sie seine Größe stöhnen und ihre Nägel in seinen Rücken graben. Der Akt löste etwas Urtümliches aus, und ihr Drachenmann drückte ihre Brust, während er seine Hüften bewegte.

Als er sein Tempo erhöhte, beugte er sich vor und nahm ihren Nippel in den Mund. Er biss sie kräftig, und Evie schrie bei der Mischung aus Lust und Schmerz. Dann wirbelte er seine Zunge über den Biss, bevor er ihren Nippel wieder tief in seinen

Mund saugte. Sie zog ihn an ihre Brust und drängte ihn, es noch einmal zu tun. Als er sie ein zweites Mal biss, tanzten Lichter vor ihren Augen, bevor ein Orgasmus in ihr explodierte.

Als Bram ihren Nippel mit einem Ploppen losließ, schrie sie aus Protest. Der Ton veranlasste ihren Drachenmann, sich vollständig aus ihr herauszuziehen.

Evie blinzelte verwirrt und fragte: „Warum hast du aufgehört?"

Als sie ihren Drachenmann ansah, bemerkte sie wieder seine blitzenden Pupillen. Mit belegter Stimme sagte Bram: „Ich muss dich zuerst kosten. Dann erlaube ich dir, noch einmal zu kommen."

Sie runzelte die Stirn: „Erlaubst mir zu kommen? Bram ..."

Seine warmen, rauen Hände, die über ihre Brüste, ihren Bauch und dann ihre prallen Oberschenkel rieben, unterbrachen sie mitten im Satz. Als er weiter ihre Haut streichelte, verzieh sie ihm fast, dass er ihn herausgezogen hatte.

Sie spreizte ihre Beine, als er drückte, und Bram starrte ihre Pussy an. Er flüsterte: „Meine", bevor er sich vorbeugte und ihre Scham mit seiner warmen, breiten Zunge leckte.

Evie klammerte sich in die Laken, als er weiterhin gegen ihr empfindliches Fleisch schnippte und leckte, vorsichtig darauf bedacht, nicht ihre Klitoris zu berühren. Mit jeder Sekunde, die verstrich, wuchs ihre Frustration, bis er schließlich ihre Klitoris mit langen harten Kreisen massierte.

Sie hielt den Atem an und krallte sich fester in die Laken. Als er knabberte, stöhnte sie und flüsterte: „Oh Gott, ja."

Er knurrte, und die Vibrationen gingen direkt zu ihrer Klitoris. Ein paar weitere Wirbel und Knabbern, und ein weiterer Orgasmus ergriff sie, während sie Brams Namen schrie.

Sie hatte kaum aufgehört zu krampfen, als Bram sich von ihrer Pussy entfernte, sie umdrehte und ihren Po in die Luft hob. Er stieß von hinten in sie, und sie stöhnte über die Fülle. „Du wirst mich mit Sex umbringen, nicht wahr?"

„Nicht umbringen. Dich meine Jungen tragen lassen."

Seine Worte schossen geradewegs zwischen ihre Beine. Ja, wenn der Clan nicht in Gefahr war, gefiel ihr die primitive Natur seines Drachen noch mehr.

Er klatschte ihr auf den Po und bewegte sich. Mit den beiden Orgasmen und dem riesigen Schwanz eines Drachenmannes, der sich in ihr bewegte, vergaß sie alles außer dem Mann hinter sich und der Art und Weise, wie er ihren Körper lebendig werden ließ.

Kapitel Siebenundzwanzig

Drei Wochen später

Sie schmiegte sich an Brams Brust und seufzte. Halbwach lehnte sie sich an ihren Drachenmann und fühlte sich warm und zufrieden, vor allem, da ihre Morgenübelkeit ihren hässlichen Kopf noch nicht gehoben hatte.

Evie legte ihre Hand auf ihren Bauch und lächelte. Der DNA-Kompatibilitätstest, der bei ihr als Teenager gemacht worden war, schien nur für jeden Drachenmann zu gelten, der nicht ihr wahrer Gefährte war. Wie Brams Drache gesagt hatte, waren wahre Gefährten immer kompatibel. Es hatte nur fünf Tage lang atemberaubenden, rasenden Sex unterbrochen von Essen und Murrays Pflege gedauert, bevor Bram ihre Schwangerschaft gerochen hatte. Sie würde die Freude auf seinem Gesicht in ihrer Erinnerung behalten, bis sie starb.

Murray wand sich in seinem Bettchen an der Seite ihres Bettes, und Evie wartete darauf, ob ihr kleiner Mann aufwachen würde. Nachdem Brams Rausch aufgehört hatte, hatten sie beschlossen, den Kleinen für ein paar Wochen in ihrem Zimmer zu lassen. Drachenwandler verließen sich oft auf ihren Geruchssinn, um sich zu beruhigen, hatte Bram ihr gesagt, und wenn Murray in der Nähe seiner neuen Eltern war und ihren Duft in seine Erinnerungen einbrannte, würde das beim Übergang helfen.

Während Bram die Lücken in ihrem Wissen über Drachenwandler füllte, klärte sie Bram und die Stonefire Beschützer über die Methoden des MDA und das britische Recht auf. Den größten Teil ihrer Freizeit verbrachte sie jedoch damit, sich um ihren neu adoptierten Sohn und Bram zu kümmern.

Nicht, dass sie es anders haben wollte. Murray war Brams und ihr Sohn. Jeder, der versuchte, ihn ihnen zu nehmen, würde die Kombination ihres Zorns fühlen. Die Drachenjäger verhielten sich still, aber der Clan war auf einen weiteren Angriff vorbereitet. Vor allem angesichts dessen, was heute geschehen sollte.

Bram schmiegte sich an ihre Wange und flüsterte: „Ich kann dich denken hören." Er legte eine Hand auf ihre, die immer noch auf ihrem Bauch lag. „Ist dir wieder übel durch unser kleines Drachenbaby?"

„Nein." Sie gab ihm einen vorsichtigen Kuss.

„Aber ich würde lügen, wenn ich behauptete, mir wegen heute nicht ein wenig Sorgen zu machen."

Er knabberte an ihrem Ohrläppchen, und einige Spannungen lösten sich aus ihrem Körper, als er sagte: „Du bist bereits meine Gefährtin, Evie Marshall Moore-Llewellyn. Heute ist nur eine Zeremonie, die von dir und Melanie erfunden wurde, um den Menschen einen Vorgeschmack auf unseren Clan zu geben und Mels Buch-Veröffentlichung in ein paar Monaten vorzubereiten."

„Ich weiß, und ich verstehe, wie sehr unser Clan diese Enthüllung braucht, aber was ist, wenn die Journalisten ihre unterzeichneten Verträge nicht einhalten und den Clan als Monster darstellen, das Menschenfrauen mit Todesdrohungen zwingt, seine Drachen zu heiraten?"

Bram legte eine Hand auf ihre Hüfte und drückte sie. „Sei du selbst, und jeder Mensch im Raum wird sich zweimal überlegen, bevor er unterstellt, ich würde dich zwingen, irgendetwas zu tun, Liebes."

Sie lächelte. „Es ist gut, dass du endlich erkannt hast, dass ich hier das Sagen habe."

Ihr Drachenmann rollte sich herum, bis er auf ihr war und Evie mit seinem Körper einklemmte. Er flüsterte ihr ins Ohr: „Ist das so, mein kleiner Mensch?"

Sein harter Schwanz, der sich gegen ihren Bauch drückte, ließ ihre Pussy pochen, aber sie wollte ihn nicht ganz gewinnen lassen. „Sex ist anders als jeder andere Aspekt unseres Lebens." Sie bewegte sich gegen seinen Schwanz, und Bram zischte. Sie lächelte, weil sie solch eine Macht über ihn hatte, und sagte: „Wenn ich dir sagen würde, dass du mich jetzt nehmen sollst, würdest du auf mich hören?"

Bram biss ihr sanft in den Hals, während seine Hand über ihren Körper und unter ihr Nachthemd streifte. „Ich hatte sowieso vor, dich zu ficken, bevor ich dich aus diesem Bett lassen wollte, also ist das ein strittiger Punkt."

Dann rieben seine Finger das geschwollene Fleisch zwischen ihren Beinen, und Evie musste sich auf die Lippe beißen, um nicht zu stöhnen und das Baby aufzuwecken. Sie flüsterte: „Ich könnte aus diesem Bett aufstehen, wenn ich wollte. Du weißt, dass ich einen Baseballschläger in der Nähe habe."

Ihr Drachenmann lächelte an ihrer Wange. „Der ist für meinen Drachen, und er hat jetzt keine Kontrolle."

Bram neckte ihre Scham, und Feuchtigkeit strömte zwischen ihre Beine. *Verdammt.* Sie durfte ihn nicht gewinnen lassen.

Sie hielt sich fest und schaffte hervorzubringen: „Wenn du jemals den Part eines Arschlochs spielst, werde ich dir auch in die Eier schlagen."

Die Augen ihres Gefährten blitzten zu Schlitzen auf, und dann sagte er: „Genug geredet."

Er stieß einen Finger in ihre Pussy, und Evie biss sich härter in die Lippe. Als er ihren G-Punkt fand und ihn rieb, zerkratzte Evie mit ihren Nägeln seinen Rücken. „Dann hör auf, mich zu necken, und fick mich, Bram."

„Ist das ein Befehl?"

Sie runzelte die Stirn und öffnete den Mund, um ihn erneut zu rügen, als Bram seinen Schwanz in sie stieß und Evie seine Schultern packte.

Als er sich bewegte, spreizte sie ihre Beine, bevor sie sein Gesicht zu sich herunterzog und ihn küsste. Seine Zunge war so besitzergreifend wie sein Schwanz und erforschte und streichelte das Innere ihres Mundes. Dann stieß der freche Bastard härter in ihre Pussy und forderte sie heraus, ein Geräusch zu machen, aber Evie wollte keine Niederlage einräumen. Lass ihn sein Bestes geben; sie wäre nicht diejenige, die das Baby aufweckte.

Stattdessen legte sie eine Hand auf seinen Po und grub ihre Nägel hinein. Er ballte seine Faust, und seine Augen blitzten zu Schlitzen und zurück. Sein Drache mochte es immer, wenn sie ein wenig rau war. Sie grub ihre Nägel ein wenig fester hinein, aber er stand auf ihr Spiel und pumpte jetzt so hart, dass das Bett sich bewegte.

Sie wollte gerade als Warnung seinen Rücken mit ihren Nägeln zerkratzen, als Bram ihren Nippel kniff und sie ihr Stöhnen verschluckte. Wenn er weiterhin seine Aufmerksamkeit ihren Brustwarzen schenkte, war sie in Schwierigkeiten.

Dann drehte sich ihr Drachenmann ein wenig, und Evie schrie vor Lust, der Ton gedämpft in ihren verbundenen Mündern.

Bram streichelte ihre Zunge, als er schneller mit

seiner Hüfte stieß. Der Druck baute sich auf. Evie war es leid, Spiele zu spielen. Sie bewegte ihre Hüfte in seinem Rhythmus und musste spüren, dass er in ihr kam, und das nicht nur, weil es einen weiteren Orgasmus auslösen würde. Nein, selbst nach drei Wochen musste sie das Gefühl haben, dass er noch am Leben und bei ihr war.

Sie liebte ihn von ganzem Herzen, auch wenn sie es ihm noch nicht gesagt hatte. Sie würde ihn nie leid werden. Ihre einzige Angst war, dass Bram, ihre andere Hälfte, ihr genommen würde, bevor sie bereit war.

Evie packte seine Schultern fester und brachte seine Brust näher an ihre heran. Bram war ihr Gefährte, und sie würde nie loslassen.

Dann rieb ihr Drachenmann ihre Klitoris. Jedes Streicheln brachte Lust durch ihren Körper. Ihre zärtlichen Gedanken waren vorübergehend vergessen.

Bram kratzte ihre Klitoris leicht mit seinem Nagel, und das drückte sie über den Rand. Sie stöhnte in seinen Mund, als Lichter in ihren Augenlidern aufblitzten. Ihre Pussy zog sich zusammen und ließ Brams Schwanz frei, als er sich weiterbewegte.

Dann hielt er inne und vertiefte ihren Kuss, um seinen eigenen Schrei zu ersticken.

Da er ihr wahrer Gefährte war, entzündete jeder Samenerguss einen Orgasmus nach dem anderen, Lust bis zu dem Punkt, dass Schmerzen durch ihren Körper zogen. Es war zwar ein guter Schmerz, aber als sie schließlich von ihrem Hoch herunterkam, war sie nicht mehr als ein Haufen ohne Knochen in Brams Armen.

Als sie auf Brams Brust lag und seinem Herzschlag und Murrays leisem Schnarchen lauschte, erkannte Evie, wie viel ihr beide Männer in ihrem Leben nach so kurzer Zeit bedeuteten. Sie umarmte Bram ganz fest, und der Gedanke, niemals in den Armen ihres Drachenmannes zu schlafen, trieb ihr Tränen in die Augen.

Sie blinzelte sie zurück und schmiegte sich an Brams Brust. *Dumme Schwangerschaftshormone.* Dennoch waren die Emotionen wahr. Bram war ihr Gefährte sowohl in der Liebe als auch im Leben. Als seine warmen, rauen Hände ihren Rücken streichelten, entschied Evie, dass sie ihm sagen musste, wie sie empfand. Sicher, sie hatte keine Ahnung, ob er das Gleiche fühlte oder nicht. Schließlich waren sie erst etwa einen Monat zusammen. Nach den meisten Standards war das zu schnell, aber Evie und Bram waren noch nie ein gewöhnliches Paar gewesen.

Dennoch: sie war niemand, der einen Rückzieher machte. Evie atmete tief durch, stützte sich auf ihre Ellbogen und traf den Blick ihres Gefährten. *Verdammt sei der Mann.* Die Augen des Bastards waren selbstgefällig.

Sie liebte ihn trotzdem.

Bram tätschelte ihren Po. „Du hättest diese Runde fast gewonnen, Liebes."

„Du hast mich nicht dazu gebracht, das Baby aufzuwecken, also ist es unentschieden."

Er grinste und drückte ihre Pobacke. „Wird alles ein Wettbewerb bei dir sein?"

Sie pikste ihm in die Brust und sagte: „Nun, jemand muss dein Ego in Schach halten. Niemand sonst wird es verdammt nochmal tun, außer vielleicht Finn."

Ihr Drachenmann knurrte. „Ich mag es nicht, wenn du seinen Namen in meinem Bett erwähnst."

Sie verdrehte die Augen. „Also denke ich, das bedeutet, dass der Alpha-Höhlenmensch hier ist, um zu bleiben?"

„Es heißt Alpha-Drachenmann, und ja." Er umarmte sie ganz fest. „Und so gerne ich noch eine Runde machen und gewinnen würde, Melanie wird auch schon bald hier sein, um dich abzuholen. Ich würde mich ihrem Zorn nicht stellen wollen, also würde ich aufstehen, wenn ich du wäre."

Ihr Herz hämmerte in ihrer Brust. *Der Moment war gekommen.* Sie konnte das Bett verlassen und ihm später sagen, dass sie ihn liebte. Es wäre besser, sicherzustellen, dass Bram genauso fühlte wie sie. Aber ein kleiner Teil von ihr drängte sie, weiterzumachen. Es würde nur einen Drachenjäger-Angriff brauchen, um ihr die Liebe ihres Lebens zu nehmen. Der Gedanke, dass er ihre wahren Gefühle niemals erfahren könnte, gab ihr den Mut, den sie brauchte.

Evie strich mit der Hand durch den Fleck

dunkler Haare auf seiner Brust und sagte: „Ich liebe dich, Bram Moore-Llewellyn."

Die eine Sekunde, in der Bram verstummte, war wie eine Ewigkeit. Dann grinste er und berührte ihre Wange. „Ich habe mich schon gefragt, wie lange es dauern würde, bis du mir mit Worten sagst, was ich seit Wochen von deinem Gesichtsausdruck weiß." Er zeichnete ihre Wange mit seinem Zeigefinger nach. „Du bist alles, wovon ich nie wusste, dass ich es brauchte. Ich liebe dich, Evie Marie."

„Also hast du mich die ganze Zeit geliebt und nie etwas gesagt?"

Er drückte ihre Taille. „Verdammte Frau, ich versuche, dir hier mein Herz auszuschütten. Kannst du ein wenig mit mir arbeiten?"

Sie grinste. „Vielleicht. Wenn du es später wiedergutmachst."

Knurrend hob er sein Gesicht zu ihrem. „Aye, ich denke, das bekomme ich hin.

Die Zärtlichkeit in seinen Augen wärmte ihr Herz, und Evie beschloss, ihren Drachenmann nicht mehr zu necken. Als er ihre Wange mit dem Daumen streichelte, flüsterte sie die Wahrheit: „Ich glaube nicht, dass ich wirklich gelebt habe, bis ich dich getroffen habe, Drachenmann. Du solltest also besser am Leben bleiben, sonst ..."

Bram bewegte seinen Daumen an ihre Unterlippe. „Was sonst?"

„Sonst das."

Sie kitzelte seine Achsel, und Brams Lachen

hallte durch das Schlafzimmer. Es hatte was, dass der große, muskulöse Clanführer kitzelig war, das sie direkt mitlachen ließ.

Zwei Sekunden später stoppte Murrays Weinen das Kitzeln. Während die Mutterseite in ihr aufgebracht war, dass Bram das Baby geweckt hatte, jubelte ihre Gefährtenseite, dass sie endlich gegen ihn gewonnen hatte.

Dennoch gingen Murrays Schreie ihr zu Herzen. Sie versuchte, zum Baby zu kommen, aber Bram verhinderte es einen Moment und gab ihr zuerst einen schnellen, heißen Kuss, bevor er sie freiließ und sagte: „Runde zwei wird mir gehören."

Evie lächelte über seine Herausforderung. „Ich freue mich darauf, dich wieder verlieren zu sehen."

Bram lachte, als sie aus dem Bett aufstand. Sie hob Murray hoch und wiegte ihren kleinen Jungen, um ihn zu beruhigen. Sie sah Bram in die Augen. Die Liebe, die in seinen Augen für sie und Murray leuchtete, trieb ihr erneut Tränen in die Augen. Und endlich war es ihr egal, dass ihre Schwangerschaft sie emotional machte. Dieser Moment war einer, den sie immer bewahren würde.

BRAM RÜCKTE den sporranähnlichen Beutel über seinem Schritt zurecht und widersetzte sich zum hundertsten Mal, seine formelle Drachenwandler-Kleidung zu glätten. Er wusste immer noch nicht, wie Evie ihn dazu überredet hatte, Außenstehende einzuladen, an dem teilzunehmen, was ihr besonderer Tag sein sollte.

Dennoch kritzelten die vier Journalisten, die im vorderen Raum saßen, als er die Menge vor sich betrachtete, eifrig in ihren Notizbüchern. Er hoffte nur, dass er die beste Entscheidung für seinen Clan getroffen hatte. Obwohl sich die Drachenjäger vorerst zurückgezogen hatten, suchten Stonefire und Lochguard noch nach dem Grund, warum der Carlisle-Rettungsversuch so einfach gewesen war. Ohne Zweifel würde Simon Bourne wieder zuschlagen, und Bram hatte das Gefühl, dass beim nächsten Mal mehr als eine Person sterben würde.

Seine Augen fielen auf Finlay Stewart, der in der hinteren Reihe saß. Bram hätte seinen Paarungstag lieber ohne das Grinsen und Zwinkern des schottischen Bastards verbracht, aber Evie hatte ihn überzeugt, er solle den Anführer der Lochguards einladen.

Wenigstens saß Finn auf der gegenüberliegenden Seite des Raumes von Arabella. Er hatte sein Wort bezüglich der Drachenfrau gehalten, obwohl die Blicke, die Ara dem schottischen Führer zuwarf, Bram ein wenig beunruhigten.

Bram bewegte seinen Blick und überprüfte, dass Kai an der Hintertür stationiert war, wobei er nach ungebetenen Gästen Ausschau hielt. Die Journalisten hatten ihre Kontakte in Westminster genutzt, um die Erlaubnis zu bekommen, sich auf Drachenwandler-Land aufzuhalten. Es war nur eine

Frage der Zeit, bis andere, oder Evie selbst, eine Lücke fanden, um auch anderen zu erlauben, sie zu besuchen. Das Oberhaupt seiner Beschützer war entschlossen, sicherzustellen, dass unerwünschte Besucher nicht versuchten, dem Clan zu schaden.

Dann trat seine Gefährtin in einem cremefarbenen, traditionellen Drachenwandlerkleid ein, und er vergaß alles außer seiner schönen Frau. Der Anblick ihres glühenden Gesichts und die Art und Weise, wie das Kleid ihre Kurven umschmeichelte, wärmte sein Herz sowie einige andere Stellen. Als sie ihm zuzwinkerte, vergaß er plötzlich, warum er jemals versucht hatte, ihrem Charme zu widerstehen.

Ein traditioneller menschlicher Hochzeitsmarsch spielte, als Evie allein den Gang heraufkam. Selbst wenn ihre Eltern nicht im Ausland lebten, wären sie nicht auf Stonefire-Land gelassen worden. Evie hatte sich entschieden, allein zu gehen, wie sie es ihr ganzes Leben lang getan hatte, bis sie Bram getroffen hatte.

Sein innerer Drache sagte: *Sie wird nie wieder allein sein. Sie gehört uns.*

Ach, uns jetzt, was? Ich bin froh, dass du dich zu teilen entschlossen hast.

Sein Tier reagierte gereizt. *Der Rausch hat mich instabil gemacht. Das weißt du.*

Aye, aber es macht Spaß, dich zu necken.

Kein Necken mehr. Unsere Gefährtin ist hier.

Bram streckte eine Hand aus, und Evie legte ihre in seine. Er drückte ihre Finger und führte sie die drei Stufen hinauf zum erhöhten Podest. Während er einen Moment Zeit hatte, flüsterte er: „Du bist wunderschön."

Evie errötete, was selten vorkam. Das machte seinen Drachen selbstgefällig. *Sie gehört uns.*

Bram ignorierte sein Tier und konzentrierte sich auf seine Gefährtin. Er konnte ihr Herz in der Brust hämmern hören. Um ihr Kraft zu geben, drückte er ihre Finger erneut, lehnte sich vor und murmelte: „Sei stark für mich, Liebes. Wir alle brauchen dich."

Sie nickte, und sie nahmen ihren endgültigen Platz mitten auf dem Podium ein. Anders als bei einer menschlichen Hochzeit gab es niemanden, der die Zeremonie leitete. Drachenwandler-Paarungen fanden zwischen zwei Personen statt und keinem anderen.

Er wandte seinen Blick nicht von Evies, nahm den kleineren silbernen Paarungsreif aus der Schachtel neben ihnen, in das „Brams" in der alten Drachenwandler-Sprache eingraviert war, und der Raum verstummte. Das war das Stichwort, dass es jetzt losging.

Bram erhob seine Stimme. „Evie Marie Marshall, heute nehme ich dich zu meiner Gefährtin. Du bist clever und mutig, mit einer inneren Stärke, die jedem Drachenwandler Konkurrenz macht. Ich biete dir heute vor dem Clan an, meine Gefährtin zu werden. Nimmst du das Angebot an?"

Evie stand aufrecht und bot ihren linken Oberarm an. „Natürlich nehme ich ihn an."

Braves Mädchen. Er grinste seine tapfere Gefährtin an und schob ihr den silbernen Armreifen auf den Arm. Der Anblick seines Namens auf ihrem Arm befriedigte ein urtümliches Bedürfnis tief in ihm. Später würde er viel mehr als ihren Arm beanspruchen.

Evie griff hinter sich, um den großen silbernen Armreifen mit „Evies" in der alten Sprache zu nehmen. Während sie ihn hochhielt, war ihre Stimme laut und ruhig, als sie sagte: „Bram Moore-Llewellyn, ich liebe dich und nicht nur, weil du Clanführer bist, obwohl das ein Bonus ist." Ein Lachen ging durch den Raum. Typisch für sein Mädchen, dass sie die Stimmung auflockerte. Sie fuhr fort: „Ich liebe dich, weil du ein starker, fürsorglicher und sturer Drachenmann bist, der nie aufgibt. Ich habe dein Angebot angenommen. Wirst du meines annehmen?"

Er wandte ihr den untätowierten Arm zu. „Natürlich, verdammte Frau, jetzt beeil dich. Ich möchte, dass jeder deinen Namen an meinem Arm sieht."

Evie grinste, als sie den Ring um seinen Bizeps legte. Sein Drache schnurrte. *Ich stimme dem Namen unserer Gefährtin an unserem Arm zu. Wir sollten ihn niemals abnehmen.*

Das besprechen wir später.

Bram nahm Evies Hände in seine, hob sie an seine Lippen und küsste jede der Reihe nach. Dann zog er sie an sich und hielt um Haaresbreite von ihren Lippen inne. Sein Flüstern war nur für sie gedacht, als er sagte: „Sollen wir eine gute Show hinlegen und sie überzeugen, wie verliebt wir sind?"

„Oh Bram, eine Show ist nicht nötig. Du musst mich nur einmal schmecken und du verlierst den Verstand."

Er umarmte sie fest. „Ich dachte eher, es ist umgekehrt."

„Küss mich einfach. Ich liebe dich und möchte, dass dies vorbei ist, damit wir sowohl mit dem Clan als auch miteinander feiern können."

Bram flüsterte: „Ich liebe dich", bevor er ihre Lippen in einem besitzergreifenden Kuss nahm. Bram kümmerte sich nicht darum, wer zusah, sondern sorgte vielmehr dafür, dass jeder im Raum wusste, dass Evie sein war.

Oder zumindest beanspruchte er sie so gründlich, wie es möglich war, während sie beide noch bekleidet waren. Die wirkliche Inanspruchnahme würde später kommen.

Epilog

Zwei Tage später

Evie tippte gerade ein Kapitel für ihre derzeitige Arbeit *Das britische Ministerium für Drachenangelegenheiten verstehen*, als Bram in den Raum kam und Murray in einem Arm und einen Stapel Zeitungen in dem anderen trug.

Ihr Herz pochte schneller. Die Artikel über ihre Paarungszeremonie waren endlich angekommen.

Sie wischte sich die Hände an der Hose ab, bevor sie sich vom Computer wegdrehte. „Hast du sie gelesen? Was haben sie gesagt? Brechen Unruhen in den Straßen aus?"

Einer von Brams Mundwinkeln zuckte nach oben. „Unruhen in den Straßen, Liebes? Das sind nur ein paar verdammte Zeitungsartikel über unsere Paarung."

„Jetzt ist nicht die richtige Zeit, mich zu ärgern, Bram. Ich bin schwanger, und meine Hormone sind nicht amüsiert."

Er schüttelte den Kopf, während er ihren Sohn in seinem Arm wiegte. Du musst dir schon eine bessere Ausrede einfallen lassen. Die wird langsam langweilig."

Mit einem frustrierten Geräusch stand Evie auf und nahm die Papiere aus Brams Händen. „Ich werde es dann selbst herausfinden."

Während sie die erste Zeitung überflog, knurrte ihr Magen und warnte sie, dass sie ihr Frühstück von sich geben würde, wenn sie sich nicht hinsetzte.

Als sie Brams besorgten Blick sah, wusste sie, dass sie blass sein musste. Der neckende Ton ihres Gefährten war verschwunden. „Geht es dir gut, Liebes? Soll ich den Mülleimer holen?"

Sie schüttelte den Kopf und bewegte sich auf das Sofa zu. „Ich muss mich nur setzen."

Sie ließ sich aufs Sofa fallen, schloss die Augen und atmete ein und aus, bis die Übelkeit nachließ. Als sie nicht mehr das Gefühl hatte, sich übergeben zu müssen, öffnete sie die Augen und sah, dass Bram vor ihr stand. Er fragte: „Geht es dir besser, Liebes?"

Sie wedelte mit der Hand. „Mir geht es gut. Lass mich einfach die Zeitungen lesen."

Sie bemerkte kaum, dass Bram neben ihr saß, als sie die ersten paar Absätze las:

Am Samstag gab es ein monumentales Ereignis in der modernen britischen Geschichte. Zum ersten Mal wurden

Journalisten auf Drachenwandler-Land willkommen geheißen, um eine Paarungszeremonie zu erleben, die einer Ehe zwischen Menschen gleichkommt. Die Festlichkeiten fanden in der Nähe des Lake District, auf dem Land des Clans Stonefire statt.

Noch vor Beginn der Zeremonie stellten die Anwesenden begeistert fest, dass der Anführer eines weiteren Drachenwandler-Clans anwesend war. Seine Identität bleibt ein Geheimnis. Da nur wenige Journalisten eingeladen wurden, war klar, dass die Drachenwandler den Menschen auf ihrem Land gegenüber vorsichtig waren.

Die Zeremonie des Clanführers des Stonefire-Clans, Bram Moore-Llewellyn, und der ehemaligen MDA-Mitarbeiterin Evie Marshall dauerte nur fünf Minuten, dann begannen die gemeinschaftlichen Feierlichkeiten. Alles, vom Armreifen-Austausch bis zum Tanzen danach, war faszinierend zu sehen. Die Traditionen bei Menschen und Drachenwandlern sind ähnlich, und doch verschieden.

Evie überflog den Rest, in dem das Erscheinungsbild und Verhalten aller detailliert aufgeführt wurden. Am Ende des Artikels wollte sogar sie noch einen Blick in das Leben der Drachenwandler werfen.

Evie las den Telegraph, den Guardian und dann die Times und fühlte sich nach jedem gleich. Die Artikel waren unterhaltsam und dabei informativ, und es fehlte jegliche Bosheit der Anti-Drachenwandler-Meute.

Als sie fertig war, sah sie zu Bram hinüber, der Murray auf seinem Knie hüpfen ließ. Sie würde es nie leid sein, dem großen Drachenmann dabei zuzusehen, wie er mit dem kleinen Baby spielte.

Sie lächelte und sagte: „Alles scheint in Ordnung zu sein. Die Journalisten haben ihre Vereinbarungen eingehalten. Alle Artikel waren ziemlich objektiv."

Bram sah sie an. „Aye, ich habe dir ja gesagt, du sollst dir keine Sorgen machen, und bevor du noch einmal fragst, nein, es gibt keine Unruhen auf den Straßen. Bisher wurden die Nachrichten gut aufgenommen."

„Und das hättest du mir nicht früher sagen können?"

Er grinste. „Du bist diejenige, die gerne Dinge selbst herausfinden möchte."

Sie ignorierte, dass er sie ärgerte, und drängte weiter. „Jedenfalls verheißen die Artikel Gutes für Melanie. Ihre Veröffentlichung kann wie geplant erfolgen."

Murray streckte seine Arme aus und griff nach ihr. Evie nahm ihren Sohn von Bram und kuschelte ihn auf ihrem Schoß.

Bram sagte: „Der Empfang verheißt auch Gutes für dich, Liebes. Das MDA sollte dich danach nicht mehr belästigen. Du bist zum Liebling der Presse geworden."

Evie lehnte sich gegen die Schulter ihres Drachenmannes. „Ich denke, jetzt müssen wir nur noch auf die Drachenjäger achten."

„Aye, aber Finn und ich haben die Dinge im Griff. Wenn Simon Bourne irgendwo zwischen

Birmingham und den Orkneyinseln umherzieht, werden wir es wissen. Die Dinge könnten von nun an etwas langweilig sein."

Evie lächelte. „Das Leben mit dir wird nie langweilig, Bram. In neun Monaten musst du dich nicht nur um den Clan kümmern, du hast dann auch zwei Babys."

Bram legte einen Arm um ihre Schulter. „Und mit dir, Liebes. Ich werde auf dich aufpassen."

Sie lehnte sich in seine Wärme und murmelte: „Und ich auf dich."

Evie blickte auf, und als sie einander anstarrten, breiteten sich Wärme und Glück in ihrem Körper aus.

Sie hob eine Augenbraue und sagte: „Nun, ich denke, ich habe es am Ende geschafft."

„Was hast du geschafft?"

„Ich habe es geschafft, einen Drachenwandler zu verführen."

Brams Blick erhitzte sich, und er beugte sich vor. „Aye, und du darfst es jederzeit wieder tun, wann immer du willst, Liebes."

Evie versuchte ihr bestes verführerisches Lächeln. „Nun, Murray muss in zehn Minuten ein Nickerchen machen. Vielleicht versuche ich es dann."

„Mädchen, das klingt doch mal nach einem guten Plan."

Bram küsste sie. Als ihr Drachenmann ihren Mund mit langen Zungenstrichen neckte, ganz bestimmt ein Vorgeschmack auf das, was kommen sollte, wärmte das Glück Evies Herz. Mit ihrem Gefährten und ihrem Sohn hatte sie ein strahlendes neues Leben vor sich. Mit der Zeit und Melanies Hilfe konnten ihre Kinder vielleicht in einer Welt aufwachsen, in der Menschen und Drachenwandler heiraten konnten, wen sie wollten.

Die Drachen offenbaren

DIE STONEFIRE-DRACHEN #3

Nach mehr als einem Jahr veröffentlicht Melanie Hall-MacLeod endlich ihr Buch über Drachenwandler. Bis zu ihrem ersten öffentlichen Auftritt scheint alles friedlich.

Tristan will nichts mehr, als seine Gefährtin und beide Kinder in Sicherheit bringen, doch Mel weigert sich, sich zu verstecken. Während die Gefahr wächst und seine neue Familie bedroht, ringt Tristan mit seinem Bedürfnis, seine Partnerin gleichzeitig zu schützen und sie glücklich zu machen.

Melanie ist entschlossen, die Zukunft für ihre Kinder und alle Drachenwandler in Großbritannien zu verändern. Doch ist das überhaupt möglich? Oder werden sie gezwungen sein, sich für den Rest ihres Lebens zu verstecken? Finden Sie es heraus!

Über die Autorin

Jessie Donovan hat mehr als eine halbe Million Bücher verkauft, Hunderttausende weitere kostenlos an ihre Leser*Innen verschenkt und es sogar auf die Bestsellerlisten der *NY Times* und *USA Today* geschafft. Sie ist vor allem für ihre Drachenwandler-Serie bekannt, schreibt aber auch über Elfenhexen, Vampire, Alien-Krieger und hat sogar eine verrückt-komische Liebesromanreihe aufgelegt, die in Schottland spielt. Wenn sie nicht gerade ein Buch liest, auf ihrem Laufband joggt oder mit nur wenigen Groschen in der Tasche durch ein fremdes Land reist, findet man sie oft auf Facebook oder TikTok, wo sie mit ihren Lesern interagiert. Sie lebt in der Nähe von Seattle. Dort regnet es zwar oft, doch der Regen macht auch alles grün.

Besuchen Sie ihre Website unter: www.JessieDonovan.com